G.R. HALLIDAY

Die Leichen von Inverness

Autor

G.R. Halliday wurde in Edinburgh geboren und wuchs in der Nähe von Stirling, Schottland, auf. Die Leidenschaft für ausgeklügelte Kriminalfälle hat er von seinem Vater, der Bücher über True Crime und mysteriöse Phänomene schrieb. Einige dieser Geschichten wurden zur Inspirationsquelle für seine eigenen Romane. Heute lebt er mit seiner Lebensgefährtin und einer Bande halbwilder Katzen in der Nähe von Inverness in den schottischen Highlands.

Von G. R. Halliday bereits erschienen

Die Toten von Inverness · Die dunklen Wasser von Inverness · Die Gräber von Inverness · Die Leichen von Inverness

G.R. Halliday

Die Leichen von Inverness

Ein Schottland-Krimi

Deutsch von Bettina Spangler

blanvalet

Die Bibelzitate auf den S. 409 (Psalm 107, 23–25) und S. 410 (Mt 25, 35–36) stammen aus der Lutherbibel aus dem Jahr 1912.

MIX
Papier | Fördert gute Waldnutzung
FSC® C014496

Penguin Random House Verlagsgruppe FSC® N001967

1. Auflage 2025

Originaltitel: *THE PASSENGER*

Published by Arrangement with HIGHLAND NOIR LIMITED
Dieses Werk wurde vermittelt durch die
Literarische Agentur Thomas Schlück GmbH, 30161 Hannover.

Neumarkter Straße 28, 81673 München
produktsicherheit@penguinrandomhouse.de
(Vorstehende Angaben sind zugleich
Pflichtinformationen nach GPSR)

Redaktion: Angela Kuepper
Umschlaggestaltung: © www.buerosued.de
StH · Herstellung: DiMo
Satz: Buch-Werkstatt GmbH, Bad Aibling
Druck und Bindung: GGP Media GmbH, Pößneck
Printed in Germany
ISBN 978-3-7341-1307-9
www.blanvalet.de

I

Sonntag, 16. April 2017

Als man sich hinter vorgehaltener Hand die ersten Gerüchte über eine Fremde zuraunte, die wie aus dem Nichts aufgetaucht sei, musste Patrick McDonald unwillkürlich an die Ereignisse von damals denken. Wie er an jenem Vormittag am Pier von Fort William stand und auf den Loch Linnhe hinausstarrte. Er hasste das Meer, das Geschrei der Möwen, den durchdringenden Gestank nach Fisch. Während er aufs Wasser blickte, ging ihm mit einem Mal auf, dass es vor allem die darunterliegende Tiefe war, die er so verabscheute, diese grenzenlose Leere. Die Vorstellung, wie weit es dort hinabging, empfand er als beängstigend, denn wer wusste schon, wie weit genau? Und wer hätte sagen können, was sich da unten alles verbarg?

Ausgelassenes Gelächter schallte von der Jacht zu ihm herüber, und er hob den Kopf. Der Anblick des Bootes erinnerte ihn daran, dass er einen Job zu erledigen hatte. Selbst Patrick, für den es keinen wesentlichen Unterschied machte, ob er nun ein Boot betrat oder sich gleich in die Abgründe des Meeres stürzte, musste neidlos zugeben, dass die *Explorer* das Musterexemplar einer Superjacht war, absolut beeindruckend. Mit seinen neunzig Metern Länge wirkte das elegante Schiff in Weiß und Eisblau so kraftvoll, als könne es alles durchdringen, Meer, Fels, Eisberge. Es maß zwölf Meter an seiner breitesten Stelle, verfügte über sechzehn Schlafplätze und schaffte eine Maximalgeschwindigkeit von vierzehn Knoten. Der Punkt aber, der alle Welt in helle Aufregung versetzte, waren die horrenden Baukosten, die sich dem Hörensagen nach auf hundertfünfzig Millionen Pfund beliefen. Patrick war bewusst, dass er all diese Daten und Fachbegriffe noch einmal würde überprüfen müssen, bevor er seinen Artikel für den *Fort William Advertiser* zu Ende schrieb und einreichte.

Er sah am hölzernen Anleger entlang zu den versammelten Schaulustigen, die das Spektakel mit neidvollen Blicken vom Geländer des Piers aus beobachteten, und weiter zu den Passagieren. Das Boarding war so gut wie abgeschlossen. Patrick schätzte sie auf rund zwanzig Personen, die sich über das Vorderdeck verteilt hatten. Hinter ihnen erstreckte sich der lang gezogene See, der nahtlos ins Meer überging und zu dessen beiden Seiten sich steile Bergflanken erhoben, darüber ein makellos blauer Himmel. Der perfekte Tag – und keine Spur von dem ursprünglich vorhergesagten Unwetter. Nach Ansicht von Patrick, der erst kürzlich aus dem Süden Englands hierher in den hohen Norden gezogen war, grenzte dies an der Westküste der schottischen Highlands nahezu an ein Wunder, noch dazu im Frühling.

Wieder schallte lautes Gelächter von der Jacht herüber, als der soeben geöffnete Champagner schäumend überfloss und einer der Passagiere sich auf die Knie begab und so tat, als schlürfe er das perlende Getränk direkt vom Teakdeck. Das Thema Superjachten war für Patrick komplettes Neuland, aber es war nicht zu übersehen, dass die Menschen an Bord mit dieser Sorte Luxus mindestens genauso wenig vertraut waren wie er selbst. Zum einen waren die Leute extrem aufgekratzt, und sie genossen sichtlich ihr Publikum am Pier, dem sie gelegentlich zuwinkten. Und zum anderen kannte Patrick die meisten von ihnen persönlich. Fort William war eine Kleinstadt, wenn man hier wohnte, schloss man ziemlich rasch Bekanntschaft, wenigstens oberflächlich. Der Champagnerschlürfer rappelte sich wieder auf, tat so, als wische er sich den Mund mit dem Handrücken ab, und hob den Arm grüßend in Patricks Richtung. Für den Bruchteil einer Sekunde versteifte er sich, verwundert, dass der Mann ihn so direkt ansah. Dann fiel ihm schlagartig wieder ein, weshalb er eigentlich hier war, und er spürte das Gewicht der Kamera, die um seinen Hals baumelte.

Er winkte zurück, hob das Objektiv und machte ein paar Schnappschüsse von dem breit grinsenden Mann. Archie, der Schrank, so nannten ihn die, mit denen er regelmäßig im Silver Dolphin zechte. Patrick wusste zufällig, dass Archie mit diesem Trip seinen wohlverdienten Start in den Ruhestand feierte. Er hatte viele Jahre, schon seit den Siebzigern, für Thule gearbeitet, jene Firma, die die Jacht gebaut hatte. Patrick tippte auf den Auslöser, wobei sein Magen einen munteren Purzelbaum schlug – denn jetzt stellte er fest, wie sehr es ihn freute, dass er all die Einzelheiten über Archie wusste. Er war froh, ein Teil dieser Gemeinschaft zu sein, seine Mitmenschen zu kennen. Es war mehr, als er sich erhofft hatte, als er seine Chance genutzt hatte und von London hierhergezogen war, unmittelbar nach der Trennung von Jessica. Archie winkte ihm noch einmal zu, zeigte auf die Gruppe von Passagieren neben sich und bedeutete ihm, auch von ihnen Fotos zu machen. Natürlich kam Patrick dem Wunsch bereitwillig nach und klickte munter drauflos. Nach und nach machte er weitere bekannte

Gesichter aus. Da war Belinda Forbes, die bei Thule die Buchhaltung führte, dann ihre Schwägerin Janice, die immer für einen Plausch zu haben war, wenn er seine Einkäufe in Morrisons Supermarkt erledigte. Außerdem entdeckte er Angus Mitchell, der die Drinks servierte – er war einundzwanzig, nur wenige Jahre jünger als Patrick selbst. Momentan gönnte Angus sich eine Auszeit von der Uni, um auf der Superjacht zu jobben.

Patrick ließ wiederholt den Auslöser klicken, lächelte, winkte. Die Stimmung war ausgelassen. Es herrschte ein fröhliches Miteinander, und das bei strahlendem Sonnenschein. Und auch wenn Patrick das Meer nicht mochte, wünschte er sich insgeheim, er wäre mit an Bord und könnte an der Jungfernfahrt der *Explorer* teilnehmen.

Von der Jacht her ertönte ein anschwellendes Brummen, gefolgt von lautem Jubel der Passagiere und noch mehr Gelächter. Patrick stutzte kurz, dann wurde ihm bewusst, dass es der Motor war, der zum Leben erwachte. Der Augenblick der Abfahrt rückte näher. Sein Blick schweifte noch einmal über den Anleger. Er machte einige Schnappschüsse von den freudig winkenden Schaulustigen und abschließend noch eine Weitwinkelaufnahme vom Schiff in seiner gesamten Länge. Langsam setzte es sich in Bewegung, weshalb Patrick sich rasch wieder den Leuten auf dem Vorderdeck zuwandte und mehrmals hintereinander auf den Auslöser drückte. Durch die Linse registrierte er die aufgeregten Mienen, auf denen sich Vorfreude abzeichnete.

Blinzelnd justierte er die Schärfe.

Jetzt hatte er ein ihm unbekanntes Gesicht vor der Linse, das einer Frau, die ein wenig abseits vom Rest stand. Sie hatte lange dunkelblonde Haare und trug eine weiße Hose, weiße Bluse, einen Regenmantel und darüber ein kariertes

Schultertuch. Aus irgendeinem Grund stach sie aus der Menge hervor. Nachdenklich starrte Patrick durch den Sucher und versuchte, sie einzuordnen. Er drückte den Auslöser. Die Jacht beschleunigte, und ihm kam es mit einem Mal so vor, als würde die Frau sich panisch umsehen. Hatte sie etwas verloren oder auf den letzten Drücker Bedenken? Wieder knipste Patrick ein Foto, dann zögerte er. Es erschien ihm nicht richtig, sie so unverhohlen anzustarren und sie in ihrem aufgelösten Zustand auch noch ungefragt auf den Film zu bannen. Aber er konnte den Blick nicht von ihr lösen. Jetzt war es ihm, als wolle sie ihr Gesicht hinter einem Vorhang aus Haaren verbergen.

Stirnrunzelnd ließ Patrick die Kamera sinken. Er beobachtete, wie die *Explorer* über den See glitt und im dunklen Wasser eine weiße Spur hinter sich herzog, den Blick auf die Frau geheftet, die immer noch abseits der anderen Passagiere stand und irgendwie beunruhigt wirkte, orientierungslos. Er behielt sie so lange im Auge, bis die Jacht eine Kurve fuhr und sie sich seinem Blick entzog.

Später an diesem Abend, als man das erste Getuschel über das Verschwinden des Schiffes vernahm und die Neuigkeit in den Pubs und Restaurants der Stadt die Runde machte, sich von dort in die Privathaushalte ausbreitete und die Bürger von Fort William fassungslos zurückließ, wurde Patrick sich bewusst, dass ihn der eisige Schauder, der ihn in jenem Moment am Ableger überkommen hatte, seither nicht mehr losgelassen hatte. Und ihm wurde klar, dass ihn das, was die Gerüchte behaupteten, nicht einmal überraschte.

2

Inverness, Samstag, 16. April 2022 – fünf Jahre später

DI Monica Kennedy schwamm die letzten Züge durch das eiskalte Wasser und griff nach der obersten Sprosse der Leiter, um sich auf den Ponton hochzuziehen. Die Wassertemperatur lag bei schätzungsweise drei Grad. Sie war sich nicht sicher, ob das für April kalt war. Im Winter sanken die Temperaturen in den Muirtown Locks unweit ihres Zuhauses in Inverness schnell mal auf null Grad. Deshalb hatte sie schon des Öfteren eine etwa eierschalendicke Schicht Eis durchbrechen müssen, bevor sie sich von der Leiter aus ins Wasser hatte gleiten lassen.

Während Monica zitternd auf der hölzernen Plattform stand und sich mit einem Handtuch trocken rubbelte, sah sie sich um. Seit jenem ersten impulsiven Sprung ins eisige Wasser auf dem Heimweg nach Dienstschluss, irgendwann gegen Ende des ersten Covid-Lockdowns, mit nichts am Leib außer ihrem BH und der Unterhose, rätselte sie, ob das Schwimmen hier überhaupt erlaubt war. Und jedes Mal erwartete sie, dass jemand vom Hafenbüro aufkreuzte und ihr erklärte, wie riskant das sei und deshalb auch strengstens untersagt. Aber in den ganzen achtzehn Monaten war nichts dergleichen geschehen. Ihr Blick landete auf vereinzelten Spaziergängern, die auf dem Fußweg entlang des Kanals ihre Hunde Gassi führten. Außerdem entdeckte sie einen Segler, der auf einem der Boote hockte und irgendeine dampfende Flüssigkeit aus einem Becher schlürfte. Nun, es sah nicht danach aus, als würde es heute zu einer solchen Ermahnung kommen.

Monica ließ den Blick über die vielen Boote im Hafen schweifen, in erster Linie Motorjachten. Aus Kindertagen erinnerte sie sich daran, dass größere Schiffe und Jachten an den Docks auf der anderen Seite der Stadt an- und abgelegt hatten, unweit vom Haus ihrer Mum. Die Boote hier lagen direkt am Startpunkt des Caledonian Canal vertäut. Diese künstliche Wasserstraße führte von Inverness im Nordosten der Highlands über Loch Ness, Loch Oich, Loch Lochy und eine Reihe weiterer Kanäle bis hinüber nach Fort William an der Westküste. Und von dort, so wusste Monica, ging es über den Loch Linnhe letztlich hinaus auf die Weiten des Nordatlantischen Ozeans.

Ein frischer Wind fegte über das Wasser und kräuselte die Oberfläche. Fröstelnd wickelte sie sich in das Handtuch, ging in die Hocke und wühlte im Haufen ihrer Kleidung, auf der Suche nach dem elektronischen Thermometer, das in ihrer Hosentasche steckte. Als sie es gefunden hatte, schaltete sie es an und beugte sich über den Rand der Plattform, um es ins Wasser zu tauchen. Ganze viereinhalb Grad. Eine Enttäuschung. Monica fand es erfreulicher, wenn sich die Temperatur als kälter herausstellte als geschätzt. Sie trocknete die Spitze des Thermometers am Handtuch ab, sah hinunter in das vom Torf dunkle Wasser und überließ sich ihrer Urangst, die sie beim Schwimmen erstaunlich gut in Schach zu halten vermochte: nämlich die, dass etwas aus diesen Tiefen emportauchen könnte. Ein Ungeheuer, das sein Maul weit aufriss und nach ihr schnappte, sie in diese Schwärze hinabzerrte und mit Haut und Haaren verschlang.

Monica wandte sich ab, um ihre Kleider aufzusammeln, und machte sich auf den Weg zu der Stelle, an der sie ihren Volvo geparkt hatte. Dabei murmelte sie leise vor sich hin: »Noch mal Glück gehabt heute.«

Nach einer heißen Dusche trocknete Monica sich ab und schlüpfte in ihre Jeans und den dicken Wollpullover mit Zopfstrickmuster. Es war niemand zu Hause, der auf sie wartete, abgesehen von einer einsamen Kiste mit Spielzeug und Kinderbüchern mitten im Wohnzimmer. Ihre Tochter Lucy war zu ihrer ersten Übernachtungsparty bei einer Freundin eingeladen – einer Geburtstagsfeier mit zehn anderen Kindern, die gleich zwei Tage und Nächte lang ging. Die Eltern des Geburtstagskindes mussten Masochisten sein, dass sie sich so etwas antaten. Lucy war neun, was Monicas Online-Recherchen zufolge ein gutes Alter für eine erste Übernachtungsparty war. Sie fragte sich, wie ihre Tochter wohl damit klarkam, und hatte am vorangegangenen Abend bereits fest mit einem Anruf gerechnet, weil Lucy nach Hause wolle. Einem Impuls folgend, überprüfte sie ihr Handy, für den Fall, dass sie während des Schwimmens einen Anruf verpasst hätte. Nichts. Aber wenn sie Heimweh hätte, hätte sie sich doch sicher gleich am ersten Abend gemeldet?

Monica stellte die Kaffeemaschine an. Es war nichts Ungewöhnliches, dass sie allein war – ihre Mum Angela nahm Lucy öfter zu sich, wenn sie selbst bis über die Ohren in Arbeit steckte. Aber dass sie das gesamte Wochenende freihatte *und* ihre Tochter nicht da war, war neu. Ein kleiner Ausblick auf die Zukunft.

»Genau wie in den guten alten Zeiten«, murmelte Monica. Sie streckte den Rücken und vernahm ein leises Knacken. Ob das der Kälte oder ihrem Alter zuzuschreiben war? Erinnerungen an ihren Dad, wie er über Rückenschmerzen klagte, wurden wach. Er war groß gewesen, größer als Monica, die selbst fast eins neunzig maß. Er war stolz auf seine imposante Statur gewesen. »Long« John Kennedy, so hatten ihn alle genannt. Aber Monica, mit ihrem blassen Teint und den dunklen Haaren, glich eher einem Ghul oder einem Junkie, je nachdem, wen man fragte. Obwohl sie das alles längst gewohnt sein müsste, denn schon in frühester Kindheit, als sie durch ihr ungewöhnliches Äußeres und ihren scharfen Verstand aufgefallen war und keine Brüder oder Schwestern hatte vorweisen können, die sie beschützt hätten, war sie ein beliebtes Mobbingopfer gewesen. Was zur Folge hatte, dass sie sich immer mehr in sich selbst zurückgezogen und den Großteil ihrer Freizeit allein verbracht hatte. Sie hatte sich ganz auf das Schulische konzentriert, denn gute Leistungen waren immerhin etwas gewesen, worauf sie einen Einfluss gehabt hatte. Ihre Zeugnisse waren gespickt gewesen mit Einsen, und als es an die Wahl einer Universität gegangen war, hatte sie freie Auswahl gehabt. Doch statt zu studieren, hatte sie unmittelbar nach ihrem Abschluss die Polizeischule besucht. Sie hatte sich eingeredet, damit einen sinnvollen Beitrag zur Gesellschaft zu leisten. Aber war das wirklich der eigentliche Grund gewesen? Oder hatte sie nur Eindruck bei ihrem Dad schinden wollen? Er hatte als Gefängniswärter gearbeitet und hohes Ansehen genossen. Zur damaligen Zeit war er ihr großes Idol gewesen.

Obwohl damit dann schlagartig Schluss gewesen war. Aber das war eine andere Geschichte.

Monica langte nach ihrem Smartphone und verbannte die Erinnerungen tief in ihr Bewusstsein. Während die Kaffeemaschine vorheizte, scrollte sie durch ihren Newsfeed. Las eine Story über einen Promi, der vorgab, Krebs mithilfe von veganer Ernährung, frischer Luft und viel Sonnenlicht heilen zu können. Ein amerikanischer Politiker prophezeite den Weltuntergang. Monica sah sich einige von den Kommentaren an und ertappte sich dabei, wie sie an Henry dachte. Er war ein verdammt gewiefter Hacker, sie kannte ihn von einem früheren Fall. Damals hatte er versucht, in die Datenbank der NASA einzudringen, überzeugt, er würde dort auf Beweise für eine Alien-Landung stoßen. Stattdessen hätte man ihn um ein Haar an die USA ausgeliefert, wo er sich einer behördlichen Anklage stellen sollte. Waren die Menschen immer schon so leichtgläubig gewesen? Oder hatte die Digitalisierung das alles auf die Spitze getrieben?

Das Lämpchen an der Kaffeemaschine wechselte von Rot auf Grün. Monica beugte sich über den Tresen, um Milch aufzuschäumen, dann drückte sie auf den Knopf, um einen einfachen Espresso rauszulassen. Sie sah zu, wie duftender Kaffee aus der Düse in die kleine Tasse floss, und kippte den Inhalt in den Becher mit dem Milchschaum. Es war ihre laienhafte Version eines Flat White. Vorsichtig trank sie davon. Verdammt lecker, besser als so manches Getränk, für das sie in Cafés viel Geld hingeblättert hatte. Das durfte sie aber auch erwarten, immerhin hatte die Maschine fast vierhundert Pfund gekostet. Sie war schon kurz davor gewesen, sich eine Kapselmaschine zuzulegen, als ihr Ex-Partner, DC Connor Crawford, sie zu der Breville überredet hatte. Praktisch sein letzter bedeutsamer Beitrag zu ihrem Leben, bevor er vor knapp drei Jahren öffentlich in Ungnade gefallen und in den uniformierten Streifendienst zurückgekehrt war. Damals war er nach Fort William versetzt worden. Aus dem Auge, aus dem Sinn, zumindest was ihren Boss, Fred Hately, anging, der erst kürzlich zum Chief Superintendent befördert worden war. Das Letzte, was Monica von Crawford gehört hatte, war, dass man ihm endlich seine Versetzung von Fort William ins großstädtische und aufregendere Glasgow bewilligt hatte, was schon lange sein Wunsch gewesen war.

Auf dem Tresen klingelte ihr Telefon, und die Egoistin in ihr wünschte sich, es wäre Lucy, die nach Hause kommen wollte. Sie könnten sich zusammen einen Film ansehen, vielleicht einen gemütlichen Spaziergang machen und sich bei McDonald's, Lucys Lieblingsrestaurant, etwas zu essen holen.

»Guten Morgen, DI Kennedy. Genießen Sie Ihr Wochenende?«

Monica kannte Hately inzwischen gut genug, um zu wissen, dass er nicht ernsthaft an einer Antwort interessiert war. Trotzdem sagte sie: »War gerade schwimmen, draußen am Kanal.« Sie merkte, wie stolz sie auf dieses Zeichen einer gesunden Lebensweise war. »Viereinhalb Grad heute Morgen. Die wärmste Temperatur, die wir diese Woche hatten.«

»Genau richtig«, gab Hately zurück und fügte der Vollständigkeit halber hinzu: »Ein guter Start in den Tag, und es hilft, das Gewicht zu halten.« Monica dachte an das ordentlich frisierte Haar ihres Chefs, die gepflegte Haut, die straffe Figur und die gut geschnittenen Anzüge, die er trug. Er kannte sich aus damit, wie man »das Gewicht hielt«.

»Wir haben eine Meldung bekommen.« Monica registrierte sofort die Anspannung in seiner Stimme. »Sagt Ihnen der Name Emily Hurst etwas?«

3

Samstag, 16. April 2022, einige Stunden zuvor

Es war Dr. Gladys Mitchell, die die Frau als Erste sah. Mitchell bildete die Spitze der Wandergruppe, die anderen vier Mitglieder liefen auf dem schmalen Pfad im Gänsemarsch hinter ihr. Es war auf den Tag genau fünf Jahre her, seit die *Explorer* von Fort William aus in See gestochen war. Der geplante Kurs der Jacht hatte sie erst in westliche Richtung und dann weiter gen Norden um die Inseln Barra, North und South Uist herumgeführt, bevor sie am darauffolgenden Tag in den Hafen hatte zurückkehren sollen. Nur dass das Boot von einem Moment zum nächsten vom Radar verschwunden war, wie von den Wellen des Atlantiks verschluckt. Trotz intensiver Suchmaßnahmen hatte man es nie gefunden, seither lag es irgendwo dort unten am Grund des Meeres. Keine Spur davon, genauso wenig wie von den Passagieren und der Crew. Auch Dr. Mitchells Sohn Angus war darunter gewesen, er war damals gerade einmal einundzwanzig gewesen und hatte als Kellner und Deckhelfer auf der *Explorer* angeheuert. Mittlerweile hätte er sehr wahrscheinlich seinen Uniabschluss in der Tasche und wäre vielleicht …

Dr. Mitchell setzte ihren Grübeleien ein Ende. Sie führten zu nichts. Außerdem hatte das Unglück andere sehr viel härter getroffen als sie, wie sie sich immer wieder einredete. Die Ärztin warf einen kurzen Blick über die Schulter zu Julia Donald, die unmittelbar hinter ihr ging. Julia hatte ihre Schwester *und* ihre beiden besten Freundinnen verloren. Die anderen drei Mitglieder ihrer Wandergruppe hatten alle mindestens einen Familienangehörigen oder einen befreundeten Menschen zu beklagen. Ihre gesamte Gemeinde hatte tiefe Narben davongetragen. Manchmal kam es Dr. Mitchell so vor, als stünden sämtliche Patienten, die ihre Praxis betraten, in irgendeiner Beziehung zu einer der vermissten Personen. Sie tat alles, um ihnen ihr Leid zu erleichtern – mit Antidepressiva oder angstunterdrückenden Medikamenten bei den einen, mit Gesprächen bei den anderen. Letztere waren die kniffligeren Fälle: Denn irgendwann war alles gesagt, ein Gefühl der Lähmung setzte ein, zusätzlich verschärft durch zwei Jahre Covid-Lockdown und Isolation, die zur Einsamkeit der Trauernden hinzukamen. Aus diesem Grund hatte sie diese Gruppe ins Leben gerufen, und deshalb waren sie exakt am Jahrestag des Unglücks zu einer Wanderung zum Gipfel des Ladhar Bheinn aufgebrochen, einem eher entlegenen Berg auf der Knoydart-Halbinsel. Durch die sportliche Betätigung vermieden sie die endlosen Gespräche, die sich ohnehin nur im Kreis drehten, ebenso wie die vielen nicht zu beantwortenden Fragen.

Dr. Mitchell sog die frische kühle Frühlingsluft tief in ihre Lunge. Ein strahlend blauer Himmel spannte sich über ihnen, schroffe Bergflanken erstreckten sich bis hinunter in die weite Moorebene, am Horizont die zerklüftete Isle of Skye, daneben die kleineren Inseln Rum, Eigg, Muck und

Canna und dazwischen der glitzernde Ozean. Angus hatte das Meer geliebt, seit er mit drei Jahren bei einem sommerlichen Strandausflug das erste Mal darin herumgeplanscht hatte. Das war ein Riesenspaß gewesen.

»Das Wasser im See soll sehr grün sein.« Dr. Mitchell drehte sich über die Schulter zu Julia um, von der die Bemerkung kam, gerade als sie um eine Kurve bogen und den berühmten Green Lochan endlich vor sich hatten. Die Frau lächelte. »Angeblich waschen die Feen ihre Kleider darin.«

Dr. Mitchell rang sich ein Lächeln ab und blickte wieder auf den Weg vor sich. Plötzlich verspürte sie beinahe so etwas wie Vorfreude. »Ja klar, was sonst ...«

Sie verstummte, als sie eine fremde Frau am Ufer stehen sah. Diese trug eine verdreckte weiße Hose, eine weiße Bluse, einen Regenmantel und ein Schultertuch. Das eigentlich Seltsame an ihr aber war, *wie* sie dort stand. Vollkommen regungslos, die Arme zur Seite gestreckt, in einer Art Kreuzigungspose.

Im Näherkommen stellte Dr. Mitchell fest, dass die Frau in Wirklichkeit *im* See stand, bis zu den Knien im seichten Wasser. Es war sonderbar, aber ihre erste Reaktion war Unmut, ein Gefühl, das sie als sonst sehr einfühlsame Ärztin für Allgemeinmedizin eigentlich nur selten überkam. Sie sah sich um, ließ den Blick über die menschenleere Landschaft schweifen, erwartete irgendwo ein Publikum, das sich über sie lustig machte. War das ein schlechter Scherz, den jemand mit ihnen veranstaltete? Hielt sich da einer für besonders komisch?

Sie begab sich noch näher an die Frau heran und registrierte den Schleier langer blonder Haare, der ihr Gesicht verhüllte, sah ihre bleichen Hände und Unterarme, die aus den Ärmeln ihres Mantels hervorragten. Die Fremde war klapperdürr und schlotterte vor Kälte. *Sie braucht Hilfe*, schoss es Dr. Mitchell durch den Kopf. Sofort waren ihre Instinkte hellwach, und sie eilte über den steinigen Pfad auf sie zu. Als sie nur noch wenige Schritte von der Frau entfernt war, blieb sie wie angewurzelt stehen. Völlig entgeistert starrte sie zu der Fremden im Wasser, einen dicken Kloß im Hals und mit klopfendem Herzen. *Das kann nicht sein.*

»Wie heißen Sie? Woher kommen Sie?« Diese Worte stammten von Julia, die die Frau jetzt mit unsicherer Stimme ansprach. Offenbar hatte sie die Verbindung ebenfalls hergestellt. Wie hätte es ihr auch entgehen sollen? Wie hätte irgendeine von ihnen es übersehen können? Die Frau hielt den Rücken kerzengerade, ihr Atem bildete weiße Wölkchen vor ihrem Mund. Dr. Mitchell kniff die Augen leicht zusammen und bemerkte an der linken Hand der Frau eine Spinne, die ihr über die Finger krabbelte. Sie wirkte gebrechlich, irgendwie fehl am Platz, wie aus der Zeit gefallen. Als stünde sie schon seit Jahren, Jahrtausenden hier, um auf sie zu warten.

Du musst zu ihr gehen, du musst ihr helfen. Dr. Mitchells innere Stimme war hartnäckig, und trotzdem war sie wie gelähmt. *Das kann nicht sein, es ist unmöglich.* Schließlich schluckte sie gegen ihre staubtrockene Kehle an und stammelte: »Ich bin Ärztin. Ich kann Ihnen helfen.«

Die Frau schien sie zu hören, denn sie hob nun ganz leicht den Kopf. Ihre Augen waren immer noch hinter dem Vorhang ihrer Haare verborgen, aber Dr. Mitchell sah jetzt die feine Linie ihres Mundes, die fettig glänzende Haut ihrer Nase.

»Sollen wir …« Doch bevor Julia den Satz zu Ende bringen konnte, bewegten sich die Lippen der Frau. Anfangs war es nur ein kaum hörbares Flüstern, aus dem sich nach und nach einzelne Silben herausschälten. Es waren immer dieselben beiden Worte, die sie ununterbrochen wiederholte.

»Emily Hurst, Emily Hurst, Emily Hurst …«

4

Auf der digitalen Tafel am Straßenrand war zu lesen: WILLKOMMEN IN FORT WILLIAM – *10 Grad Celsius.*

DC Maria Khan, die auf dem Beifahrersitz neben Monica saß, spähte zum Seitenfenster hinaus und betrachtete die tristen kleinen Häuser entlang der Straße. Der Himmel über dem Vorort war düster und bedeckt. Jenseits der Siedlung, das wusste Monica von einem früheren Besuch, ragte der Ben Nevis empor, der höchste Berg des gesamten Vereinigten Königreichs. In der Gegenrichtung lagen der Loch Linnhe und noch mehr Berge, die sich dahinter steil in den Himmel reckten. Heute aber verlor sich all das im Grau der tief hängenden Wolken.

»Es kann unmöglich sein, oder? Das kann doch nicht wirklich sie sein?«, sprach Khan leise vor sich hin, mehr zu sich selbst als zu ihrer Chefin. Zumindest gewann Monica diesen Eindruck, denn während der Fahrt von Inverness hierher hatten sie sich bereits lang und breit über das Schiffsunglück unterhalten. Die Geschichte der *Explorer* war in ganz Schottland bekannt. Seit dem mysteriösen Verschwinden der Jacht hatte unter Internet-Schnüfflern und Fans von ungelösten Verbrechen und Unglücksfällen vor allem ein Detail das Interesse wachgehalten – nämlich der »Schrei der Passagierin«. Der geheimnisvolle Titel nahm

Bezug auf ein Foto, das zum traurigen Symbol der Tragödie geworden war und sich zum meistdiskutierten Bestandteil der Story entwickelt hatte. Der Fokus der Aufnahme lag auf der sorgenvollen Miene einer Frau, die aus der Schar der strahlenden Passagiere ringsum hervorstach. Der Grund für ihre Besorgnis war ein Mysterium für sich, zumal niemand wusste, wer diese Frau, die in der Passagierliste als Emily Hurst gelistet wurde, eigentlich war. Es hatten sich nie Freunde oder Familienangehörige gemeldet, um sie offiziell zu identifizieren, weder Arbeitskolleginnen oder -kollegen noch Bekannte. Kein Mensch.

Monica nahm den Fuß vom Gaspedal, weil die Geschwindigkeit innerorts beschränkt war. Regen spritzte von dem vorausfahrenden Fahrzeug auf die Windschutzscheibe. Khan hatte vollkommen recht. Es konnte sich *unmöglich* um Emily Hurst handeln. Nicht nach ganzen fünf Jahren. Nicht auf halber Strecke einen abgeschiedenen Berg hinauf, mitten im Nirgendwo.

»Wir können nicht mit Sicherheit ausschließen, dass sie es ist«, gab Monica zögernd zurück. In erster Linie, um ihrer Rolle als Detective gerecht zu werden: Von nichts ausgehen, alles infrage stellen, so sollte ihr Grundsatz lauten, und der war ihr zur zweiten Natur geworden. »Bislang lässt sich nichts mit absoluter Gewissheit sagen.«

Erst als sie den Wagen auf dem Parkplatz vor dem Krankenhaus abgestellt hatten und ausgestiegen waren, registrierte Monica DC Maria Khans Kleidung: Sie trug einen langen Mantel aus Kunstpelz, dazu schwarze Jeans, schwarze Turnschuhe, eine schwarze Basecap und Make-up. Ein deutlicher Verstoß gegen die Verordnung der Polizei Schottland zu Uniformen und äußerer Erscheinung, Absatz 6.1.6: *Beamten ist es gestattet, Businesskleidung zu tragen, sofern es den Aufgaben angemessen ist.* Wer hätte gedacht, dass ein Pelzmantel aus Kunstfell und eine Baseballkappe als Businesskleidung durchgehen konnten? Alle anderen Kolleginnen und Kollegen in unangemessener Kleidung hätte Monica auf der Stelle zum Umziehen nach Hause geschickt. Aber bei Khan machte sie eine Ausnahme, warum, wusste sie selbst nicht so genau. In den Jahren, seit ihr Vorgesetzter DC Connor Crawford von ihrem Ermittlerteam abgezogen hatte, hatte Monica eng mit Khan zusammengearbeitet. Dabei hatte sie erfahren, dass ihre Kollegin in Stirling aufgewachsen war, siebenunddreißig Jahre alt war und damit zehn Jahre jünger als Monica selbst, einen angenehm schrägen Sinn für Humor hatte, gern ins Theater und ins Kino ging und früher irgendwas mit Medien gemacht hatte, bevor sie sich beruflich neu orientiert und umgeschult hatte. Das war mehr oder weniger die Faktenlage, und das reichte Monica vollkommen aus. Sie war nie die Sorte Vorgesetzte gewesen, die sich gern mit ihren Mitarbeitern anfreundete. Lieber wahrte sie eine gewisse Distanz.

»Sind die von der Presse?«, fragte Khan und deutete auf eine größere Schar von Menschen, die vor dem Eingang des Krankenhauses herumstanden. Das riesige Gebäude erinnerte an ein Hotel in den Alpen, wenngleich ein recht heruntergekommenes aus den Siebzigern. »Vielleicht ist das mit der Frau schon zu denen durchgedrungen.« Monica sah zu, wie Khan den Sitz ihrer Kappe korrigierte, wobei der Wind ein paar pechschwarze Haarsträhnen hochwehte; auch das Kunstfell aus Acryl zitterte im Wind. Dabei wurde ihr eines klar: Man sah, dass ihrer Kollegin das Thema Kleidung wichtig war, auch wenn man sonst nicht viel über sie wusste.

Monica schob den Gedanken beiseite und wechselte in den Detective-Modus. Sie kniff die Augen leicht zusammen und musterte die Wartenden, von denen mittlerweile einige zu ihnen herübersahen.

»Gute Nachrichten verbreiten sich schnell«, murmelte sie leise vor sich hin. Allerdings fiel ihr dann auf, dass die üblichen Paraphernalien der Pressemeute fehlten, keine Kameras, keine Mikros, keine Spur von der brodelnden Energie, die mit der wilden Jagd nach der nächsten heißen Story einherging. Stattdessen wirkten diese Menschen seltsam still, sodass sie Monica viel mehr an eine Gruppe Trauernder bei einer Beerdigung erinnerten.

Wie aufs Stichwort setzte ein heftiger Regenguss ein, der auf den bereits nassen Asphalt herunterprasselte, als Monica und Khan den Parkplatz überquerten. Eine kleine Gedächtnisauffrischung, wie nah das Meer war, als hätte es das noch gebraucht. Vor dem Eingang hatten sich bei näherer Betrachtung ungefähr zwanzig Personen versammelt, einige von ihnen mit Regenschirmen, andere, denen der Regen unerbittlich ins Gesicht klatschte, in Goretex- oder Wachsjacken.

»Hey, Sie sind doch diese Polizistin, stimmt's?«, rief jemand. In einer Sache konnte Monica sich sicher sein: Sie fiel auf. Und nachdem sie seit ihrer Rückkehr in den Norden nun schon in mehreren aufsehenerregenden Fällen im Gebiet der Highlands ermittelt hatte, war sie daran gewohnt, dass man sie erkannte. Der Mann, der sie angesprochen hatte, fuhr fort: »Ich bin Giles Forbes, das hier sind Caroline Handler und ihr Sohn Colm.« Dabei deutete er auf eine Frau mit kurz geschnittenen blonden Haaren und einen Jungen im Teenageralter, der direkt neben ihr stand. »Das sind Brian Corcoran und Douglas Mac Andrew«, sprach er weiter und wies auf zwei Männer, einer von ihnen in den Vierzigern und mit Bart, der andere mit einem Hut auf dem Kopf, von dessen breiter Krempe der Regen herabtropfte. Monica nickte und versuchte krampfhaft, sich die Namen einzuprägen, während sie die Gesichter musterte. »Wir sind Freunde und Familienangehörige von einigen der Vermissten der *Explorer*.« Monica war sich nicht sicher, was sie erwartet hatte, aber diese Menschen wirkten alle relativ normal. Es waren ganz gewöhnliche Leute, mit Ausnahme des Schicksals, das sie teilten. Forbes fuhr fort: »Wir müssen unbedingt wissen, ob sie es ist. Könnte es sich wirklich um diese Emily Hurst handeln?«

Monica räusperte sich. »Nun, ich verstehe gut, wie schwer das für Sie alle sein muss. Wir hoffen natürlich, die Frau möglichst schnell zu identifizieren. Mehr kann ich dazu im Moment nicht sagen.«

Als Giles Forbes nickte, sah Monica flüchtig etwas in seinen Augen aufblitzen. Es war Hoffnung, wie ihr nach kurzer Überlegung klar wurde. Etwas, das innerhalb einer Gruppe von Trauernden ihrer Erfahrung nach großes Konfliktpotenzial barg.

Im Innern des Gebäudes herrschte absolute Ruhe, in der Luft hing der Geruch von Reinigungsmitteln und Großküche. Monica und Khan setzten die vorgeschriebenen FFP2-Masken auf, und nach kurzem Warten wurden sie von einer Krankenschwester begrüßt. Diese hatte die Arme verschränkt und trat nervös von einem Bein aufs andere. Monica spähte verstohlen auf das Namensschild an ihrer Brust: *Isbeal Chisholm.* Die Stirn der Frau war in tiefe Falten gelegt: »Sie sind hier, um … *sie* zu sehen, stimmt's?« Monica bestätigte dies, worauf die Krankenschwester fortfuhr: »Sie ist gerade oben im Arztzimmer. Sie kommen besser mit rauf.« Allerdings machte sie keine Anstalten, sich von der Stelle zu bewegen, und Monica wurde das seltsame Gefühl nicht los, dass Isbeal Chisholm sie am liebsten wieder hinaus in den Regen gescheucht hätte, zu der Gruppe von Hinterbliebenen, die die Hoffnung hierhergetrieben hatte.

»Gibt es ein Problem?«

»Oh, nein, natürlich nicht. Davon hat diese Stadt ohnehin genug«, murmelte sie, als sie sich schließlich doch umdrehte und mit quietschenden Sohlen über das Linoleum vorauseilte. »Kaum kehrt man halbwegs zur Normalität zurück, dreht sich wieder alles um dieses verdammte Boot. Aber kein Problem, nein.« Vor dem Aufzug trat die Frau beiseite und bedeutete Monica und Khan, einzusteigen. »Zweiter Stock und dann links.«

»Es muss schwer gewesen sein für die Gemeinde«, sagte Monica, während Khan auf die Taste mit der Zwei drückte.

»Das kann man wohl sagen«, gab die Schwester zurück, die Arme wieder fest vor der Brust verschränkt. »Mein Ehemann hat früher kleine Spritztouren mit seinem kleinen Boot veranstaltet, jetzt fährt er wieder Taxi. War schlimm genug, mit dieser Pandemie und allem, aber wer macht schon gern eine lustige Rundfahrt übers Meer, nach allem, was passiert ist?« Bevor die Fahrstuhltür hinter ihnen zuglitt, schickte sie noch hinterher: »Abgesehen von einer Handvoll Spinner, die völlig besessen sind von dieser verdammten Jacht.«

Im zweiten Stock empfing sie in einer Art Vorhalle ein Mann um die vierzig, mit dunklen Haaren, einem Stethoskop um den Hals, in grünen OP-Klamotten und mit Maske. Er stellte sich ihnen als Dr. Richard Lambert vor. Das war nach zwei Jahrzehnten im Polizeidienst auch für Monica neu: Sie konnte sich nicht erinnern, wann sie je ein Krankenhaus besucht und ein Arzt sie bereits erwartet hätte. Normalerweise musste man die Verantwortlichen in irgendwelchen Patientenzimmern mitten während der Visite abfangen, oft nach stundenlangem Warten.

»Sie sind hier wegen … dieser Unbekannten?«

»Wie ist ihr Zustand?«

»Stabil. Etwas dehydriert und leicht unterkühlt, aber insgesamt ist sie okay«, gab Dr. Lambert zurück. Als Nächstes drehte er sich um und schritt durch eine Flügeltür. »Sie kommen besser mit und machen sich Ihr eigenes Bild.«

Monica und Khan folgten dem Arzt einen langen Flur entlang, durch zwei Stationen, in denen es hoch herging, und dann durch eine weitere Flügeltür in einen etwas ruhigeren Korridor.

»Wie steht es um ihre psychische Verfassung?«, erkundigte sich Monica, als der Arzt schließlich stehen blieb.

Lambert zuckte mit der Schulter und spähte den Flur hinunter zu einem einsamen uniformierten Polizeibeamten, der vor einer Tür saß und Wache hielt. »Nun, ich bin kein Psychiater. Sie spricht nicht.«

»Gar nicht? Uns hat man erzählt, sie soll …«

»Sie sagte immerzu diesen Namen, ja, Emily Hurst«, fiel Dr. Lambert ihr ins Wort und stieß ein seltsames trockenes Lachen aus. »Aber als man sie aus dem Wasser holte, war schlagartig Schluss damit. Seither hat sie kein Wort mehr gesprochen.«

»Und, was glauben Sie, könnte sie es sein? Emily Hurst?« Monica war sich selbst nicht sicher, was diese Frage bringen sollte.

»Selbstverständlich nicht«, gab Lambert knapp zurück, wieder begleitet von diesem hohlen Lachen. »Nun, diejenigen, die sie gefunden haben, halten es durchaus für möglich. Aber meiner Meinung nach ist es unrealistisch. Es ist immerhin fünf Jahre her.« Lambert eilte weiter über den Flur, stieß die Tür neben dem uniformierten Beamten auf und wiederholte noch einmal: »Ja, fünf Jahre ist das jetzt her.«

Draußen am Himmel musste die tief stehende Sonne die Wolkendecke durchbrochen haben, denn jetzt strahlte sie ins Zimmer und flutete es mit einer Helligkeit, die nicht von dieser Welt zu stammen schien. Als wäre der Raum ein Filmset und entsprechend ausgeleuchtet – oder eine Art Huldigungsstätte.

Die Frau saß aufrecht im Bett, und das hereinströmende Sonnenlicht warf lange Schatten über das zerknitterte Bettzeug, um ihre Hände herum, die vor ihr auf der Bettdecke ruhten, und über ihr Gesicht. Monica ging langsam auf sie zu. Sie schätzte die Unbekannte auf Ende dreißig, Anfang vierzig. Ihre Haare gingen ins Blonde, sie trug keine Maske, und Monica fiel auf, wie schmal ihr Gesicht war, die Nase scharf geschnitten, mit leichten Sorgenfalten um die Mundwinkel und die Augen, ein paar feine blonde Härchen am Kinn. Trotz des locker sitzenden Krankenhausnachthemds konnte Monica unschwer erkennen, dass sie klapperdürr war, ihre Schulterknochen zeichneten sich spitz unter dem dünnen Stoff ab.

Monica stellte sich der Frau vor und beobachtete dabei ihr Gesicht. Sie zeigte keinerlei Regung, sondern starrte nur mit weit aufgerissenen Augen vor sich hin, als wäre an der kahlen Wand vor ihr irgendeine fesselnde Projektion zu sehen.

»Können Sie mich hören?«, fragte Monica behutsam. Sie streckte die Hand aus und berührte die Frau am Handrücken. Obwohl sie so extrem dünn war, fühlte sie sich überraschend warm an. Monica drückte die Hand sanft, und für einen Sekundenbruchteil glaubte sie, so etwas wie Erkennen aufflackern zu sehen: Jedenfalls zuckte ein Muskel neben dem rechten Auge der Frau. »Können Sie mir Ihren Namen nennen?« Die Miene der Frau blieb unverändert ausdruckslos. »Erinnern Sie sich, wie Sie auf diesen Berg gelangt sind?« Immer noch keine Regung.

»Wir haben bereits alles versucht«, bemerkte Dr. Lambert, der zwischen Tür und Bett stehen geblieben war. »Sie hat seit heute Morgen am See auf keine einzige Frage reagiert.«

Monica warf einen Blick über die Schulter zu dem Arzt. »Haben Sie etwas dagegen, wenn ich ein Foto von ihr mache?« Ihrer Erfahrung nach hielten Ärzte sich in solchen Fällen an ihre medizinische Schweigepflicht und nahmen ihre Patienten in Schutz. Normalerweise.

»Ich wüsste nicht, dass etwas dagegenspräche«, gab Lambert zurück und klang sogar, als wäre er froh darüber. »Die Menschen im Ort wollen wissen, wer sie ist. Wir sollten alles tun, um ihre Identität möglichst schnell aufzuklären.«

Monica fischte ihr Handy aus der Tasche ihres Tweedmantels und aktivierte die Kamera-App. Doch dann kam ihr spontan eine andere Idee. Sie öffnete den Internet-Browser, um nach dem Foto mit dem Titel »Der Schrei der Passagierin« zu suchen. Als sie fündig geworden war, hielt sie es neben das Gesicht der Frau und kam sich vor wie eine sensationslüsterne Besucherin bei einer viktorianischen Freakshow.

Das Foto wirkte so verstörend wie am ersten Tag: Emily Hursts Gesicht, mit großen schreckgeweiteten Augen, als hätte sie ein Gespenst gesehen, den Mund vor Entsetzen weit aufgerissen. Der Kontrast zu den freudestrahlenden Mienen um sie herum ließ das Ganze umso eigenartiger wirken. Aber jetzt, wo sie es im direkten Vergleich zu der Frau vor ihr betrachtete, schien es ihr richtiggehend surreal, beinahe schaurig. Die feinen Härchen in Monicas Nacken richteten sich auf, und ein Schauder wanderte ihre Wirbelsäule empor und breitete sich bis in ihre verspannten Schultern aus. Die Ähnlichkeit war wirklich verblüffend. Es war zweifellos möglich, dass es sich bei dieser Frau um Emily Hurst handelte.

Monica sah verstohlen zu Khan, die ihr mit einem tiefgründigen Blick diesen Schluss bestätigte. Offensichtlich dachte sie das Gleiche.

»Ich mache nur kurz ein Foto von Ihnen«, sagte Monica mit schwerer Zunge. »Wir werden schon herausfinden, wohin Sie gehören.«

Die Frau starrte sie an, ihre Miene wie versteinert. Die Sonne verzog sich wieder, der Raum war nun in das allgegenwärtige trübe Grau getaucht. Monica richtete das Display ihres Handys auf das Gesicht der Frau, zoomte möglichst nahe heran und drückte auf den Auslöser.

5

Als sie das Krankenhaus verließen und den Parkplatz ansteuerten, lief DC Maria Khan einige Schritte hinter Monica. Sie musterte den lang gestreckten Rücken ihrer Chefin in dem grauen Tweedmantel. Ihr Blick war fest geradeaus gerichtet, als sie sich zwischen den Familienangehörigen der Verschollenen hindurchschlängelten. Fast, als nehme sie die Menschen nicht wahr. Khan selbst spähte verstohlen nach rechts und links zu den Versammelten. Die Trauer und der Schmerz der Ungewissheit hatten über die vielen Jahre, die seit der Tragödie verstrichen waren, bleibende Spuren in den Gesichtern hinterlassen. Khan wusste genau, wie es war. Sie warf den Umstehenden ein, wie sie hoffte, aufmunterndes Lächeln zu und eilte hinter ihrer Vorgesetzten her, wobei der schwere dicke Kunstpelzmantel ihr binnen kürzester Zeit einen feinen Schweißfilm auf den Rücken trieb.

Beim Wagen angekommen, stieg sie auf der Beifahrerseite ein. »Also, das war ja mal eine unheimliche Begegnung. Fast, als sehe man ein Gespenst, nur dass es am Leben ist. Das macht es irgendwie nicht besser. Hätten wir nicht etwas sagen sollen? Zu den Familien? Oder sollen wir später noch mal mit einem DNA-Testkit vorbeikommen und ihre Fingerabdrücke nehmen?«

Ihre Vorgesetzte schien sie nicht zu hören. Sie starrte gedankenverloren auf ihr Telefon und betrachtete das Foto, das sie vorhin gemacht hatte. Ihre von einzelnen grauen Strähnen durchzogenen schwarzen Haare hingen ihr wirr ins Gesicht. »Könntest du das bitte an Fisher weiterleiten?«, sagte sie schließlich. Im nächsten Moment vernahm Khan ein Piepsen in ihrer Tasche, als das Foto über AirDrop bei ihr auf dem Handy landete. »Bitte ihn, die Vermisstenfälle der letzten Zeit durchzugehen, Meldungen über Frauen zwischen dreißig und fünfzig, alles, was so eingetrudelt ist. Und dann soll er sich in der Datenbank zeitlich zurückarbeiten.«

Khan zog ihr Handy heraus und öffnete das Foto. Ein Schauder überlief sie, als sie die ausdruckslose Miene und die starr aufgerissenen Augen betrachtete. Hastig ging sie auf Weiterleiten und wählte DS Ben Fishers E-Mail-Adresse aus der Liste ihrer Kontakte aus. Dann begann sie die Anweisungen ihrer Vorgesetzten in eine Nachricht zu tippen. Fisher war einige Jahre jünger als Khan, hatte aber schon weit mehr Dienstjahre auf dem Buckel. Er stellte nie irgendwelche Fragen, zeigte kaum Interesse an seinen Mitmenschen. Genau das schätzte Khan an ihm. Mittlerweile war er für sie fast so was wie ein Freund geworden.

Während sie die Nachricht abschickte, startete ihre Chefin den Motor, und Khan wartete darauf, dass der Wagen sich in Bewegung setzte. Stattdessen hörte sie, wie Monica auf dem Lenkrad herumtrommelte. Khan sah zu ihr auf.

»Warum sollte jemand einfach so auftauchen«, fragte Monica, »quasi wie aus dem Nichts, irgendwo auf halber Strecke einen Berg hinauf?«

»Vielleicht hat ihr jemand geholfen, dort hinaufzugelangen? Ich weiß nicht, vielleicht hat sie ja ein Helikopter abgesetzt?«, schlug Khan vor, merkte aber noch während sie sprach, wie abwegig diese Idee war. So ein Helikopter wäre ja wohl irgendwem aufgefallen, oder nicht?

Ihre Chefin trommelte weiter nachdenklich mit den Fingern. »Würdest du allein an einer Ausflugsfahrt auf einer Luxusjacht teilnehmen?«

»Allein?«, wiederholte Khan und dachte darüber nach. »Nun, ich denke nicht, außer vielleicht, wenn sonst niemand mit an Bord wäre … Wobei, ohne Crew geht es ja wohl nicht, also eher nicht.«

Diesmal schien Monica eingehend über Khans Worte nachzudenken. »Irgendjemand auf diesem Boot muss diese Emily Hurst von damals doch gekannt haben.« Sie betätigte den Scheibenwischer, um die Windschutzscheibe von den dicken Regentropfen zu befreien. Vor dem Eingang drängten sich immer noch die Hinterbliebenen. »Irgendjemand hier muss doch wissen, wer sie ist.« Sie wandte sich Khan zu und sah ihr forschend ins Gesicht. »Wie war noch mal der Name der Initiatorin dieser Wandergruppe? Hately meinte, sie habe ebenfalls eine Verbindung zur *Explorer*?«

Khan fand Dr. Mitchells Adresse, gab sie bei Google Maps ein und lotste Monica vom Parkplatz herunter nach rechts und ein Stück weiter an einem kleinen Kreisverkehr noch einmal nach rechts. Innerhalb weniger Minuten gelangten sie in die von Bäumen gesäumte Straße, die recht einsam und abgeschieden wirkte. Zu ihrer Linken erblickte Khan die Flanken eines Berges, den sie mithilfe von Google Maps als Ben Nevis identifizierte.

»Warst du schon mal da oben?«, wollte Monica wissen.

»Ich hasse die Berge«, antwortete Khan ohne Zögern. »Ich bleibe viel lieber daheim.« Dann aber fiel ihr die Aussicht vor ihrem Kinderzimmer in Stirling wieder ein, die lang gestreckte Kette der Ochil Hills: magisch und in der Ferne immer zu sehen. Einmal waren sie dorthin gefahren, ihr Dad, Dads Freundin Shay und deren zwei Kinder. Sie hatten am Ufer des Stausees Würstchen gegrillt. Der herrliche Grillduft, die frische Bergluft und das himmlische Fleckchen unmittelbar am Wasser … irgendwie hatten da selbst die mitgebrachten Chips aus der Tüte noch tausendmal besser geschmeckt.

»… Lucy löchert mich immer wieder, wann sie da mal raufdarf. Aber mir kommt er noch zu hoch vor für eine Neunjährige, was meinst du?«

Khan zuckte mit der Schulter. »Also, für mich ist das nichts, aber vielleicht hat sie ja Spaß daran.« Gerade kam am Straßenrand vor ihnen ein Schild in Sicht: *NEVIS VIEW* stand darauf. »Hier rechts abbiegen.«

Monica lenkte den Wagen in die moderne Neubausiedlung und hielt vor der Hausnummer fünf an. Ein Volkswagen stand in der Einfahrt, angeschlossen an eine elektrische Ladestation. Khan stieg aus und betrachtete das riesige Felsenmassiv, das sich hinter dem Bungalow auftürmte, um einiges höher als die Ochils. Feine Dunstschwaden und schmale Streifen von Frühlingsschnee zeichneten sich scharf von der schiefergrauen Bergflanke ab. Sie erinnerte sich an eine Zeitungsmeldung, die sie erst kürzlich gelesen hatte. Darin war es um einen völlig erschöpften und unzureichend ausgerüsteten Wanderer gegangen, den man von einer Stelle knapp unterhalb des Gipfels hatte retten müssen. Möglicherweise war der Berg doch eine Nummer zu groß für eine Neunjährige?

Die Haustür ging auf, und eine Frau schätzungsweise Anfang fünfzig stand im Eingang, sportlich, mit kurzen grauen Haaren, wettergegerbter Haut, in kurzer Hose und einem dünnen Woll-Oberteil. Man sah auf den ersten Blick, dass sie viel Zeit draußen an der frischen Luft verbrachte: Sie war die perfekte Kandidatin für einen Kajak-Urlaub in der Arktis, wofür Khan erst neulich eine Werbung gesehen hatte. In ihrem Magen machte sich ein dumpfes Gefühl bemerkbar: *Was hast du hier zu suchen, an einem so wunderschönen Ort?*

»Dr. Gladys Mitchell?« Monica marschierte über die Einfahrt auf das Haus zu und zeigte der Ärztin ihre Dienstmarke. Die griff danach und musterte die Marke mit gerunzelter Stirn. Als sie den Blick wieder hob, lag ein freundlicher Ausdruck in ihren Zügen.

»Ich bin froh, dass Sie so schnell kommen konnten. Man hört allerhand darüber, wie überlastet die Polizei heutzutage ist. Uns Ärzten geht es ja ähnlich, aber bei Ihnen muss es noch erheblich schlimmer sein.« Lächelnd reichte sie Monica ihre Dienstmarke zurück und bat sie ins Haus. Der Bungalow wirkte hell und einladend, mit großflächigen Fenstertüren, durch die reichlich Licht in den Wohnraum flutete, das den Parkettboden glänzen ließ. An den Wänden hingen Drucke mit Bergmotiven sowie eine gerahmte Landkarte der westlichen Highlands. Im Wohnzimmer entdeckte Khan neben einem verstaubten Fernseher eine Xbox-Konsole. Ihr Blick blieb daran haften, weil es eine so auffällige Unstimmigkeit im sonstigen Umfeld darstellte.

»Die gehörte meinem Sohn Angus«, erklärte Dr. Mitchell, der Khans verwunderter Blick aufgefallen war. »Ich habe ihn immer gezwungen, hier drinnen zu spielen, damit ich ihn wenigstens ab und an zu Gesicht kriege.« Sie lachte, aber Khan registrierte deutlich die unterschwellige Trauer darin. »Nun ja, ich schätze, es hat funktioniert. Wobei er immer nur auf den Bildschirm gestarrt und seine

Freunde angebrüllt hat, mit denen er übers Netz in Verbindung stand …«

»Ihr Sohn war an Bord der *Explorer*?«, hakte Monica sanft nach. Selbst wenn Khans Vorgesetzte ihren Kopf leicht einzog, überragte sie alles und jeden im Raum. Nicht nur aufgrund ihrer Größe, sondern auch dank ihrer Ausstrahlung. Sie fiel unweigerlich auf, wirkte bisweilen sogar annähernd hässlich, wie ein Zentaur. Und zu anderen Gelegenheiten hätte man sie fast als schön bezeichnen können. Was natürlich nicht unbedingt Sinn ergab.

»Ja, das ist richtig. Er wollte ein Jahr lang als Kellner auf der Jacht jobben. Ein wenig Geld verdienen und sich ein Polster schaffen, bevor es auf die Uni gehen sollte.«

»Tut mir sehr leid«, gab Monica zurück. »Ich kann mir nicht annähernd vorstellen, wie schwer es für Sie sein muss.«

»Nun, ich gehöre noch zu denen, die Glück im Unglück hatten.« Mitchell begab sich zur Spüle, um den Wasserkocher zu füllen. »Andere haben zwei, drei geliebte Menschen verloren, in mehreren Fällen war es der Hauptverdiener einer Familie, Vater oder Mutter von kleinen Kindern. Deren Angehörige muss es sehr viel härter getroffen haben. Und wenigstens ist mein Job sicher«, sagte sie und starrte dabei auf den Wasserkocher.

»Wir sind dran an der Identifizierung dieser Frau. Allerdings wären wir dankbar für jegliche Information zu der Passagierin auf der Jacht, Emily Hurst. Haben Sie vielleicht eine Idee, woher sie kam?«

Mitchell schüttelte hastig den Kopf. »Nein. Niemand kannte sie.«

»Was ist mit der Frau von heute Morgen. Hatten Sie sie schon einmal gesehen?«

»Nein, nur … Na ja, sie sieht natürlich der Emily Hurst

auf dem Foto verblüffend ähnlich. Das ist uns allen sofort aufgefallen.«

Khan registrierte eine kaum merkliche Veränderung in Monicas Miene. »Die Wandergruppe, mit der Sie unterwegs waren – sind das auch Angehörige von Leuten, die auf der *Explorer* waren?«

»Ja. Heute ist der Jahrestag ihres Verschwindens. Am Abend halten wir eine Mahnwache ab, unten am Hafen. Aber tagsüber wollten wir dieses Jahr zur Abwechslung mal etwas unternehmen, das uns auf andere Gedanken bringt«, sagte die Ärztin mit einem gezwungenen Lächeln. »Nun ja, das lief nicht ganz so, wie wir uns das vorgestellt hatten.«

»Wer wusste alles vom Ziel Ihrer Wanderung?«, erkundigte sich Monica.

»Ich bin Admin einer Facebook-Gruppe für die Hinterbliebenen, normalerweise werben wir dort öffentlich für unsere Ausflüge.« Monica nickte Khan zu, die sich sogleich notierte, die einzelnen Gruppenmitglieder ausfindig zu machen.

»Wie viele Mitglieder hat diese Gruppe?«

»Oh, das sind schon ein paar. Hier gibt es viele, die einen geliebten Menschen bei dem Schiffsunglück verloren haben. Das mit der *Explorer* war eine Tragödie, die uns alle betraf, ein harter Schlag für die gesamte Gemeinde.«

»Hätten Sie vielleicht eine Kontaktliste für uns?«

»Ja, tatsächlich. Ich habe selbst eine angelegt, für den Fall, dass man bei Neuigkeiten zur *Explorer* schnell mit den Betroffenen in Kontakt treten kann. Und um alles zu teilen, was mit der Stiftung zu tun hat.«

»Mit welcher Stiftung?«

»Frederick Bull-Peterson hat sie ins Leben gerufen. Er wollte die Hinterbliebenen damit unterstützen.«

»Wer ist dieser Bull-Peterson?«

Die Ärztin lupfte überrascht eine Augenbraue. »Er ist Schwede und Eigentümer der Firma, die die *Explorer* gebaut hat. Er hatte vor, sie für Luxuskreuzfahrten raus auf den Atlantik einzusetzen, zum Beobachten von Delfinen, von Polarlichtern, solche Dinge. Er wollte ein wenig Geld in die örtliche Wirtschaft pumpen. Mit Luxustourismus der besonderen Art.«

»Und dieser Bull-Peterson lebt in Schweden?«

»Nein, er hat sich hier niedergelassen, ist völlig vernarrt in die Highlands. Er besitzt ein riesiges Anwesen nicht weit von Knoydart.« Ein Schatten legte sich über die Züge der Ärztin. »Eigentlich gar nicht so weit von der Stelle entfernt, an der wir heute Vormittag wandern waren.«

»Wo Sie die Frau entdeckt haben?«, hakte Monica nach. Khan brauchte ihr Gesicht nicht zu sehen, um zu wissen, dass sie beide denselben Gedanken hatten: *Das klingt alles nach einem verdammt großen Zufall.*

»Ja, tatsächlich, aber ... nun ja, er besitzt hier in der Gegend sehr viel Land, es ist also nicht unbedingt überraschend. Man könnte eine Nadel blind in die Landkarte stecken, und trotzdem stünden die Chancen gut, dass man dabei eins seiner Grundstücke erwischt.«

»Und was halten die Menschen hier von ihm, dem Eigentümer und Erbauer der *Explorer*?«

Abermals hob Dr. Mitchell die Augenbrauen. »Nun, eigentlich ist er recht angesehen. Tut alles, um die Angehörigen der verunglückten Passagiere finanziell zu unterstützen. Er hat ein Vermögen ausgegeben, um herauszufinden, was mit der Jacht geschehen ist, nur ... leider ohne Erfolg.«

»Es gab keine Ressentiments ihm gegenüber, keine Vorwürfe?«, fragte Monica. »Man hat ihn nicht für das Unglück verantwortlich gemacht?«

»Ich bin mir sicher, dass einige ihm die Schuld zuschreiben wollten, so sind die Menschen nun mal gestrickt«, gab Dr. Mitchell zu. »Aber die eingeleitete Untersuchung zur möglichen Unglücksursache konnte seine Firma entlasten. Man fand keine Hinweise auf menschliches Versagen oder mangelnde Sorgfalt bei der Konstruktion der Jacht.«

Ist bestimmt schwer nachzuweisen, ging es Khan durch den Kopf. *Vor allem, wenn von der Jacht jede Spur fehlt.*

»Außerdem war er persönlich betroffen«, fuhr Mitchell fort, »jeder wusste das.«

»Persönlich betroffen? Inwiefern?«

»Seine Schwester, Paula Reagan, war unter den Passagieren. Sie ist ebenfalls verschollen.«

»Damals vor fünf Jahren, als die *Explorer* verschwand … Es muss doch Gerüchte gegeben haben, Geschichten darüber, was mit dem Boot passiert sein könnte? Und Gerede, wer diese Emily Hurst war?«

Zum ersten Mal im Laufe ihres Gesprächs machte Dr. Mitchell den Anschein, als fühlte sie sich unwohl angesichts ihrer Fragen. »Als Ärztin kriegt man so einiges mit, klar, da hört man die wildesten Geschichten.«

»Zum Beispiel?«

Mitchell verschränkte die Arme vor der Brust und schüttelte langsam den Kopf, sodass Khan schon fürchtete, sie würde dichtmachen und die Aussage verweigern. Dann aber sprach sie doch weiter: »Nun, manche behaupteten, Emily Hurst sei eine Banshee gewesen, ein Wesen aus der keltischen Mythologie, das als Vorbote von Tragödien in Erscheinung tritt. Oder dass Bull-Peterson die Jacht zum Sinken gebracht habe, um das Geld von der Versicherung einzustreichen, was meines Erachtens abwegig ist, denn die Summe war im Vergleich zum Wert der Jacht lächerlich gering. Manche redeten sogar davon, er habe das Boot absaufen lassen, um seine Schwester loszuwerden. Hören Sie, ich könnte noch ewig weitermachen, aber …«

»Warum sollte er seine Schwester loswerden wollen?«

Mitchell wandte verlegen den Blick ab. »Ich weiß es wirklich nicht. Es ist schrecklich, was die Menschen so daherreden.«

Khans Gedanke aber war: *Nicht so schlimm wie das, was die Leute bereit sind, in ihrer Verzweiflung zu tun.* Sechs Monate in der Abteilung für Gewaltverbrechen hatten sie ebendas gelehrt.

»Und was ist mit Emily Hurst?«, bohrte Monica weiter. »Es müssen doch Gerüchte kursiert haben, wer sie sein könnte?«

»Wie gesagt, es gab jede Menge Klatsch und Tratsch. Aber unsere Gemeinde ist sehr eng vernetzt. Wenn jemand gewusst hätte, wer diese Frau ist, wäre es an die Öffentlichkeit gedrungen. Es war wirklich so, als wäre sie ein Gespenst, das wie aus dem Nichts auftauchte.«

6

Es dämmerte bereits, als sie ihr Gespräch mit Dr. Mitchell beendeten und am Ufer des Loch Linnhe entlang südwärts durch Fort William fuhren, zum Creag Dubh, einem Hotel, das noch aus der viktorianischen Ära stammte. Nachdem sie beide eingecheckt und ihre Zimmer bezogen hatten, trafen sie sich wieder unten im Restaurant. Monica fiel auf, dass der große Gastraum so gut wie menschenleer war, erstaunlich, wenn man bedachte, dass die Touristensaison bereits in vollem Gange war. Abgesehen von ihnen saß da nur ein einsames Paar mittleren Alters, beide in der gleichen Outdoor-Funktionskleidung. Sie zogen lange Gesichter und wechselten kaum ein Wort. Hatten die beiden vielleicht einen anstrengenden Tag gehabt, weil sie den Ben Nevis bestiegen hatten?, überlegte Monica. Oder war das Schweigen das Resultat einer langen unglücklichen Ehe?

Eine Kellnerin erschien. Auf ihrem Namensschild stand *Sophia*. Nachdem die junge Frau, die mit polnischem Akzent sprach, ihre Bestellung aufgenommen hatte – Käse-Makkaroni für Monica, einen Cheeseburger für Khan –, blieb sie zögernd an ihrem Tisch stehen, als hätte sie noch etwas Wichtiges loszuwerden. Dr. Mitchell mochte ja eine Abneigung gegen jede Form von

Geschwätz haben, aber Monica war froh über Hinweise aus der Bevölkerung. Sie war überzeugt, dass es in dieser Gemeinde jemanden geben musste, der bereit war, über Emily Hurst und die *Explorer* zu reden und wertvolle Informationen liefern konnte. Vielleicht war Sophia diese Person?

»Leben Sie schon lange hier?«, fragte Monica wie beiläufig.

»Eine ganze Weile, bald sechs Jahre.« Sophia seufzte, als sei es mit den Jahren nicht leichter geworden.

»Erstaunlich ruhig hier für diese Jahreszeit.«

»Früher war in dieser Gegend mehr los, es kamen sehr viele Touristen. Inzwischen sind es nicht mehr ganz so viele, nicht mehr seit dieser Sache mit der *Explorer* …«

»Waren Sie bereits hier, als das damals passierte?«

Sophia sah sich betreten im Raum um. »Ja, ich war schon da.«

»Es hat sicher viel Gerede gegeben?«

»Oh, ja, die Leute haben eine Menge Tratsch verbreitet, die unterschiedlichsten Erklärungen, was passiert sein könnte.«

»Was zum Beispiel?«

»Das war damals ein harter Schlag, die Leute drehten total am Rad, wissen Sie? Alle suchten verzweifelt nach Antworten, erfanden die wildesten Geschichten …«

»Fällt Ihnen irgendetwas Konkretes ein?«

Sophia sah sich noch einmal im menschenleeren Restaurant um. »Tratsch bringt keinen von ihnen zurück.«

»Nein, aber es könnte ein Körnchen Wahrheit darin stecken, das uns weiterhilft.«

Sophia starrte sie an, und für einen flüchtigen Moment glaubte Monica, sie würde reden. Doch dann durchbrach das Geräusch eines Summers die Stille. Die Kellnerin schüttelte den Kopf.

»Tut mir leid, ich muss wieder.« Mit diesen Worten eilte sie über den abgetretenen Teppichboden davon und verschwand in der hell erleuchteten Küche.

Der Wind kam von Westsüdwest, geradewegs vom Atlantik her, jagte pfeifend über den Loch Linnhe durch den Tweedstoff von Monicas langem Mantel bis ins Mark ihrer Knochen. Sie schaute auf Khan hinab, die neben ihr herlief, und beneidete sie insgeheim um ihren Kunstpelzmantel. Vielleicht verstieß er ja doch nicht gegen die Kleiderverordnung 6.1.6.

»Gibt es hier denn gar keine Klatschmäuler?«, fragte Khan, während sie die Straße vor dem Hotel überquerten und auf den Gehsteig traten, der am Ufer des Sees entlangführte. »Das wäre ja mal ganz was Neues.«

»Sie wirkte eingeschüchtert, findest du nicht?«, gab Monica zurück und starrte auf das schwarze Wasser, in der Ferne gesprenkelt mit dem reflektierten Licht einiger Bootsleuchten. Auf der gegenüberliegenden Uferseite befand sich ihres Wissens eine massive Bergwand, die sich gegenwärtig aber nur als kaum wahrnehmbarer dunkler Schemen vor dem Nachthimmel abzeichnete.

»Eingeschüchtert? Von wem?«, hakte Khan nach.

Monica setzte sich in Bewegung. »Keine Ahnung. Aber irgendjemand wird mit uns reden. Wir müssen diese Person nur finden.«

Wenigstens hatte es aufgehört zu regnen, als Monica und Khan das andere Ende der Ortschaft erreichten, wo der Gedenkstein stand. Die Mahnwache bei Kerzenschein zum fünften Jahrestag des Unglücks war bereits in vollem Gange, und sie suchten sich einen Platz etwas weiter hinten, von wo aus sie die Teilnehmer unbemerkt beobachten konnten. Monica betrachtete die Gestalten vor sich, jede Person nichts als ein dunkler Schemen, die Köpfe umgeben von einem Leuchten, das wirkte wie ein Heiligenschein.

Ein lauter Ruf ertönte aus der Menge und schreckte Monica aus ihren Gedanken, dann folgten Worte, die sie schließlich als Gälisch identifizierte. Ein Vorbeter hatte einen Psalm angestimmt. Obwohl Monica kein Gälisch verstand, liebte sie die düstere, getragene Melodie eines gesungenen Chorals. Heute allerdings wirkten die Laute, die durch die Dunkelheit schallten, unheimlich bedrückend auf sie, beinahe beängstigend. Sie erinnerten Monica daran, dass Sophia eindeutig Angst gezeigt hatte. Das alles passte perfekt zu dieser einsamen Gebirgslandschaft und dem aufgewühlten Wasser des Sees. Und zu dieser angeblichen Emily Hurst, die natürlich eine Banshee sein musste. Unter dem Eindruck der bedrückenden Klänge war es offenkundig, wie hatte je irgendwer daran zweifeln können?

Der Wind, der vom Wasser heranwehte, war eisig, sodass sich die Härchen an Monicas Armen unter ihrem Mantel aufrichteten. Wobei die Frau im Krankenhaus durchaus aus Fleisch und Blut war, ermahnte sie sich. Sicher war auch diese andere Frau aus Fleisch und Blut gewesen, und ganz sicher konnte man eine Banshee nicht auf ein Foto bannen. Khans Gesicht war fast vollständig unter ihrer Baseballkappe verborgen. Ihre jüngere Kollegin war ungewöhnlich still seit ihrem Gespräch mit Dr. Mitchell. Als hätte irgendetwas im Zuhause dieser Ärztin sie in Unruhe versetzt. Sie hatte schützend beide Arme um den Oberkörper geschlungen und sich tief in ihrem Mantel vergraben.

Während Monicas Augen sich allmählich an den Kerzenschein gewöhnten, sah sie sich um und betrachtete die einzelnen Gesichter näher. Es waren mehr Teilnehmende als erwartet, bestimmt an die Hundert. Von Hately wusste sie, dass dreizehn Passagiere und die Besatzung zusammen mit der *Explorer* verschollen waren. Abgesehen von dieser Emily stammten sie alle aus Fort William oder der näheren Umgebung beziehungsweise hatten eine Verbindung dazu.

»Ich hatte gehofft, dass Sie kommen würden.« Monica drehte sich nach der weiblichen Stimme um. Dr. Mitchell stand schräg hinter ihr. Sie war dem Wetter entsprechend gekleidet: mit dicker Wollmütze und einem türkisfarbenen Daunenparka von Patagonia. Sie hatte eine Tragetasche aus Baumwolle bei sich. »Ich dachte, es würde Ihnen vielleicht weiterhelfen, wenn Sie die Adressen von den Familienangehörigen der Verschollenen hätten. Um Ihre Nachforschungen ein wenig zu beschleunigen.« Sie nahm die Tasche von der Schulter und reichte Monica ein Blatt Papier, das sie daraus zutage förderte. »Hübsch, die Kerzen bei Dunkelheit, nicht wahr? Und dieser Gesang. Eine wundervolle Art, den Vermissten unseren Respekt zu erweisen.« Monica sah forschend in das lächelnde Gesicht der Ärztin und dachte: *Sie haben kein bisschen um Ihren Sohn getrauert, niemand hier hat richtig getrauert. Es ist, als wäre die* Explorer *erst heute Morgen verschwunden.* »Die Familien sind fast alle hier«, fuhr Dr. Mitchell fort und deutete auf eine Frau, die auf der gegenüberliegenden Seite des Gedenksteins stand. Ihr Gesicht wurde vom Schein der Kerze erhellt, die sie in der rechten Hand hielt. »Das da ist Caroline Handler.« Links von ihr stand ein junger Mann, beinahe noch ein Teenager, und zu ihrer Rechten ein Mann von Anfang bis Mitte vierzig mit leicht ergrautem Bart. Er trug eine Baseballkappe auf dem Kopf. Jetzt sah er auf und begegnete Monicas Blick, weshalb sie sich rasch wegdrehte. »Ihr Schwager Quint und ihr Sohn Colm. Colm ist gerade mit der Highschool fertig. Sie hat die Geschichte besonders hart getroffen.«

»Warum das?«

»Ihr Mann Peter Handler war der Kapitän der Jacht. Manche haben ihm die Schuld gegeben – natürlich ohne stichfeste Beweise. Sie behaupteten steif und fest, der Kapitän müsse einen Fehler begangen haben.« Monica speicherte diese Information für später ab. Die Ärztin wirkte jetzt viel entgegenkommender als am Nachmittag. Sie fuhr fort: »Das da drüben ist Sophia Kolkah.« Sie deutete auf eine Frau, die soeben eintraf, ein Kind von ungefähr fünf Jahren im Schlepptau, das dick in Mantel und Mütze eingepackt war. Monica erkannte, dass es sich um die Kellnerin aus ihrem Hotel handelte. Sie musste nach Hause gegangen sein, nachdem sie ihnen das Essen serviert hatte, um an der Mahnwache teilzunehmen. Monica verspürte einen leichten Stich des Bedauerns, als sie daran dachte, wie schonungslos sie die Frau ausgequetscht hatte. »Es war schrecklich. Sie waren erst kurz zuvor aus Polen hierhergezogen, sie sprach kaum ein Wort Englisch und war schwanger mit ihrem Sohn, dem kleinen Pavel. Er ist jetzt fünf, hat seinen Vater nie kennengelernt. Er hieß ebenfalls Pavel und war Koch auf der *Explorer*. Mittlerweile hat sie einen neuen Lebensgefährten, Andrew. Er behandelt den Jungen allem Anschein nach sehr gut.«

Die Ärztin redete weiter, und Monica erkannte einige der Gesichter aus dem Krankenhaus wieder, prägte sich die dazugehörigen Namen ein: Giles Forbes, Charlotte Hawley, Brian Corcoran, Douglas MacAndrew und viele andere. Und wie zuvor kam ihr jetzt wieder der Gedanke: *Irgendjemand hier muss Emily Hurst gekannt haben. Irgendjemand muss etwas über sie wissen.* Aber wo sollten sie anfangen?

»… kommt gerade an, da drüben …« Monica registrierte den veränderten Tonfall in Mitchells Stimme, es war fast, als spreche sie vom Sohn der Queen höchstpersönlich, der Fort William beehrte. »Er ist ja so unsagbar beschäftigt, kaum zu glauben, dass er sich die Zeit nimmt.«

Monica folgte Dr. Mitchells Blick zu einer Gruppe von Leuten, die sich in diesem Moment zu den bereits Versammelten gesellten. Dahinter standen drei schwarze Range Rover am Bordstein geparkt. Ihr Blick landete auf einem Mann ganz vorne in der Mitte. Er war groß und breitschultrig und athletisch gebaut, mit blonden Haaren, die unter einem Hut hervorspitzten, und im dicken Parka.

»Ist das …«

»Mr. Bull-Peterson«, bestätigte Dr. Mitchell. »Er bemüht sich, an jeder Veranstaltung teilzunehmen, die mit der *Explorer* zu tun hat, ganz gleich, wie viel er gerade im Terminkalender stehen hat. Er will damit zeigen, dass …« Monica hörte nicht weiter zu, sondern hatte sich bereits in Bewegung gesetzt, um sich dem Mann vorzustellen.

»Entschuldigen Sie bitte, ich bin DI Kennedy von der Polizei Inverness«, sagte sie, als sie auf ihn zutrat. Bull-Peterson blieb stehen und musterte sie von Kopf bis Fuß, antwortete aber nicht. »Bitte verzeihen Sie die Störung, aber ich wollte mit Ihnen ein paar Worte über diese Frau wechseln, die man heute Morgen unweit Ihres Grundstücks aufgefunden hat.« Wieder blieb Bull-Peterson ihr eine Antwort schuldig, und Monica wurde bewusst, dass sich eine

Menschentraube um sie herum gebildet hatte. Die Aufmerksamkeit der Anwesenden richtete sich nun ganz auf sie. »Haben Sie irgendeine Vorstellung, woher sie kommt und warum sie ausgerechnet jetzt hier auftaucht?«

Frederick Bull-Peterson fixierte sie einen langen Moment ernst, ehe er sagte: »Nein, ich habe keine Vorstellung.« Sein Akzent klang mehr südenglisch als schwedisch. »Und wenn es Ihnen nichts ausmacht, würde ich jetzt gerne meiner Schwester und den anderen Vermissten die Ehre erweisen.«

7

Zurück im Hotelzimmer, rief Monica ihre Mutter auf dem Handy an. Sie ging nicht ran, was für Angela Kennedy untypisch war. Insbesondere, wenn Monica gerade an einem spannenden Fall arbeitete – die Arbeit ihrer Tochter faszinierte sie. Normalerweise löcherte sie Monica zu jeder Gelegenheit mit Fragen und lieferte gleich ihre eigenen Theorien, basierend auf den »Nachforschungen«, die sie in Chatforen im Internet und mit der Lektüre von True-Crime-Storys und Krimis anstellte.

Es sah ihr also überhaupt nicht ähnlich, dass sie einen Anruf ihrer Tochter in einem solch frühen Stadium einer Ermittlung verpasste. Andererseits handelte es sich hier um keinen gewöhnlichen Fall – erschütternde Ereignisse wie Mord oder Entführungen waren da schon eher nach Angela Kennedys Geschmack. Nach Monicas aktuellem Kenntnisstand waren die Medien noch nicht auf das unerwartete Auftauchen dieser Fremden sowie ihre mögliche Verbindung zur *Explorer*-Katastrophe aufmerksam geworden. Sobald aber die ersten Meldungen in diversen Facebook-Foren auftauchten, würde ihre Mutter keine Ruhe mehr geben. Und wenn irgendetwas Außergewöhnliches mit Lucy vorgefallen wäre, hätte sie sie gewiss kontaktiert.

Monica legte das Handy auf dem Nachtschränkchen ab,

stöpselte das Ladekabel ein und sah sich in dem tristen Hotelzimmer um. Der gleiche ausgetretene rostbraune Teppich wie unten im Restaurant, cremefarbene Wände mit schwarzen Spuren gleich neben der Tür, ein schwacher Geruch nach etwas, das sie nicht näher bestimmen konnte, das aber irgendwie deprimierend wirkte. Wenigstens gab es einen Wasserkocher, zwei Teebeutel, zwei Tütchen Instant-Kaffeepulver und vier Portionsdöschen mit Kaffeesahne.

Nachdem sie sich einen Tee zubereitet hatte, setzte sie sich mit ihrem Laptop aufs Bett, loggte sich ins WLAN ein und machte sich ans Lesen des Wikipedia-Eintrags zur *Explorer*. Die Jacht war an einem Trockendock am Loch Leven gebaut worden, unweit von Fort William, von einem multinationalen Unternehmen namens Thule Corporation, gegründet in Stockholm in Schweden 1937 von den beiden Schwagern Anders Bull und Stephan Peterson. Ursprünglich hatte man sich dort auf den Bau von Frachtschiffen konzentriert und später in den Bereich der Ölförderung mit Spezialbooten und Bohrinseln expandiert. Das Unternehmen war nach wie vor mehrheitlich Eigentum der Familie Bull-Peterson.

Die *Explorer* war am 14. März 2017 vom Stapel gelaufen und hatte nach einigen Testfahrten rund um den Minch und hinaus auf den Nordatlantik sämtliche Sicherheitskriterien erfüllt und die entsprechenden Zertifikate erhalten.

Ein durchdringendes, hohes Kreischen durchbrach die Stille. Alarmiert sah Monica sich im Zimmer um, bis sie begriff, dass es sich um die Rückkopplung einer Soundanlage im Erdgeschoss handelte. Wenige Augenblicke später war Musik zu hören, unmittelbar gefolgt vom Klang einer männlichen Stimme. Karaoke. Monica lauschte und versuchte, den dargebotenen Song zu erkennen. Sie war halb genervt, halb angenehm überrascht, dass zumindest ein Teil der örtlichen Bevölkerung sich Mühe gab, ein wenig Spaß zu haben. Wenig später erkannte sie »Suspicious Minds«, einen der Lieblingssongs ihres Dads, und fairerweise musste sie zugeben, dass der Sänger seine Sache gar nicht mal so übel machte.

Sie widmete sich wieder dem Artikel auf Wikipedia. Die *Explorer* war am Sonntag, den 16. April 2017, vom Pier in Fort William in See gestochen, mit dreizehn Passagierinnen und Passagieren und fünf Crewmitgliedern an Bord. Kapitän des Boots war Peter Handler, fünfundvierzig, ein Mann mit mehr als fünfundzwanzig Jahren Erfahrung auf hoher See, zehn davon als Kapitän.

Monica erinnerte sich, wie Dr. Mitchell erzählt hatte, Handlers Familie habe eine schwere Zeit hinter sich. Wie lauteten noch mal die Namen? Caroline und Colm, ihr Sohn. Sie erinnerte sich auch an diesen Mann, Peter Handlers Bruder. Aus irgendeinem Grund hatte er eine besondere Faszination auf sie ausgeübt. Irgendetwas hatte er an sich, nur was? Kopfschüttelnd las sie weiter.

Dem Wikipedia-Eintrag zufolge hatte die *Explorer* einen zweiten geplanten Halt am Fähr-Terminal in Ardgour eingelegt, um drei weitere Passagiere an Bord zu nehmen, bevor sie hinaus auf den Loch Linnhe gefahren war, in südlicher Richtung vorbei an der Isle of Mull und dann weiter nordwärts, zwischen den Inseln Tiree und Coll hindurch. Die Jacht war anschließend nach Westen auf den Nordatlantik hinausgefahren. Die vorgesehene Route sollte sie zu guter Letzt nach Norden zu den Western Isles führen, entlang der Westküste von Barra, dann weiter westwärts, um die entlegene Inselgruppe St. Kilda zu besichtigen, und schließlich zwischen North Uist und Harris hindurch, bevor sie wieder nach Fort William zurückkehren sollte, am Abend des 17. April 2017, dem darauffolgenden Montag. Doch gegen 22 Uhr 30 am 16. April war der Kontakt zur *Explorer* urplötzlich abgebrochen, die Radio- und Satellitenkommunikation war ausgefallen. Die letzten bekannten Koordinaten der Jacht lagen bei 57 588 Grad nördlicher Breite und 8271 Grad westlicher Länge, ungefähr dreißig Meilen westlich von North Uist, auf halber Strecke nach St. Kilda. Die Witterungsbedingungen waren zu dem Zeitpunkt nicht die besten gewesen, laut Auskunft des Met Office, dem nationalen meteorologischen Dienst, hatte die Windstärke bei acht gelegen. Das dürfte für heftigen Seegang gesorgt haben, sollte aber für eine Superjacht wie die *Explorer* normalerweise kein Problem darstellen. Schließlich war sie so designt, dass sie mit der rauen See des Nordatlantiks das ganze Jahr über bei jedem Wetter klarkommen sollte. Kein Mayday oder irgendein anderes Notsignal waren empfangen worden, der Notruf wurde erst ausgelöst, als man den Kontakt verlor und die Küstenwache um ein Uhr nachts am Montag, den 17. April, eine Rettungsmission einleitete. Trotz der vielen Monate intensiver Suche fand sich weder von der *Explorer* noch von den Passagieren oder der Crew je eine Spur.

Monica klappte den Laptop zu. Es machte wirklich den Anschein, als wäre die Jacht einfach so von der Erdoberfläche verschwunden. Nur dass jetzt möglicherweise eine der Mitfahrenden aufgetaucht war. Oder zumindest eine Frau, die große Ähnlichkeit zu dieser ominösen Passagierin aufwies. Irgendjemand muss sie kennen, anders kann es nicht sein, dachte Monica erneut, ein Gedanke, der innerhalb eines Tages fast zu so etwas wie einem persönlichen Mantra geworden war. Sie knipste das Licht aus und schlüpfte unter die Decke, um zu schlafen.

Wenig später dröhnte »Letter From America« von unten herauf. Monica starrte an die Decke, während noch weitere Songs folgten: »Don't You (Forget About Me)«, »Do Ya Think I'm Sexy« und »Caledonia«. Schließlich gab sie es auf, kroch aus dem Bett und zog sich wieder an. Sie checkte die Uhrzeit auf ihrem Handy: 23 Uhr 15. Wie hieß es doch so schön? Wenn du sie nicht besiegen kannst, verbünde dich mit ihnen? Sie überlegte, ob sie runtergehen und sich an der Bar einen Drink genehmigen sollte, vielleicht sogar bei Khan anklopfen, die im Stockwerk über ihr untergebracht war. Möglicherweise war ihre Kollegin noch wach und wollte mit runterkommen. Doch dann steckte sie ihren Laptop zurück in die Hülle und nahm kurz entschlossen ihre Autoschlüssel vom Nachtschränkchen.

8

Das Quietschen von Monicas Schuhsohlen auf dem Linoleum musste die Polizeibeamtin, die das Zimmer bewachte, aufgeschreckt haben, denn jetzt sah sie ruckartig von ihrem Handy hoch und riss alarmiert die Augen auf. Manchmal hatte Monica diesen Effekt auf Leute. Erst recht nachts, auf spärlich beleuchteten Krankenhausfluren.

Sie hielt beschwichtigend die Hände hoch und stellte sich der Frau vor. »Nicht erschrecken, ich bin die leitende Ermittlerin. Dachte, ich schaue kurz vorbei und sehe nach ihr«, erklärte sie mit einer Geste in Richtung der Tür, neben der die Polizistin saß. »Ich glaube, wir sind uns noch nicht begegnet, stimmt's?«

»Mein Name ist PC Weinmann, Amy«, antwortete die junge Frau und ließ rasch ihr Handy in der Tasche verschwinden. Dann richtete sie sich auf dem Stuhl kerzengerade auf, wie in Habachtstellung. Ihre andere Hand wanderte instinktiv an ihre Hüfte, als wollte sie überprüfen, dass ihre Dienstwaffe da war, wo sie sein sollte. Als befürchte sie, Monica könne sie dafür rügen, dass sie »Emily Hurst« nicht angemessen bewachte. Dann stieß sie plötzlich ein seltsam klingendes Lachen aus. »Peinlich, dass ich Sie nicht gleich erkannt habe. Man hat mich damit beauftragt, auf dem Revier eine Ermittlungszentrale für Sie einzurichten.«

Sie deutete mit einem Nicken grob in die Richtung des Präsidiums. »Ich kann Ihnen den Raum morgen zeigen, habe den besten dafür ausgewählt, ich hoffe, er gefällt Ihnen.«

Monica bedankte sich lächelnd, obwohl sie nicht in Stimmung für einen belanglosen Plausch unter Kolleginnen war. Aber in der Regel machte es sich bezahlt, einen guten Draht zu den Beamtinnen und Beamten in Uniform zu haben. Und die ganze Nacht allein in einem Krankenhausflur herumzusitzen, war sicherlich niemandes bevorzugter Zeitvertreib. »Haben Sie schon hier gewohnt, als die *Explorer* damals verschwand?«, fragte sie jetzt.

»Nein, das ganze Drama habe ich leider verpasst«, gab Amy Weinmann zurück. Sie sprach viel zu schnell und stieß ein nervöses Lachen aus. »Bin erst vor wenigen Jahren hergezogen, kurz vor der Pandemie. Niemand wollte nach dem Unglück noch herkommen, alle waren der Meinung, dass es nach dem Verschwinden der Jacht viel zu deprimierend sei, hier zu leben. Und in erster Linie hat man es an einem solchen Ort natürlich mit Pubschlägereien und häuslicher Gewalt zu tun. Aber ich finde es alles in allem gar nicht so schlecht. Wenn auch recht trostlos mit dem ganzen Grau – graue Wolken, graue Häuser. Manche sagen, die Gegend sei nichts für jedermann, aber ich finde, mit der Zeit gewöhnt man sich daran. Eigentlich gefällt es mir inzwischen sogar recht gut, und ich habe Freundschaften geschlossen.«

»Fanden Sie es anfangs schwer, Anschluss zu finden?«, fragte Monica.

»Ein wenig schon. Ich meine, die Leute sind total nett und alles, aber ich trinke nicht, deshalb bin ich auf Partys nicht gerade die größte Spaßkanone.« Wieder lachte sie nervös. Weinmann hatte die schwarz gefärbten Haare zu einem Pferdeschwanz zurückgebunden. Sie war schätzungsweise

Anfang bis Mitte zwanzig, mit abgesplittertem schwarzem Nagellack an den Fingern, noch so ein Verstoß gegen die Polizeistandards in Bezug auf Uniform und Erscheinungsbild. Aber Monica war froh, dass es in diesem Fall das Problem von jemand anderem war. »Manchmal hat man das Gefühl, dass alle sehr eng miteinander vernetzt sind und man kaum einen Fuß in die Tür bekommt, wenn Sie verstehen, was ich meine?«

Monica nickte, bedankte sich und schob wie aufs Stichwort die Tür zum Krankenzimmer auf. Die einzige Lichtquelle im Raum war die kleine Lampe auf dem Nachtschränkchen. Die Frau saß fast unverändert da wie am Nachmittag, den Blick stur geradeaus auf die Wand gerichtet. Monica betrachtete sie einen Moment lang und fragte sich, warum man sie nicht flach auf den Rücken gelegt hatte, damit sie schlief. Bestand ein Erstickungsrisiko? Oder sah irgendein Protokoll vor, dass man Patienten sitzen lassen musste, solange sie wach waren? Ihre Augen waren weit geöffnet – hieß das, dass sie bei Bewusstsein war?

Monica blieb am Fußende des Bettes stehen. Im dunklen, stillen Krankenzimmer hörte sie die langsamen und tiefen Atemzüge der Frau ganz deutlich. Sie musterte ihr Gesicht, versuchte vergeblich, Blickkontakt herzustellen.

»Emily? Ist das Ihr Name?« Die Miene der Fremden zeigte keinerlei Regung. »Ich persönlich denke nicht, dass Sie das sind. Aber wenn ich mich täusche, haben Sie bestimmt eine höllisch spannende Story zu erzählen.« Monica sah zu, wie sich die dürre Brust unter dem Krankenhausnachthemd langsam hob und senkte. Für einen kurzen Moment glaubte sie wieder, den Hauch einer Bewegung um die Augen- und Mundwinkel herum wahrzunehmen. Versuchte sie etwas zu sagen? Monica trat seitlich ans Bett heran. Nahe genug, um den Geruch nach Seife an der Frau wahrzunehmen. Man hatte sie gebadet, Haut und Haar von Schlamm und Moos befreit. Aber nahm sie da unterschwellig nicht auch noch etwas anderes wahr? Einen Hauch Salzwasser? Nein, sicher ging die Fantasie mit ihr durch. Aus der Nähe fiel ihr der Schwung der Lippen und der Nase der Fremden auf, als wären sie fein säuberlich gemeißelt. Wann hatte sie ein anderes menschliches Gesicht zuletzt so eingehend betrachtet? Sicher war das bei Lucy gewesen, dieses kleine Wesen, das wie durch ein Wunder aus ihr selbst herausgeschlüpft war. Und bei einem schlafenden Liebhaber vielleicht, was aber schon eine ganze Weile her war.

»Ich denke, Sie haben so oder so eine verdammt interessante Geschichte zu erzählen«, flüsterte sie. »Bleibt nur zu hoffen, dass Sie sie eines Tages mit uns teilen.«

Schließlich ließ sie sich auf dem Stuhl neben dem Bett nieder und starrte in dieselbe Richtung wie die Frau, auf die kahle Wand. Sie überlegte, ob sie vielleicht ein Poster besorgen sollte, irgendwas aufhängen, was das Interesse der Frau wecken könnte? Ihren Geist anregte? Vermutlich kam es ganz darauf an, wie bewusst die Fremde die Welt um sich herum wahrnahm, aber andererseits war bestimmt alles besser als diese nackte Wand. Sie machte sich eine geistige Notiz, sich am Vormittag in der Stadt nach etwas Passendem umzusehen.

Ihr Handy summte in der Manteltasche und kündigte den Eingang einer Nachricht an. Sie kam von DS Ben Fisher. Der ehrgeizige Junior Detective schrieb ihr oft spätnachts. Monica nahm an, dass er ihr damit demonstrieren wollte, welchen Einsatz er im Job zeigte. Oder er war schlicht und ergreifend ein Workaholic, genau wie sie. Damals, in ihren Zwanzigern und Dreißigern, hatte sie da unten in London für ihre Fälle gelebt, sie war voll und ganz in ihrer Arbeit aufgegangen. Jetzt, mit Lucy, war das anders, oder zumindest wollte sie sich einreden, dass es an ihrer Tochter lag. Rasch überflog sie seine Nachricht: *Bislang keine Übereinstimmung zwischen der Frau auf dem Foto mit irgendeiner Person aus dem Vermisstenregister*. Er hatte einen Digitalspezialisten kontaktiert, um das Foto, das Monica gemacht hatte, mit der Emily Hurst von der Aufnahme von damals zu vergleichen.

Monica bedankte sich in ihrer Antwort bei ihm und ließ ihr Handy in der Manteltasche verschwinden. Als Nächstes standen die Fingerabdrücke und der DNA-Abgleich an. Sie überlegte, ob sie gleich aufs Polizeirevier fahren sollte, um sich die nötigen Kits zu besorgen, entschied sich aber dagegen. Es wäre besser, sich ganz offiziell das Okay von Dr. Lambert zu holen, und sie hatte das dumpfe Gefühl, dass er über einen nächtlichen Anruf, noch dazu an einem Samstag, nicht allzu erfreut wäre.

Wieder summte ihr Handy. Diesmal war es ihre Mum, die sie auf FaceTime zurückrief.

»Entschuldige, Monica, ich war im Badezimmer, mein Handy war auf der Ladestation.« Angela Kennedys hübsches Gesicht füllte das Display aus. Sie neigte dazu, das Handy in einem seltsamen Winkel zu halten, sodass Monica eine perfekte Sicht in ihre Nasenlöcher hatte.

»Wie war dein Tag, hast du irgendwas von Lucy gehört?«

»Sicher geht's ihr blendend, hab nichts gehört.« Angela lief in ihrer Küche umher, und Monica erkannte den vertrauten Hintergrund aus Schranktüren und dem alten Gewürzregal. »Du bist immer noch in Fort William?«

»Genau«, gab Monica zurück. »Könnte noch ein paar Tage dauern, es macht dir doch hoffentlich nichts aus?«

»Oh, nein, kein Problem«, sagte Angela. Monica sah, wie ein Wasserkocher am Hahn der Küchenspüle aufgefüllt wurde. Sie ertappte sich bei dem Wunsch, zu Hause bei ihrer Mutter zu sein, darauf wartend, dass das Wasser kochte, damit sie sich zusammen eine dieser Soaps ansehen konnten, die sie selbst so hasste, ihre Mutter aber heiß und innig liebte. »Wann soll ich Lucy morgen denn abholen?«

»Um eins, wenn das okay ist.« Monica verspürte eine seltsame Sehnsucht nach dem Zuhause ihrer Kindheit. Der Schleier des Verlusts, der über dieser Stadt hing, wirkte sich offenbar auch auf ihr Gemüt aus. Sie räusperte sich. »Du kannst sie gern früher abholen, wenn du möchtest, aber die Kinder bekommen wohl noch ein Mittagessen, bevor die Übernachtungsparty zu Ende ist.«

»In Ordnung, Monica«, sagte ihre Mum. Monica wappnete sich für die unvermeidlichen Fragen zum Fall, die nun folgen würden: wer, was, wann, warum. Doch völlig überraschend sagte ihre Mum: »Es ist schon spät. Ich gehe besser ins Bett. Wir sprechen uns morgen wieder. Pass auf dich auf.«

9

Blinzelnd schlug Monica die Augen auf. Im ersten Moment wusste sie nicht, wo sie war, doch dann nahm sie den schwachen sterilen Geruch nach Desinfektionsmittel wahr und registrierte die Reihe von Jalousien, hinter denen das erste Licht des Tages ins Zimmer fiel.

Langsam richtete sie sich auf und rieb sich den steifen Nacken. Ihr Rückgrat fühlte sich an wie gebrochen nach der Nacht, die sie zusammengesackt schlafend auf diesem unbequemen Stuhl in Emily Hursts Krankenzimmer verbracht hatte. Die Frau neben ihr schien sich nicht einen Millimeter bewegt zu haben, nur dass ihre Augen geschlossen waren, wie Monica jetzt erkannte, als sich ihre eigenen Augen nach und nach an das Dämmerlicht gewöhnten. Wie es aussah, war sie selbst eingenickt.

Monica erhob sich ächzend von dem Stuhl, streckte die Gliedmaßen und hörte, wie die Wirbel in ihrem Rücken knackten und krachten. Ein feiner Schweißfilm überzog ihren Körper, das Krankenhaus war gut beheizt. Sie fischte in der Manteltasche nach ihrem Handy und wählte die Nummer von DC Khan, die nach fünfmaligem Klingeln ranging.

»Ich hole dich in fünf Minuten ab«, sagte Monica nur. »Wir müssen uns schleunigst mit den Freunden und Familien unterhalten. Irgendjemand muss wissen, wer Emily Hurst ist.«

»Fünf Minuten?« Monica wurde bewusst, dass Khan noch sehr verschlafen klang. »Boss, es ist kurz nach sechs am Sonntagmorgen. Niemand wird zu dieser frühen Stunde mit uns reden wollen.«

Monica checkte die Uhrzeit auf ihrem Handy. Khan hatte recht. Sie entschuldigte sich und legte auf. Obwohl sie jetzt schon seit drei Jahren eng zusammenarbeiteten, vermisste sie in solchen Momenten ihren Kollegen Crawford schmerzlich. Er war eine Weile in Fort William stationiert gewesen, nachdem er öffentlich in Ungnade gefallen und in den Streifendienst zurückgekehrt war. Sicher wäre er um sechs Uhr früh an einem Sonntag nach einer durchzechten Nacht noch unterwegs und daher jederzeit startklar. »Und das war nur ein Teil seines Problems«, murmelte Monica, während sie sich nach ihrer Laptoptasche umsah. Kurz überlegte sie, wie es ihrem Ex-Partner unten in Glasgow wohl gehen mochte. Sie hatten über die Jahre den Kontakt verloren. Schon eigenartig, wie das moderne Leben es immer wieder schaffte, das Entstehen von längerfristigen Freundschaften zu verhindern. Man zog um wegen eines Jobs, weil man in eine andere, aufregendere Stadt wollte, suchte sich aus Platzgründen eine größere Wohnung oder ein größeres Haus. Es kam allenfalls zu flüchtigen Online-Bekanntschaften, die ziemlich austauschbar waren, man führte ein Leben, das jederzeit weggeworfen werden konnte für ein vermeintlich besseres. Oder ging es nur ihr so? Monica musste an die Freundschaften denken, die ihrem fordernden Berufsalltag zum Opfer gefallen waren, romantische Beziehungen, die ihr stets weniger wichtig gewesen waren als ihre aktuellen Fälle und deshalb zu kurz gekommen waren.

»Kein gutes Thema für einen einsamen Sonntagmorgen«, murmelte Monica vor sich hin, als sie endlich ihren Laptop fand. Die Tasche war gegen das Stuhlbein gelehnt. Sie griff danach und wollte sich gerade zum Gehen wenden, als ihr die Kissen ins Auge stachen.

Es waren zwei, die am Fußende des Bettes auf dem Boden lagen. Sie hatten in der Nacht zuvor hundertprozentig noch nicht dort gelegen, als sie ins Zimmer gekommen war. Denn sonst hätte sie über sie hinwegsteigen müssen, und dann wären sie ihr aufgefallen. Sie warf einen prüfenden Blick auf die Frau, die immer noch tief und fest zu schlafen schien. Langsam ging sie auf die Kissen zu und bückte sich, um sie aufzuheben. »Waren Sie das?«

Natürlich erwartete sie keine Antwort von der Frau, die völlig ruhig dalag, die Augen fest geschlossen. Nur, wenn sie es nicht gewesen war, wer dann? War in der Nacht eine der Schwestern ins Zimmer gekommen und hatte die Kissen versehentlich heruntergestoßen? Oder hatte die Frau sie von der Matratze geschoben, während Monica geschlafen hatte? Die Atmosphäre im Raum war drückend, Monica registrierte einen klebrigen Geruch unter dem Reinigungsmittel, eine Süße wie von Torfwasser. Sie starrte in das reglose Gesicht der Fremden, deren Brust sich gleichmäßig hob und senkte. Schließlich schüttelte sie die Kissen auf und legte sie vorsichtig am Rand der Matratze ab.

Draußen auf dem Flur saß immer noch PC Weinmann auf ihrem Stuhl und wirkte nur halb wach. Als Monica den Raum verließ, sah sie zu ihr auf.

»Ist jemand ins Zimmer gekommen, während ich drinnen war?«

Weinmann schüttelte hastig den Kopf. »Nein, ich hätte niemanden reingelassen, nicht ohne Ihr Einverständnis.

Eine der Schwestern hat den Kopf kurz zur Tür reingestreckt, aber nur um nachzusehen, ob alles in Ordnung ist. Sonst war niemand hier.«

Monica nickte. Sie spürte eine gewisse Nervosität von der Polizistin ausgehen. Natürlich war sie es gewohnt, dass manche Menschen ihre Präsenz als einschüchternd empfanden, aber trotzdem wurmte es sie. Solange die Leute ihren Job anständig erledigten, bekam niemand Ärger mit ihr.

»Haben Sie irgendwelche Geräusche von drinnen gehört? Irgendeine Bewegung?« Die Beamtin starrte sie nachdenklich an und warf einen Blick auf die Tür hinter Monica. Erst jetzt fiel ihr auf, dass PC Weinmann ihren Stuhl von neben der Tür auf die andere Seite des Flurs verrückt hatte. »Keine Sorge, das soll keine Fangfrage sein«, fügte Monica hinzu und rang sich ein aufmunterndes Lächeln ab.

»Ich dachte, ich hätte Sie am Telefon gehört«, sagte Weinmann schließlich. »Ich wollte nicht, dass Sie denken, ich hätte Sie belauscht, deshalb bin ich mit meinem Stuhl hier rübergezogen. War das okay? Tut mir leid, Ma'am.«

»Schon gut, kein Problem. Und sonst haben Sie nichts gehört?«

Weinmann schüttelte bedauernd den Kopf. »Nein, nichts.«

Nachdem Sie sich bei der Stationsschwester nach irgendeiner Form der Videoüberwachung erkundigt hatte, die es bedauerlicherweise nicht gab, verließ Monica das Klinikgebäude und ging zu ihrem Volvo. Sie konnte es kaum erwarten, zum Frühstück ins Hotel zu kommen. Doch als sie hinter dem Steuer ihres Wagens saß und losfuhr, ertappte sie sich dabei, wie sie den Weg am Seeufer entlang westwärts einschlug und aus Fort William hinausfuhr. Auch der heutige Tag begann grau in grau, nur der starke Wind von gestern schien sich gelegt zu haben. Tief hängende Wolken bildeten atmosphärische Streifen über der ruhig daliegenden Oberfläche des Sees. Dahinter türmten sich Berge über Berge, die, von Heidekraut und Felsgestein schwarz und braun gesprenkelt, steil aus dem Wasser ragten. Eine gottverlassene Landschaft, in die kaum je ein Mensch einen Fuß setzte, und diese Frau im Krankenhaus war ausgerechnet an einer der entlegensten Stellen aufgetaucht.

Sie muss irgendeine Form von Unterstützung gehabt haben, um da hochzukommen, dachte Monica. Vielleicht nicht gerade von einem Helikopter, wie Khan es vorgeschlagen hatte, aber irgendjemand hatte ihr geholfen. Ob dieser Bull-Peterson etwas wusste? Er hatte am Vorabend nervös gewirkt, aber vermutlich war er es einfach nicht gewohnt, dass man ihm so schonungslos mit Fragen auf die Pelle rückte. Vielleicht hätte sie damit noch ein wenig warten und stattdessen in einem etwas privateren Rahmen mit ihm reden sollen. Doch in dem Fall hätte er ihr problemlos aus dem Weg gehen können. Bislang war die einzige Verbindung zwischen ihm und der Frau die, dass man sie unweit seiner Ländereien gefunden hatte.

Jetzt fiel ihr auf, dass sie Dr. Lambert gar nicht gefragt hatte, ob sie Schuhe getragen hatte, als sie im Krankenhaus eingeliefert worden war. Denn falls nicht, hätten ihre Fußsohlen ziemlich aufgeschürft sein müssen, wenn sie den ganzen Weg zu diesem entlegenen See barfuß gelaufen wäre. Oder hatte jemand sie begleitet, und sie hatte demjenigen ihre Schuhe mitgegeben? Und wie lange konnte sie da im Wasser gestanden haben, ohne dass sie an starker Unterkühlung litt?

Nach zehn Minuten Fahrt bog Monica auf einen verlassenen Parkplatz in Ufernähe ab und starrte hinaus auf den See. Auf der gegenüberliegenden Seeseite konnte sie eine Reihe von kleineren Häusern ausmachen, alle weiß getüncht und in unmittelbarer Nähe zum Wasser.

Wenn jemand der Frau geholfen hatte, zum Lochan hinaufzukommen, wer war dieser Jemand gewesen, und warum hatte der- oder diejenige es getan? Es musste jemand sein, der eine Verbindung zur *Explorer* hatte, jemand, der gewusst haben musste, dass die Wandergruppe an diesem Tag am Ladhar Bheinn unterwegs sein würde, war es nicht so?

Das Wasser fühlte sich eisig an, erst an ihren nackten Füßen, dann an ihren Unterschenkeln. Monica war streng, was ihre selbst auferlegte Regel betraf, nämlich nie die Temperatur zu überprüfen, bevor sie nicht mindestens ein paar Züge geschwommen war. Jetzt aber überlegte sie, ob das Salzwasser dafür sorgte, dass der mit dem Meer verbundene See nicht ganz so kalt war wie erwartet. Anders als das vom Torf schwarz gefärbte Wasser der Muirtown Locks war es hier kristallklar. Sie sah Seegras unter sich tanzen, wie lange grüne Haare auf hellgrauem Gestein. Ein winziger Vogel streifte mit dem Bauch die Wasseroberfläche und stieß im Weiterfliegen ein munteres Zwitschern aus. Der See wirkte so glatt und glänzend wie Quecksilber, fast wie in einem Traum.

Das erste Abtauchen ins kalte Nass kostete sie immer am meisten Überwindung. Und vielleicht war es genau das, was sie am Eisbaden so reizte: Jedes Mal traf man aufs Neue eine Wahl. Monica schwamm spritzend in den See hinaus, holte tief Luft und hielt sie an. Die Atmung zu kontrollieren, war das Entscheidende an der Sache. Während sie mit kräftigen Zügen das Wasser durchschnitt, fing es zu nieseln an. Einen Moment lang trat sie auf der Stelle, sah zu, wie die Regentropfen in den salzigen Fluten landeten und sich sofort auflösten. Eine sehr treffende Metapher für das menschliche Dasein, wie sie fand. Wobei im Fall der Frau im Krankenhaus das Gegenteil zuzutreffen schien: Sie war auf ungewöhnliche Weise wieder aufgetaucht, nachdem man sie für tot erklärt hatte. Plötzlich musste Monica an diese Kissen auf dem Boden denken. Hatte die Frau sie selbst heruntergeworfen? Gab es sonst eine plausible Erklärung dafür? War jemand ins Zimmer gekommen und hatte es getan? Was hätte das für einen Sinn gehabt?

Nach ihrem ersten impulsiven Eisbadeerlebnis an den Muirtown Locks hatte Monica im Internet gelesen, dass es sich für Neulinge empfahl, nur je eine Minute pro Grad Celsius im Wasser zu bleiben. Heute aber kam ihr die Temperatur fast angenehm vor. Sie starrte über die spiegelnde Wasserfläche zu der Häuserreihe in der Ferne und überlegte, wie die Aussicht auf Fort William und den dahinter emporragenden Ben Nevis von dort aus wohl sein mochte. Aber nachdem sie sich Dr. Mitchells Adressliste bereits angesehen hatte, wusste sie, dass sie sich bald selbst ein Bild davon würde machen können. Die Familien der bei dem Bootsunglück Verschollenen lebten nämlich rund um den Loch Linnhe herum verteilt.

Die Zeit verstrich. Monica merkte erst, dass sie gegen die »Eine Minute pro Grad Celsius«-Regel verstoßen hatte, als sie zum Ufer umkehren wollte und feststellte, dass sie weiter hinausgeschwommen war als geplant. Es musste eine Strömung geben, oder sie hatte tatsächlich den Überblick über die Strecke verloren, denn ihr Volvo hatte jetzt die Größe eines Spielzeugautos. Mit einem leisen Fluch begann sie Richtung Ufer zu schwimmen. Und realisierte, wie kalt ihr plötzlich war. Während sie sich mit aller Kraft strampelnd vorwärtskämpfte, war ihr, als gehörten diese Arme und Beine jemand anderem. Ein Adrenalinstoß jagte durch ihren Brustkorb. Sie war kurz vor einem Panikanfall, und ahnungsvolle Worte wallten in ihr empor: *So kommt es also, dass sichere Schwimmer völlig überraschend ertrinken.*

»Verdammter Mist«, fluchte sie leise. Trotz der Kälte spürte sie glühende Scham in sich aufsteigen. In etwa einer Woche würde man ihren Leichnam am Strand finden, bleich und aufgedunsen, ein grauenerregender Anblick. Vielleicht würde ihre persönliche Tragödie zu einem Teil der Folklore rund um die *Explorer* werden. *Der Wagen der leitenden Ermittlerin wurde verlassen am Ufer des Sees aufgefunden, etwa fünf Meilen vor Fort William. Ihr Leichnam konnte nie geborgen werden.*

Rasch schob sie diesen schauderhaften Gedanken beiseite und konzentrierte sich darauf, ihre halb erfrorenen Arme und Beine in Bewegung zu halten. Im wohlig warmen Schwimmbad im Freizeitzentrum von Inverness schaffte sie mühelos fünfzig Bahnen. Das würde doch sicherlich ausreichen?

Nach etwa hundert Zügen hob sie den Kopf und sah noch einmal zum Volvo. Er war nicht wesentlich näher gekommen, wenn sie ehrlich zu sich selbst war, kam er ihr sogar noch weiter weg vor. Immer noch lauerte die Panik unter der Oberfläche, und sie zwang sich, eine kurze Verschnaufpause einzulegen und sich umzusehen. Sie konnte nur beten, dass irgendwo ein Boot in der Nähe war, das sie retten würde. Aber auf dem langen, schmalen See war, so weit das Auge reichte, nichts zu sehen. Auf der Uferstraße fuhr ein einsames Auto vorüber, dessen Scheinwerfer an diesem trüben Morgen eingeschaltet waren, aber der Fahrer bekam von dem Überlebenskampf, der sich ganz in der Nähe abspielte, offenbar nicht das Geringste mit. Verflucht noch mal, dachte Monica, diesmal im Stillen, weil es ihr nicht gelang, die Worte mit ihrem schlotternden Kiefer zu formen. Sie überlegte, ob sie einfach nur auf der Stelle treten sollte, um mit ihrer Kraft zu haushalten, vielleicht trug sie ja wie durch ein Wunder eine Strömung zurück ans Ufer. Ihre Zähne klapperten, die Kälte war ihr bis tief ins Mark vorgedrungen, und sie stellte sich vor, wie ihre Organe bald nach und nach versagten. Als Nächstes käme die Unterkühlung. Sie musste schleunigst raus aus dem Wasser, musste in Bewegung bleiben, doch stattdessen ertappte sie sich, wie sie die Scheinwerfer eines weiteren Fahrzeugs mit dem Blick verfolgte. Das Auto hielt neben dem Volvo an, und jemand stieg aus. Die gelben Lichter wirkten freundlich und wohltuend an diesem tristen grauen Tag und erinnerten an die Farbpalette eines idyllischen, malerisch verschneiten Dorfes auf einer kitschigen Weihnachtskarte. Monica überlegte, wer der Fahrer wohl sein mochte. Ein Tourist vielleicht, der für einen schnellen Schnappschuss der Aussicht angehalten hatte? Es war zweifelsohne ein wunderschönes Fleckchen. Auf jeden Fall wert, dass man dafür einen Stopp einlegte. Monica starrte wie gebannt ins Scheinwerferlicht.

Der kleine Vogel von vorhin flitzte wieder übers Wasser, nicht weit von Monica entfernt. Sein Gezwitscher durchschnitt die Stille, und sie merkte, wie sie blinzelte. Jetzt wurde ihr bewusst, dass sie sich nicht mehr bewegte. Was zum Teufel tat sie da, verdammt? Sie spürte, wie das Wasser sie trug, und begriff schlagartig, dass sie gegen die Strömung anschwamm. In diesem See war die Tidenbewegung des Meeres spürbar, offenbar herrschte gerade Flut, sodass das heranströmende Wasser sie Richtung Fort William drückte. Wenn sie eine Chance haben wollte, musste sie also schräg aufs Ufer zuschwimmen, statt gegen die Strömung anzukämpfen.

War das zu schaffen? Das Ufer schien ihr weiter entfernt denn je. Instinktiv drehte Monica sich auf den Rücken – das Kraulen in Rückenlage war ihr immer schon viel leichter vorgekommen –, und dann begann sie, mit beiden Armen zu rudern und durchs Wasser zu pflügen. Ihre Bewegungen waren ziemlich unkoordiniert, und ihr war so schrecklich kalt, dass sie ihre Gliedmaßen kaum mehr spürte. Sie versuchte, ihre Schwimmzüge zu zählen, merkte aber gleichzeitig, wie sie gedanklich immer wieder abdriftete. Sie stellte sich die eisige, endlose Leere unter sich vor. Was dort unten wohl lauerte? Ungeheuer? Dunkle Geheimnisse? Das Wrack der *Explorer* lag vielleicht irgendwo am Grund, mit allen Passagieren und der kompletten Besatzung an Bord. Möglich war es, oder nicht? Mit Ausnahme von Emily Hurst, die wie durch ein Wunder zurückgekehrt war. Konnte das sein?

Monica kämpfte sich weiter vorwärts, bis sie unter der Wasseroberfläche etwas an der Hand berührte. Wenn sie nicht ganz so unterkühlt und erschöpft gewesen wäre, wäre sie vielleicht erschrocken. Aber bevor sie darüber nachdenken konnte, spürte sie auch an den Beinen etwas. Ihr vor Kälte vernebeltes Gehirn brauchte einen Moment, um dieses weiche, schleimige Etwas als Seetang zu identifizieren. Es war ein dicker Klumpen Algen. Monica drehte sich wieder auf den Bauch und hob den Kopf. Sie hatte es fast zurück ans steinige Ufer geschafft, wenn auch ein ganzes Stück abseits der Stelle, an der sie den Volvo geparkt hatte.

Mit letzter Kraft schleppte sie sich an Land und stand mit schlotternden Knien am Strand. Ihr Geist juchzte vor

Freude und Erleichterung über die Erlösung. Der Tod hatte ihr bereits im Nacken gesessen und ihr mit seinem eisigen Atem ins Ohr geflüstert, das Ungeheuer hatte sie lauernd umkreist, um sie mit sich in die Tiefe zu zerren. Aber wie durch ein Wunder war sie ihm entronnen. Sie kämpfte sich die letzten Schritte über das schroffe Gestein. Wahrscheinlich war sie maximal eine halbe Stunde im Wasser gewesen. Aber als sie ihre ordentlich gefalteten Kleider neben ihrem Handtuch liegen sah, kamen sie ihr vor wie Objekte von einem anderen Planeten. Monica bückte sich nach dem Handtuch und bekam es um ein Haar nicht zu fassen, weil ihre Hand so steif gefroren war. Sie startete einen jämmerlichen Versuch, sich abzutrocknen, und mit einem Mal überkamen sie Zweifel, ob sie die Autotür aufbekommen würde, ganz zu schweigen davon, den Motor anlassen zu können.

»Und, war es schön zu schwimmen?« Monica hatte den anderen Wagen ganz vergessen und den Menschen daneben, der die Aussicht genoss.

»Ich wäre beinahe ertrunken.« Die Worte kamen ihr wegen ihrer klappernden Zähne nur schleppend über die Lippen.

»Herrje, alles in Ordnung?«

»Mir geht's gut«, gab Monica mühsam zurück und hoffte insgeheim, der Mann möge sie einfach in Ruhe lassen. Sie hüllte sich in das Handtuch und versuchte vergeblich, sich mit tauben Fingern ihre Wollmütze über den Kopf zu ziehen. Nach außen hin musste sie eine ziemlich lächerliche Figur abgeben. Der Fremde hatte sich nicht von der Stelle gerührt, er starrte immer noch auf den See hinaus. Wäre sie nicht halb erfroren gewesen, hätte sie ihm vielleicht auf den Kopf zugesagt, er solle sich endlich verpissen. Stattdessen bückte sie sich umständlich nach ihrer Kleidung, schob das Thermometer von dem Haufen herunter und kramte in ihrer Manteltasche nach dem Autoschlüssel. Sie konnte sich nicht erinnern, dass ihr je so kalt gewesen wäre.

»Kann ich Ihnen irgendwie behilflich sein?«

»Nein, aber würde es Ihnen was ausmachen, mich einfach in Frieden zu lassen? Ich bin halb erfroren und will mich nur schnell anziehen.« Wieder kamen die Sätze nur sehr undeutlich über ihre tauben Lippen, es war, als lalle sie. Plötzlich fing der andere zu lachen an. Und im selben Moment erkannte Monica den vertrauten Klang dieses Gelächters. Jetzt hob sie den Kopf. Als Erstes fiel ihr der BMW auf, ein Streifenwagen, der direkt neben ihrem Volvo geparkt stand. Und dann landete ihr Blick auf dem dazugehörigen Polizeibeamten. Er hatte einen drahtigen Körperbau, rote Haare, ein schmales Gesicht mit hohen Wangenknochen und Augen, so stechend grün, dass sie an diesem trüben Morgen fast zu leuchten schienen.

»Crawford? Was zur Hölle hast du hier verloren?«

10

Zum Glück hatte PC Connor Crawford den Motor seines BMW laufen lassen, während er Monica beim Schwimmen zugesehen hatte. Als er anscheinend begriff, wie stark unterkühlt sie tatsächlich war, schob er sie kurz entschlossen auf den Beifahrersitz seines Wagens und stellte die Heizung auf höchste Stufe. Monica saß schlotternd da, immer noch viel zu stark frierend, um das plötzliche Auftauchen ihres ehemaligen Arbeitskollegen zu hinterfragen. Erst mussten ihre Hände, Arme und Beine wieder halbwegs auftauen. Ihr gesamter Körper verkrampfte sich, zitternd vor Kälte.

Nach etwa zehn Minuten war sie aufgewärmt genug, um sich ihre Kleidung überzuziehen, die Crawford ihr gebracht hatte, bevor er noch einmal ans Ufer verschwunden war. Als sie sich angekleidet hatte, kam er zum Wagen zurück, stieg auf der Fahrerseite ein und hielt ihr das Thermometer hin.

»Das Wasser hat acht Grad, ziemlich kalt, oder?«

Monica nickte. Ihr Kiefer war immer noch verkrampft, und ihre Zähne klapperten. »Ja, kalt.«

Jetzt merkte sie, wie trocken ihre Kehle war, sie hatte ziemlich großen Durst nach diesem Kraftakt und sah sich im Innern des Wagens um. Crawford hatte früher immer einen Vorrat an Energydrinks dabeigehabt, von denen er sich quasi ernährte. Leider konnte sie nichts dergleichen entdecken, weshalb sie ihn bibbernd danach fragte.

Er streckte den Arm zur Rückbank aus und brachte eine Flasche Wasser zum Vorschein. Schnell schraubte er den Deckel ab und hielt ihr die Flasche hin. Mit eisigen Händen führte sie sie etwas unbeholfen an die Lippen und trank einen Schluck davon. Bislang war es ihr nicht geglückt, ihren BH zu schließen oder die Hose zuzuknöpfen. Ihre Finger waren nach jedem Eisbad das letzte Körperteil, in welches Leben zurückkehrte.

»Sah so aus, als wärst du eine ganze Weile da drin gewesen. Das war doch früher nicht so dein Ding, die wilde Natur und all das.«

Monica musterte ihren Ex-Kollegen eingehend. Es war seltsam, jetzt neben ihm im Auto zu sitzen, nach all den Jahren der Funkstille. Früher hatten sie nahezu jeden Tag miteinander verbracht, oft von morgens bis tief in die Nacht hinein. Er trug eine schwarze Polizeiuniform, die etwas lockerer saß als die gut geschnittenen, eng anliegenden Anzüge, die er während seiner Zeit als Detective bevorzugt hatte. Er war nicht besonders groß, fast einen ganzen Kopf kleiner als Monica, drahtig und athletisch gebaut. Seine roten Haare, die er früher immer sorgfältig zu einer Tolle hochgestylt hatte, waren inzwischen etwas länger und fielen weicher herab. Mittlerweile war er Mitte dreißig, die feinen Lachfältchen in seinen Augenwinkeln hatten sich tiefer eingegraben.

»Warum bist du hier?« Sie nuschelte immer noch ein wenig, aber es wurde schon deutlich besser.

»Mir ist zu Ohren gekommen, dass du wegen dieses Emily-Hurst-Falls in der Stadt bist. Ich war gerade auf dem Weg zur Arbeit, da habe ich zufällig deinen Wagen gesehen.«

»Aber ich dachte, du wärst schon seit einiger Zeit unten in Glasgow stationiert? Ich habe doch eigenhändig die Referenz dafür geschrieben.«

Crawford zuckte mit der Schulter. »Keine Ahnung. Eigentlich war schon alles in trockenen Tüchern, ich hatte meine Wohnung gekündigt, bin ausgezogen und alles. Aber dann habe ich es mir buchstäblich in letzter Minute anders überlegt …«

»Aber ich dachte, du hasst es hier.« Sie deutete mit einer unbestimmten Geste auf den See, die Berge dahinter. Crawford war in einem einsamen Landstrich an der Westküste aufgewachsen, als Sohn von streng presbyterianisch-christlichen Eltern. Dieses Umfeld hatte in ihm eine tiefe Abneigung gegen alles hervorgerufen, was mit der freien Natur zu tun hatte, so tief, dass sie an Hass grenzte. Selbst Inverness war ihm immer viel zu kleinstädtisch und provinziell vorgekommen.

»Ich weiß nicht, irgendwas ist passiert.«

»Du meinst, *jemand* ist dir passiert?« Crawford war ein notorischer Womanizer, was ihn mehr als einmal in Schwierigkeiten gebracht hatte. Letzten Endes war er deshalb sogar öffentlich in Ungnade gefallen und in den Streifendienst zurückgekehrt. Nur seine herausragenden Leistungen hatten verhindern können, dass man ihn komplett vom Polizeidienst suspendiert hatte.

»Ich bin Single, schon eine ganze Weile.« Verlegen wandte er den Blick ab, dann fuhr er fort: »Ich weiß nicht, ich schätze, die Pandemie ist auch an mir nicht spurlos vorübergegangen, ich bin nicht mehr derselbe. Auf einmal gingen die Notrufe wegen häuslicher Gewalt durch die Decke, weil die Leute nur noch zu Hause herumhockten. Da habe ich gemerkt, dass ich lieber bleiben möchte, um ein Auge auf die einschlägig bekannten Kandidaten zu haben.« Monica hatte den rasanten Anstieg solcher Art von Verbrechen ebenfalls registriert, es war wirklich niederschmetternd. »Ich habe meinen Plan, irgendwann wegzugehen, noch nicht komplett verworfen, aber vorerst möchte ich bleiben und aufpassen, dass das nicht vollkommen ausartet. Vielleicht ist mir dieses Gemeinschaftsgefühl hier insgeheim doch wichtig.« Er lachte unsicher und schüttelte gleichzeitig den Kopf. »Außerdem ist mir klar geworden, dass es mir hier eigentlich ganz gut gefällt. Ich gehe Kajak fahren, Wandern in den Bergen, solche Dinge. Während der Lockdowns habe ich tatsächlich sehr viel Zeit draußen verbracht, man möchte es kaum glauben.«

»Du und Kajak fahren? Und Wandern?« Das war ja mal eine krasse Charakterveränderung, es passte so ganz und gar nicht zu dem Crawford, den sie gekannt hatte. Doch bevor sie weitere Details aus ihm herausquetschen konnte, klingelte ihr Telefon. Es musste ihr aus der Tasche gerutscht sein, als sie sich angezogen hatte, denn sie fand es im Fußraum der Beifahrerseite. Sie wollte danach greifen, doch es entglitt ihren noch leicht tauben Händen. Crawford streckte schnell den Arm danach aus und hielt es ihr hin: Der Anruf kam von Ben Fisher. Sie nickte ihm aufmunternd zu, und Crawford wischte mit dem Daumen über den grünen Balken, um das Gespräch entgegenzunehmen.

»Du stellst es am besten auf Lautsprecher.« Er folgte ihrer Anweisung und wandte dann demonstrativ den Blick ab, als Fishers Stimme zu hören war.

»DI Kennedy? Sind Sie dran?« Ihr jüngerer Kollege hatte einen relativ neutralen schottischen Akzent. »Hier spricht DS Fisher.«

»Sind Sie mit den Bildern vorangekommen?«

»Leider nein, ich bedaure.«

»Was ist das Problem? Soll ich versuchen, ein besseres Foto von ihr zu kriegen?«

»Nein, die Fotos, die Sie gemacht haben, sind nicht das Problem. Woran es scheitert, ist die Qualität der ursprünglichen Aufnahme von 2017.«

»Was stimmt nicht damit?«

»Sie ist zu verpixelt, um die Frau anhand ihrer Gesichtszüge eindeutig zu identifizieren. Das Foto wurde aus zu großer Entfernung gemacht. Wir können ihre Identität mit einer gewissen Wahrscheinlichkeit feststellen, aber keine endgültige Aussage treffen.«

»Soll das also heißen, dass laut Software die Möglichkeit besteht, dass es sich bei der Frau im Belford Hospital um Emily Hurst handelt?«

»Ja. Es ist definitiv nicht auszuschließen.« Monica stieß einen verhaltenen Fluch aus. Das waren keine guten Neuigkeiten. Obwohl eine hundertprozentige Übereinstimmung von Anfang an unwahrscheinlich gewesen war, hatte sie insgeheim gehofft, dass sie nach einem wissenschaftlich bestätigten »Nein« den Emily-Hurst-Aspekt des Falls ein für alle Mal begraben konnten. So aber ging das Mysterium weiter. Genau das, was diese Gemeinde gar nicht gebrauchen konnte, wie die Leute nicht müde wurden zu betonen.

Sie ließ sich diese Erkenntnis einen Moment durch den Kopf gehen. »Wissen wir denn, wer das Originalfoto gemacht hat?«

Fisher räusperte sich. »Das habe ich tatsächlich bereits überprüft. Es handelt sich um einen gewissen Patrick McDonald. Er hat damals für die Tageszeitung in Fort William gearbeitet, aber ich finde leider keine Telefonnummer, über die wir ihn erreichen könnten.«

»Okay, ich gehe der Sache nach«, sagte Monica, bedankte sich und legte auf.

»Ich fahre dann besser«, sagte Crawford, »muss Weinmann im Krankenhaus ablösen. Klingt so, als hätte sie eine anstrengende Nacht hinter sich.«

»Was hat Weinmann dir erzählt?«, hakte Monica nach und dachte im Stillen: *Anstrengend? Das wäre mir neu.*

»Sie meinte, es sei total seltsam gewesen, sie habe eigenartige Geräusche aus dem Zimmer gehört.«

»Was für Geräusche?«

»Geflüsterte Laute, als singe jemand leise vor sich hin.« Crawford zuckte mit den Achseln. »Kommt mir wie ein Haufen Bullshit vor, dass diese Frau überhaupt nicht reagiert. Als würde sie nur eine Show abziehen.« Wieder ein Achselzucken. »Aber wer weiß. Kann wohl keiner so genau sagen, wie?«

II

Khans Verhältnis zum Creag Dubh Hotel war ein wenig gespalten. Während sie im menschenleeren Restaurant ihr Rührei auf Toast aß, sah sie sich um. Sie überlegte hin und her, was es war, das ihr daran nicht gefiel. Die Teppiche waren rot-braun kariert und abgenutzt, an den Wänden hingen altmodische Drucke von Schiffen, Fischerbooten und Jachten. Die komplette Inneneinrichtung wirkte tendenziell eher schäbig, das ja, aber das war es nicht, was sie störte. Khan stand auf Shabby Chic, auf Antiquitätenläden und Vintage-Kram. Gerade der alte Holzboden mit den verschiedenfarbigen Klebebandresten darauf, die zeigten, dass die wieder aufbereiteten Bretter früher einmal in einer Schulturnhalle gelegen hatten, sowie die abgenutzten Chesterfield-Sofas erinnerten sie an ihren damaligen Arbeitsplatz bei Three Blind Cats, einer Marketingagentur, für die sie in Merchant City in Glasgow gearbeitet und die sie so geliebt hatte. Sie schaufelte Ei auf ihr letztes Stück Toast und streute eine Extraprise Pfeffer darauf. Während Khan auf dem Brot herumkaute, ging ihr durch den Kopf, dass selbst der Toast irgendwie oll schmeckte. Vielleicht war genau das der Punkt, schlussfolgerte sie. Nicht nur das Creag Dubh, nein, die ganze Stadt, ihre Bewohner, alles hier machte irgendwie einen schäbigen Eindruck. Von Trauer gezeichnet, deprimierend und abgenutzt. Dieser Gedanke traf bei ihr offenbar einen Nerv, denn schlagartig keimte ein neues Gefühl in ihrem Brustkorb auf. Bedrückt und müde. Sie selbst war nicht immer so gewesen.

Hastig erhob sie sich, griff nach ihrem Handy und wurde von dem drängenden Wunsch, auf der Stelle ihren Dad anzurufen, geradezu überwältigt. Sie wollte nichts mehr, als seine Stimme zu hören, um sicherzugehen, dass es ihm gutging. Sie schluckte gegen den dicken Kloß in ihrer Kehle an. Sie kannte sämtliche Gründe, es nicht zu tun: Es war nicht sicher, *er* könnte dahinterkommen, könnte ihrem Dad wehtun. Aber aus irgendeinem Grund schien ihre Logik in diesem schäbigen Restaurant, in diesem deprimierenden, einsamen Hotel komplett außer Kraft gesetzt. Sie brauchte ihren Dad. Und vielleicht hätte sie es diesmal wirklich getan, hätte seine Nummer gewählt, wenn nicht das Telefon in ihrer Hand im selben Moment gebrummt hätte. Es war eine Textnachricht von ihrer Chefin: *Bin auf dem Weg, hole dich in fünf Minuten ab, draußen vor dem Hotel.*

Khan stieß ein tiefes Seufzen aus, rieb sich die müden Augen, überprüfte in der Spiegelung auf ihrem Handydisplay ihr Make-up und rückte ihre Kappe zurecht, um ihr Gesicht hinter dem Schild zu verbergen. Blöderweise war Monica eine gute Beobachterin, vermutlich würde es ihr trotzdem auffallen. Khan nahm ihren Laptop und ging zu dem Körbchen mit den Gebäckstücken. Die Auswahl war erstaunlich gut, wenn man bedachte, dass das Hotel abgesehen von ihr, Monica und dem Wanderer-Ehepaar keine weiteren Gäste zu haben schien. Sie wählte zwei Muffins und ein Mandelcroissant, die sie auf ihrem Laptop balancierte wie auf einem Tablett. Vielleicht konnte sie Monica damit von ihrer abgekämpften Miene ablenken.

Gerade als sie sich zum Gehen wenden wollte, registrierte sie die Kellnerin vom Vorabend, die aus einer Seitentür getreten war und sie unverhohlen beobachtete. Sophia Kolkah war ihr Name. Diese Ärztin, Dr. Mitchell, hatte sie bei der Mahnwache auf sie hingewiesen. Sie hatte ihren Ehemann Pavel bei dem *Explorer*-Unglück verloren.

»Die sind für meine Vorgesetzte«, rief Khan ihr entschuldigend zu und deutete auf die Teilchen auf ihrem Laptop-Tablett. »Sie wohnt auch hier im Hotel, deshalb dachte ich …«

»Sie wollen nicht, dass sie redet«, fiel Sophia ihr ins Wort. Man hätte sie eigentlich als attraktiv bezeichnen können, mit ihren wunderschönen dunklen Haaren und den ebenmäßigen Gesichtszügen. Allerdings ließ ihre gebeugte Haltung sie aussehen, als schleppe sie eine schwere Last mit sich herum.

»Von wem sprechen Sie?« Interessiert wandte Khan sich ihr zu. Sie musterte die gepresste Linie ihres Mundes, die angespannte Stirn. »Reden Sie von der Frau im Krankenhaus?«

»I-ich … Bitte erzählen Sie es niemandem, ich hätte nicht … Versprechen Sie, dass Sie niemandem etwas sagen, ja?«

»Keine Sorge, das werde ich nicht. Erzählen Sie mir ruhig, was Sie wissen«, sagte Khan behutsam und trat einen vorsichtigen Schritt auf sie zu. Die Frau schien zu zögern. Doch bevor sie noch etwas sagen konnte, schwang die Tür zum Restaurant auf. Verärgert drehte Khan sich um. Das Wanderer-Ehepaar hatte den Gastraum betreten. Als sie sich wieder Sophia zuwenden wollte, war diese verschwunden.

Monica wartete bereits draußen im Volvo. Als Khan die Beifahrertür aufzog, schlug ihr ein Schwall Hitze entgegen. Es war, als stecke man den Kopf in einen Backofen.

»Ich dachte, du möchtest vielleicht einen Muffin, die sind kostenlos.« Ihre Vorgesetzte schien das Gesagte kaum zu registrieren. Sie wirkte noch blasser als sonst, fast, als wäre sie krank. Khan nahm auf dem Beifahrersitz Platz und schälte sich aus ihrem dicken Mantel. »Was für eine Affenhitze …«

»Entschuldige.« Monica stellte die Heizung herunter und fügte erklärend hinzu: »Ich bin vorhin im See fast zu Tode erfroren.«

»In den Gewässern dieser Gegend kommen laufend Menschen um«, sagte Khan. Sie betrachtete Monicas lange Finger auf dem Lenkrad. Sie waren weiß mit einem Stich ins Bläuliche. »Jungs aus meiner Schule sind früher immer in einem Stausee schwimmen gegangen. Einer von ihnen ist ertrunken. Es gab eine Schulversammlung deswegen, man hat uns gebeten, nicht mehr da reinzugehen.«

»Ist auf jeden Fall sicherer«, murmelte Monica und bog nach rechts auf die ruhige Hauptstraße ab. Sie fuhren ins Stadtzentrum und stellten den Wagen auf einem gebührenpflichtigen Parkplatz in Ufernähe ab.

Sie stiegen aus, und Khan sah sich um. Graue Gebäude, der See und die Berge, darüber ein tief hängender grauer Himmel. Dieser Flecken wirkte beinahe klaustrophobisch, kein Ort, der für Menschen gemacht war. Monica ging voraus eine Gasse hinunter auf die verkehrsberuhigte Fußgängerzone zu, die ein Teil der Hauptstraße war. Überall leere Schaufenster und heruntergelassene Jalousien, sodass sich einem der Eindruck aufdrängte, die Stadt wäre völlig verlassen.

»Wohin gehen wir?«, fragte Khan.

Schnell erzählte Monica ihr von Fishers Anruf und dass das Originalfoto von Emily Hurst von zu schlechter Qualität war, um eine eindeutige Aussage zu treffen. »Der Mann, der das Foto gemacht hat, arbeitet angeblich immer noch bei der Zeitung hier im Ort.« Vor einer schmutzverschmierten Glastür blieb sie stehen. »Vielleicht hat er ja zufällig ein hochauflösendes Original, das uns weiterhilft.«

»Haben die denn geöffnet?«, fragte Khan zweifelnd.

»Es gibt eine Dienstagsausgabe des Lokalanzeigers, im Internet steht, dass man bis Sonntagmittag Inserate dafür einreichen kann.«

»Ich dachte, die Leute wären hier zu religiös, um sonntags zu arbeiten«, murmelte Khan, während Monica die Tür prüfte. Sie schwang auf, und ein muffiger Geruch schlug ihnen aus der Eingangshalle entgegen. In einer Ecke stapelten sich schwarze Müllsäcke, Staub und vertrocknetes Laub bedeckten den Betonboden. Schäbig, genau wie der Rest der Stadt, ging es Khan durch den Kopf, während sie Monica hinauf ins erste Stockwerk folgte. Auf dem oberen Treppenabsatz war Musik zu hören. Ein Song von einer Indie-Band lief bei voller Lautstärke. Mit dieser Art von Musik konnte Khan nichts anfangen. Sie bevorzugte härtere Klänge wie Metallica oder Iron Maiden. Und doch musste sie zugeben, dass die Musik so ziemlich das Fröhlichste war, was sie in Fort William bislang erlebt hatte.

Am Ende des Flurs fanden sie ein chaotisches, unaufgeräumtes Büro vor, und inmitten von Papierbergen, Kartons und Computermonitoren saß ein Mann in einem Chefsessel. Er war völlig vertieft in die Musik und trommelte auf seinem Schreibtisch mit den Fingern den Takt mit. Über seine Schulter hinweg sah Khan durchs Fenster Monicas

Volvo auf dem Parkplatz stehen, dahinter der malerische See und die Berge. Schon eigenartig, oder? Er saß nicht mit dem Blick zum Fenster, um die wunderbare Aussicht zu genießen.

»Patrick McDonald?«

Der Mann blickte auf. Die dunklen Haare hingen ihm tief in die Stirn, und er trug ein schwarz-rot kariertes Holzfällerhemd. Jetzt streckte er die Hand nach der Stereoanlage aus, um die Lautstärke herunterzudrehen.

»Hey, Sie sind diese Polizistin, stimmt's?« Er lächelte Monica freundlich zu. »Hab schon gehört, dass ihr hier herumschnüffelt, aber irgendwie dachte ich, das ist wieder nur so ein Gerücht.« Dann wandte er sich Khan zu, immer noch lächelnd. Er war der netteste Kerl in ganz Fort William, kein Zweifel. Seine offene, zugewandte Körpersprache erinnerte sie an ihre Kolleginnen und Kollegen bei Three Blind Cats. Stirnrunzelnd sah sie zu Boden. Er mochte einen freundlichen Eindruck erwecken, was aber noch lange nichts heißen musste.

»Wie kommen Sie darauf, dass es ein Gerücht sein könnte?«, erkundigte sich Monica neugierig.

Patrick zuckte mit den Schultern. An der Wand hinter ihm hingen verschiedene Poster: *Peat & Diesel, Under the Skin*. »Ach, irgendwas ist doch immer, oder?« Sein Akzent klang südenglisch. »Apropos. Es kursieren neue Gerüchte über die *Explorer*. Die ganze Stadt ist in Aufruhr.«

»Was für Gerüchte?« Monicas Ton blieb neutral, aber Khan registrierte die unterschwellige Aufregung. Genau danach hatten sie gesucht. Nach jemandem, der kein Blatt vor den Mund nahm. Khan hatte Monica gegenüber bisher nicht erwähnt, was Sophia beim Frühstück gesagt hatte, schließlich hatte sie es der Kellnerin versprochen, kein Wort darüber zu verlieren. Sophia konnten sie später immer noch aufsuchen, sie dazu bringen, dass sie offen mit ihnen beiden sprach.

Patrick zögerte und rieb über die Apple Watch an seinem linken Handgelenk.

»Ich hör da gar nicht mehr richtig hin, wenn ich ehrlich bin«, sagte er schließlich. »Aber … für manche Leute hier im Ort ist dieser Tratsch eine Art Hobby. Der Rest will einfach nur vergessen, was passiert ist.«

»Und zu welcher Sorte von Leuten gehören Sie?«

»Ich?« Patrick verzog das Gesicht, als denke er angestrengt darüber nach. »Also, ich glaube, ich bin da die Ausnahme. Schließlich war ich live mit dabei.«

»Sie meinen, weil Sie am Anleger waren, als die *Explorer* in See gestochen ist?«

»In gewisser Weise schon. Ich war gerade erst von London hierhergezogen, wollte ganz neu anfangen. Bis zu jenem Morgen bestand meine Hauptverantwortung bei der Zeitung darin, die Tidenangaben auf dem aktuellen Stand zu halten und die Veranstaltungsliste zu pflegen.«

»Und warum war das an dem Morgen anders?«, erkundigte sich Monica.

»Malcom, mein Boss, hat normalerweise für die Zeitung fotografiert, aber er war am Abend zuvor auf einer Hochzeit unten in Edinburgh. Deshalb schrieb er mir eine Nachricht, ich solle mit der Kamera runter zum Hafen gehen und ein paar Fotos schießen. Ich hatte bis dahin fast noch nie eine Kamera in der Hand.«

»Und dann gelingt Ihnen ausgerechnet dieses berüchtigte Foto vom ›Schrei der Passagierin‹?«

»So ist es«, sagte Patrick und machte große Augen, als könne er es selbst kaum fassen. »Es war sogar für einen Preis nominiert, den ich aber nicht gewonnen habe. Na ja, ich habe ohnehin nicht viel beigetragen. Hab einfach die Kamera draufgehalten und den Auslöser gedrückt.«

»Hatten Sie diese Frau, diese Emily Hurst, vorher schon mal gesehen?«

»Nein, nicht dass ich wüsste. Sonst würde ich mich erinnern.«

»Warum würden Sie sich erinnern?«

An diesem Punkt zögerte Patrick kurz. »Ich … keine Ahnung, ich glaube einfach, dass ich mich erinnern würde.«

Monica legte den Kopf schräg. »Sie hatten ein ungutes Gefühl, als Sie sie sahen?«

»Das nicht unbedingt. Es war nur irgendwie eigenartig, dass alle anderen ihren Spaß hatten und sie nicht. Im Gegenteil, sie wirkte aufgebracht, es war seltsam, sie in diesem Zustand wegfahren zu sehen.«

»Kannte sie sonst irgendwer? Ist Ihnen dazu irgendwas zu Ohren gekommen?«

Patrick starrte sie eine Weile an, als überrasche ihn ihre Frage. Schließlich schüttelte er den Kopf. »Nein. Nicht, dass ich wüsste.«

»Sind Sie sicher?«

»Na ja, vielleicht Caroline Handler. Sie hat Emily Hurst das Ticket verkauft.« Er deutete in Richtung See. »An diesem Fahrkartenschalter dort drüben.«

Monica nickte bedächtig. »Caroline Handler hat also die Tickets für die *Explorer* verkauft?«

»Ganz genau. Ihr Ehemann, Peter, war der Kapitän der Jacht. Bull-Peterson wollte dem Ganzen wohl so was wie einen familiären Touch geben. Den Stapellauf zu einem Gemeinschaftsevent machen, Sie verstehen?«

»Peters Frau hat also tatsächlich eine Fahrkarte an Emily

Hurst verkauft?« Khan war mindestens so erstaunt über diese Information wie Monica. Es war der erste Hinweis darauf, dass jemand dieser mysteriösen Frau begegnet war, abgesehen von denen, die zusammen mit ihr auf dieser Jacht verschwunden waren.

»Das haben zumindest alle behauptet«, gab Patrick zurück. Plötzlich wirkte er verunsichert, als habe er schon zu viel verraten. »Die Tickets für Familienangehörige und Freunde waren kostenlos, aber angeblich gab es auch ein paar verbilligte Tickets für Außenstehende. Wobei, könnte auch wieder nur ein Gerücht sein. Ich kann es nicht hundertprozentig sagen.« Er erhob sich von seinem Stuhl, langte nach einer Kaffeekanne und goss sich etwas daraus in seinen Becher. »Ich würde Ihnen ja auch einen Kaffee anbieten, aber es ist nicht mehr genügend übrig.«

»Schon gut«, sagte Monica. »Wir werden Sie nicht länger aufhalten. Ich bin eigentlich wegen dieses Fotos hier. Haben Sie vielleicht ein Original in einer höheren Auflösung?«

»Leider nein«, gab Patrick bedauernd zurück. »Ich habe nur zwei Aufnahmen gemacht … Unsere Spezialisten haben bereits versucht, die Qualität zu optimieren, aber ohne sichtbaren Erfolg. Ich könnte Ihnen die RAW-Dateien zuschicken, wenn Ihnen das weiterhilft?«, fügte er hoffnungsfroh hinzu.

Monica nickte und reichte ihm ihre Visitenkarte. Sie bedankte sich bei ihm und wollte sich gerade zum Gehen wenden, als ihr offenbar noch ein Gedanke kam. »Sie sagten, Sie seien nicht lange vor dem Verschwinden der *Explorer* hergezogen. Was hat Sie nach dem Unglück hier gehalten? Sie hätten auch wieder wegziehen können.«

Während Patrick McDonald einen Schluck von seinem Kaffee trank, furchte er die Stirn und schien über ihre Frage nachzudenken. Khans Blick wanderte zum See im Hintergrund. Diesmal erkannte sie in der Ferne den Pier, von dem die *Explorer* damals abgelegt hatte. Und irgendwie hatte sie das dumpfe Gefühl, dass ein Teil von Patrick immer noch dort unten stand. Schon eigenartig, was für rasante Wendungen das Leben manchmal nahm, oft von einer Sekunde zur nächsten, Wendungen, die man niemals hätte vorhersehen können.

»Na ja, ich bin halt dieser Typ, der das Foto geschossen hat«, gab er schließlich zurück. »Irgendwie ist es so, als gehörte ich hierher.«

12

Monica ging von der Hauptstraße aus durch dieselbe Gasse zurück in Richtung Ufer. Der Fahrkartenverkauf der Schifffahrtsgesellschaft war ihr am Vorabend auf dem Weg zur Mahnwache nicht aufgefallen. Wie hatte sie den übersehen können? Es handelte sich um ein schlichtes Holzgebäude mit Glaspaneelen, passend zu den Farben der *Explorer* in Blau und Weiß gestrichen. Offenbar hatte jemand mitgedacht, als man den Verkaufsstand entworfen hatte. Aber als sie sich ihm jetzt näherte, stellte sie enttäuscht fest, dass die Glasscheiben von innen weiß übertüncht waren. Der Farbanstrich an der Außenseite war verblichen, schwarze Schmutzspuren wuchsen aus dem angehäuften Dreck auf dem asphaltierten Boden daran empor.

»Warum hat man extra einen Verkaufsschalter nur für die *Explorer* aufgestellt?«, fragte Khan und sah zu der Holztafel über der Tür: ABENTEUER *EXPLORER* – BUCHEN SIE EIN EINMALIGES ERLEBNIS. »Wurde das nicht alles im Internet abgewickelt?«

»Vielleicht sollte es ja eine Werbemaßnahme sein, oder Bull-Peterson hat den Schalter aus purer Eitelkeit errichten lassen«, gab Monica zurück. Wie auch immer, jetzt hatten sie ihre lange gesuchte Verbindung zu der bislang einzigen lebenden Person, die Emily Hurst zu hundert Prozent begegnet war.

Khan prüfte, ob die Tür offen war. Auf dem Griff hatte sich Rost gebildet, was dem rauen, nasskalten Meeresklima geschuldet war. Die Tür war verschlossen. Keine große Überraschung. »Sollen wir es bei dieser Nummer versuchen?« Hinter der Scheibe hing ein Schild: *Auskunft*, stand darauf, darunter eine Telefonnummer. Monica sah zu, wie Khan Ziffer für Ziffer in ihr Handy tippte, auf die Wähltaste drückte und nach kurzem Warten den Kopf schüttelte. »Es kommt keine Verbindung zustande. Hat nur dreimal kurz gepiept.«

Sie gingen zurück zum Volvo. Monica öffnete die hintere Beifahrertür und holte Dr. Mitchells Liste aus ihrer Laptoptasche. Die Notizen der Ärztin waren erfreulich gut strukturiert, sie brauchte nur wenige Sekunden, um den gesuchten Namen zu finden: Caroline Handler.

Die dazugehörige Adresse befand sich auf der gegenüberliegenden Uferseite des Loch Linnhe. Monica überprüfte im Internet die Abfahrtszeiten der Corran-Fähre, denn sie erinnerte sich von den Urlauben ihrer Kindheit, dass die Sonntagsruhe in Teilen der westlichen Highlands nach wie vor streng eingehalten wurde. Aber nicht in Corran, wie sich herausstellte. Sie stiegen in den Wagen und fuhren südwestwärts auf der A82, vorbei am Creag Dubh Hotel und an der Stelle, an der Monica beinahe ertrunken wäre. Schließlich fiel ihr Blick auf einen Wegweiser zum Anleger, von dem aus das Fährschiff zur Ardgour-Halbinsel übersetzte. Sie betätigte den Blinker und bog ab. Der Fährmann winkte sie an Bord.

Von der Bootsflanke aus konnte man über den langen, schmalen See zurück bis Fort William sehen. Der Ben

Nevis war in dichte Dunstschwaden gehüllt, und etwas weiter links ragte jene Bergkette empor, die am Ende in die Knoydart-Halbinsel überging. Dort hatte man diese Frau gefunden. Und plötzlich ergab alles Sinn, was vielleicht immer noch an den Nachwirkungen ihres Eisbads lag. Emily Hurst war in den Tiefen des Ozeans verschwunden und wieder aufgetaucht, wie Regen, der aus den Wolken in den See hoch oben in diesen windumtosten Bergen fiel. Eigentlich doch ganz logisch, oder?

»Wirst du leicht seekrank?«, fragte Khan, und Monica sah zu ihrer Kollegin. Der Küstennebel hinterließ feine Tropfen in ihren schwarzen Haaren.

»Keine Ahnung, bin noch nicht so oft auf einem Schiff gefahren. Früher als Kind wurde mir im Auto immer speiübel, wenn ich auf dem Rücksitz gelesen habe. Meine Eltern waren tierisch genervt, weil ich mein Buch nie aus der Hand legen wollte. Was ist mit dir?«

»Keine Ahnung, ob ich seekrank werde. Ich war meines Wissens noch nie auf einem Schiff«, sagte Khan und hielt ihre Kappe fest, als eine Windbö sie ihr vom Kopf zu fegen drohte.

»Wie, noch nie?«

»Bin in der Stadt groß geworden, weit weg vom Meer.«

»Du bist doch in Stirling aufgewachsen, stimmt's?«, fragte Monica. »Vermisst du es?«

»Nein, ich hasse es«, gab Khan prompt zurück.

»'tschuldige, geht mich nichts an. Es ist nur alles so …«

»Ach, ich habe ganz vergessen, dir zu sagen … Diese Bedienung aus dem Hotelrestaurant von gestern Abend. Sie hat heute Morgen mit mir gesprochen. Meinte, da wäre jemand, der verhinderte, dass die Frau im Krankenhaus redet.«

»Was?« Monica sah ihre Kollegin eindringlich an. »Warum hast du das nicht gleich erzählt?«

»Ich hatte es ja vor, aber dann meintest du, du wärst fast zu Tode erfroren.« Khan legte den Zeigefinger an die Spitze ihrer Nase und starrte über das Wasser zum oberen Ende des Sees. »Sorry, ich hab's danach total vergessen. Ist mir gerade erst wieder eingefallen.«

»Hat sie sonst noch was gesagt? Wer nicht will, dass sie redet, und warum?«

»Leider nein«, sagte Khan und wich ihrem Blick aus. »Sie ist verschwunden, bevor ich sie danach fragen konnte. Kam mir vor wie dummes Geschwätz, aber wer weiß. Sollen wir später zu ihr fahren?«

Zum Glück wurde keine von ihnen auf der kurzen Überfahrt nach Ardgour seekrank, und als sie die Fähre verließen, erkannte Monica die Häuserzeile wieder, die sie am Morgen vom Wasser aus gesehen hatte. Gleich das erste Gebäude war ein recht einladendes Inn. Sie machte sich eine geistige Notiz, es irgendwann mal zu testen, dann bog sie nach rechts auf die Uferstraße ab. Fort William lag in nicht allzu weiter Ferne auf der anderen Seite des Sees, und trotzdem beschlich einen hier ein Gefühl der Abgeschiedenheit. Aus dieser Perspektive wirkte die Stadt dort drüben tatsächlich wie eine Insel der Zivilisation inmitten endloser Wildnis.

Monica folgte den Anweisungen des Navis und bog links ab auf eine Straße, die landeinwärts führte, bevor die Computerstimme auch schon vermeldete: »Sie haben Ihr Ziel erreicht.«

Zu ihrer Rechten befand sich ein Wald, links eine Wiese, aber nirgends eine Spur von einem Haus. »Ich denke nicht, dass das die Handlers sind«, bemerkte Khan trocken, den Blick auf eine Herde Schafe gerichtet, die sie wie gebannt anstarrten. Offenbar assoziierten sie den laufenden Motor mit ihrer Fütterung.

Monica tippte stirnrunzelnd auf dem Navi herum, das aber weiterhin beharrlich behauptete, sie seien am Ziel. Sie zückte ihr Handy, um auf Google Maps nachzusehen, aber leider kam keine Internetverbindung zustande. Nachdem sie zehn Minuten lang planlos durch die Gegend gekurvt waren, entdeckte Monica am Ende eines matschigen Feldwegs einen kleinen Laden. Der Verkäufer war ein Mann von Mitte bis Ende fünfzig, einsam und extrem redefreudig. Eine Viertelstunde später hatten sie – zusammen mit der Info, dass der Handler-Junge von der Schule abgegangen sei, ohne seine Prüfung abzulegen, »eine Schande, er hätte echt das Zeug gehabt zu studieren« – die Wegbeschreibung zum Cove View Croft: »Leicht zu finden, wenn man weiß, wo der Hof liegt. Gibt nicht viele Straßen hier in Ardgour.«

Monica fuhr zurück und bog an der Kreuzung links ab auf einen schmalen Weg, der auf eine Halbinsel mit Blick auf eine südwestlich ausgerichtete Bucht führte. Selbst an einem trüben Tag wie diesem war die Aussicht einfach atemberaubend. In der Ferne öffnete sich die Mündung des Loch Linnhe, dahinter ragten Berge auf einer Insel empor, von der Monica aufgrund ihrer jüngsten intensiveren Bekanntschaft mit dem Navi wusste, dass es sich um Mull handelte. Mehrere Farmgebäude gruppierten sich um einen Hof, und unten am Ufer stand ein großer Holzschuppen.

Kaum waren sie vor dem steinernen Wohngebäude vorgefahren, trat eine Frau aus einem der Nebengebäude, einen

Korb voll Brennholz in der Hand. Monica stieg aus. »Caroline Handler?«, rief sie.

Ein panischer Ausdruck huschte über das Gesicht der Frau. »Sie sind von der Polizei, hab Sie gestern Abend bei der Mahnwache gesehen, geht es um Colm? Hat er was ausgefressen?«

»Colm ist Ihr Sohn, richtig?«

»Er ist gestern nach der Mahnwache noch weg und nicht nach Hause gekommen. Er geht auch nicht ans Telefon, und keiner von seinen Freunden weiß was. Sein Onkel ist ihn suchen gefahren. Ich hätte ihm sagen müssen, dass er mit heimkommen soll.«

»Wir haben leider nichts von Ihrem Sohn gehört, Mrs. Handler«, gab Monica zurück. »Ich wollte Ihnen ein paar Fragen zur *Explorer* stellen, aber vielleicht können wir ja trotzdem helfen. Hat Ihr Sohn gesagt, was er vorhatte? Wollte er sich mit jemandem treffen?«

Caroline Handler schüttelte unwirsch den Kopf. »Ich … habe ihn gebeten …«

»Sie haben ihn gebeten …?«

»Er wollte nur eine kleine Spritztour mit dem Auto machen, mehr nicht«, sagte sie mit Panik in der Stimme. »Da habe ich ihn gebeten, mir ein paar Sachen aus dem Laden zu besorgen.«

»Was für ein Auto fährt er?«

»Es ist mein Wagen, ein Subaru Forester.«

»Wann ist er losgefahren?«

Bevor Caroline Handler antworten konnte, wurden sie vom Schrillen eines Telefons unterbrochen. Sie ließ den Korb achtlos fallen und rannte ins Haus. Monica wartete an der Tür und bekam einzelne Gesprächsfetzen mit. Die Stimme der Frau klang angespannt. »… okay, richte ihm bitte aus, dass er sich keine Sorgen machen soll, wir kriegen das schon hin. Bring ihn einfach nach Hause, ja …« Am Ende brach sie in lautes Schluchzen aus.

Monica zog sich dezent zurück, hob den Korb auf und hielt ihn fest, während Khan sich bückte und die herumliegenden Holzscheite von den Steinplatten aufklaubte. Gerade als sie den letzten in den Korb warf, schwang die Haustür ein Stück weiter auf. »Quint, mein Schwager, hat ihn gefunden. Er hatte einen Unfall mit dem Wagen, aber es geht ihm gut.«

Monica nickte. »Waren andere Fahrzeuge beteiligt?«

Mrs. Handler schüttelte den Kopf. »Er sagt, er sei einer Wildkatze ausgewichen, aber …« Sie zuckte mit der Schulter. Mit einem Mal wirkte sie traurig. »Kann ich Ihnen eine Tasse Tee anbieten? Oder einen Dram? Ich befürchte, ich brauche jetzt was Stärkeres.«

Sie folgten der Frau in die Küche, sie hatte einen holzbefeuerten Herd und Holzdielen am Boden. Das mit dem Whisky war kein Scherz gewesen, denn jetzt holte sie eine Flasche Ardbeg aus einem Sideboard und kippte sich zwei Fingerbreit in ein geschliffenes Glas. »Na dann … *Slàinte mhath*«, und damit stürzte sie den Drink in einem Zug hinunter und verzog das Gesicht gegen das Brennen.

Monica räusperte sich. »Verzeihen Sie meine Frage, aber Sie haben sicher von dieser Frau gehört, oder?«

»Emily Hurst«, antwortete Caroline Handler mit einem sarkastischen Lachen. »Natürlich. War ja in aller Munde.«

»Man hat mir erzählt, Sie hätten damals am Fahrkartenschalter gearbeitet und ihr ein Ticket für die *Explorer* verkauft?«

Wieder lachte die Frau, nur dass diesmal die Bitterkeit darin stärker zum Tragen kam. »Der kürzeste Job der Geschichte. Ich war gerade mal zwei Tage angestellt. Dann gab es keine *Explorer* mehr.«

»Und Sie waren es, die Emily Hurst eine Fahrkarte verkauft hat? Stimmt das?«, hakte Monica nach, die sich nicht von dieser Spur abbringen lassen wollte. So hart es klingen mochte, aber wenn sie sich von den persönlichen Tragödien jeder Person, mit der sie sprach, beeinflussen ließe, käme sie nie voran.

»Das erste und einzige Ticket, das ich überhaupt für die *Explorer* verkauft habe«, sagte sie kopfschüttelnd. Sie ging zur Spüle, um das Glas auszuwaschen, überlegte es sich aber anders und füllte es erneut mit Whisky. »Normalerweise trinke ich nicht, aber bei allem, was geschehen ist … Dass diese Frau aufgetaucht ist, dann die Mahnwache, das alles war zu viel für uns, auch für Colm. Deshalb ist er abgehauen.«

»Ich kann mir gut vorstellen, wie schwer es für Sie sein muss.«

»Hören Sie, ich würde Ihnen ja gerne weiterhelfen, aber ich habe nichts Nützliches beizusteuern. Es ist schon alles gesagt.«

»Wir halten Sie auch nicht länger auf«, gab Monica zurück. »Ich denke nur, es würde allen in der Gemeinde helfen, wenn wir die Frau möglichst bald identifizieren könnten.«

»*Allen* in der *Gemeinde*?« Caroline Handler stieß ein verbittertes Lachen aus.

»Ich verstehe, wie schwer es für Sie war.«

»Na los, stellen Sie schon Ihre Fragen«, sagte Caroline barsch, die Hände in die Hüften gestemmt. Im grauen Licht des Morgens wirkte sie extrem müde, erschöpft.

»Wie war sie, diese Emily Hurst, als sie den Fahrschein bei Ihnen gekauft hat?«

Caroline seufzte tief. »Sie war ganz normal. Ich war nur überrascht, als sie kam und ein Ticket kaufen wollte. Denn eigentlich sollte diese Jungfernfahrt eine Gratistour für Freunde und Familienmitglieder der Bootsbauer sein, Leute, die irgendwie mit dem Unternehmen in Verbindung standen. Es waren ein paar wenige Plätze übrig, für die man Karten erwerben konnte, deshalb hatten wir ja diesen Verkaufsschalter errichtet, aber …«

»Wer ist wir?«, fragte Monica.

»Ich und Peter, mein Ehemann. Er war der Kapitän der *Explorer*, aber das wissen Sie ja bereits. Alle wissen es. Und Belinda Forbes, die Office-Managerin, und Frederick Bull-Peterson natürlich.« Monica glaubte, einen seltsamen Unterton herauszuhören, als Caroline Handler den letzten Namen sagte, aber sie war sich nicht sicher, ob das etwas zu bedeuten hatte. »Wir sahen darin eine gute Gelegenheit, die Ticketsoftware zu testen und all so was.«

»Haben Sie sich mit ihr unterhalten? Mit Emily, meine ich.«

»Nur ein wenig Small Talk. Es war das erste Mal, dass ich das Buchungssystem und die Kasse benutzte, deshalb war ich etwas abgelenkt.«

»Was für Small Talk? Irgendwas Besonderes?«

Mrs. Handler schüttelte den Kopf. »Ich bin das Gespräch zigmal durchgegangen und habe versucht, mich an jedes Detail zu erinnern, aber es ging wirklich nur ums Wetter. An dem Tag war ein Sturm angekündigt.«

»Wie sieht es mit ihrem Akzent aus? Wie klang sie?«

»Recht neutral, hätte englisch sein können, aber auch schottisch. War wirklich nichts Auffallendes daran. Sie war insgesamt eher unscheinbar.«

»Wie hat sie bezahlt?«

»In bar.«

»Und was hat die Fahrkarte gekostet?«

»Nur vierzig Pfund. Für die erste Fahrt gab es einen Sonderrabatt, für alle anderen Passagiere hatte Bull-Peterson die Kosten übernommen.«

»Und das war genau an dem Tag, an dem die *Explorer* in See gestochen ist?«

»Ja, noch am selben Morgen.«

»Hatten Sie sie vorher schon mal gesehen?«

»Nein, ich denke nicht. Sie hatte eine dunkle Sonnenbrille auf. Da war es schwer, ihr Gesicht zu erkennen.«

»Sie war definitiv nicht von hier?«

»Diese Gegend ist sehr touristisch. Oder zumindest war sie das mal. Da kommen viele Leute her und jobben eine Saison lang in einem Hotel oder in einem Laden. Fort William ist eine Kleinstadt, aber man kann sich gut im Hintergrund halten, wenn man es darauf anlegt.«

Monica war da eher skeptisch. Wenn diese Frau hier gewohnt hätte, und sei es auch nur für einen kurzen Zeitraum, dann hätte sie doch gewiss jemand erkannt, irgendjemand hätte ihr mal begegnet sein müssen. Sie fischte ihr Handy aus der Manteltasche, öffnete das Foto der Frau aus dem Krankenhaus und hielt es Caroline Handler hin. »Ist das die Frau, der Sie die Fahrkarte verkauft haben?«

Caroline griff widerstrebend nach dem Handy und starrte auf das Foto. Jetzt zeigte sie doch einen Anflug von Interesse. »Herrje«, sagte sie schließlich erstaunt. »Das könnte sie wirklich sein.«

Die Härchen an Monicas Armen richteten sich auf. »Sie denken, sie ist es?«

»Ich weiß nicht … Könnte sein, aber möglicherweise irre

ich mich auch. Ich wünschte, ich könnte es mit absoluter Gewissheit sagen. Vielleicht, wenn ich nicht so mit der Kasse beschäftigt gewesen wäre und besser aufgepasst hätte. Aber es war eine fünfminütige Begegnung, und es ist fünf Jahre her. Also, tut mir leid, aber ich bin mir nicht sicher.«

13

Gerade als sie vom Hof der Familie Handler aufbrechen wollten, fuhr ein blauer Mitsubishi Shogun vor. Caroline Handler rannte nach draußen, und Monica beobachtete durchs Küchenfenster, wie der junge Mann von der Mahnwache auf der Beifahrerseite ausstieg. Er trug Jeans und ein schwarzes Sweatshirt mit einem gelben Bootslogo darauf. Auf seiner Wange leuchtete eine blutige Schramme, aber ansonsten sah es so aus, als sei er unverletzt. Mrs. Handler wollte ihn in ihre Arme ziehen und redete lautstark auf ihn ein, doch er wehrte sie ab, schob sich an ihr vorbei ins Haus und rannte die Treppe nach oben, dicht gefolgt von seiner Mutter.

Quint Handler stieg auf der Fahrerseite des Wagens aus. Er war etwas kleiner als Monica, mit kräftigen Schultern, einem Bart, der fast vollständig ergraut war, und einem breiten, wettergegerbten Gesicht. Seine Haare verbargen sich unter einer fleckigen Baseballkappe, die er auch schon am Vorabend getragen hatte. Mit einem kräftigen Stoß rammte er die Autotür hinter sich zu und beugte sich leicht vornüber, um sich eine Selbstgedrehte anzuzünden. Seufzend blies er den Rauch in den grauen Tag.

Monica zögerte, bevor sie ihn ansprach, denn seine Körpersprache signalisierte deutlich Ablehnung. »Sollte er sich nicht im Krankenhaus durchchecken lassen? Sah aus, als könnte er eine Kopfverletzung haben.«

Quint zuckte mit den Achseln. »Er saß schon eine Weile am Straßenrand. Wenn es was Schlimmes wäre, hätte man das längst gemerkt.« Er tippte die Asche an seiner Zigarette ab. »Ich hab's ihm selbst vorgeschlagen, aber er wollte ums Verrecken nicht. Musste ihn praktisch zu meinem Auto schleifen, um ihn nach Hause zu schaffen.« Er schüttelte den Kopf und schob die Ärmel seines grauen Zopfstrickpullovers hoch. An beiden Armen kamen verblichene Tätowierungen zum Vorschein. Der Schriftzug *HERE'S LUCK*, eine Meerjungfrau und ein Kompass.

»Sie sind Seemann wie Ihr Bruder Peter?«, erkundigte sich Monica.

»Irgendwie schon«, nuschelte er hinter dem Schild seiner Baseballkappe. Überraschenderweise hatte sein Akzent einen Hauch von West Country, und sie meinte beinahe Salzwasser an ihm zu riechen. »War eine Weile auf See und hab dies und das gemacht. Jetzt bin ich wieder zurück.«

»Dies und das?«, wiederholte Monica arglos. Jetzt begegnete Quint ihrem Blick. Er hatte haselnussbraune Augen, die im starken Kontrast zu den ins Blonde gehenden Haaren standen, welche unter der Mütze hervorlugten.

»Es wird gemunkelt, Sie nehmen diesen ganzen Bullshit für bare Münze. Das mit dieser Frau oben auf dem Berg.« Sein Ton klang neutral, aber es schwang eine gewisse Aggressivität in seinen Worten mit.

»Woher wollen Sie wissen, dass es nur Bullshit ist?«

»Weil diese Jacht gesunken ist, es war ein Unfall. Alle sind tot. Deshalb kann es sich unmöglich um diese Frau handeln, die auf der *Explorer* war. Völliger Schwachsinn.«

»Was macht Sie da so sicher?«, fragte Monica. Sie war

überrascht, wie offen Quint sich jetzt zu der Tragödie äußerte.

»Mein Bruder war Kapitän auf der Jacht«, gab Quint zurück. »Er hätte sich nie in irgendwelche krummen Geschäfte reinziehen lassen. Seine Sorge galt seiner Familie, und auch das Wohl der Passagiere lag ihm am Herzen. Er hat seinen Job nicht auf die leichte Schulter genommen. Seit wir als Kinder unten im Bootshaus gespielt haben, schlug sein Herz für das Meer.« Quint deutete mit einem Nicken zu dem hölzernen Gebäude unmittelbar am Wasser.

»Wer behauptet denn, dass er in irgendwelche krummen Dinger verwickelt war?«, hakte Monica stirnrunzelnd nach.

»Na, die Gerüchte werden Ihnen doch sicher nicht entgangen sein?«

Langsam schüttelte Monica den Kopf. »Ob Sie es glauben oder nicht, wenn man von der Polizei ist, halten sich die Leute mit Klatsch und Tratsch lieber zurück. Oder liegt es an mir? Vielleicht trauen sie mir einfach nicht über den Weg. Wobei ich nicht wüsste, warum.« Quint grinste ihr unter der Kappe hervor verschmitzt zu. Dann sah er kurz zu Khan, die wegschaute, und wieder zurück zu Monica. »Man munkelt, Peter habe das Satellitennavi und das Funkgerät der Jacht ausgeschaltet.«

»Und warum sollte er so etwas tun?«

Quint legte den Kopf nach hinten und blies Rauch in die Luft. »Um draußen auf dem Atlantik ein anderes Boot zu treffen und Drogen in die Stadt zu schmuggeln. Was natürlich ein Haufen gequirlter Scheiße ist.«

»Warum stellen die Leute solche Behauptungen auf?«

»Na, weil es ihm gelegen kommt.«

»Wem kommt es gelegen?«

»Frederick Bull-Peterson.«

»Woher wissen Sie das?«

Quint wandte den Blick zum See. Dann sah er wieder zu Monica und sagte: »Hören Sie, ich war fast dreißig Jahre lang fort. Ich bin erst zurückgekommen, nachdem die *Explorer* gesunken war, um Caroline und Colm unter die Arme zu greifen. Bis zu dem Zeitpunkt hatte ich keine Vorstellung davon, wer Bull-Peterson ist. Aber jetzt kenne ich sämtliche Geschichten.«

»Was für Geschichten?«

»Zum Beispiel das mit seiner Schwester, Paula Reagan.«

»Was ist mit ihr?«

»Sie war eine der Passagierinnen auf der Jacht.«

»Das ist kein großes Geheimnis«, gab Monica zurück. »Er hat es mir gestern Abend persönlich erzählt.«

»Aber bestimmt hat er dabei nicht erwähnt, wie sehr er sie gehasst hat, oder? Er stand mit ihr wegen des Unternehmens im Clinch. Kam für ihn also sicher nicht ungelegen, dass die Jacht mit ihr an Bord spurlos verschwunden ist.«

»Das klingt mir stark nach noch so einem lachhaften Gerücht.«

»Wird wohl so sein«, sagte Quint und nahm einen letzten Zug von seiner Zigarette. Dann warf er den Stummel achtlos ins Gras. »Wobei, da wäre auch noch die Sache mit seiner Frau.«

»Mit seiner Frau? Was ist mit ihr?«

»Angeblich hat er sich ihrer entledigt.«

»Entledigt? Was genau meinen Sie damit?«

»Na, dass er sie umgebracht hat«, entgegnete Quint mit verschwörerisch gesenkter Stimme. »Das war ein paar Jahre vor der Tragödie mit der *Explorer*. Er hat sie um die Ecke gebracht und ist ungeschoren davongekommen.«

14

Khan war der Ansicht, dass die Polizeistation in Fort William die wahrscheinlich am malerischsten gelegene in ganz Schottland war. Sie befand sich am Stadtrand, in einem idyllischen Tal, nicht weit vom oberen Ende des Sees entfernt, überragt von den schiefergrauen steilen Flanken des Ben Nevis. Der Berg schien über dem Gebäude zu verharren, bedrohlich wie eine Tsunamiwelle, kurz bevor sie über die Straßen und Häuser der Stadt hereinbrach. Als Monica den Wagen vor der Wache parkte, fiel Khan auf, dass auch die Architektur des Baus recht beeindruckend war. Das spitz zulaufende Blechdach und die grün gerahmten Fenster erinnerten sie an die Häuser, die sie aus den Antarktis-Dokumentationen von David Attenborough kannte.

Nun, diese Stadt wirkte tatsächlich von Tag zu Tag kälter. Khan musste an das denken, was Quint Handler ihnen vorhin erzählt hatte. Khan hatte auf der Rückfahrt nach Fort William nach Bull-Peterson gegoogelt und Monica die Ergebnisse vorgelesen. Die Informationen im Internet waren zwar dürftig, aber Sonya Bull-Peterson war tatsächlich tot, 2015 im Alter von fünfunddreißig Jahren bei einem Jagdunfall in Schweden gestorben, erschossen von ihrem eigenen Ehemann. Falls wirklich Absicht dahintersteckte, war Bull-Peterson in der Tat mit einem Mord davongekommen.

Khan sah sich auf dem Parkplatz um und entdeckte einen VW Polo, Ben Fishers Wagen. Ein warmes Gefühl durchströmte sie. Während sie auf den Eingang zuhielten, schoss ihr durch den Kopf, dass sie sich über Fisher eigentlich immer freute. Mit seinen teuren Anzügen, den auf Hochglanz polierten Schuhen, den ordentlich frisierten Haaren und der Brille vermittelte er ihr ein Gefühl von Sicherheit. Was sie aber am meisten an ihm schätzte: Er stellte keine neugierigen Fragen, wollte nie etwas über ihre Vergangenheit wissen oder wie es ihr ging.

Khan sah zu Monica auf und hatte plötzlich Gewissensbisse, dass sie ihr das mit Sophia erzählt hatte. Schließlich hatte sie der Kellnerin versprochen, niemandem etwas zu verraten. Aber dann waren da diese unangenehmen Fragen gewesen, von wegen, wie es denn gewesen sei, in Stirling aufzuwachsen. Und ihr reflexartiges Bedürfnis, zu überspielen, dass sie nicht über ihre Vergangenheit reden wollte. Bei Fisher war das anders, mit ihm ließ man sich über die Arbeit oder über Dinge aus, die man direkt vor der Nase hatte, eine gute Tasse Kaffee zum Beispiel, oder man tauschte sich über Filme und Restaurants aus.

Als sie die Polizeistation betraten, machte der Beamte am Empfang, ein Sergeant McInally, keinen Hehl aus seinem Unmut über ihr Erscheinen. Sein Gesicht mit den weißen Bartstoppeln war hochrot. Wie es aussah, gab es in dieser Stadt nur zwei Kategorien von Menschen: diejenigen, die verzweifelt auf Antworten hofften und bereit waren, sie notfalls selbst zu erfinden, und diejenigen, die diese Frau, die einfach so in ihrer Mitte aufgetaucht war, und alles, was mit der *Explorer* zu tun hatte, schleunigst wieder vergessen wollten. Sergeant McInally schien eindeutig zu letzterer Gruppe zu gehören, denn er bedachte sie mit einem finsteren Blick, als er sagte: »Ma'am«, und dann mit dem Kinn auf eine Tür deutete. »Ihre Einsatzzentrale ist oben, der andere Detective erwartet Sie bereits.«

Das war noch so etwas, was Khan an DS Ben Fisher mochte: Er hatte das Talent, jeden Raum mit wenigen Handgriffen sehr viel ordentlicher und behaglicher aussehen zu lassen. Während sie Monica in die Einsatzzentrale folgte, registrierte sie als Erstes, dass er sich bereits einen Schreibtisch in der Ecke eingerichtet hatte und dabei war, eine an die Wand gepinnte Landkarte zu studieren.

Als er die Tür hörte, drehte er sich um, die dunklen Haare zu einem ordentlichen Seitenscheitel frisiert, dicke Brille, teuer aussehender marineblauer Anzug. Er begrüßte Monica mit einem Nicken und sah Khan mit leicht nach oben gezogenem Mundwinkel an, was bei ihm einem Lächeln schon sehr nahekam.

»Ich habe den Ort markiert, an dem man die Frau gefunden hat. Dachte, wir könnten die Position mit den Angaben in den Vermisstenakten abgleichen.«

Khan legte ihren Laptop auf einem freien Schreibtisch ab und trat neben Fisher vor die Landkarte. Sie liebte es, sich ganz auf die Ermittlungsarbeit in einem Fall zu konzentrieren. Auf der Karte war ein dichtes Netz aus pinkfarbenen Linien zu sehen, die ein Gebiet von mehreren Meilen abdeckten, die bergige Landschaft gesprenkelt mit blauen Flächen, die Seen und Meeresbuchten darstellten. Die Gegend wirkte wild und unberührt, von einschüchternder Größe und extrem abgeschieden.

»Genau hier hat man sie angetroffen«, sagte Fisher und deutete auf einen roten Punkt auf der Karte.

»Auf Land, das Bull-Peterson gehört«, sagte Monica nachdenklich.

»Etwas viel Zufall für meinen Geschmack«, bemerkte Khan leise und betrachtete die feinen, dicht zusammenliegenden Höhenlinien, die steile Hänge und bergige Bereiche markierten. Sie zählte die Rasterfelder mit dem Finger. »Mehr als sechs Meilen bis zur nächsten Straße und kein Haus weit und breit.«

»Ziemliche Strecke zu laufen für jemanden in ihrem Zustand«, sagte Monica.

»Dann muss sie also wirklich aus dem See aufgetaucht sein«, gab Khan trocken zurück.

»Oder jemand hat ihr dort hinaufgeholfen?«

Zu dritt starrten sie auf die Karte, bevor Monica sich abwandte. »Wie kommen Sie mit den Vermisstenakten voran?«, fragte sie, an Fisher gewandt.

»Bislang keine Auffälligkeiten, Ma'am«, berichtete Fisher. Er trat einen Schritt zurück und richtete seine Krawatte. Dann warf er einen Seitenblick auf Khan, die unwillkürlich lächelte. »Ich dachte, wir weiten unsere Suche vielleicht ein wenig aus und gehen auch zeitlich weiter zurück? Vielleicht wird sie ja schon länger vermisst?«

Monica nickte. »Sofern wir unter den jüngeren Vermisstenfällen nicht fündig werden, ja, tun Sie das. Irgendjemand muss sie kennen.«

Fisher sah zu Khan. »Sollen wir einen Aufruf in der Presse veranlassen? Ihr Foto im Netz verbreiten?«

Khan dachte über die Reaktion des Beamten am Empfang nach, über die Schwester im Krankenhaus und andere Bewohner der Stadt, die ihrem Ärger darüber, dass sie hier aufkreuzten und herumschnüffelten, Luft gemacht hatten. »Wenn wir ihr Foto veröffentlichen, können wir sie vielleicht schneller identifizieren. Das bringt uns zumindest jede Menge Aufmerksamkeit, so viel ist sicher.«

Monica legte nachdenklich zwei Finger ans Kinn. »Warten wir vorerst ab. Die Leute hier stehen ohnehin unter großer Anspannung. Wenn wir jetzt auch noch einen riesigen Presserummel auslösen, könnten uns die Ermittlungen entgleiten.«

In der nächsten halben Stunde brachte Monica DS Fisher auf den neusten Stand und informierte ihn über das, was sie am Vormittag herausgefunden hatten: dass es leider kein qualitativ hochwertigeres Foto von Emily Hurst gab, dass Gerüchte kursierten über Drogengeschäfte im Zusammenhang mit dem Verschwinden der *Explorer* und schließlich die Sache mit Bull-Petersons Ehefrau Sonya. Gerade wollte Monica Fisher bitten, die schwedische Polizei für weitere Details zu kontaktieren, als sie von einem Klopfen an der Tür unterbrochen wurde.

Eine Polizeibeamtin schob die Tür auf und trat mit einem Fuß in den Raum. »Entschuldigen Sie bitte, ich störe hoffentlich nicht …«, sagte sie mit einem verlegenen Lächeln. Khan registrierte die schwarz gefärbten Haare, den abgeplatzten Nagellack an den Fingern. »Ist der Raum in Ordnung? Sergeant McInally hat mich gebeten, ihn für Sie herzurichten. Ich dachte, der Blick auf den Ben gefällt Ihnen vielleicht?« Sie deutete mit dem Kinn zum Fenster, durch das Khan jetzt die dunkle Nordseite des Ben Nevis sah. Sie waren viel zu vertieft in ihr Gespräch gewesen, um die Aussicht zu bemerken.

Monica nickte. »Es ist bestens, danke, dass Sie sich darum gekümmert haben.«

Wieder lächelte die Frau verdruckst, ehe sie hinzufügte: »Ich war selbst noch nie da oben. Einmal habe ich es fast geschafft, aber nur bis zur Hälfte. Danach habe ich es nie wieder probiert. Ziemlich schwach, ich weiß.« Während die junge Frau sprach, realisierte Khan, dass es sich um die Polizistin handelte, die am Vortag das Zimmer der Fremden im Krankenhaus bewacht hatte.

»Meine Tochter möchte unbedingt dort rauf«, antwortete Monica. »Aber ich habe das Gefühl, für eine Neunjährige könnte das noch zu anspruchsvoll sein.«

»Oh, ganz bestimmt, das würde ich nicht riskieren«, sagte Weinmann, mit einem Mal sehr ernst. »Die Berge sind heimtückisch. Wir haben hier immer wieder Unfälle. Mit einer Neunjährigen würde ich nicht da raufgehen.«

Monica lächelte. Khan war aufgefallen, dass ihre Vorgesetzte trotz ihrer abweisenden Gesamterscheinung beruhigend auf Menschen wirkte. »Nun, dann danke ich Ihnen für Ihren Rat.«

Weinmann blieb zögernd in der Tür stehen, dann sagte sie: »Oh, entschuldigen Sie.« Sie lachte. »Ich hätte ja beinahe vergessen, weshalb ich eigentlich hier bin. PC Crawford hat sich über Funk gemeldet. Er meinte, er hätte versucht, Sie telefonisch zu erreichen?«

»Worum ging's?«

Weinmann trat nun doch ganz ins Zimmer und schloss die Tür hinter sich. »Er hat die Fingerabdrücke der Frau durch die IDENT1- und die IABS-Datenbanken geschickt. Leider gab es keine Übereinstimmungen, in keinem der beiden Systeme.« Monica stieß einen unterdrückten Fluch aus, wobei Khan nicht überrascht war. Nicht bei dieser Art von Fall.

»Hat er eine DNA-Probe genommen?«, warf Khan ein. Obwohl es unwahrscheinlich erschien, dass ein DNA-Abgleich zu irgendeinem Ergebnis führen würde, aber einen Versuch war es wert.

Weinmann verzog das Gesicht. »Nein, hat er nicht. Er meinte, er habe kein Testset bei sich gehabt.«

Monica ließ den Blick zwischen Fisher und Khan hin- und herwandern. »Würde das einer von euch beiden übernehmen?«

Khan war nicht eben begeistert von der Vorstellung, noch einmal zu dieser unheimlichen Frau zu fahren und sie allein in ihrem Krankenzimmer aufzusuchen. Um ihr ein Wattestäbchen in den Mund zu stecken, obwohl sie sehr wahrscheinlich einfach nur ihre Ruhe wollte. Bevor sie sich zu einer Antwort genötigt sah, war Fisher zum Glück bereits aufgesprungen und schlüpfte in seine Goretex-Jacke.

»Kein Problem. Ich übernehme das.«

Monica nickte. »Danke. Und würde es Ihnen etwas ausmachen, die Originalakte vom Verschwinden der *Explorer* zu besorgen?« Sie wandte sich an Weinmann. »Könnten Sie DS Fisher bitte zeigen, wo er die bekommt? Darin muss sich einfach irgendetwas finden, was damals übersehen wurde. Uns reicht womöglich ein winziges Detail, um den Fall voranzubringen.«

15

DS Ben Fisher folgte Amy Weinmann nach unten in einen großen Lagerraum, hell erleuchtet dank einer Reihe von elektrischen Deckenstrahlern.

»Ich glaube, ein Großteil der Akten ist bereits digitalisiert«, sagte sie und öffnete die Datenbank am Computer. »Ich drucke die Unterlagen gleich für Sie aus.« Sie drückte einen Knopf an einem riesigen Drucker, und während sie darauf warteten, dass das Gerät aufwärmte, fragte sie beiläufig: »Wie lange sind Sie denn schon Detective?«

»Ach, schon ein paar Jahre.«

»Muss aufregend sein. Einen schicken Anzug zu tragen und sich mit Mord und Totschlag zu befassen.«

Fisher bekam flüchtig sein Spiegelbild im Computermonitor zu sehen. Dunkler Anzug, weißes Hemd, dunkle Krawatte, dunkle Haare. Sein Erscheinungsbild entsprach ziemlich genau seiner Vorstellung davon, wie ein Detective auszusehen hatte. Manchmal genügte ihm das. Seine Hand wanderte zu seiner Jackentasche, und er tastete nach der Medaille. Ein Jahr. Er war nie bei einem Treffen der Anonymen Alkoholiker gewesen, die geprägte Münze hatte er sich im Internet besorgt, rein als Symbol. Er hatte vor, sie in den Ness zu werfen, sobald er zwölf Monate lang ohne einen Drink geschafft hätte. Er hatte geglaubt, das mit dem

Trinken hinter sich zu haben, dass es nur eine kurze Episode nach einem besonders schwer verdaulichen Fall gewesen sei. Einer von der Sorte Mord und Totschlag. Ein Serienkiller, der es auf Jungen im Teenageralter abgesehen hatte.

Fisher war nach dieser Phase eigentlich schon seit mehr als zwei Jahren trocken gewesen. Doch dann hatte ihn vor sechs Monaten seine Freundin Leah auf Zoom angerufen, nach einer besonders anstrengenden Schicht in einem Londoner Krankenhaus. Sie hatte ihn unumwunden gefragt, ob er sie heiraten wolle. Er hatte Ja gesagt. Gleich am nächsten Tag war er zu Woodwinters auf der Church Street marschiert, hatte zwei Flaschen guten Roten gekauft und sie beide allein in seiner Wohnung geleert. Er wusste, dass es nicht Leahs Schuld war, aber irgendwie hatte seine Einwilligung zur Verlobung die alten Erinnerungen geweckt und alles an die Oberfläche befördert. Die Erinnerungen an die Jungen, an diese Videos, die er sich hatte ansehen müssen. Er hatte Leah gegenüber diesen Fall nie auch nur mit einem Wort erwähnt. Und aus irgendeinem Grund hatte er umgekehrt niemandem in Inverness von ihr und ihrer Beziehung erzählt. Jetzt war sie bereits eifrig dabei, die Hochzeit zu planen, sich um einen Job in der Notaufnahme im Raigmore Hospital zu bemühen und zu ihm nach Schottland zu ziehen.

Blinzelnd stellte er fest, dass Weinmann ihn immer noch abwartend ansah. »Gibt solche und solche Tage«, murmelte er abweisend.

Weinmann nickte und runzelte die Stirn. »Und wie läuft es mit dem aktuellen Fall? Schon irgendwelche Anhaltspunkte? Ist doch irgendwie verrückt, oder … dass sie wie aus dem Nichts hier auftaucht. Es ist …«

»Wir stehen ja noch ganz am Anfang«, gab Fisher mechanisch zurück. Er drückte die Medaille in seiner Jackentasche. »Wir müssen uns auf das Wenige konzentrieren, das wir haben. Zuallererst heißt es, die Identität dieser Frau im Krankenhaus zu klären. Über die größeren Zusammenhänge können wir uns später immer noch Gedanken machen.«

»Das Wenige«, wiederholte Weinmann nachdenklich. Der Drucker begann jetzt zu surren und Seite um Seite auszuspucken, weshalb sie sich umdrehte und DS Fisher an einer Reihe von hohen Regalen entlangführte. Vor einem Fach blieb sie stehen und deutete auf einige Kartons. »Das sind alle.«

Nachdem sie die Kisten mit den Akten nach oben in die Einsatzzentrale verfrachtet hatten, besorgte Fisher sich ein DNA-Testkit und fuhr rüber ins Krankenhaus. Connor Crawford musste seine Schicht beendet haben, denn als die Stationsschwester Fisher den Korridor entlangführte, war vor dem Krankenzimmer ein uniformierter Polizist postiert, den er nicht kannte.

Die Fremde saß aufrecht im Bett. Fisher fand das eigenartig, eigentlich hatte er erwartet, dass sie liegen würde.

»Ach, sieh an. Sie haben sich also immer noch nicht bewegt«, sagte die Schwester tadelnd zu der Frau und eilte ans Bett, um die Kissen aufzuschütteln. Dann murmelte sie kaum hörbar: »Hockt nur da und versetzt die ganze Stadt in Aufruhr.«

Fisher schob seine Hand in die Jackentasche und brachte das DNA-Set zum Vorschein. Er hielt es hoch, damit die Schwester es sehen konnte, und fragte: »Ist es okay, wenn ich eine Speichelprobe nehme?«

»Nur zu«, sagte die Frau und trat mit verschränkten

Armen vom Bett zurück. »Vielleicht hat dieser Albtraum dann bald ein Ende.«

Fisher legte sämtliche Utensilien auf dem Nachtschränkchen bereit. Irgendwo draußen am Ende des Korridors setzte ein Piepen ein, und die Schwester schimpfte leise. »Bin gleich zurück«, sagte sie. Sie wandte sich zur Tür, eilte aus dem Raum und ließ Fisher mit der Frau allein.

Während er die Einweghandschuhe überstreifte und das Wattestäbchen auspackte, vermied er es, die Fremde anzusehen. Sie saß nur ein paar Handbreit von ihm entfernt, er hörte ihre Atemzüge, spürte das Heben und Senken ihrer Brust. Verlegen räusperte er sich, weil er glaubte, etwas sagen zu müssen, aber sie würde vermutlich ohnehin nicht reagieren. Eigentlich sollte die Schwester mit anwesend sein, ging es ihm durch den Kopf, andererseits nahm er die DNA-Probe ja nur zum Zweck der Identifizierung. Es war nicht so, als würde das Resultat vor Gericht verwendet werden.

Sorgfältig darauf achtend, die Frau nicht zu berühren, beugte er sich übers Bett und näherte sich mit dem Wattestäbchen ihrem Mund. Dann sah er ihr in die Augen. Ihr Blick war abwesend, aber ihre Mundwinkel waren leicht nach oben gekräuselt. Fast, als würde sie lächeln. Als würde sie sich über ihn lustig machen. Er stutzte. Wenn er es nicht besser gewusst hätte, hätte er behauptet, dass sie Bescheid wusste: über die Medaille in seiner Jackentasche, über die Geschichte mit Leah, darüber, was für ein Versager er war. Aber das war unmöglich.

Irgendetwas ließ seinen Körper innerlich rebellieren. Er verspürte einen starken Fluchtinstinkt, wollte weg von hier, überall sein, nur nicht in diesem Krankenzimmer. Er brauchte dringend einen Drink.

Im selben Moment kam die Stationsschwester zurück ins Zimmer. »Entschuldigen Sie, aber einer unserer älteren Patienten brauchte Hilfe, um zur Toilette zu gehen. Meine Kollegin kümmert sich darum.« Fisher sah sich über die Schulter hinweg zu ihr um. »Alles in Ordnung?«

Wortlos wandte er sich wieder der Fremden auf dem Bett zu. Die Andeutung eines Lächelns war verschwunden. Jetzt starrte sie wieder fest geradeaus, ihre Miene so ausdruckslos, als wäre sie aus Marmor gehauen. Hatte sie vorhin wirklich gelächelt, oder hatte er sich das nur eingebildet?

16

Um 22 Uhr 50 am Sonntag, den 16. April 2017, alarmierte ein Angestellter der Thule Corporation, ein Mann namens Brian Corcoran, die Küstenwache, weil der komplette Funkkontakt zur Explorer *abgebrochen war. Um 23 Uhr 10, als man immer noch keine Verbindung hatte herstellen können, wurde das RNLI-Rettungsschiff in Oban ausgesandt, und ein Helikopter der Küstenwache flog von Stornoway los. Die Suchaktion konzentrierte sich auf das Hochseegebiet um die letzte bekannte Position der* Explorer *herum.*

Monica blickte von dem Ausdruck der originalen Fallakten zum Verschwinden der *Explorer* auf. Die Sonne ging gerade über dem Loch Linnhe unter und tauchte den lang gezogenen See in ein flammendes Licht, sodass er anmutete wie der Weg nach Walhalla. Sie hatte gehofft, dass sie vielleicht auf wertvolle Informationen stoßen könnte, wenn sie sich die Infos aus der Zeit kurz nach dem Verschwinden der Jacht ansah. Aber nachdem sie jetzt alles dreimal genauestens durchgegangen war, fiel ihr immer noch nichts auf. Abgesehen von der Tatsache, dass die Küstenwache von Brian Corcoran informiert worden war, einem Angestellten des Schiffsbauunternehmens, gewann sie daraus keine neuen Erkenntnisse.

Sie stand da und streckte den Rücken durch, während sie

die Sonne am Horizont versinken sah. Ein Stück weit dort draußen war der Minch, jene Meerenge, die das Festland von den Äußeren Hebriden trennte, und dahinter der weite, raue Atlantik. Irgendwo in diesen Tiefen musste die *Explorer* mit all ihren Passagieren sowie der Besatzung verschwunden sein.

»Warum ist der Funkkontakt abgebrochen?«, fragte Monica sich leise murmelnd. Sie hatte Khan und Fisher losgeschickt, um etwas zu essen. Ihr eigener Appetit war ihr anscheinend abhandengekommen. »Und warum war Emily Hurst an Bord?« Ob zwischen beidem irgendeine Verbindung bestand? Quint Handler war versessen darauf gewesen, diese angebliche Drogengeschichte herunterzuspielen, doch das weckte Monicas Interesse erst recht.

Ein Kilo Kokain war gut und gerne 50 000 Pfund wert. Ein paar Päckchen auf einem Boot ins Land zu schmuggeln, konnte also so manchem ein besseres Leben bescheren. Monica hatte dergleichen schon oft genug erlebt, um zu wissen, dass Menschen für Geld die seltsamsten Dinge in Kauf nahmen.

Sie griff nach dem Telefon und überlegte, ob sie die Leute vom Drogendezernat unten in Glasgow kontaktieren sollte; allerdings war es schon eine Weile her, seit sie das letzte Mal mit denen zusammengearbeitet hatte. Sie wusste nicht mal, wer von den Detectives, die sie gekannt hatte, nach wie vor dort stationiert war. Rasch überflog sie ihre Kontaktliste. Der Name, den sie eigentlich suchte, war nicht zu finden, deshalb räumte sie schnell ihren Schreibtisch auf, knipste das Licht aus und ging nach draußen zu ihrem Volvo. Ihr altes Adressbuch steckte in der ledernen Arzttasche, die sie normalerweise zu Hause im Schrank gleich in der Eingangsdiele aufbewahrte, jederzeit griffbereit, wenn ein Anruf einging.

Sie blätterte durch die abgegriffenen Seiten. Jeder Name war ein Relikt aus früheren Ermittlungen, manche reichten zurück bis in ihre frühen Tage in Glasgow und dann London. Sie hätte nicht gerade behaupten können, dass die Einträge glückliche Erinnerungen weckten, aber manche waren zumindest mit einem Hauch von Befriedigung verbunden, während andere eher dunkel bis tiefschwarz waren. Nach etwa einer Minute fand sie den gesuchten Kontakt: CHET, kein Nachname. Drei Festnetznummern waren durchgestrichen, die vierte tippte Monica jetzt in ihr Handy ein, ging auf Wählen und wartete den Ton ab, der ihr signalisieren würde, dass auch diese Nummer nicht mehr existierte. Doch zu ihrer Überraschung klingelte es dreimal, dann wurde der Anruf auf eine Sprachbox umgeleitet.

Obwohl sie das Gefühl hatte, mit einem Geist zu sprechen, sagte sie: »Chet, hier spricht Monica Kennedy. Könnten Sie mich vielleicht zurückrufen?« Sie hinterließ ihre Nummer und legte auf.

Als sie am Krankenhaus eintraf, war der Parkplatz fast vollständig belegt. War denn gerade Besuchszeit? Die Fenster leuchteten hell, nachdem der herrliche Sonnenuntergang zu einem tristen Grau verblasst war und es zusehends düsterer wurde. Sie war froh, festzustellen, dass die Familienangehörigen der verschollenen *Explorer*-Passagiere ihren kalten und ungemütlichen Wachposten vor dem Eingang aufgegeben hatten.

Crawfords Schicht musste bereits vorüber sein, denn als sie eintraf, saß ein anderer Beamter auf dem Stuhl vor dem Zimmer der Frau. Monica unterhielt sich kurz mit dem Mann. Sie hatte Weinmann vor Fisher und Khan nicht nach den angeblichen Stimmen fragen wollen, die sie aus dem Zimmer gehört haben wollte. Dieser Beamte hier hatte noch nichts Außergewöhnliches zu berichten.

Als sie eintrat, stand Dr. Lambert am Fußende des Bettes und überprüfte die Angaben auf dem Behandlungsblatt. Neben ihm wartete eine Schwester.

»Wie geht es ihr?«, erkundigte sich Monica und ließ den Blick zwischen Arzt und Schwester hin- und herwandern, ehe sie zu der Frau blickte. Die saß in der üblichen Haltung im Bett und starrte an die Wand. Monica fluchte innerlich. Sie hatte ganz vergessen, ein Poster zu besorgen. Rasch machte sie sich eine geistige Notiz, auf dem Weg zum Hotel noch in Morrisons Supermarkt vorbeizuschauen. Die hatten vielleicht eine kleine Posterauswahl.

»Ihr geht's insgesamt recht gut«, gab Dr. Lambert zurück. »Sie hat vorhin etwas gegessen und trinkt regelmäßig.«

Monica betrachtete das unbewegte Gesicht der Frau, ihren blassen Teint. War es reines Wunschdenken, oder hatte sie einen Hauch mehr Farbe in den Wangen? »Und, hat sie irgendetwas gesagt?«

»Nein, immer noch nichts. Aber sie wirkt irgendwie wacher, finden Sie nicht auch?« Er lächelte der Frau zu, die weiter mit starrer Miene zur Wand blickte. »Sollen wir?« Der Arzt deutete Richtung Flur, und Monica folgte ihm nach draußen, um sich ungestört mit ihm zu unterhalten.

»Wie ich höre, gibt es immer noch keine Neuigkeiten zu ihrer Identität?«, fragte er. Monica bestätigte dies, merkte aber an, dass sie auf die Ergebnisse der DNA-Analyse warteten, die noch eine Weile dauern würde. Der Arzt senkte den Blick auf den Linoleumboden. »Rein körperlich fehlt ihr nichts, wir glauben deshalb, dass sie anderswo besser aufgehoben wäre.«

»Was schlagen Sie vor?«, fragte Monica. Sie hatte schon oft genug mit derartigen bürokratischen Schachzügen zu tun gehabt, um zu ahnen, worauf das hier hinauslief: Es ging einzig und allein darum, sich in politischer Hinsicht die Hände reinzuwaschen.

»Es gibt da eine hervorragende psychiatrische Einrichtung, nicht weit von der Spean Bridge entfernt ...«

»Sie wollen sie in eine geschlossene Anstalt stecken?«

»Sie hätte dort Zugang zu denselben Spezialisten wie hier, Sprachtherapeuten, Psychiatern. Dort wäre sie bestens versorgt.«

»Aber sie wurde doch bislang noch gar nicht psychiatrisch untersucht. Wir wissen nicht, was ihr fehlt, sie könnte ein Trauma erlitten haben. Oder ...«

»Wir haben sie auf Anzeichen eines Schocks untersucht, rein körperlich scheint mit ihr alles in Ordnung zu sein. Sie zeigt keinerlei Spuren von Stress. Es tut mir leid, aber ihr fehlt nichts, wir können nicht länger ein Bett mit ihr belegen, das dringend anderweitig gebraucht wird. Wenn sich bis morgen Abend keine Veränderung zeigt, werden wir sie verlegen müssen.«

Ehe Monica über eine Antwort nachdenken konnte, hatte der Arzt sich umgedreht und war über den Flur davongeeilt. Sie selbst kehrte ins Zimmer zurück, wo die Schwester gerade die Kissen der Frau aufschüttelte.

»Es ist zu ihrem Besten«, flüsterte sie, als sie an Monica vorbeihuschte, ohne Blickkontakt aufzunehmen. »Besser für alle, wenn wir das hier vergessen können.«

Monica sah der Schwester hinterher, als sie zur Tür hinaus verschwand. Sie konnte sich nur an wenige Fälle erinnern, bei denen eine Gemeinde so gespalten gewirkt hatte, so viele verschiedene Bedürfnisse und Befindlichkeiten aufeinandergeprallt waren. Manche suchten verzweifelt nach Antworten, andere wollten einfach vergessen.

»Sie haben hier definitiv für einigen Wirbel gesorgt«, sagte Monica und ließ sich seufzend auf dem Stuhl neben dem Bett nieder. Während sie das Gesicht der Frau von der Seite musterte, glaubte sie wieder, eine Bewegung wahrzunehmen, nur ein leichtes Kräuseln in den Augenwinkeln, aber Monica war sich sicher, dass sich da ein Wiedererkennen bemerkbar machte. Oder wusste sie irgendetwas? Auf einmal kam ihr der Gedanke, dass die Frau schlau war, scharfsinnig. Ob man sie unter Drogen gesetzt hatte? Ein langsam reagierendes Mittel? Aber der Arzt hatte doch erwähnt, die Tests seien negativ ausgefallen?

Monica seufzte noch einmal und machte es sich auf dem Stuhl bequem. Die Entspannung sorgte nur leider dafür, dass sich ihre Rückenschmerzen, die nach ihrem kleinen Eisbad heute Morgen zum Glück bald wieder nachgelassen hatten, mit neuer Heftigkeit zurückmeldeten. Sie beugte sich vor und drehte ihren Oberkörper im Sitzen hin und her, auf der Suche nach einer etwas bequemeren Position. Da spürte sie das Vibrieren ihres Handys in der Tasche. War das Chet, der sich zurückmeldete? Doch als sie das Telefon herauszog, war es ein FaceTime-Anruf von ihrer Mum. Erfreut ging sie ran und sah Lucy und Angela zusammen auf dem Sofa sitzen.

»Monica? Kannst du uns hören? Ich sehe dich«, verkündete Angela Kennedy, die jedes Mal aufs Neue überrascht war, dass die Technik es wirklich möglich machte, zu telefonieren und sich dabei zu sehen. »Hi, Mum«, flötete Lucy und grinste breit. Die blonden Locken umspielten ihr pausbäckiges Gesicht. »Nana und ich wollen gleich Eisbecher machen. Und dann gucken wir uns Pinocchio an.«

»Ich habe nichts von Eis gesagt!«, protestierte Angela, deren Stimme sich in gespielter Empörung in die Höhe schraubte. »Ich habe gesagt, vielleicht kriegst du eine *Kugel* Eis, wenn du mir mit dem Geschirr hilfst.«

»Wie war deine Übernachtungsparty?«, fragte Monica schmunzelnd.

»Es war toll!«, gab Lucy begeistert zurück. »Die haben ein Zimmer, das nennen sie Spielzimmer. Darin steht ein Projektor, und die Wand ist der Fernseher. Milly hat einen Livestream auf Instagram gestartet, sie hat dreihundert Follower.«

»Instagram? Warte mal, dafür muss man doch achtzehn sein.«

»Sie hat ihre Mum gebeten, das Profil für sie einzurichten.«

»Lucy, du weißt doch …«

»Ach was, keine Sorge. Mich interessiert das nicht.«

»Du weißt schon, dass ich Grans iPad überprüfen werde. Bitte sie bloß nicht, dich in ihrem Namen da anzumelden.«

»Niemals, das ist doch langweilig, nur lauter Bilder. Das Kinderspielparadies hat mir besser gefallen, man darf so lange rein, wie man will, und es gibt einen Getränkespender. Man stellt nur den Becher darunter, und dann drückt man auf den Knopf.«

»Das klingt ja nett«, gab Monica zurück. »Milly und ihre Familie können sich glücklich schätzen.«

»Die Kinder haben verschiedene Konsolen in ihren Zimmern, und sie dürfen spielen, wann immer sie wollen«, fuhr Lucy aufgeregt fort. »Sie müssen sich nicht abwechseln und warten. Es ist der totale Wahnsinn!«

Monica spürte, wie ein ungutes Gefühl in ihr hochkroch, wie ein Monster, das die Oberfläche des Loch Ness zu durchbrechen drohte. Sie sah sich in dem kahlen Krankenzimmer um, betrachtete die Frau, die unverändert neben ihr saß.

»Klingt so, als hättest du jede Menge Spaß gehabt«, sagte Monica mit erzwungener Begeisterung in der Stimme.

»Ich glaube, dir würde es dort super gefallen«, fuhr Lucy fort. »Mrs. Maitland hat einen Job in der Firma von Mr. Maitland, aber sie ist nur ein paar Tage dort, um mal was anderes zu sehen. Sie ist immer für Milly und die anderen da, wenn sie von der Schule nach Hause kommen.« Monica nickte stumm, sie hatte einen Kloß im Hals.

Ihr war nie in den Sinn gekommen, dass Lucy einmal ungewollt zu ihrer ärgsten Kritikerin werden könnte. Obwohl es rückwirkend betrachtet nur logisch war. Genauso musste es ihren Eltern mit ihr ergangen sein. Sie hätte daher ahnen müssen, wie es war, wenn einem das eigene Fehlverhalten von seinem Nachwuchs vor Augen geführt wurde, ganz ohne böse Absicht. Lucy teilte schließlich nur ihre natürliche Begeisterung für das Neue und Unbekannte. Glückliche Familien, die in Milton of Leys wohnten, mit ordentlich gemähtem Rasen, sauberen Autos, Außenlichterketten und aufblasbaren Weihnachtsmännern in der Adventszeit, Trampolinen und Planschbecken im Sommer. Strahlende Gesichter, Gelächter, Brüder, Schwestern und ein liebevoller Vater. Die Brady-Familie oder was immer die moderne Entsprechung einer solchen Vorzeigefamilie war. Alles Dinge, die sie Lucy nie würde bieten können. Und wessen Schuld war das? Die ihrer Eltern? Weil sie ihr nicht früh genug klargemacht hatten, wie wichtig es war, den passenden Partner zu finden und eine Familie zu gründen? Oder hatte sie es sich selbst anzukreiden, weil sie zu wählerisch gewesen war, zu kontrollsüchtig? Sie hatte sich nie mit

Männern abgefunden, die sich mit ihr hätten arrangieren können. Oder sollte sie das Schicksal dafür verantwortlich machen? Sie war nie eins von diesen verführerischen weiblichen Geschöpfen gewesen. Einer ihrer Ex-Freunde, ein Historiker, hatte sie gern Persephone, Königin der Unterwelt genannt. Anfangs noch als recht zweifelhaftes Kompliment, später dann eher ernst gemeint. War sie wirklich so kalt und abweisend, so fixiert auf ihren Job und die Toten, mit denen sie ihre Tage und Nächte verbrachte? Welche Reize hatte Persephone auf lange Sicht zu bieten, außer vielleicht für einen ebenso gefühlskalten Menschen wie Lucys Vater?

»Klingt so, als hättest du ein tolles Wochenende gehabt«, sagte Monica mit bleischwerer Zunge. »Ich bin bald zu Hause, kann es gar nicht erwarten, mehr darüber zu hören.«

»Mrs. Maitland hat gemeint, ich könnte nächstes Wochenende wiederkommen, wenn ich mag, darf ich?«

Monica räusperte sich. »Das werden wir sehen.«

»Bitte, Mum!«

Sie wechselten noch ein paar Sätze, dann beendeten sie das Telefonat. Monica legte das Handy auf dem Nachtschränkchen ab, lehnte sich zurück und presste sich die Handballen auf die Augenhöhlen. Als sie ihre Hände wieder herunternahm, hatte die Frau im Bett ihr Gesicht zu Monica gedreht und starrte sie eindringlich an.

17

»Du lieber Himmel!« Um ein Haar wäre Monica vom Stuhl gekippt.

Die Frau hatte das Gesicht zu einer grässlichen Fratze verzogen, den Mund weit aufgerissen, und sie zitterte leicht, als versuche sie vergeblich, Worte zu bilden. Monica sprang auf, drauf und dran, die Schwester zu rufen, ging dann aber in die Hocke, streckte die Hand aus und legte sie in einer beruhigenden Geste auf die der Frau. »Lassen Sie sich ruhig Zeit«, sagte Monica und bemühte sich um einen möglichst sanften Ton nach dem kurzen Adrenalinstoß, der sie eben durchzuckt hatte. Sie sah der Frau fest in die Augen, deren Blick jetzt zum Fenster hinter ihr zu wandern schien. Hatte sie Monica wirklich angesehen? Versuchte sie, mit ihr zu kommunizieren? Oder war das nur eine rein zufällige Bewegung gewesen?

»I… i…« Es klang wie der Beginn eines Satzes.

»Können Sie mich hören? Können Sie mir Ihren Namen nennen?«

Für einen kurzen Moment richtete die Frau ihre Augen direkt auf Monica, und eine Sekunde lang war sie überzeugt, dass sie sie wahrnahm. Dann sackte die Frau zurück gegen das Kissen und nahm wieder die übliche sitzende Position ein, als hätte sie sich nie bewegt.

»Sie hat sich inzwischen schon ein paarmal gerührt«, sagte die Schwester, nachdem Monica sie und Dr. Lambert ins Zimmer gerufen hatte. »Nichts, weswegen man sich große Hoffnungen machen könnte.« Sie verschränkte die Arme vor der Brust, verabschiedete sich wieder und verließ den Raum.

»Sie hat versucht, mit mir zu sprechen«, beharrte Monica. »Können Sie sie nicht noch ein paar Tage hierbehalten? Ihr eine Chance geben?«

Dr. Lambert schüttelte den Kopf, ebenfalls mit verschränkten Armen. »Die Schwester hat schon recht, es ist nichts Neues, dass sie sich bewegt.«

»Sie hat versucht zu sprechen.«

»Das sah vielleicht nur so aus ...«

»Sie ist hier sicherer.«

»Sicherer? Wovor?«

»Sie braucht Zuwendung, sie möchte in Kontakt treten.«

»Man wird sich dort gut um sie kümmern. Tut mir leid, aber es ist schon alles in die Wege geleitet.« Damit wandte Dr. Lambert sich zum Gehen, bevor Monica noch weitere Argumente anführen konnte. Mit einem frustrierten Schnauben ließ sie sich zurück auf den Stuhl sinken, als ein leises Klopfen an der Tür zu hören war.

Sie blickte auf, und in der Tür stand diese freundliche Ärztin, Dr. Mitchell. Sie lächelte und hielt eine Thermoskanne hoch. »Ist hier noch Platz für eine Person? Ich habe gehört, dass Sie hier sind, da dachte ich, ich komme vorbei und sehe nach Ihnen.«

»Tut mir leid, wenn ich Sie gestern aufgebracht habe«, sagte Monica, während die Ärztin sich einen Stuhl heranzog und ihn direkt neben Monicas platzierte. Dann hantierte sie mit der Thermosflasche und zwei Plastikbechern herum. »Ich hätte in Bezug auf Bull-Peterson etwas diskreter sein sollen.«

»Ja, das hätten Sie«, gab Dr. Mitchell unumwunden zurück, goss Suppe in einen Becher und reichte ihn Monica. »Aber jetzt ist es nun mal geschehen.« Monica wollte erst ablehnen, doch als ihr der würzige Duft der Brühe in die Nase stieg, schlug ihr Magen einen kleinen Purzelbaum, und ihr wurde schlagartig bewusst, dass sie seit dem Muffin am Morgen, den Khan ihr mitgebracht hatte, nichts mehr gegessen hatte. »Nehmen Sie einen Oatcake dazu«, forderte Dr. Mitchell sie auf. Sie öffnete eine Tupperdose und stellte sie auf das Nachtschränkchen.

»Ich dachte vorhin, sie hätte versucht zu sprechen«, sagte Monica. »Ich war mir so sicher, sie hat mich direkt angesehen.«

»Im Ernst? Nun, sie hat ja auch gesprochen, als wir sie gefunden haben, stimmt's?« Die Ärztin wandte sich der Fremden zu und lächelte sie an. »Sie wollte gar nicht mehr aufhören!« Die Frau reagierte nicht. Die Ärztin streckte die Hand aus und rieb damit über den Handrücken der Patientin, dann reichte sie Monica einen klappbaren Metalllöffel.

»Die vom Krankenhaus haben mich gebeten, dass ich unsere Freundin hier morgen in diese Pflegeeinrichtung begleite, um sicherzugehen, dass sie gut ankommt.« Monica verzog das Gesicht zu einem halbherzigen Lächeln und dachte bei sich: Spitzenidee, die allseits beliebte Allgemeinärztin zu involvieren. »In solchen Fällen ist es völlig normal, dass man Patienten verlegt, es gibt keinen Grund, sie weiter im Krankenhaus zu behalten.«

»Glauben Sie nicht, dass sie sich noch mehr verschließt, wenn man sie in eine Pflegeeinrichtung abschiebt?«

»Von Abschieben kann keine Rede sein, möglicherweise hat sie dort sogar mehr Ansprache als hier.«

Monica nahm einen vorsichtigen Schluck von der Brühe, die zwar wässrig, aber köstlich war, mit klein geschnittenem Gemüse, die Linsen darin noch schön rund und bissfest.

»Wie schafft man es, das eigene Kind irgendwann loszulassen?«, hörte Monica sich unvermittelt sagen. Die Ärztin blickte auf und sah sie verwundert an. »Oh, tut mir leid, ich habe wohl laut nachgedacht. Es ist nur wegen meiner Tochter. Achten Sie nicht auf mich.«

»Nicht doch. Es heißt, man könne als Mutter nie glücklicher sein als das unglücklichste eigene Kind. Deshalb bleibt einem wohl nur zu hoffen, dass die eigenen Kinder glücklich sind und man an ihrem Glück teilhaben darf. Allerdings ist das gar nicht so einfach. Ich selbst habe mich von Angus' Vater getrennt, als er noch sehr klein war. Bin hier hoch in den Norden gezogen, um ganz neu anzufangen, vielleicht habe ich Angus ohne seinen Vater zu sehr von mir abhängig gemacht. Manchmal frage ich mich, ob er sich deshalb nach dem Abschluss entschieden hat, hierzubleiben. Wäre er nach Australien gegangen, wäre er vielleicht noch … Keine Ahnung.« Die Ärztin schüttelte den Kopf. »Wie auch immer. Wie war Ihr Tag?«

Monica war froh über den Themenwechsel und berichtete der Ärztin, was geschehen war. Dabei verriet sie mehr, als sie normalerweise preisgeben würde. »Was denken Sie?«, beendete sie schließlich ihren Bericht. »Zu den Gerüchten über eine mögliche Drogenverbindung?«

Dr. Mitchell seufzte. »Ich muss Ihnen sicher nicht erklären, wie extrem Teile der Highlands unter der Drogenkriminalität zu leiden haben. Die Schotten scheinen da eine gewisse Vorliebe zu hegen.« Monica nickte. Schottland führte regelmäßig die europaweiten Ranglisten der Zahl der Drogentoten an, selbst die entlegensten und schönsten Ecken der Highlands blieben nicht verschont. »Man könnte sich auf die Hauptstraße stellen und buchstäblich jede Substanz anbieten, irgendjemand würde das Zeug kaufen. Hier kriegt man echt alles, Diazepam, Ketamin, sogar Fentanyl, mehr Kokain denn je und natürlich Heroin. Das alles in Kombination mit den Unmengen Alkohol, der nonstop fließt wie Regen an einem nassen Novembertag in den westlichen Highlands. Traurigerweise gehören Drogen hier oben zum Alltag dazu …«

Monica ließ sich das einen Moment durch den Kopf gehen. Sie hatte Erfahrungen aus erster Hand, was die heimtückischen Folgen des Drogenhandels für sämtliche Organisationsstrukturen betraf, die damit in Berührung kamen. Und weil sich damit so viel Kohle machen ließ, blieb das Problem der Korruption natürlich nicht aus. Aber reichte das aus, um anzunehmen, dass der Kapitän der *Explorer* sich da hatte mit reinziehen lassen?

»Woher kam dieses Gerücht um einen möglichen Drogendeal denn ursprünglich? Warum hat man Peter Handler damit in Verbindung gebracht?« Monica hatte sich bereits vergewissert, dass er keinerlei Vorstrafen hatte.

»Peter Handler wurde gar nicht damit in Verbindung gebracht, sondern sein Bruder Quinton.«

»Wie? Sie meinen Quint?«

»Ganz genau. Vor längerer Zeit hat er versucht, mit einem Boot voll Drogen von Indien nach Sri Lanka zu segeln. Er wurde erwischt und eingesperrt. Saß jahrelang im Knast.« Monica musste an ihre Reaktion denken, als sie Quint am Abend zuvor bei dieser Mahnwache zum ersten Mal gesehen hatte. Hatte sie ihn unbewusst von Anfang an als Kriminellen eingestuft? Hatte ihr detektivischer Spürsinn sich unterschwellig gemeldet? Während sie ihre Reaktion analysierte, dämmerte ihr, dass es in Wirklichkeit so etwas wie Anziehung gewesen war. Was peinlich war, eine Frau in ihren Vierzigern, die sich wie ein Schulmädchen in den bösen Buben verguckte. Wurde sie aus ihren Fehlern denn nie schlau?

»Und Sie denken, er steckt da immer noch drin? Könnte an den Gerüchten also etwas Wahres dran sein?«

Dr. Mitchell schüttelte bedauernd den Kopf. »Vielleicht. Ich weiß nicht, scheint mir durchaus möglich.«

Monica dachte darüber nach. Ein verpatzter Drogendeal also? Der letztlich zum Verschwinden der *Explorer* führte und aller an Bord gleich mit? Ihr Blick landete auf der Frau im Krankenbett, die immer noch geradeaus an die Wand starrte. Alle fort außer ihr?

»Ich habe das mit Bull-Petersons Ehefrau gehört.«

Dr. Mitchell versteifte sich merklich, und zum ersten Mal wirkte sie verunsichert, als bereite ihr das Gespräch Unbehagen. »Das war eine Tragödie. Nicht lange danach ist er ganz hierhergezogen, um Abstand von der Geschichte zu bekommen.«

»Und dann noch das mit seiner Schwester? Die auf der *Explorer* verschollen ist? Ist das nicht auffällig?«

»Frederick Bull-Peterson hat sich mehr als irgendjemand sonst dafür eingesetzt, dass man die *Explorer* findet.« Dr. Mitchell vermied jetzt jeden Blickkontakt und wischte ihren leeren Becher mit einem Stück Küchenrolle sauber. »Er hat nichts unversucht gelassen und alles Menschenmögliche für die Familien getan. Er war wirklich unglaublich großzügig.«

18

»Angeblich gab es in dieser Straße früher mal siebzehn Pubs«, sagte DS Ben Fisher und sah an der nicht eben einladenden High Street von Fort William entlang, eine Hand in die Hüfte gestemmt.

»Wer hat dir das denn erzählt?«, fragte Khan und dachte: *Da muss doch wenigstens eins offen sein. Erst recht an einem so nassen, trostlosen Sonntagabend im April.*

»Ach, nur ein Verdächtiger, den ich vor ein paar Jahren verhört habe«, gab Fisher zurück. Er holte sein Handy aus der Jackentasche und startete eine Google-Suche. »Irgendwie ist mir das im Gedächtnis geblieben.«

Khan musterte die mit Brettern verschlagenen Ladenfronten, die Lichtkreise auf dem Kopfsteinpflaster. Ein Stück weiter die Straße entlang sah sie eine Gruppe von vier jungen Männern unter einer Markise Schutz vor dem Regen suchen. Einer von ihnen schaute zu ihnen und stieß seine Kumpels mit dem Ellbogen an. Jetzt richteten auch sie ihre Aufmerksamkeit auf sie.

»Vielleicht sollten wir uns einfach was zum Mitnehmen bestellen und auf dem Revier essen?«, schlug Khan vor. Sie hatte einen Riecher dafür, wenn Ärger drohte, zwei Außenseiter wie sie wären ein gefundenes Fressen für eine Horde zu Tode gelangweilter Typen mit Testosteronüberschuss.

Fisher hielt sein Telefon hoch. »Es gibt da eins gleich um die Ecke, probieren wir es doch da, ja?« Er schien die Gruppe gar nicht bemerkt zu haben. Für diese Art von Ärger fehlte ihm offenbar das nötige Gespür, weil er nicht wie sie in einer typisch schottischen Wohnsiedlung aufgewachsen und auf eine Gesamtschule gegangen war. Gerade das gefiel Khan so an ihm.

Die jungen Männer behielten sie im Blick, als sie an ihnen vorbeigingen, und einer rief ihnen etwas zu, das sie jedoch ignorierten, während sie den Anweisungen auf Google Maps folgten. Sie gingen auf der High Street weiter und waren schon bald außer Hörweite. Ihre einsamen Schritte hallten vom Kopfsteinpflaster wider, als sie nach links in eine ruhige Seitengasse abbogen.

Von außen wirkte das Silver Dolphin stockdunkel, die Fassade in etwa so einladend wie der Rest dieser Stadt. Als sie die Tür aufstießen, drehte sich eine Reihe von trinkenden Gästen an der Bar nach ihnen um. Normalerweise hätte Khan sich in einer solchen Situation unwohl gefühlt, aber zum Glück hatte sie Fisher an ihrer Seite.

»Kriegen wir hier was zu essen?« Die Trinkenden verloren schnell das Interesse und wandten sich wieder ab. Mit seiner förmlichen Kleidung und dem ebenso förmlichen Umgangston wurde Fisher von so gut wie jedem, dem er begegnete, sofort in eine bestimmte Schublade gesteckt. Völlig uninteressant. Genauso wie die Frau neben ihm mit der schwarzen Basecap und dem Kunstpelzmantel.

Eine Barfrau führte sie an den letzten freien Tisch in einem relativ gut gefüllten Loungebereich, der von einem Gasfeuer im Kamin in der Ecke beheizt wurde. Sie reichte ihnen zwei laminierte Speisekarten und ging wieder. Es gab Lauch-Kartoffel-Suppe als Vorspeise, das Gericht des

Tages waren Miesmuscheln. Khan entschied sich für Letzteres, weil sie hoffte, Fisher damit zu beeindrucken. Wobei er ihre Wahl nicht zu registrieren schien. Er selbst bestellte eine Portion Fish and Chips und sagte: »Scheint ganz okay zu sein hier?«

»Mhm. Ich frage mich, wie viele von den ursprünglich siebzehn Pubs wohl noch übrig sind.« Über Fishers Schulter hinweg spähte Khan hinüber in den Barbereich. Immerhin schienen die Geschäfte im Silver Dolphin ganz gut zu laufen. Was den sonntagabendlichen Brauch eines Drinks zum Wochenausklang betraf, hatte sie ihr Instinkt also nicht getrogen. Die Kellnerin kam mit ihrer Getränkebestellung, und Khan trank einen Schluck von ihrer Cola light. Sie genoss die warme Behaglichkeit des Gastraums, das Stimmengewirr im Hintergrund. Einen kurzen Moment lang schien hier so etwas wie Normalität zu herrschen, der Geruch nach altem, verschüttetem Bier und frittiertem Essen. Ein ganz normales Pub in einer ganz normalen Kleinstadt in den Highlands. Kein Ort, an dem es unter der Oberfläche brodelte und zahllose Geheimnisse lauerten.

»Was denkst du, was passiert ist?«, hörte Khan sich sagen. »Mit der *Explorer*?«

Fisher blickte von seinem Handy auf, sichtlich überrascht von ihrer Frage. »Nun, irgendwie muss die Jacht gesunken sein. Ich kann mir nicht vorstellen, wo sie sonst abgeblieben sein sollte.«

»Und was ist mit dieser Unbekannten im Krankenhaus?«

»Ihre Identität wird bald geklärt sein. Falls die DNA-Analyse zu keinem Ergebnis führt, bleibt uns immer noch die Möglichkeit, einen Presseaufruf zu starten und ihr Foto zu veröffentlichen. Irgendjemand muss sie kennen, und dann ist es nur noch eine Frage der Zeit, bis wir beweisen können, dass sie zu dem Zeitpunkt, als die *Explorer* von der Bildfläche verschwand, woanders war. Dass sie unmöglich Emily Hurst sein kann.«

Khan nickte. Fishers Einstellung, dass es für alles eine rationale Erklärung geben musste und sich früher oder später jedes Rätsel aufklärte, war bestechend.

»Wahrscheinlich hast du recht«, gab sie schließlich zurück. »Sie kann es unmöglich sein. Sicher finden wir schon bald Beweise, die unsere Vermutung bestätigen.«

Man brachte ihnen ihr Essen. Die Muscheln wurden in einer Weißweinsoße serviert und waren so frisch, dass man das salzige Wasser des Loch Linnhe daran zu schmecken glaubte. Sie schwiegen, während Khan mit den Muschelschalen kämpfte und Fisher sich durch seine riesige Portion Fish and Chips arbeitete.

Gerade als Khan sich mit der Papierserviette den letzten Rest Soße von den Fingern wischte, spürte sie jemandes Blick auf sich. Durch die geöffnete Tür sah sie zur geschäftigen Bar. Die Frau stand am Tresen und wartete darauf, bedient zu werden. Sie trug Jeans und einen grauen Wollcardigan, die braunen Haare fielen ihr offen über die Schultern. Khan brauchte einen Moment, um sie zu erkennen.

»Bin gleich wieder da«, sagte sie zu Fisher und stand auch schon auf, um zur Bar zu gehen. Sophia hielt eine Getränkekarte in der Hand und starrte angestrengt darauf, als wünschte sie, sie wäre Khans Blick nie begegnet.

»Hab Sie gar nicht erkannt ohne Ihre Hoteluniform«, sprach Khan sie leise an. Sie bemühte sich um einen freundlichen Ton, weil Sophia einen besorgten Blick zu einem kleinen Tisch in der Ecke warf, wo ihr Sohn Pavel mit einem etwas jüngeren Kind und einem Mann saß.

»Den Kindern gefällt's hier in der Bar, wegen des Fernsehers«, sagte sie. »Außerdem finden sie, dass es hier wärmer ist.«

»Wen meinten Sie, als Sie sagten, sie wollen nicht, dass diese Frau redet?«

Sophia warf noch einmal einen Blick zum Ecktisch, dann starrte sie geradeaus ins Leere und weigerte sich, Augenkontakt mit Khan aufzunehmen. »Ich kann jetzt nicht reden.«

»Wen meinten Sie mit ›sie‹?«

»Den Eigentümer.« Verstohlen sah sie sich um, und diesmal zeichnete sich die Angst in ihren Zügen deutlich ab. »Der Boss des Unternehmens.«

»Warum glauben Sie, er will nicht, dass sie redet?«

Sophia spähte zum Barmann, der gerade ein frisches Pint Tennets zapfte, während er mit einem Gast scherzte. Und mit einem Mal kam Khan diese Bar nicht mehr wie die wärmende Insel der Behaglichkeit inmitten der von Trauer beherrschten Gemeinde vor. Sie sah sich unter den Anwesenden um, registrierte die von zu viel Alkohol geröteten Gesichter, das betrunkene Gelächter. Das hier war so was wie die Vergnügungsinsel bei Pinocchio. Leute, die so taten, als sei das *Explorer*-Unglück nie geschehen, die nicht wahrhaben wollten, dass Emily Hurst nach fünf Jahren möglicherweise wieder aufgetaucht war.

Sophia zögerte, und für einen Sekundenbruchteil glaubte Khan, sie würde sie einfach stehen lassen. Stattdessen blickte Sophia sie jetzt fest an und sagte: »Ich habe nur Gerüchte gehört, okay? Eigentlich weiß ich nichts.«

»Wollen Sie denn gar nicht wissen, was Pavel zugestoßen ist?«, fragte Khan. »Wir würden es jedenfalls gerne herausfinden.«

Sophias neuer Ehemann und die Kinder sahen jetzt neugierig zu ihnen herüber. Lächelnd drehte sie sich um und gab dem Barmann ein Signal, der den Zeigefinger hob, um ihr zu bedeuten, dass er gleich bei ihr wäre.

»Darren ist ein guter Mann, aber er versteht nicht. Niemand hier versteht …«

»… wie es ist, einen geliebten Menschen zu verlieren?«, vervollständigte Khan den Satz. »Wie schwer es ist, wenn jemand einfach aus unserem Leben verschwindet, von einem Tag zum anderen?« Sophia nickte, sagte aber nichts weiter. »Nichts ergibt noch irgendeinen Sinn. Wie wenn ein Lieblingssong plötzlich nur noch ein Haufen unerträglicher Lärm ist.«

»Was darf ich Ihnen bringen?«, fragte der Barmann da und grinste breit. Khan hielt eine Hand hoch.

Jetzt flüsterte Sophia verschwörerisch: »Die Jacht … Pavel war damals am Bau beteiligt, er kannte die Verantwortlichen, Peter Handler und die anderen.« Khan nickte. »Sie standen ziemlich unter Stress.«

»Stress?«

»Man hat sie zeitlich unter Druck gesetzt.«

»Ist das nicht normal bei einer solchen Superjacht?«

»Nicht in diesem Maß. Der Boss …«, damit sah Sophia sich wieder ängstlich um und senkte die Stimme, »er wollte, dass sie möglichst schnell fertig werden, die Mängel interessierten ihn nicht.«

»Was für Mängel denn?«

»Nun, ich kenne keine Details, ich weiß nur, dass die Jacht bis zum 16. April fertig sein sollte, koste es, was es wolle.«

»Warum ausgerechnet zu diesem Datum?«

»Pavel verstand das auch nicht, genauso wenig die anderen. Aber so lautete die Ansage.«

»Sie denken, er hatte etwas geplant.«

»Ich weiß nur, dass die Jacht mitsamt dem Vater meines Kindes verschwunden ist, und ich weiß, dass irgendwas vertuscht wurde.« Damit trat Sophia einen Schritt von ihr weg vor den Barmann, bevor sie sich ein letztes Mal über die Schulter hinweg zu Khan umsah. »Ich bin überzeugt, der Boss will nicht, dass diese Sache, die vertuscht wurde, ans Licht kommt.«

19

Zum Glück stand heute Abend keine Karaokenacht auf dem Programm. Monica schlief nach einem langen, anstrengenden Tag deshalb recht schnell ein. Allerdings geisterten immer wieder Fetzen grauenvoller Szenen durch ihre Träume. Eine Frau, die am Meeresufer knietief im Wasser stand, den Kopf unnatürlich nach hinten verdreht, mit ausdruckslosen Augen vor sich hin starrend, während die Lippen sich hastig bewegten, ohne dass auch nur ein Laut aus ihrem Mund drang. Beim Aufwachen war ihre Kehle wie ausgedörrt und ihr Nacken fürchterlich verspannt.

Von Khan fehlte jede Spur, als sie wenig später beim Frühstück saß, und auch das wandernde Ehepaar war nirgends zu sehen. Also aß Monica zwangsläufig allein und stieg anschließend in ihren Volvo, wo sie auf ihre jüngere Kollegin warten wollte. Sie war schon drauf und dran, Khan anzurufen, als diese aus dem Hoteleingang herausgestürmt kam.

»Sorry, hab verschlafen«, entschuldigte sich Khan und nahm auf dem Beifahrersitz Platz. Sie hatte sich die Baseballkappe über die ungekämmten Haare gezogen und trug ihren Kunstpelzmantel über einem pinkfarbenen T-Shirt. Du musst was sagen zu ihrem Aufzug, dachte Monica, doch Khan kam ihr zuvor. »Gestern Abend habe ich zufällig Sophia getroffen. Ich hab sie zum Reden gebracht.«

»Sophia? Was hat sie gesagt?«

Khan weihte ihre Chefin rasch in das ein, was Sophia von ihrem verschollenen Ehemann mitbekommen hatte. Über Bull-Petersons Forderung, dass die Jacht unter allen Umständen bis zum 16. fertig sein solle, dass er Druck auf das Team ausgeübt hatte, damit sie diesen Termin hielten.

»Hat sie gesagt, aus welchem Grund er das Boot ausgerechnet bis zu diesem Datum fertiggestellt haben wollte?«, hakte Monica nach.

Khan schüttelte den Kopf. »Meine Fragen waren ihr sichtlich unangenehm. Aber um ehrlich zu sein, ich bin mir nicht mal sicher, ob sie wirklich was wusste.«

Monica schien zu überlegen. »Wir müssen mit Bull-Peterson reden, herausfinden, was zur Hölle da los war.« Sie drehte sich zum Rücksitz um und zog Dr. Mitchells Ausdruck aus ihrer Laptoptasche. Überraschenderweise stand Bull-Petersons Name ebenfalls auf der Liste, inklusive einer Festnetznummer, die sie jetzt wählte. Nach zweimaligem Klingeln ertönte eine Ansage vom Band: *Sie haben die Nummer von Wolf Estate gewählt. Zurzeit ist niemand erreichbar. Bitte hinterlassen Sie eine Nachricht nach dem Piepton, wir melden uns umgehend zurück.*

Nach dem Piepton sagte Monica: »DI Kennedy hier von der Polizei Inverness. Ich muss dringend mit Frederick Bull-Peterson sprechen.« Sie hinterließ ihre Nummer und legte auf.

»Glaubst du, er ruft zurück?«, fragte Khan zweifelnd.

»Kommt drauf an, ob er Lust hat. Er ist reich«, gab Monica zurück. »Er wird uns an ein ganzes Heer von Anwälten verweisen. Es sei denn, wir hätten irgendwelche Beweise gegen ihn in der Hand. Dann könnten wir ihn zum Verhör laden.« Sie blätterte noch einmal durch die Liste. »Hat Sophia irgendwelche Namen erwähnt?«

»Nur Pavel, ihren Ehemann«, sagte Khan. »Ach so, und Peter Handler, den Kapitän.«

»Beide verschollen auf der *Explorer*«, sinnierte Monica. »Archie Hawley und Tony Armstrong waren am Bau der Jacht beteiligt, und Belinda Forbes war fürs Büro zuständig. Sie waren alle an Bord, als die *Explorer* von der Bildfläche verschwand.«

»Wie überaus praktisch für Bull-Peterson«, bemerkte Khan sarkastisch. »Alle, die vielleicht ein wenig Licht in die Sache hätten bringen können.«

Monica seufzte und nickte zustimmend. Dann kam ihr ein Gedanke. »Brian Corcoran. Er war derjenige, der die Küstenwache alarmierte, als der Kontakt zur *Explorer* abbrach.« Sie fuhr mit dem Zeigefinger über die Namensliste. »Wenn die Angaben hier noch aktuell sind, arbeitet er nach wie vor für das Unternehmen.«

»In dem Fall wird er Bull-Peterson sicherlich nichts anhängen wollen«, gab Khan zu bedenken.

Monica überlegte. »Seine Frau, Lily Corcoran, war ebenfalls an Bord. Er wird wissen wollen, was passiert ist. Versuchen wir es bei ihm.«

Monica folgte wieder einmal der A82 westwärts, vorbei am Fähranleger in Corran und dann weiter nach Onich, wo die Straße eine weite Kurve beschrieb und um die Halbinsel herum in Richtung des berühmten Tals Glen Coe führte. Doch statt den Loch Leven über die Brücke zu überqueren, bog sie links auf die B863 ab. Sie erinnerte sich an einen Sommerurlaub aus ihrer Kindheit, den sie ganz in der Nähe verbracht hatten. Ihr Vater hatte ihr damals erzählt, dass das hier früher die Hauptroute südwärts Richtung Glasgow gewesen sei. Der Bau der Ballachulish Bridge hatte die

Strecke erheblich verkürzt, doch seither war diese Seite des Tals völlig in Vergessenheit geraten, und die hiesigen Ortschaften waren zu verschlafenen Nestern verkommen.

Nach weiteren drei Meilen entdeckte Monica ein verwittertes Schild: *THULE*. Sie bog auf einen Schotterweg ab, der mit einem Bett aus Kiefernnadeln bedeckt war und vor einem verschlossenen Gittertor endete. Monica stieg aus und drückte auf die Klingel. Über die Gegensprechanlage meldete sich niemand, aber wenig später schwang das Tor unvermittelt auf. Sie fuhren ein Stück hügelaufwärts, wo zwischen Kiefern und Birken eine Ansammlung von Gebäuden stand. Niedrige Metallkonstruktionen, die beinahe in die Bergflanke eingegraben schienen. Der Parkplatz bot locker hundert Fahrzeugen Platz, aber nur ein paar wenige Stellflächen waren belegt.

»Ist heute Feiertag oder so?«, fragte Khan, während sie ausstieg. »Oder haben wir die Apokalypse verpasst?«

Monica stieg ebenfalls aus und bemerkte Unkraut, das aus einer Ritze im Asphalt wuchs. Von hier oben hatte man Sicht auf die dunklen Wasser des Loch Leven, der sich vor ihnen nach Ost und West erstreckte. Der Pap of Glencoe, ein auffallender kegelförmiger Berg, thronte am Ende des Sees, gleich neben der Ortschaft Glencoe, und dahinter die Three Sisters und der Bidean Nam Bian. Sie wusste die Namen noch alle von diesem einen Urlaub am nicht weit entfernten Red-Squirrel-Campingplatz. Hatte es etwas zu bedeuten, dass sie sich dreißig Jahre später so lebhaft daran erinnerte? Vermutlich hieß es vor allem, dass sie öfter mal raussollte, dachte Monica, während sie sich zu dem nächstgelegenen Gebäude umwandte. Ein Mann war nach draußen gekommen.

»Brian Corcoran?«, fragte Monica, während sie bereits auf ihn zuging. Er sah anders aus als bei der Mahnwache und vor dem Krankenhaus. Vielleicht wirkte er entspannter, weil er eine bequeme Chino und ein lässiges Hemd trug.

»DI Kennedy. Gladys Mitchell hat bereits erwähnt, dass Sie vielleicht vorbeikommen.« Er wippte auf den Fußballen vor und zurück. »Wie ich sehe, bekomme ich nicht die Behandlung von einem wie Bull-Peterson, mit einer öffentlichen Befragung bei einer Mahnwache. Gehöre wohl nicht zur A-Prominenz, wie?«

Monica rang sich ein halbherziges Lächeln ab. »Wir klassifizieren unsere Klientel eigentlich nicht nach einem VIP-System.«

»Verstehe«, gab er hustend zurück und lachte trocken. »Aber kann ich wenigstens so tun, als wäre ich eingeschnappt, weil Sie so lange gebraucht haben, um zu mir zu kommen?« Aus der Nähe wirkte er schlank und athletisch, eindeutig ein Outdoor-Typ, so wie ungefähr die Hälfte aller Leute, die hier lebten. Er hatte anziehende Gesichtszüge, aber bei Tageslicht betrachtet, stellte Monica fest, dass seine Stirn von tiefen Furchen durchzogen war. Sein Haar wurde an den Schläfen und am Scheitel bereits schütter, und er hatte tiefe Schatten unter den Augen. Ebenfalls wie die Hälfte aller Leute hier schien er umgeben von der bedrückenden Aura des mysteriösen Verschwindens der *Explorer*. »Gladys meinte, Sie wollen wissen, ob irgendjemand von uns Emily Hurst kannte?«, fragte Corcoran. »Ich bin das alles gedanklich schon zigmal durchgegangen, es ist einfach nur … seltsam und schrecklich zugleich.«

»Denken Sie, wir könnten uns vielleicht drinnen unterhalten?«, fragte Monica.

»Selbstverständlich.« Corcoran wirkte überrascht. »Aber … gibt es denn sonst noch was?«

»Dürfte ich Sie bitten«, sagte Monica und deutete auf die

verschlossene Tür. Corcoran drehte sich um und hielt eine Karte, die er an einem Band um den Hals hängen hatte, an ein Lesegerät, um ihnen Zutritt zu verschaffen. Ein riesiger, unbesetzter Empfangstresen nahm den Großteil des Eingangsbereichs ein. Corcoran deutete auf ein Klemmbrett, das darauf lag.

»Wenn es Ihnen nichts ausmacht, tragen Sie sich bitte hier ein. Vollkommen unnötig, aber so erfordern es nun mal die Gesundheits- und Sicherheitsbestimmungen.«

Monica unterschrieb und notierte die Zeit, 9 Uhr 30. Sie stellte fest, dass für den heutigen Tag nur drei weitere Namen registriert waren. Sie richtete sich auf und reichte den Stift an Khan weiter.

»Scheint nicht viel los zu sein bei Ihnen«, bemerkte Monica.

»Ihnen entgeht aber auch nichts«, sagte Corcoran zähneknirschend. »Dieses Gebäude wurde im Jahr 1970 errichtet, während der Ölkrise. Die Thule Corporation wollte damals die Möglichkeiten der Ölförderung an der Westküste ausloten. Hier sollte die Zentrale für diese Tests entstehen.«

»Das wusste ich nicht«, sagte Monica und folgte Corcoran einen langen Flur entlang, dessen Wände aus Betonschalsteinen bestanden. Dahinter waren Metallrohre zu sehen. Die Luft roch trocken und staubig.

»Vielleicht kennen Sie den Film *Local Hero*«, sagte Corcoran lachend und fand wieder zu seiner guten Laune von vorhin zurück. »Ähnliche Story, ein Fleckchen Erde, zu schön, um industrialisiert zu werden. Zumindest ist das die offizielle Version.« Er drehte sich um und lächelte Monica und Khan über die Schulter hinweg zu. »Denn in Wirklichkeit fand man keine brauchbaren Ölfelder. Man war schon recht weit, hat all das hier aufgestellt, hat sogar ein paar kleinere dorfähnliche Wohnanlagen hochgezogen, um die zukünftigen Arbeiter unterzubringen. Die stehen immer noch da hinten im Wald und verfallen nach und nach.«

»Wofür dient dieses Gebäude jetzt?«

»Ach, dies und das. Es ist immer noch im Gespräch, dass man es als Basis für ein Wellenkraftwerk draußen im Minch nutzt, erneuerbare Energien sind unser langfristiges Ziel, deshalb hat man die Anlage noch nicht aufgegeben. Und natürlich entwerfen und bauen wir hier auch Boote.«

Monica nickte, erfreut, dass Corcoran das Gespräch von sich aus auf das eigentliche Thema gebracht hatte. »Wie ich höre, waren Sie in die Sache mit der *Explorer* involviert? Sie waren es, der den Notruf abgesetzt hat, als der Funkkontakt abbrach?«

Corcoran machte vor einer Tür halt. »Es war ein Albtraum.« Monica registrierte seine zitternde Hand, und als sie ihm ins Gesicht sah, stellte sie fest, dass seine Augen blutunterlaufen waren und sich mit Tränen füllten. Die Erinnerung hatte ihn offenbar aufrichtig erschüttert. »Zu wissen, dass meine Frau auf dieser Jacht ist. Das war zum Teil auch meine Schuld. Und damit muss ich Tag für Tag leben.«

»Ihre Schuld?«

»Tut mir leid«, sagte Corcoran gepresst und wandte sich mit hängendem Kopf ab. »Sie hatte ziemlich viel um die Ohren in ihrem Job, deshalb hatte ich sie gedrängt, mitzufahren. Ich schätze, das war so ein kleiner Egotrip meinerseits, von wegen, schau dir bitte diese Superjacht an, zu deren Entstehung ich meinen Teil beigetragen habe! Ich war so stolz und musste ja unbedingt damit prahlen. Hätte ich nur den Mund gehalten …«

»Warum waren Sie selbst nicht mit an Bord?«, erkundigte sich Monica.

»Ich sollte eigentlich schon mitfahren, aber auf dem Weg zum Ableger hatte unser Sohn Alfie einen schweren Asthmaanfall. Da wollte ich kein Risiko eingehen, also habe ich auf die Fahrt verzichtet. Lily war an diesem Morgen noch arbeiten, sie sollte am zweiten Zwischenstopp in Ardgour zu uns stoßen. Ich habe ihr versichert, Alfie ginge es so weit gut, sie solle ruhig alleine mitfahren und ihren Spaß haben …« Einen Augenblick lang drohte die tief in Corcoran verankerte Trauer ihn zu überwältigen, eine Trauer, wie sie so viele Menschen, die mit der *Explorer* in Verbindung standen, in sich trugen. Er wischte sich die Tränen aus den Augenwinkeln und rang sich ein Lächeln ab. »Zum Glück habe ich Alfie. Lily hätte gewollt, dass ich für ihn stark bleibe.« Er drehte sich um und wischte die Karte über das Lesegerät, um die Tür zu öffnen.

Monica und Khan folgten ihm in einen großen Raum mit einer breiten Fensterfront, die einen herrlichen Ausblick auf den Loch Leven bot und den Rahmen für das malerische Bergpanorama dahinter bildete. Monica sah sich in dem eindrucksvollen Raum um, betrachtete die frei liegenden Metallstreben, die das Dach stützten, die leeren Schreibtische, Spezialequipment, das ungenutzt herumlag, Fotos und Planungsentwürfe von Booten an den Wänden. Während sie die ganzen Details in sich aufnahm, bemerkte Monica, wie ihr Körper reagierte und dieses ungute Gefühl aus ihrem Traum wieder über sie kam, wie eine rasch anschwellende Flut. Sie atmete tief durch. Es lag an diesem Ort, hier war die *Explorer* entstanden. Mit einem Mal wirkte das Unglück noch realer, und sie wurde von dem kalten Grauen dessen gepackt, was diesen Leuten auf der Jacht zugestoßen war – und von dem noch viel größeren Grauen, das die Hinterbliebenen im Anschluss daran erwartet hatte. All die unbeantworteten Fragen. Die Ungewissheit.

»… jedenfalls sind Sie ja sicher nicht deswegen hier, oder?«

Monica realisierte, dass Corcoran und Khan sie beide abwartend ansahen, als sei sie ihnen eine Antwort schuldig. Sie räusperte sich und sagte schließlich: »Wie war das damals, als die *Explorer* gebaut wurde?«

Corcorans Blick wanderte zur Decke, als ob er dort nach der Antwort suchte. »Es war alles ziemlich aufregend. Irgendwie verrückt, wenn ich das jetzt sage. Wissen Sie, bei den meisten Projekten, an denen ich mitgearbeitet habe, war nur das Ergebnis wichtig. Aber in diesem Fall war es anders. Es ging von Anfang an um die Qualität des Produkts. Darum, etwas Besonderes zu schaffen. Ungeachtet der Kosten.«

»Ungeachtet der Kosten?«

»Fred war vernarrt in diese Jacht, in die Vorstellung davon. Er wollte, dass sie wirklich außergewöhnlich wird, etwas, das in dieser Gemeinde für Aufsehen sorgte.«

»Und hatte er es eilig, sie fertigzustellen?«, fragte Monica.

»Ich dachte, Sie wollten mit mir über Emily Hurst sprechen?«, stellte Corcoran die Gegenfrage und hüstelte. Dann sagte er nachdenklich: »Denken Sie wirklich, es könnte sich um dieselbe Frau handeln?«

»Wir stehen noch am Anfang unserer Ermittlungen …«, wich Monica aus.

»Es ist nur … denken Sie, dass die Chance besteht …«

Da war sie wieder, diese trügerische Hoffnung, tief genug, um darin zu ertrinken. »Sobald wir etwas in Erfahrung bringen, werden wir uns in jedem Fall mit den Familien in Verbindung setzen.« Corcoran nickte, und als Monica ihm fest in die Augen sah, glaubte sie, eine stumme Botschaft zu empfangen: *Es besteht also die Chance, dass meine Frau noch am Leben ist? Die letzten fünf Jahre waren ein Albtraum, vielleicht gibt es nun doch noch ein glückliches Erwachen!*

»Was ist mit Bull-Peterson«, fragte Monica weiter. »Angeblich hat er ziemlich Druck gemacht, weil er wollte, dass die *Explorer* zu einem bestimmten Termin vom Stapel läuft?«

»Das stimmt. Wir sollten sie möglichst schnell fertigstellen.« Wieder wandte Corcoran verlegen den Blick ab, es war ihm sichtlich unangenehm. »Der 16. April war unsere Deadline.«

»Warum ausgerechnet dieses Datum?«

»Keine Ahnung. Der Boss ist ein mächtiger Mann. Er ist es gewohnt, zu bekommen, was er will.«

»Wurde an irgendwelchen Stellen gespart, irgendwas, womit Sie nicht ganz glücklich waren?« Corcoran schüttelte den Kopf, drehte sich zum Fenster um und starrte hinaus auf den See. »Was ist mit den anderen, die an dem Boot mitgearbeitet haben? Ist von denen irgendwann mal einer mit einer Beschwerde auf Sie zugekommen?«

Corcoran wandte sich um und sah sie über die Schulter hinweg an. »Nein, nicht dass ich wüsste. Es tut mir leid, aber ich muss meinen Sohn mittags von der Schule abholen, und davor wartet noch einiges an Arbeit auf mich.«

20

»Was denkst du?«, fragte Khan, als sie wieder auf dem Parkplatz beim Volvo standen. »Wirkt so, als würde er was verheimlichen, findest du nicht?«

Monica blieb ihr eine Antwort schuldig. Stattdessen sah sie noch einmal zu dem Gebäude zurück. Sie überlegte, welches der großen getönten Fenster wohl zu Corcorans Büro gehörte und ob er vielleicht zu ihnen schaute. Ihr Instinkt sagte ihr, dass er mehr wusste, als er zugeben wollte. Ob er Bull-Peterson in Schutz nahm? Oder bestand die Möglichkeit, dass er die Jacht absichtlich so konstruiert hatte, damit sie sank, um seine Frau loszuwerden? Letzteres hielt sie für unwahrscheinlich, weshalb sich jetzt langsam Frust in ihr breitmachte. Sie hatte die leise Hoffnung gehabt, dass Corcoran irgendetwas preisgeben würde. Er war die einzige ihnen bekannte verbliebene Person, die am Bau der *Explorer* beteiligt gewesen war.

»Wer steht sonst noch auf der Liste?«, fragte Monica. Khan öffnete die Beifahrertür und nahm den inzwischen schon recht abgegriffenen Ausdruck zur Hand. »Wir können Dr. Mitchell dankbar sein«, murmelte Monica, während sie sich neben Khan über die Liste mit den Namen beugte. »Wer sonst hatte mit dem Bau der Jacht zu tun, abgesehen von Peter Handler, Brian Corcoran und Pavel Kolkah?«

»Natürlich hätten wir da Bull-Peterson«, bemerkte Khan, »aber er wird nichts rauslassen, falls er etwas mit der Sache zu tun hatte.«

Vorsichtshalber überprüfte Monica ihr Handy, doch es hatte sich niemand auf ihre Sprachnachricht zurückgemeldet. »Was ist mit der Familie dieses Ingenieurs, Tony Armstrong?«

Khan überflog die Liste. »Sieht nicht so aus, als hätte er Familienangehörige hier oben. Seine nächste Verwandte ist seine Schwester, sie lebt unten in England.«

Monica dachte einen Moment nach. »Die Büromanagerin? Belinda Forbes?«

Khan fuhr mit dem Zeigefinger die Namensliste entlang und hielt neben dem Eintrag inne. »O Gott.«

»Was ist?«

»Sie war nicht allein auf der Jacht, ihre Schwägerin Janice und ihre beste Freundin Becky MacAndrews waren auch mit an Bord.« Monica musste an das Foto vom »Schrei der Passagierin« denken, an die ganzen strahlenden Gesichter und das unermessliche Grauen, das ihnen bevorstand.

»Wer sind ihre nächsten Verwandten?«

»Auf der Liste steht ein Giles Forbes.«

»Das ist der, der vor dem Krankenhaus mit uns gesprochen hat«, sagte Monica und erinnerte sich an den hoffnungsvollen Ausdruck auf seinem Gesicht, während er im Regen stand. Keine Ahnung, wie lange ich das noch packe, dachte sie. »Okay, versuchen wir es bei ihm.«

Giles Forbes wohnte ein Stück oberhalb des Stadtzentrums von Fort William, in einem Reihenhaus am Mamore Crescent. Als Monica den Volvo parkte und ausstieg, konnte sie den Anleger am Loch Linnhe sehen, von dem aus die *Ex-*

plorer ihre Jungfernfahrt angetreten hatte. Forbes musste praktisch von seinem Wohnzimmerfenster aus einen Blick darauf haben.

Er empfing sie an der Haustür und führte sie in ein ordentlich aufgeräumtes Wohnzimmer, das von einem Gasfeuer beheizt wurde. Hier und da hingen Fotos seiner Ehefrau Belinda und seiner Schwester Janice.

»Bull-Peterson konnte schon ein richtiger Mistkerl sein«, sagte Giles, als er ihnen auf einem kleinen Beistelltisch Tee servierte. »Er war sehr fordernd, ein bisschen wie ein ausgewachsenes Baby, aber kein Wunder, bei der vielen Kohle.«

»Fordernd inwiefern?«, hakte Monica nach.

»Er kapierte nicht, dass die Leute zum Arbeiten hier waren, um ihren Lebensunterhalt zu verdienen, glaubte, sie zu besitzen. Er erwartete von ihnen, dass sie ihm jederzeit zur Verfügung standen, zu jeder Tages- und Nachtzeit. Einmal hat er hier um elf Uhr abends angerufen«, sagte Forbes und schüttelte den Kopf.

»Was wollte er?«

»Er wollte mit Belinda sprechen, es ging um die *Explorer*.«

»Erinnern Sie sich an die Details?«

»Es kam zu keinem Gespräch. Ich hab ihm weisgemacht, Belinda wäre shoppen gegangen«, sagte er lachend. »Ihm wurde vermutlich erst klar, dass in ganz Fort William kein einziger Laden mehr geöffnet hatte, nachdem ich aufgelegt hatte. Belinda war stinksauer!«

»Hat Ihre Frau je irgendwelche Probleme mit der Jacht erwähnt? Irgendetwas Schwerwiegendes?«

Forbes verzog nachdenklich sein gerötetes Gesicht. »Eigentlich nicht. Beim Stapellauf der *Explorer* war alles

Friede, Freude, Eierkuchen«, sagte er traurig. »An diesem Morgen waren wirklich alle froh, dass es geklappt hatte.«

Eine Stunde später war klar: Giles Forbes hatte, wie alle anderen in Fort William, mit denen sie bislang gesprochen hatten, keinerlei Erinnerung daran, Emily Hurst vor dem Tag des Stapellaufs je gesehen zu haben. Er war überzeugt, dass sie keine Ortsansässige gewesen sein konnte. »Hier bei uns kennt man sich, irgendjemand müsste gewusst haben, wer sie ist. Alles andere ist völlig ausgeschlossen.«

Ihre nächste Anlaufstation war Charlotte Hawley, die nicht weit vom Haus der Forbes' entfernt wohnte, nur ein Stück weiter hügelaufwärts. Ihr Ehemann war Archie Hawley gewesen, der dreißig Jahre lang für Thule gearbeitet hatte. Die Fahrt auf der *Explorer* hatte ein Geschenk zum Ruhestand sein sollen. Auf ihr Klingeln hin reagierte niemand, deshalb versuchte Monica es telefonisch bei der Nummer, die sie auf Dr. Mitchells Liste fand. Auch hier antwortete niemand, aber nach etwa einer Minute rief Charlotte zurück und teilte ihr mit, sie sei auf dem Weg nach Hause und in einer guten halben Stunde da. Während sie im Volvo auf sie warteten, rief Monica bei Fisher an, um sich von ihm auf den neuesten Stand bringen zu lassen. Er hatte sich den ganzen Tag lang durch Vermisstenakten geackert, aber bisher ohne Ergebnis. Und auch von Chet hatte sie nichts gehört, was sie allerdings nicht groß überraschte.

»Ich mochte Boote noch nie«, sagte Charlotte Hawley, als sie heimkam und sie ins Haus bat. »Das war früher ein Running Gag innerhalb der Familie, von wegen, Archie würde jede freie Minute mit seinen Booten verbringen, um mir aus dem Weg zu gehen.« Die Frau war Anfang bis Mitte sechzig, ordentlich gekleidet in eine schlichte schwarze Hose, Bluse und Cardigan. Sie trug ihr Schicksal mit Fassung, genau wie die anderen Angehörigen der verschollenen *Explorer*-Passagiere. »Aber ich hatte Glück im Unglück«, sprach sie weiter. »Immerhin habe ich meine Jungs, und die haben wiederum selbst schon Kinder. Sie halten mich ordentlich auf Trab.«

Während Charlotte erzählte, spürte Monica, dass diese Frau, anders als Giles Forbes und Brian Corcoran, sich mit ihrem Verlust abgefunden hatte. Sie blickte nach vorn.

»Was ging in Ihnen vor, als Sie vom Auftauchen dieser Frau oben am Lochan hörten?«, fragte Monica. »Sie waren doch auch vor dem Krankenhaus.«

»Um ehrlich zu sein, war ich enttäuscht. Das ist wirklich das Letzte, was wir alle brauchen können.«

»Wie meinen Sie das?«

»Wir hatten inzwischen ausreichend Zeit, um das Ganze zu verarbeiten. Diese ganzen Theorien, die die Leute sich zusammenfantasiert haben, allesamt in der Hoffnung, unsere Liebsten könnten zurückkommen, nachdem sie fünf Jahre lang auf dem Grund des Ozeans lagen. Das ist nicht gesund. Wir Menschen müssen trauern, Hoffnung kann da manchmal wie Gift wirken und hält uns davon ab, zuversichtlich in die Zukunft zu blicken.«

»Was macht Sie da anders?«, fragte Monica.

Charlotte ließ sich die Frage durch den Kopf gehen, dann lachte sie. »Nun, ich schätze, ich bin alt. Und Archie hatte ein Jahr vorher einen Herzinfarkt erlitten. Er brauchte seine Medikamente. Selbst wenn es zu einer wundersamen Rückkehr käme, hätte Archie allein deshalb nicht überlebt …«

»Was hielt Archie von Bull-Peterson? Hat er etwas über den Bau der *Explorer* erzählt?«

»Mein Mann hat nie viel über seine Arbeit gesprochen«, gab Charlotte zurück, dann lachte sie wieder. »Mich hat das auch gar nicht interessiert, ich rede lieber über andere Themen, nichts, was mit dem Meer zu tun hat. Ich glaube aber, er hatte nichts gegen Bull-Peterson.«

»Hat er je etwas erwähnt, dass Bull-Peterson Druck gemacht hätte, irgendetwas, das Ihnen komisch vorgekommen ist?«

»Nein«, sagte Charlotte, zögerte aber. »Archie hat nie etwas in der Richtung erwähnt.«

»Jemand anderes vielleicht?«

Langsam schüttelte Charlotte den Kopf. »Es gab in den ersten Tagen die wildesten Gerüchte, da war aber meines Erachtens nichts dran, die Leute brauchten nur etwas, womit sie ihrer Trauer ein Ventil geben konnten.«

»Irgendetwas, das Ihnen besonders aufgefallen wäre?«, fragte Monica.

»Es gab Gerede von Drogengeschäften, dass Bull-Peterson irgendwie darin verwickelt sei, Gerüchte über russische U-Boote, über Monsterwellen. Was immer den Leuten gerade in den Sinn kam. Wir hofften, dass die eingeleitete Untersuchung zumindest ansatzweise Klarheit bringen würde, dass es sich um einen tödlichen Unfall gehandelt haben musste. Aber ohne eine Spur von der Jacht war da nicht viel zu machen …« Ihre Stimme erstarb. »Hinterher geisterten nur noch gelegentlich Vermutungen durchs Internet, und es gab die eine oder andere verrückte Idee.« Sie zögerte, und Monica spürte, dass da noch etwas anderes war, trotz ihres unbestimmten Tons.

»Denken Sie da an etwas Konkretes?«, hakte sie nach, woraufhin Charlotte rasch den Blick abwandte. »Jedes Detail könnte hilfreich sein.«

»Es ist bescheuert, aber tatsächlich ist mir eine Sache aufgefallen …«

»Manchmal sind die scheinbar nebensächlichsten Dinge wichtig.«

»Bevor ich in den Ruhestand ging, arbeitete ich für die Schule. Ich war im Sekretariat tätig. Dort habe ich viele Kinder kennengelernt, vor allem die …« Sie schien um Worte zu ringen. »Die Sorgenkinder.« Monica nickte ihr aufmunternd zu. »Klar erinnert man sich nicht an alle Namen, erst recht nicht nach so langer Zeit, und sie verändern sich rasant, sobald sie ins Teenageralter kommen. Manchmal werde ich im Supermarkt angesprochen: ›Hi, Mrs. Hawley‹, und ich habe keinen Schimmer, wen ich da vor mir habe, und lächle einfach zurück.« Monica lächelte ihrerseits. Ihre Mum hatte in der Mensa einer Schule gearbeitet und berichtete oft von ähnlichen Begegnungen. »Einmal war ich auf der High Street unterwegs, da kommt ein Mann auf mich zu und fängt an, mit mir zu plaudern, erkundigt sich nach mir und meinen Söhnen. Nach nur zwei Sätzen reden wir über die *Explorer*. Er war der Überzeugung, er hätte Beweise, was aus ihr geworden ist, meinte, er stünde kurz davor, etwas herauszufinden.« Charlotte stieß ein schwaches Lachen aus. »Ich habe Ihnen ja gesagt, es ist bescheuert, aber er wirkte so überzeugt. Um ehrlich zu sein, habe ich mir Sorgen um ihn gemacht. Die Leute haben ja alle möglichen Fantasien im Kopf, die wildesten Theorien. Aber er schien ernsthaft überzeugt.«

»Hat er Ihnen erzählt, was er herausgefunden hatte?«, fragte Monica.

Charlotte schüttelte den Kopf. »Ich habe mich bemüht, höflich zu bleiben, und wollte dann weitergehen. Man will einfach nicht ständig von anderen daran erinnert werden.

Selbst wenn so jemand nur nett sein will, einem eine Mitfahrgelegenheit anbietet … es weckt Erinnerungen. Dieser Mann aber ging mir nicht mehr aus dem Kopf. Er schien sich seiner Sache so sicher zu sein.«

»Und Sie haben ihn nicht erkannt?«, hakte Monica nach.

Diesmal wirkte Charlotte überrascht. »Oh, doch, natürlich, ich habe ihn sofort erkannt. Er hatte als Teenager mehr Zeit als jeder andere Schüler vor dem Büro des Direktors verbracht. Hatte immer schon eine große Klappe, man musste ihn einfach mögen, ganz gleich, was er auch angestellt hatte. Sein Onkel war einer der Maschinisten auf der *Explorer*. Es war Adam. Adam Colinton.«

21

Sie fuhren durchs Zentrum von Fort William und dann weiter, an der Polizeistation vorüber in ein Industriegebiet, das sich als ein Labyrinth aus mit Zäunen abgegrenzten Grundstücken und kleineren Straßen über eine weite Fläche erstreckte. Schließlich gelangten sie ans Ende einer der Straßen. Charlotte Hawleys Beschreibung nach hatte Khan eine heruntergekommene Garage erwartet, so wie die, in der ihre Cousins in Stirling herumschraubten. Aber Adam Colintons Werkstatt schien wider Erwarten ein offizieller Betrieb zu sein, zumindest wies ein überdimensionales, professionell gestaltetes Schild darauf hin: *Armstrong & Colinton: Motoren, Reifen, Ölwechsel, Kundendienst, Verkäufe*, war darauf zu lesen. Eine Reihe von Fahrzeugen hatte draußen vor dem Zaun geparkt, und drei Personen standen an, um im Büro an der Frontseite des Gebäudes bedient zu werden.

»Mit Motoren ist immer gutes Geld zu machen«, sagte Khan, während sie aus dem Volvo stiegen. Zumindest hatte ihr Vater das immer gesagt. Vielleicht war ja sogar was dran.

Monica schien ihre sonderbare Bemerkung nicht registriert zu haben, denn sie ging bereits an der Schlange vorbei und stellte sich ganz vorne hin, vor die Tür zum Büro. Khan eilte mit schnellen Schritten hinter ihrer Chefin her.

Sie genoss dieses Gefühl, als wäre man auf einer wichtigen Mission. Die wartenden Fahrzeughalter folgten ihnen mit verunsicherten Blicken.

»Adam Colinton?«, sagte Monica zu dem Mann am Empfang, der gerade damit beschäftigt war, für eine Kundin in einer Berghaus-Wanderjacke ein Formular auszufüllen. Fragend sah er auf. Er hatte dunkle Locken, trug einen Arbeitsoverall und war schätzungsweise Anfang zwanzig.

»Ich habe mich schon gefragt, wie lange Sie wohl noch brauchen, bis Sie zu mir kommen«, sagte Colinton, der jetzt anzüglich grinste, weshalb Khan ihn auf Anhieb unsympathisch fand. »Ehrlich gesagt dachte ich schon, meine Aussage wäre vielleicht nicht von Interesse.«

»Warum nicht?«

»Na ja, ich gelte wohl nicht offiziell als Zeuge, oder?«

»Wie meinen Sie das?«

Adam Colinton musterte Monica vom Scheitel bis zur Sohle. »Als ich hörte, dass ein paar Cops hier herumschnüffeln, hat man mir ganz verschwiegen, wie gut aussehend Sie sind.« Er warf einen Blick zu Khan, die ihn finster anfunkelte. »Dass Sie beide so gut aussehen.«

»Könnten Sie fünf Minuten für uns erübrigen?«, fragte Monica.

»Klar hab ich fünf Minuten für Sie«, gab Colinton zurück und wischte sich die Haare aus dem Gesicht. Dann erhob er sich von seinem Stuhl. »Für Sie jederzeit, Süße.«

Er steckte sich zwei Finger in den Mund und stieß einen lauten Pfiff aus, der für jemanden in der Werkstatt bestimmt war. Ein Mann rollte unter einem Wagen hervor. »Bobby, komm doch mal her und kümmere dich um Mrs. Leadbitter, ja?« Er wandte sich an die Frau in der Berghaus-Jacke. »Bobby ist sofort für Sie da, meine Liebe.

Mit Ihrem Wagen ist alles in Ordnung, der Test ist bestanden, er wartet schon auf Sie.« Er klatschte in die Hände und ging durch eine Tür in eine Art Wartebereich. »Tee? Kaffee?« Er deutete auf einen Automaten in der Ecke und kramte ein paar Münzen aus der Tasche seines Overalls. »Geht auf mich.«

»Wir wollen Sie gar nicht lange aufhalten«, sagte Monica. »Ich sehe ja, wie beschäftigt Sie sind.«

»Wie sind Sie überhaupt auf mich gekommen?«, fragte Colinton, der jetzt ein Zwei-Pfund-Stück in den Schlitz steckte und einen Cappuccino herausließ. »Ich stehe nicht auf Dr. Mitchells Liste der Angehörigen.« Die Überraschung in Monicas Gesicht schien ihm nicht zu entgehen. »Klatsch und Tratsch über die *Explorer* zu verbreiten, ist das Lieblingshobby der Leute hier.«

»Gilt das auch für Sie?«, fragte Monica.

»Nope«, gab Colinton zurück. Er sah zu, wie die heiße Flüssigkeit in den Pappbecher plätscherte. »Zu beschäftigt, um mich mit diesem Unsinn aufzuhalten. Schätze, deswegen habe ich es auch nie auf diese Liste geschafft. Bin nicht interessiert an Mahnwachen und daran, mich für ein paar Kröten extra bei Freddy Bullshit einzuschleimen. Ich mache meine eigene Kohle, der kann sich meinetwegen verpissen, entschuldigen Sie meine Ausdrucksweise.« Er nahm den Becher aus der Halterung und nahm einen vorsichtigen Schluck. »Jedenfalls sind Sie bestimmt hier, um sich nach dieser Emily Hurst zu erkundigen. Tut mir leid, wenn ich Sie enttäuschen muss, aber ich habe sie noch nie gesehen. Vergesse nie ein Gesicht, in meinem Beruf ist es gut, wenn man sich Namen und Gesichter merken kann. Wie mein Onkel immer gesagt hat: Die Leute wissen es zu schätzen, wenn man gute Dienstleistungen erbringt, aber wenn der Service auch noch eine persönliche Note hat, hat man sie am Haken. Man muss den Kunden das Gefühl geben, dass sie einem wichtig sind, dann fressen sie einem aus der Hand.«

»Ihr Onkel war mit auf der *Explorer*«, sagte Monica. »Tony Armstrong.«

»Das ist richtig.« Colinton starrte Monica an, immer noch mit diesem breiten Grinsen, aber Khan fiel auf, dass seine Schultern jetzt tiefer hingen. »Verschwunden, einfach so. Riesentragödie, aber niemand will vortreten und es laut aussprechen.«

»Was aussprechen?« Für einen Sekundenbruchteil ging eine Veränderung in Colintons Miene vor. Das Prahlerische darin war wie ausgelöscht, und auf einmal sah Khan ihn so, wie Charlotte Hawley ihn beschrieben hatte: Ein vorlauter Schuljunge draußen vor dem Büro des Direktors, der verzweifelt um Aufmerksamkeit heischte.

»Was im Grunde jeder weiß«, sagte er schließlich. »Dass Freddy Bullshit seine Finger im Spiel hatte, bei was auch immer mit der Jacht passiert ist. Erst hat er seine Frau umgebracht und dann auch noch seine Schwester und meinen Onkel gleich mit.«

Khan beobachtete, wie ein enttäuschter Ausdruck über Monicas Miene huschte. Sie wusste, dass ihre Chefin das Gleiche dachte wie sie: Noch so eine Sackgasse, wieder nur ein Haufen Klatsch, der zu nichts führte. Nach Charlottes Beschreibung von Adam Colinton hatte es so ausgesehen, als könnte er tatsächlich etwas wissen. »Ich nehme an, Sie haben Beweise dafür?«, fragte Monica.

Colinton starrte sie ungeniert an, dann sagte er: »Mein Onkel hat es mir gesagt.«

»Ihr Onkel hat Ihnen gesagt, Bull-Peterson habe vor,

seine Schwester zu ermorden? Indem er sie mit der *Explorer* untergehen lässt?«

»Nein. Er hat mir erzählt, Bull-Peterson sei besessen davon, die *Explorer* bis zu diesem bestimmten Datum fertigzukriegen«, sagte Colinton. »Er hatte einen Plan. Seine Schwester wollte in die Schweiz ziehen. Es war seine letzte Chance, sie loszuwerden.«

»Und warum wollte er sie Ihrer Meinung nach loswerden?«

»Sie hatte vor, ihre Anteile am Unternehmen zu verkaufen. Das hätte für Freddy bedeutet, dass er nicht mehr die alleinige Kontrolle gehabt hätte.«

»Und Ihr Onkel hat erzählt, Bull-Peterson habe einen Plan gehabt?«

»Nein.« Colinton sah zur Seite, und zum ersten Mal schien er zu zögern, wirkte fast ein wenig verunsichert. »Aber es gibt einen Bericht dazu. Den findet man im Internet.«

»Sie meinen diesen Bericht zur Untersuchung, ob es sich um einen Unfall mit Todesfolge gehandelt hat?«, hakte Monica nach und klang ungefähr so verwirrt, wie Khan es insgeheim war. »Demnach konnte ein offensichtliches Versagen beim Bau der Jacht ausgeschlossen werden.«

»Nein, den meine ich nicht.« Colinton schüttelte den Kopf. »Bull-Petersons Vater hat vor seinem Tod eine private Untersuchung in Auftrag gegeben. Er wollte wissen, was seiner Tochter zugestoßen war. Dabei fand er heraus, was Freddy vorgehabt hatte. Das hat ihn umgebracht. Er starb nur wenige Monate später an Herzversagen.«

»Wie? Woher wissen Sie das?«

»Ich bin nicht der Einzige, der das weiß«, sagte Colinton. Er sah sich verstohlen im Büro um, als könnte jemand sie belauschen. »Die Leute wollen es nicht wahrhaben, sie haben Angst, es sich mit dem Mann zu verscherzen, der eine Milliarde auf dem Konto und seine eigene Frau und Schwester umgebracht hat. Warum, glauben Sie, dass er hier am Arsch der Welt wohnen bleibt? Damit er alle im Auge behalten kann, die ihn verraten könnten. So sieht's aus.«

22

Zurück in der Einsatzzentrale in Fort William, berichteten Monica und Khan DS Fisher von ihrem langen Tag, den sie damit verbracht hatten, Schatten zu jagen. Nämlich innerhalb der Familien der Hinterbliebenen, bei den Corcorans, den Forbes, den Hawleys und schließlich bei Adam Colinton mit seinem Gerede von irgendeinem Geheimbericht.

Monica sah zu, wie Fisher eilig etwas in seinen Computer tippte und einen Nachruf auf einen gewissen Hans Bull-Peterson fand. »Nun, der Part scheint jedenfalls zu stimmen«, sagte er und las sich die Details durch. »Starb an plötzlichem Herzversagen im Alter von fünfundsiebzig Jahren. Er hinterließ eine Ehefrau, seinen Sohn und einige Enkelkinder.«

»Ich nehme an, von einem Bericht ist da nirgends die Rede? Oder von irgendetwas, das mit der *Explorer* zu tun hat?«, fragte Monica.

Fisher öffnete eine Reihe weiterer Artikel und überflog sie nacheinander. »Ein paarmal wird erwähnt, dass seine Tochter auf tragische Weise auf dem Meer verschollen ist, aber sonst steht da nichts. Was hat Colinton genau gesagt?«

Monica schälte sich aus ihrem schweren Tweedmantel und streckte den Rücken durch. Wenigstens war sie nach einer Nacht guten Schlafs nicht mehr ganz so verspannt.

»Er meinte, er habe es im Internet gelesen, in einem Forum im Dark Web. Jemand, der in der Firmenfiliale in Schweden arbeitete, wusste wohl etwas darüber und hat es publik gemacht.«

»Hat er eine Adresse genannt?«, erkundigte sich Fisher mit skeptischem Unterton. »Oder wie dieses Forum heißt?«

Monica schüttelte den Kopf. »Er hat sofort wieder dichtgemacht, wollte kein Wort mehr sagen.«

Fisher drehte etwas in seiner Hand und meinte: »Ich sehe mir das mal an. Vielleicht finde ich etwas raus. Mit den Vermisstenfällen komme ich leider nicht weiter. Sieht so aus, als wäre die Frau im Krankenhaus von niemandem als vermisst gemeldet worden.«

Während Fisher sich an die Suche machte, versuchte Monica es noch einmal bei Bull-Peterson im Büro, aber wie zuvor erreichte sie nur die Mailbox. Diesmal machte sie sich nicht die Mühe, eine Nachricht zu hinterlassen, sondern beschloss, ihm am nächsten Morgen einen Besuch abzustatten.

Sie legte auf und sah, dass Khan vor der Landkarte an der Wand stand und darauf starrte. Sie ging zu ihrer Kollegin und stellte sich neben sie. Es war schon erstaunlich, wie weit von jeder Straße, von jedem bewohnten Landstrich der rote Punkt entfernt war, der den Ort markierte, an dem die Frau aufgetaucht war. Weit und breit nichts als Wildnis.

»Was, wenn sie von irgendwo in der Nähe dorthin gelaufen ist?«, fragte Khan.

»Aber da oben gibt es doch nichts«, sagte Monica und deutete auf das offene Land auf der Karte. Sie blickten beide noch einen Moment nachdenklich darauf, dann wandte Monica sich ab und ging zur Kaffeemaschine. Der Wasserbehälter war leer, deshalb nahm sie die Glaskanne zur Hand und ging damit den Flur entlang in die kleine Küche. Sie füllte sie mit Wasser, kehrte zurück, goss es in den Behälter und öffnete eine frische Packung gemahlenen Kaffee. Sie gab eine ordentliche Portion davon in den Filter. Als sie die Maschine einschaltete und sich wieder umdrehte, starrte Khan immer noch auf die Karte.

»Diese Ärztin, Dr. Mitchell«, sagte Khan. »Sagte sie nicht etwas davon, Bull-Peterson habe erst kürzlich ein Haus gebaut?«

Monica zuckte mit der Schulter. »Vielleicht, ich erinnere mich nicht, warum?«

»Es ist nur diese Karte«, sagte Khan und deutete ganz unten an den Rand. »Das Kleingedruckte unter der Legende. Da steht ›Nachdruck mit minimalen Änderungen 2013‹.«

Monica eilte zu ihrer Laptoptasche und zog Dr. Mitchells Liste heraus. »Die angegebene Adresse ist die seines Büros …«, sie hielt inne, als sie die letzte Zeile las. »Das liegt in Knoydart.«

»Ich könnte es auf Google Maps versuchen«, bot Fisher an. »Vermutlich existiert da ein neueres Update, und die Angaben sind aktueller als auf dieser Landkarte.« Monica las die Adresse vor, und er gab sie parallel auf seiner Tastatur ein. »Es scheint ein Immobilienbüro zu sein. Gehört zu einer Anlage namens Wolf House. Man findet es auf Google Maps.« Er las die Koordinaten vor, und Monica sah zu, wie Khan die Längen- und Breitengrade auf der Karte mit dem Finger nachfuhr und die Stelle mit einer Nadel markierte. Dann trat sie zurück und sagte: »Heiliger Strohsack …« Monica sah nun ebenfalls auf die Karte. Das Haus befand sich weniger als drei Meilen von der Stelle entfernt, an der man die Frau angetroffen hatte. »Das scheint mir aber ein großer Zufall zu sein, oder?«, fuhr Khan fort. »Könnte diese Frau, wer immer sie sein mag, von Bull-Petersons Haus dorthin gelaufen sein?« Monica starrte auf die Karte. Die Vorstellung schien verrückt. Aber von irgendwoher musste sie ja schließlich gekommen sein. Bestand die Chance, dass sie wirklich Emily Hurst war?

»Wenn man das Unmögliche ausgeschlossen hat, muss das, was übrig bleibt, die Wahrheit sein«, sagte Fisher, Sir Arthur Conan Doyle zitierend.

»Sie ist also von dort geflohen?«, fragte Khan. »Würde Bull-Peterson in dem Fall nicht versuchen, sie wieder einzufangen? Sie zum Schweigen bringen, wenn er wirklich dahintersteckt?«

Monica sah auf die Uhr an der Wand, um die Zeit zu überprüfen: 19 Uhr 30. Sie zog ihr Handy aus der Tasche und registrierte die vielen verpassten Anrufe von Dr. Mitchell. Erst jetzt fiel ihr wieder ein, dass sie eigentlich schon vor einer Stunde im Krankenhaus hatte sein wollen, um den Transport der Frau in die Pflegeeinrichtung zu begleiten.

23

Monica war bereits hinausgelaufen zum Parkplatz der Polizeistation, als Dr. Mitchell endlich ans Telefon ging.

»Ich dachte schon, Sie hätten uns vergessen.« Die Ärztin klang gut gelaunt.

»Tut mir leid, ich wurde aufgehalten. Sind Sie noch im Krankenhaus?«, fragte Monica und hoffte, dass noch Zeit war, sie einzuholen.

»Wir sind vor fünf Minuten aufgebrochen. Ich sitze hinten bei ihr im Krankentransporter«, gab die Ärztin zurück. »Wir sollten jeden Moment am Polizeirevier vorbeikommen.«

Monica blickte auf, und wie es der Zufall will, erschien im selben Moment der Sanitätswagen linker Hand am Kreisverkehr, gefolgt von einem Streifenfahrzeug der Polizei. Sie atmete auf, froh über diesen glücklichen Zufall und erleichtert, dass das Fahrzeug Geleitschutz von den Kollegen von der Streife hatte. An der Kreuzung wartete sie darauf, dass der Krankenwagen an ihr vorbeifuhr, und der Streifenwagen bremste ab, damit sie einfädeln konnte. Sie erkannte die Beamtin am Steuer, es war PC Amy Weinmann. Die blendete kurz auf und winkte ihr zu. Monica reihte sich in die Kolonne ein.

»Wie geht es ihr?«, fragte Monica Dr. Mitchell, die immer noch in der Leitung war.

»Oh, es scheint ihr besser zu gehen. Nicht wahr? Ihnen geht's doch besser«, sagte die Ärztin, die die Patientin offenbar ins Gespräch einbezog. »Sie hat schon etwas mehr gegessen. Ich habe das Gefühl, Sie möchten reden, stimmt's?« Die Ärztin senkte die Stimme, und Monica stellte sich vor, wie sie sich von der Frau im hell erleuchteten Inneren des Krankenwagens abwandte. »Sie hat ein paar Worte gesprochen, als wir sie in den Transporter verlegt haben. Ich glaube wirklich, dass sie bereit sein könnte, später mit uns zu reden.«

»Was hat sie gesagt?«, hakte Monica nach, gleichzeitig neugierig und irritiert, sich derart in die Spekulationen zu Bull-Peterson hineinziehen zu lassen, dass sie das hier komplett vergessen hatte.

Die Ärztin räusperte sich. »Ich glaube … nun ja, es ist vielleicht besser, wenn ich Ihnen das unter vier Augen erzähle.«

»Sie wollen also andeuten, dass es etwas eher Beunruhigendes war?«

»Ja, ganz klar.«

»Okay, wie weit ist diese Pflegeeinrichtung entfernt?«

»Nicht allzu weit. Ungefähr zwanzig Meilen.«

Monica verabschiedete sich und legte auf. Sie folgte dem grellorange-gelben Heck entlang der A830, bevor sie auf die B8004 wechselten, einer schmalen Straße, die nach Norden in eine sehr viel ländlichere Gegend führte. Dichte Birkenwälder säumten die Straße zu beiden Seiten und ließen den bereits dunkler werdenden Abend noch düsterer erscheinen. Nachdem sie dem Wagen etwa fünf Minuten lang gefolgt war und während dieser Zeit die Scheinwerfer des Streifenfahrzeugs im Rückspiegel gehabt hatte, klingelte Monicas Handy.

Sie warf einen Blick zum Beifahrersitz, auf dem das Telefon lag, und erwartete eigentlich, Dr. Mitchells Namen auf dem Display zu sehen. Stattdessen war es ein unbekannter Teilnehmer. Erst wollte sie den Anruf ignorieren, aber die Ärztin hatte gesagt, dass die Fahrt etwa zwanzig Meilen weit wäre, und der Krankenwagen fuhr nicht besonders schnell, daher würde sie ihm noch eine ganze Weile folgen müssen.

»Monica Kennedy? Hab gedacht, Sie wären längst tot.« Der Akzent war Glasgow pur, eine Stimme, die sie schon seit mehr als zehn Jahren nicht mehr gehört hatte. Sie brachte Erinnerungen zurück, nur leider keine guten. Die Härchen an ihren Armen richteten sich auf, und sie blickte durchs Seitenfenster hinaus zu den dunklen Bäumen, die die Straße immer noch zu beiden Seiten säumten.

»Bin nach wie vor im Dienst«, sagte sie schließlich. »Wie geht's Ihnen, Chet?«

»So nennt mich heut keiner mehr.«

»Das überrascht mich nicht«, gab Monica zurück. Der Krankenwagen vor ihr wurde langsamer, um auf der engen Straße ein entgegenkommendes Fahrzeug vorbeizulassen. Monica fuhr selbst etwas dichter an den Rand heran und hob eine Hand zum Gruß, als der Fahrer ihr dankend zuwinkte. »Wie nennt man Sie dann?«

»Für Sie geht Chet klar.«

»Ich bin erstaunt, dass Sie immer noch unter derselben Nummer zu erreichen sind«, sagte Monica. Die Stimme versetzte sie zurück in eine Zeit vor über zwanzig Jahren, in ihre Anfangstage als Detective in Glasgow. 1999, kurz vor den Millennium-Feierlichkeiten war das gewesen. Damals hatte sie in einem Mordfall ermittelt, der im Drogenmilieu gespielt hatte. Chet war ein aufstrebender Mittelsmann gewesen, als seine Schwester ermordet und in den Clyde geworfen worden war. Deshalb hatte er sich dazu entschlossen, Monica bei ihren Ermittlungen zu helfen, auch wenn das nicht hieß, dass er ein guter Mensch war, bei Weitem nicht.

»Ich lasse die Mailbox nur gelegentlich von einem meiner Leute abhören. Wohne mittlerweile außer Landes.«

»Wo denn?«

»Irgendwo, wo es wärmer ist als in Glasgow.«

»Das grenzt die Möglichkeiten nicht groß ein.«

»Schätze, Sie rufen nicht an, um ein wenig zu plaudern?«

Monica folgte dem Krankenwagen über eine längere gerade Strecke. Mit einem Mal fühlte sie sich wie auf dem Präsentierteller. Vielleicht war es der Klang von Chets Stimme, die düsteren Erinnerungen, die etwas in ihr auslösten. Jedenfalls fühlte es sich so an, als wären die grellen Scheinwerfer des Krankenwagens inmitten dieser stockdunklen Wildnis so etwas wie eine offene Einladung. Sie hätten Sicherheitsvorkehrungen treffen sollen, hätten wachsamer sein müssen an einem derart einsamen und verlassenen Ort wie diesem. Sie schüttelte den Kopf, um ihre irrationalen Gedanken zu vertreiben.

»Ich brauche Informationen über den Drogenhandel in den Highlands, vor allem, wie das Zeug hierhergelangt.«

»Aus der Sache bin ich komplett raus«, gab Chet zurück, klang allerdings wenig überzeugend.

»Konkret geht es um die Zeit vor etwa fünf Jahren.« Rasch erklärte sie ihm die Sache mit der *Explorer* und den Gerüchten über eine mögliche Verbindung zur Drogenszene.

»Habt ihr da oben kein Drogendezernat?«

»Ich dachte, Sie als Insider könnten mir einen besseren Einblick verschaffen?«

Chet blieb ihr eine Antwort schuldig. Monica stellte sich seinen gefühlskalten Blick vor. Schon bei der ersten Begegnung hatten seine eisigen Augen bei ihr für ein Frösteln gesorgt. Später dann hatte sie, so seltsam es klingen mochte, gelernt, auf seine einfache Durchschaubarkeit als Psychopath zu vertrauen. »Was das Drogenbusiness angeht, ist alles möglich«, sagte er schließlich. »Irgendein armer Bastard verliert seinen Job, ganz ohne Eigenverschulden. Hat eine Horde Kinder, eine Reihe von hungrigen Mäulern zu stopfen, und dann stellt man ihm plötzlich mehrere Tausend Pfund in Aussicht, dafür, dass er eine Karre von Liverpool nach Glasgow fährt. Und ehe er sich's versieht, schüttet er einem anderen armen Bastard Schwefelsäure ins Gesicht. Und irgendein mustergültiger Cop braucht gerade dringend Kohle, um seine Spielschulden abzubezahlen, und fängt an, Insiderwissen weiterzugeben. Alles schon erlebt. Wie gesagt, da ist echt alles möglich.«

»Das war nicht meine Frage«, gab Monica zurück. Der Krankenwagen vor ihr kroch jetzt im Schneckentempo einen kurvenreichen Straßenabschnitt entlang.

»Und, was denken Sie?«, fragte Chet. »Ist es eine gute Idee, auf einer Jacht voll vergnügungssüchtiger Touristen draußen auf dem offenen Atlantik Drogen zu verladen? Was ergibt das für einen Sinn, wenn man genauso gut auch ein Schnellboot benutzen könnte, um es an einem einsamen Strand oder auf einer entlegenen Insel zu entladen? Warum sollte man solche Geschäfte vor den Augen der halben Sauchiehall Street abziehen wollen?«

»Vielleicht war das ja gerade der Punkt?«, gab Monica zurück. »Dass man es vor aller Augen versteckt? Wer schöpft schon Verdacht bei einer Superjacht?«

Sie hörte, wie Chet einen Schluck von etwas nahm. Sie stellte ihn sich an einem Strand in Australien vor, seine sonst auf der Sonnenbank gebräunte Haut jetzt dunkel von der richtigen Sonne. »Kann sein. Wie gesagt, ich habe schon alles erlebt.« Er nahm noch einen Schluck von seinem Drink. »Aber – und das kann ich Ihnen aus persönlicher Erfahrung sagen – eine Sache, die Drogendealer hassen, ist unerwünschte Aufmerksamkeit. Sie sagten, die Jacht sei verschwunden?«

»Sie sind wohl gar nicht auf dem Laufenden darüber, was in unserem schönen Schottland passiert, was?«

»Niemand in diesem Geschäft ist daran interessiert, Zivilisten zu töten, das sorgt nur unnötig für Aufmerksamkeit«, sagte Chet. »Dass ein, zwei Leute gegen ihren Willen da mit reingezogen werden, klar, alles schon da gewesen. Aber eine ganze Bootsladung voll? Und dann auch noch spurlos verschwunden? Ergibt für mich keinen Sinn. Aber was weiß ich schon. Wie gesagt, ich bin raus aus dem Geschäft.«

Als Chet aufgelegt hatte, dachte Monica über das nach, was sie von ihm erfahren hatte. Sie hatte zwar auf etwas Konkreteres gehofft, aber seine Worte klangen durchaus plausibel. Die Sache war zu kompliziert, um Rückschlüsse auf einen Drogendeal zuzulassen, zudem schien es bislang keine handfesten Hinweise darauf zu geben – außer vielleicht, dass Peter Handlers Bruder Quint ein vorbestrafter Dealer war.

Der Krankenwagen vor ihr fuhr wieder an den Straßenrand, um eine Kolonne von Fahrzeugen vorbeizulassen, die ihnen entgegenkamen, ein etwas langsamerer Camper, gefolgt von mehreren Pkw. Monica lenkte ihren Wagen ebenfalls an den Rand und sah im Rückspiegel, dass PC Weinmann an einer Ausweichstelle etwas weiter hinten angehalten hatte. Es war nicht mehr genug Platz für sie hinter dem Volvo und dem Krankenwagen. Der Camper blieb stehen, der Sanitätswagen quetschte sich vorbei und beschleunigte dann wieder. Weinmanns Wagen war nun noch weiter hinter ihnen und wartete darauf, dass die Fahrzeugkolonne vorbeifuhr.

Monica folgte dem Krankentransporter, und im Scheinwerferlicht kamen zu beiden Seiten der Straße Bäume in Sicht, erst weiß, dann schattenhaft schwarz. Im Rückspiegel herrschte jetzt absolute Dunkelheit. Monica trommelte mit den Fingern auf dem Lenkrad und überlegte, was wohl aus Weinmann geworden war. Ob sie aufgehalten worden war, weil der Camper sie gestreift hatte oder etwas in der Art? Auf diesen engen Straßen war es nichts Ungewöhnliches, dass Fahrzeuge liegen blieben. Sie warf einen Blick auf die Uhr am Armaturenbrett: 19 Uhr 50. Dr. Mitchell hatte ihr erklärt, die Einrichtung sei zwanzig Meilen entfernt, sie mussten also bald da sein. Monica versuchte, die Anspannung in ihren Schultern zu lockern. Fragte sich, ob die Ärztin wohl recht hatte und die Frau ihre Identität preisgeben würde. Oder hatte sie vielleicht sogar schon gesprochen?

Die Bremslichter des Krankenwagens leuchteten rot auf. Monica wurde ebenfalls langsamer. Schließlich hielt sie an, etwa zehn Schritte hinter dem jetzt stehenden Sanitätswagen. Kamen ihnen etwa noch weitere Fahrzeuge entgegen? Sie beugte sich zur Seite, versuchte, an dem Wagen vorbeizuspähen, aber der kastenförmige Transporter versperrte ihr die Sicht. Die Straße befand sich mitten im Wald, zur Linken war eine größere Ausweichstelle oder vielmehr eine Haltebucht zu sehen. Alles war dunkel. Warum fuhr der Wagen nicht weiter? Blockierte etwas die Straße? Ein Tier? Ein umgestürzter Baum? Es schien unwahrscheinlich, wo der Camper und die Fahrzeuge aus der Gegenrichtung eben noch problemlos hatten passieren können.

Schließlich griff Monica nach ihrem Telefon und wählte die Nummer der Ärztin. Im selben Moment sah sie, wie die Hecktür des Wagens aufging. Dr. Mitchell stieg aus und hielt eine Hand hoch, und Monica dachte, sie würde zu ihr kommen und ihr den Grund für den Halt erklären. Stattdessen lächelte sie und formte etwas mit den Lippen. Monica hatte keine Chance mehr, nachzuhaken, denn jetzt wandte die Ärztin sich ab und trat um das Heck herum zur Seite des Fahrzeugs.

Gleichzeitig registrierte sie eine plötzliche Bewegung von der Haltebucht her, und es war, als würde die Zeit sich verlangsamen. Ein Licht ging an, ein Motor heulte auf. Als Nächstes war ein lauter Knall zu hören, und Monica starrte zu der Stelle, wo die Ärztin eben noch gestanden hatte, vor Entsetzen wie gelähmt. Ihr Verstand versuchte das, was sie sah, zu begreifen.

Die Ärztin war von einem anderen Fahrzeug, einem Van, seitlich an die Karosserie des Krankenwagens gedrängt worden. Jemand sprang heraus, ganz in Schwarz gekleidet, rannte die wenigen Schritte zur Hintertür des Krankentransporters und kletterte hinein. Wenige Sekunden später kam derjenige wieder heraus und schleifte die Frau hinter sich her. Ihre Augen waren schreckgeweitet, während er sie zum Van zerrte und durch die geöffnete Seitentür ins Wageninnere beförderte.

Endlich riss Monica sich aus ihrer Erstarrung, stieß die Tür des Volvos auf und wollte aussteigen. Da merkte sie, dass sie von etwas zurückgehalten wurde. Sie brauchte einen Moment, um zu realisieren, dass sie den Sicherheitsgurt nicht gelöst hatte. Mit zitternden Fingern fand sie den Knopf und öffnete den Verschluss. Dann sprintete sie zu dem Transporter, gerade als der Mann auf der Fahrerseite einstieg und die Tür hinter sich zuschlug.

Sie streckte die Hand danach aus, riss sie halb auf, während der Fahrer gleichzeitig versuchte, sie wieder zu schließen. Mit der anderen Hand wollte er währenddessen den Rückwärtsgang einlegen, und Monica versuchte ihn zu packen, entschlossen, ihn aufzuhalten.

Ein Schrei gellte durch die Nacht. Sie wirbelte herum und sah Dr. Mitchell, die zwischen Van und Krankenwagen klemmte, das Gesicht qualvoll verzerrt.

Instinktiv ließ Monica von dem Fahrer ab, sodass es ihm gelang, den Rückwärtsgang einzulegen und zurückzusetzen. Für einen Sekundenbruchteil stand Dr. Mitchell noch wie erstarrt da, dann kippte sie seltsam verdreht auf die Straße. Jetzt war die Frage: Sollte Monica den Van aufhalten und die Frau retten, oder sollte sie der Ärztin helfen? Es war eine Entscheidung, die sie unmöglich treffen konnte, und einen Augenblick lang stand sie unentschlossen da. Doch dann hörte sie, wie Gladys Mitchell verzweifelt um Luft rang. Sie stürzte zu ihr, ging neben ihr in die Hocke und griff nach ihrer Hand. Die Ärztin lag im Schatten des Fahrzeugs, weshalb es nahezu unmöglich war, etwas zu erkennen und einzuschätzen, wie schwer ihre Verletzungen waren. Aber ihre grässlich rasselnden Atemzüge reichten aus, um Monica zu verraten, dass es schlimm um sie stand. Sehr schlimm.

24

»Kann nicht atmen. Kann nicht …« Monica starrte hilflos auf Dr. Mitchell herab. Sie merkte erst, dass die Sanitäter bei ihr waren, als sie starke Hände auf ihren Schultern spürte, die sie von der Ärztin wegzogen.

»Sie wurde zerquetscht, von einem Van, sie …«, stammelte sie. Aber die Sanitäter hatten sich bereits darangemacht, der Verletzten zu helfen, und schienen sie nicht zu hören. Monica wandte sich ab, immer noch fassungslos über das, was da gerade geschehen war. Eine eiskalte innere Stimme meldete sich zu Wort: *Jemand hat die Frau entführt und war bereit, Dr. Mitchells Leben dafür aufs Spiel zu setzen. Und du sitzt untätig da und lässt es geschehen.*

Monica versuchte gar nicht erst, es zu leugnen. Stattdessen überlegte sie, was sie jetzt tun sollte. Die Antwort kam prompt: *Du musst diesen Typen erwischen und ihn aufhalten.*

Sie rannte zurück zum Volvo, gerade als Weinmanns Streifenwagen am Ort des Geschehens eintraf. Monica eilte zur Fahrerseite und bedeutete ihr, das Fenster herunterzulassen.

»Ich wurde durch diesen Camper aufgehalten. Er ist fast von der Straße abgekommen«, erklärte die Beamtin mit großen Augen, während sie zu erfassen versuchte, was dort beim Krankenwagen vor sich ging.

Monica bemühte sich, ihr mit möglichst ruhiger Stimme zu erklären, was sich zugetragen hatte. »Ich brauche einen Heli und eine bewaffnete Einsatztruppe, der flüchtige Van ist irgendwo hier im Wald. Sorgen Sie dafür, dass sich sämtliche verfügbaren Kräfte herbegeben.« Weinmann nickte und griff bereits nach ihrem Funkgerät. Monica rannte zum Volvo, der mit angeschaltetem Scheinwerfer und Motor bereitstand. Sie stieg ein und fuhr auf die Haltebucht zu. Ein Weg führte davon weg nach links in den Wald hinein. Monica beschleunigte und fuhr den Forstweg entlang, der parallel zur Straße verlief. Die Federung ihres Volvos ächzte, als sie über den holprigen Schotter mit den vielen Schlaglöchern fuhr. Sie gab mehr Gas und beugte sich vor, um durch die Windschutzscheibe in der Dunkelheit vor ihr etwas zu erkennen.

»Wo steckst du, verdammt, wo zur Hölle bist du hin verschwunden?«, murmelte sie und umklammerte das Lenkrad fester, damit es ihr auf ihrer holprigen Fahrt nicht auskam. Gedanklich spielte sie den Schockmoment von vorhin wieder und wieder durch. Dr. Mitchells Gesicht, als der Van sie rammte. War die Ärztin vielleicht längst tot?

Monica vertrieb diese Gedanken aus ihrem Kopf und konzentrierte sich ganz auf den Weg. Plötzlich hatte sie eine scharfe Rechtskurve vor sich. Monica trat auf die Bremse, und der Wagen geriet ins Schlingern. Sie spannte sich an, in der Erwartung eines Aufpralls auf einen Baum, aber irgendwie gelang es ihr, das Auto wieder unter Kontrolle zu bekommen. Sie schaltete herunter in den zweiten Gang und beschleunigte erneut, als der Weg sich abermals gerade vor ihr erstreckte.

Im Scheinwerferlicht tanzten Schatten zwischen den Bäumen, wie Hexen, immer am Rande ihres Blickfelds. »Komm schon, wo steckst du?«, murmelte Monica wieder. Der Van konnte ja nicht einfach so verschwunden sein. Aber keine Spur davon, nur der dunkle Weg vor ihr. Hatte sie irgendwo eine Abzweigung verpasst? War sie daran vorbeigefahren? Sie wurde langsamer und überlegte, ob sie umkehren sollte, um es anderswo zu versuchen. Doch dann sah sie etwas Rotes zwischen den Bäumen aufblitzen. Die Rücklichter des Vans.

Ein neuerlicher Adrenalinstoß durchflutete sie, und sie nahm den Fuß noch etwas vom Gaspedal. Dann blendete sie die Scheinwerfer ab und beugte sich zum Handschuhfach, um ihr Funkgerät herauszuholen. Mit zittrigen Fingern schaltete sie es ein. Fluchte, als sie kein Signal erhielt, und warf es auf den Beifahrersitz. Als Nächstes fischte sie ihr Handy aus der Tasche und versuchte es bei Khan. Im selben Moment erkannte sie durch die Bäume hindurch vor sich die Scheinwerfer eines weiteren Fahrzeugs. Erst jetzt wurde ihr bewusst, dass der Waldweg zurück zur Straße führte. Khans Stimme meldete sich in der Leitung.

»Was ist los? Wir haben gerade gehört …«

»Ich verfolge den Van auf einem Forstweg westlich der B8004. Gleich bin ich wieder auf der Straße, ich glaube, wir sind ein paar Meilen von der A82 entfernt. Ich brauche so schnell wie möglich Einsatzkräfte hier.« Monica sah zu, wie die Bremslichter des Vans kurz grell aufleuchteten. Sie bremste selbst ab und ließ sich ein Stück zurückfallen. Sollte sie versuchen, das Fahrzeug aufzuhalten? Es zu rammen? Sie kam schnell zu dem Schluss, dass der Fahrer in dem Fall einfach beschleunigen und davonfahren würde. Das Beste war also, wenn sie sich an ihn heftete und abwartete, bis die Verstärkung eintraf.

Der Van blieb einen Moment lang stehen, dann fuhr er mit Vollgas auf die Straße.

»Er fährt jetzt auf der Hauptstraße nach Osten«, sagte Monica. Sie ließ sich noch ein wenig zurückfallen, um etwas mehr Abstand zu halten, dann beschleunigte sie selbst und konnte es kaum erwarten, endlich wieder glatten Asphalt unter den Reifen zu haben. Stattdessen knirschte es, ein Schleifen war zu hören, und der Volvo schien zu lahmen. Das Lenkrad erbebte in ihren Händen. Monica trat aufs Gaspedal, aber die Reifen drehten auf dem steinigen Untergrund durch, ohne dass etwas passierte.

Fluchend stieg sie aus und konnte im schwachen Schein der Innenbeleuchtung erkennen, dass der Vorderreifen geplatzt war. Ein Brett mit Nägeln steckte im Gummimantel.

»Verdammter Mist!« Sie sah noch, wie die Rücklichter des Vans am Ende der Straße um eine Kurve verschwanden. Zu weit weg, um ein Nummernschild auszumachen. Sie rannte zur anderen Seite, in der Hoffnung, die Situation mit einem raschen Reifenwechsel retten zu können, aber auch der zweite war platt.

Monica griff nach ihrem Handy. Eilig erklärte sie Khan die Situation. »Können wir ein paar Einheiten an die Kreuzung zur A82 schicken? Der Wagen sollte in wenigen Minuten dort eintreffen. Es handelt sich um einen dunklen Van, ich glaube, es ist ein Mercedes Sprinter, aber haltet einfach alles auf, was annähernd so aussieht.«

Khan legte auf, und plötzlich war Monica wieder allein in der fast absoluten Stille. Nur das schwache Rascheln des Abendwindes in den Birken war zu hören, und da war der Geruch von kalter Luft und morschem Holz. Monica sah sich um, ihr Körper rauschte vom Adrenalin und war in allerhöchster Alarmbereitschaft. Sie musste schnell handeln. Stattdessen förderte ihr Gehirn wieder das Bild von Dr. Mitchells panischem Gesicht zutage: *Kann nicht atmen.*

War sie noch am Leben? Was hatte der Entführer mit der Frau vor? Es handelte sich offenbar um jemanden, der ohne mit der Wimper zu zucken über Leichen ging. Sie musste diesen Van finden, musste ihn aufhalten.

Das Geräusch eines herannahenden Fahrzeugs durchbrach ihre Gedanken, und Monica drehte den Kopf nach rechts und sah die Scheinwerfer. Sie gestikulierte wild und rief: »Stopp, anhalten! Polizei!« Der Fahrer wich ihr aus und beschleunigte dann, sodass Monica wütend und frustriert auf und ab sprang und dem Fahrzeug einen Fluch hinterherschickte. Ob der Van inzwischen an der Kreuzung angekommen war?

Monica rief noch einmal bei Khan an, aber diesmal kam keine Verbindung zustande. Sie wollte gerade zum Volvo zurückrennen und es noch einmal mit dem Funkgerät versuchen, als sie abermals sich nähernde Motorengeräusche registrierte. Diesmal rannte sie mitten auf die Straße und stellte sich mit ausgebreiteten Armen hin. Das Fahrzeug wurde langsamer und blieb dann wenige Schritte vor ihr stehen. Monica eilte zur Beifahrerseite des SUV und öffnete die Tür.

»Ich bin Detective Kennedy von der Polizei, eine Frau wurde entführt. Wir müssen dem Van folgen, in dem sie festgehalten wird.« Monica erwartete schon Protest, aber der Fahrer rückte nur seine Baseballkappe zurecht und sagte: »Dann springen Sie rein.« Sie setzte sich auf den Beifahrersitz, immer noch mit dem Handy hantierend. »Wer wurde denn entführt?« Monica warf dem Fahrer einen Seitenblick zu und sah ihn jetzt erst richtig an. Schlagartig wurde ihr klar, dass sie ihm bereits begegnet war. Es handelte sich um Quint Handler, Peter Handlers Bruder. In der Aufregung hatte sie ihn nicht erkannt. Dreißig Minuten vorher hatte sie Chet noch gefragt, wie hoch die Chancen standen, dass er in das Verschwinden der *Explorer* verwickelt war. Jetzt war sie auf seine Unterstützung angewiesen, um einen Verdächtigen zu jagen.

»Könnten Sie vielleicht etwas schneller fahren?«, bat Monica. Quint antwortete nicht, warf aber einen Blick in den Rückspiegel und beschleunigte. Jetzt registrierte sie die Musik – »Simple Man« von Lynyrd Skynyrd – und drückte auf den Ausschaltknopf am Radio, denn endlich rief Khan zurück. »Der Helikopter ist auf dem Weg, und unsere Einheiten werden jeden Moment an der Kreuzung bereitstehen.«

»Irgendwelche Neuigkeiten von Dr. Mitchell?«

»Nein, noch nicht.« Monica fluchte und spürte, wie Quint sie von der Seite ansah. Er sagte jedoch keinen Ton. Monica blieb mit Khan in Kontakt, während sie auf die Kreuzung zujagten. Fünf Minuten später trafen sie dort ein, gerade als auch zwei Streifenwagen mit Blaulicht aus Richtung Fort William ankamen.

Monica stieg aus. Der Van war längst fort. Und die Frau mit ihm und vielleicht auch ihre letzte Chance, die Wahrheit über die Identität von Emily Hurst und darüber, was aus der *Explorer* geworden war, herauszufinden.

25

»… und dann haben wir uns alle unser eigenes Getränk am Automaten herausgelassen. Es ist wie bei Burger King, man drückt auf einen Knopf, und wenn man möchte, plumpsen sogar Eiswürfel rein.« Monica betrachtete Lucys aufgeregtes Gesicht auf dem Display ihres Handys. Sie saß auf dem Fahrersitz eines Einsatzwagens der Polizei, einem Astra. Dann blickte sie hinauf zum Krankenhaus. Die Fenster hoben sich hell von der nächtlichen Dunkelheit ab. »Es gab sogar Saft. Welchen Saft würdest du nehmen, Mummy? Ich habe Kirsche gewählt.«

Monica räusperte sich. Seit zwei Stunden suchten die ausgesandten Einsatzkräfte nun schon nach dem Van, aber bislang sah es so aus, als wäre er spurlos in der Wildnis verschwunden. Und die Frau mit ihm. »Ich glaube, ich würde eine Cola light nehmen«, gab sie schließlich zurück. »Ich bin total langweilig und trinke immer dasselbe.«

»Gran sagt, ihr wäre eine Tasse Tee am liebsten, aber die kriegt man an dem Automaten nicht.«

»Was treibt Granny denn?«, wollte Monica wissen und zwang sich, möglichst zu klingen wie immer.

Lucy sah sich gespielt aufmerksam um und sagte dann mit leicht gesenkter Stimme: »Sie ist schlecht gelaunt.«

»Warum das denn?«, fragte Monica. Für einen kurzen

Moment plagten sie Gewissensbisse, weil sie Lucy einfach bei ihrer Mum geparkt hatte. Sie durfte nicht vergessen, dass die schon über sechzig war und nicht mehr ganz so viel Energie hatte wie damals in ihrer Kindheit. »Warst du denn wieder unartig? Du weißt doch, was wir besprochen haben.«

»War ich nicht!« Lucy zog einen Schmollmund, und ihre blonden Locken flogen, als sie voller Entrüstung den Kopf schüttelte. »Ich glaube, es ist wegen Billy.«

»Wer ist denn Billy?«, erkundigte sich Monica. Sie war viel zu unkonzentriert, um die Liste der Klassenkameraden ihrer Tochter durchzugehen.

»Billy aus dem Süßigkeitenladen«, antwortete Lucy in einem Ton, als solle das selbstverständlich sein. »Normalerweise schauen wir auf dem Heimweg bei ihm rein und plaudern ein bisschen mit ihm, aber heute nicht, weil er mit jemand anderem geredet hat.«

Monica nickte und versuchte zu verarbeiten, was Lucy erzählte, während eine innere Stimme gleichzeitig hysterisch schrie: *Wo ist sie? Warum hat er sie mitgenommen? Lebt sie noch, oder ist sie tot?*

»Der Süßigkeitenladen also«, sagte sie schließlich. »Ich habe Granny doch gebeten, nicht jeden Tag mit dir dort hinzugehen.«

»Sie meinte, eine Kleinigkeit für den Heimweg nach einem harten Tag ist okay«, entgegnete Lucy trotzig.

Monica war bei Weitem zu abgelenkt, um zu protestieren. »Und Granny spricht gerne mit diesem Billy aus dem Laden?«

»Ja«, flüsterte Lucy und sah sich noch einmal verstohlen um. »Ich glaube, sie steht auf Billy, aber heute war eine andere Dame da, deshalb sind wir nicht reingegangen.«

Dr. Mitchell lag auf der Intensivstation, angeschlossen an ein Beatmungsgerät. Sie war entweder sediert oder bewusstlos. Monica beobachtete sie durch das Fenster vom Flur aus, registrierte das seltsam beruhigende Piepsen und Surren der medizinischen Geräte. Ein harscher Kontrast zu dem Schrecken und der Gewalt der letzten Stunden.

»Es scheint ihr gut zu gehen.« Monica sah auf, als Dr. Lambert sich näherte.

»Wer wusste davon, dass Sie sie verlegen wollten?«

»Wie?« Dr. Lambert wirkte wie vor den Kopf gestoßen.

»Die Person, die uns in diesen Hinterhalt gelockt hat. Sie wusste, welche Strecke wir fahren würden, kannte auch die genaue Uhrzeit. Jemand muss dieser Person einen Tipp gegeben haben.« Bei ihrem Gespräch mit den Sanitätern hatte Monica erfahren, dass ein riesiger Ast auf der Straße gelegen hatte, durch den sie zum Anhalten gezwungen gewesen waren. Dr. Mitchell hatte sich freiwillig gemeldet, auszusteigen und den Ast beiseitezuräumen, als es zu dem Angriff gekommen war. Die Sanitäter waren vor Schreck wie gelähmt in der Fahrerkabine sitzen geblieben und hatten krampfhaft überlegt, was geschehen war, bis sie hörten, wie der Van mit kreischenden Reifen vom Schauplatz des Geschehens davongejagt war. Erst dann waren sie ausgestiegen, um der Ärztin zu Hilfe zu kommen.

Dr. Lambert räusperte sich. »Es gibt nur eine Straße, die zu dieser Einrichtung führt.«

»Das beantwortet meine Frage nicht.«

Der Arzt runzelte die Stirn. »Niemand hat ein großes Geheimnis daraus gemacht. Wir hatten keinerlei Anweisung, Stillschweigen darüber zu bewahren. Da waren ein paar Schwestern, die Schicht hatten, und der Pförtner. Sie alle müssen es gewusst haben, schon möglich, dass irgendjemand es erwähnt hat.« Monica seufzte und versuchte krampfhaft, ihren Schock über die traumatischen Ereignisse nicht in irrationale Wut umkippen zu lassen. Sie rief sich in Erinnerung, dass Dr. Mitchell gerne und viel redete; die Informationen, die zu diesem Überfall geführt hatten, hätten also genauso gut auch von ihr gekommen sein können. Obwohl es im Nachhinein wie eine unvermeidliche Konsequenz schien, hatte zu keinem Zeitpunkt der Verdacht bestanden, dass etwas Derartiges passieren könnte.

»Dr. Mitchell hat mir erzählt, die Frau habe gesprochen, bevor man sie in den Krankenwagen verlegt hat. Könnte jemand etwas mitbekommen haben?«

»Nein. Wir waren vollauf damit beschäftigt, alles für den Transport vorzubereiten«, sagte Dr. Lambert. »Wir haben Dr. Mitchell mit der Frau allein gelassen.«

Dann werden wir es womöglich nie erfahren, dachte Monica. »Wie geht es ihr?«

Dr. Lambert löste hüstelnd die verschränkten Arme und wirkte sofort entspannter. Offenbar fühlte er sich wohler damit, über medizinische Angelegenheiten zu sprechen. »Sie wurde schwer verletzt. Sie hat einen Riss in der Lunge und mehrere Frakturen, die eine operative Behandlung erforderlich machen. Sie kann von Glück sagen, dass der Van beim Zusammenprall kein höheres Tempo draufhatte, sonst wäre sie jetzt entweder tot oder querschnittsgelähmt.«

»Zum Glück waren Leute vor Ort, die wussten, was zu tun ist«, murmelte Monica und erinnerte sich an ihre eigene Unfähigkeit, zu handeln. Sie erwartete, dass Dr. Lambert sich jetzt abwenden und gehen würde, doch stattdessen blieb er zögernd neben ihr stehen. Als er schließlich wieder das Wort ergriff, sprach er mit leiser, zitternder Stimme. »Bedeutet das jetzt, dass sie wirklich Emily Hurst ist? Warum sonst sollte jemand das Risiko eingehen, sie auf so brutale Weise zu entführen?«

Monica beobachtete das Heben und Senken von Dr. Mitchells Brust, hörte das Piepen und Surren der Gerätschaften. War die Entführte die verschollene Emily Hurst? Die Vorstellung war ihr noch vor wenigen Stunden völlig absurd erschienen, aber jetzt war sich Monica da nicht mehr so sicher.

26

DC Maria Khan hatte die Nacht an ihrem Schreibtisch verbracht und versucht, die verschiedenen hereinkommenden Hinweise einzuordnen. Die Nachricht von der Entführung war in die lokale Öffentlichkeit durchgesickert, und in den sozialen Medien häuften sich Meldungen über Sichtungen von unbekannten dunklen Vans. Sie hatte die am vielversprechendsten klingenden Tipps herausgefiltert und an die Polizeieinheiten weitergegeben, die auf den entlegenen Waldwegen und an den Haltebuchten in der Nähe der Stelle suchten, an der Monica den Van zuletzt gesehen hatte, um von dort aus in alle Richtungen auszuschwärmen.

»Wir sollten uns das Material von verschiedenen Überwachungskameras entlang der Strecke ansehen«, sagte DS Fisher am anderen Ende des Büros. Er war fünf Minuten zuvor von einem kleinen Abstecher zu Costa Coffee zurückgekehrt. Khan hatte ihren Cappuccino gierig hinuntergestürzt. Nach der langen, schlaflosen Nacht hatte sie ihn dringend gebraucht. Jetzt zeigte sich seine Wirkung allerdings von der unangenehmen Seite, ihre Hände zitterten, und ihr Herz raste. Sie musste ununterbrochen daran denken, was die Frau durchmachen musste ... in einen Van geworfen und von einem Wildfremden an einen unbekannten Ort verfrachtet zu werden. Es musste schrecklich sein.

»Ich kontaktiere sämtliche Läden und Haushalte, die eine Überwachungsanlage haben könnten«, gab Khan zurück. »Die Entführung wirkt allerdings gut geplant, vermutlich hat der Täter alles, worüber man ihn identifizieren könnte, vom Fahrzeug entfernt. Es muss doch noch mehr geben, was wir tun können?«

»Wir müssen uns auf das konzentrieren, was wir haben«, sagte Fisher und nippte an seinem Espresso. »Ein winziges Detail kann eine spontane Wendung in unseren Ermittlungen herbeiführen.«

Normalerweise war das die Art von Feststellung, die Khan aufgemuntert hätte, aber heute war sie nur genervt. Wie konnte Fisher nur so ruhig klingen, wo die Frau doch in ernster Gefahr war und bestimmt verzweifelt auf Rettung hoffte? Khan öffnete Google Maps und ging auf die Street-View-Ansicht. Dann begann sie sich durch die Straßen rund um den Tatort zu klicken, suchte nach Firmen, Läden und Privathäusern, die den Van vielleicht auf ihren Überwachungsbändern haben könnten.

Die Tür ging auf, und die Chefin kam herein. Ihr Gesicht war noch blasser als sonst, sie hatte tiefe Schatten unter den Augen. Khan brachte sie auf den neuesten Stand und berichtete von ihrem Plan mit dem Überwachungsmaterial.

Monica nickte nur und schälte sich aus ihrem Mantel.

»Wer immer das getan hat, scheut nicht einmal vor Mord zurück«, sagte sie, während sie Platz nahm und nach dem Kaffee griff, den Fisher ihr auf den Schreibtisch gestellt hatte. »Er ist bereit, alles zu riskieren, nur um sie in die Finger zu bekommen.«

»Bull-Peterson will sie zum Schweigen bringen, stimmt's?«, sagte Khan.

Monica wandte sich an Fisher, ohne auf diese Bemerkung ihrer Kollegin einzugehen. »Ich weiß, es ging hoch her in den letzten Stunden, aber konnten Sie zwischenzeitlich nach diesem Bericht forschen?«

»Ich habe es mehrfach versucht«, sagte Fisher. »Es ist mir auch gelungen, einige Seiten im Dark Web zu besuchen. Besonders in einem Forum war die *Explorer* ein großes Thema. Sieht so aus, als nähme man die Gerüchte über einen unter den Teppich gekehrten Bericht sehr ernst.«

»Irgendwas Handfestes, das uns weiterbringt?«

Fisher schüttelte den Kopf. »Wenn es wirklich einen solchen Bericht gibt, dann ist er definitiv nicht an die Öffentlichkeit gelangt. Ein paar Forumsteilnehmer behaupten, Hans Bull-Peterson habe Angestellte des Unternehmens befragt.«

»Frederick Bull-Petersons Vater hat Angestellte ausgequetscht?«

»Dann hätte er ja auch mit Brian Corcoran gesprochen«, meldete sich Khan zu Wort. Sie erinnerte sich daran, wie er sich gesträubt hatte, als sie ihn am Vortag aufgesucht hatten. »Warum hätte er uns das verschweigen sollen?«

Monica fischte ihr Handy heraus, holte die Kontaktliste von Dr. Mitchell aus der Tasche und tippte eine Nummer ein. Es klingelte, bis der Anruf auf die Mailbox sprang und sie eine Nachricht hinterließ, in der sie Corcoran darum bat, sie so schnell wie möglich zurückzurufen. Dann wandte sie sich wieder Fisher und Khan zu. »Ich nehme an, der Abgleich mit den Vermisstenfällen hat nichts ergeben? Und auch vom DNA-Test haben wir noch keine Ergebnisse?«

»Immer noch nichts, nein«, bestätigte Fisher.

Monica nickte und schien gedanklich etwas abzuwägen. Schließlich sagte sie: »Eine Hundestaffel unterstützt uns heute bei der Suche nach dem Van. Aber von morgen an will ich sie drüben auf Bull-Petersons Grundstück haben, egal, was passiert.«

»Warum besorgen wir uns nicht einen Durchsuchungsbeschluss für sein Haus?«, fragte Khan, froh, dass ihre Chefin sich endlich dieser Spur zuwendete.

Doch Monica schüttelte den Kopf. »Sein Grundstück dürfen wir auch ohne Durchsuchungsbefehl durchkämmen. Schließlich hat man die Frau dort in der Nähe angetroffen. Aber wir haben nichts, womit wir rechtfertigen könnten, dass wir in sein privates Zuhause eindringen. Im Grunde können wir uns nur auf Hörensagen und Gerüchte stützen.«

»Aber vielleicht hat er sie entführt und hält sie in seinem Haus fest«, hielt Khan dagegen. »Oder wir finden dort zumindest Hinweise darauf.«

»Falls Bull-Peterson für ihre Entführung verantwortlich ist, denke ich nicht, dass er so dumm wäre, sie bei sich zu Hause zu verstecken«, sagte Monica. »Und selbst wenn, brauchen wir konkrete Beweise, bevor uns irgendwer einen Durchsuchungsbefehl ausstellt. Aber wir können uns dort umsehen, wo man sie gefunden hat. Vielleicht entdecken wir dort etwas …«

»Aber sie ist vielleicht noch am Leben!«, hörte Khan sich sagen. »Wenn wir es jetzt nicht versuchen, könnte es zu spät sein!«

»Wir müssen uns ans Protokoll halten, da können wir nicht einfach …«

»Aber das hilft ihr doch nicht weiter, sie muss Todesängste ausstehen«, schrie Khan jetzt ungehalten. »Sie ist meilenweit von zu Hause weg, und niemand von ihren Freunden oder Familienangehörigen kann ihr helfen. Sie ist ganz auf sich allein gestellt!«

Als Khan wieder verstummte, wurde ihr bewusst, dass Monica und Fisher sie beide entgeistert anstarrten. Langsam sagte Monica: »Du warst die ganze Nacht lang wach. Geh ins Hotel und ruh dich ein wenig aus.«

»Ich bin okay, echt!«

»Nein, bist du nicht«, gab Monica mit fester Stimme zurück. »Geh und ruh dich aus, und dann komm später wieder.«

Khan spürte, wie ihr heiße Tränen in die Augen schossen. Wütend und enttäuscht schnappte sie sich ihre Tasche und stürmte aus dem Raum, ohne ihren Laptop und andere persönliche Dinge mitzunehmen.

27

Nach ihrem Gespräch mit Fisher überlegte Monica, ob sie Khan anrufen sollte, um zu hören, wie es ihr ging. Die Nacht war lang und voll traumatischer Ereignisse gewesen, und ihre jüngere Kollegin hatte den Großteil des Stresses abbekommen, der mit der Koordination der verschiedenen Einheiten einherging. Sie selbst hatte Dr. Mitchell besucht und sich mit dem Arzt unterhalten. Es musste schrecklich für Khan gewesen sein, machtlos in ihrem Büro zu hocken, während sich diese grauenvollen Szenen abgespielt hatten. Und trotzdem war ihre Reaktion untypisch gewesen. Gab es sonst etwas im Zusammenhang mit dem Fall, das sie beschäftigte? Einen Moment lang hielt Monica ihr Handy in der Hand, dann ließ sie es wieder in ihrer Tasche verschwinden. Khan war kurz davor gewesen, eine Grenze zu überschreiten. Wenn sie ihr jetzt noch auf die Pelle rückte, würde das die Situation nur zusätzlich verschärfen. Sicher brauchte ihre jüngere Kollegin nur ein klein wenig Ruhe, um sich wieder zu fangen.

Monica ließ Fisher allein im Büro zurück und ging nach draußen auf den Parkplatz. Sie wollte noch einmal zu der Stelle fahren, an der ihnen der Van aufgelauert hatte, um sich mit Gemma Gunn von der Spurensicherung zu treffen, und sich dann bei den einzelnen Suchtrupps blicken lassen, die noch immer nach der Frau Ausschau hielten. Ihr Telefon begann in der Tasche zu klingeln, wieder eine Nummer, die sie nicht kannte. Ob es Chet war? Vielleicht rief er an, weil ihm doch noch etwas eingefallen war. Aber als sie ranging, herrschte Stille in der Leitung. Nach kurzem Warten sagte sie: »Emily? Sind Sie das?« Am anderen Ende waren Atemgeräusche zu hören. »Nicht auflegen bitte. Wer ist da?«

Es folgte wieder längere Stille, bis der Anrufer schließlich zu sprechen begann. »Hallo, hier ist Brian Corcoran.« Seine Stimme war kaum mehr als ein Flüstern, er klang verängstigt. »Wer wusste davon, dass Sie mich gestern in meinem Büro aufgesucht haben?«

»In ihrem Büro? Warum?«

»Weil ich seitdem verfolgt werde.«

»Von wem? Wann?« Monica zog seine Behauptung keine Sekunde in Zweifel, nach allem, was sie in der Nacht zuvor erlebt hatte.

»Ich dachte gestern Nacht, ein SUV würde mir vom Büro nach Hause folgen.«

»Wissen Sie, welche Marke und welches Modell? Haben Sie das Kennzeichen des Fahrzeugs?«

»Leider nein, ich glaube, es war ein Range Rover. Ich wollte mir einreden, ich leide unter Verfolgungswahn, aber dann hörte ich, was mit Dr. Mitchell passiert ist. Ich glaube, jemand hat gestern mein Haus beobachtet. Und heute Morgen hat mich dieser Wagen verfolgt, als ich meinen Sohn Alfie in der Schule abgeliefert habe.«

Während Monica ihm zuhörte, kam ihr in den Sinn, dass sie nicht daran gedacht hatte, Quint Handler zu fragen, warum er in der Nacht zuvor ausgerechnet auf dieser einsamen Straße unterwegs gewesen war. Inmitten der chaotischen

Ereignisse hätte sie auch gar keine Chance dazu gehabt, aber im Nachhinein schien ihr das doch ein recht großer Zufall zu sein. »Konnten Sie den Fahrer erkennen? Oder die Person bei Ihrem Haus?«

»Leider nein«, sagte Corcoran. »Diese Person hat sich zwischen den Bäumen im Garten hinter dem Haus versteckt, und es war bereits am Dämmern.«

»Wissen Sie etwas von einem firmeninternen Bericht zum Verschwinden der *Explorer*?«, wechselte Monica das Thema. »Ist Hans Bull-Peterson irgendwann mal zu Ihnen gekommen und hat mit Ihnen über die Jacht gesprochen?«

»Nein …« Corcoran klang panisch. »Ich weiß nicht. Ich will nur wissen, ob es sicher ist für mich, nach Hause zu fahren.«

Monica parkte direkt vor der Polizeiabsperrung. Bei Tageslicht sah der Straßenabschnitt, an dem der Krankenwagen in den Hinterhalt geraten war, ganz unscheinbar aus, anders als gestern Nacht, während sich hier schockierende Szenen abgespielt hatten. In der Dunkelheit hatte dieser Ort wie verhext gewirkt, furchteinflößend. Jetzt war da nur eine der typischen Haltebuchten, von denen sie in den Highlands schon an Tausenden vorbeigekommen war. Sie empfand es als höchst verstörend, dass etwas so Schreckliches an einem so alltäglichen Ort hatte geschehen können.

Monica meldete sich beim zuständigen Beamten und ging zu dem Team, das die Gegend um den Waldweg herum nach Spuren absuchte. Dr. Gemma Gunn sah auf. »Es war keine gute Idee, den Krankenwagen wegzubewegen. Wir hätten an der Stelle des Zusammenpralls erst alles sichten müssen.« Gunns blonde Haare waren unter der Kapuze ihres weißen Schutzanzugs verborgen, und sie trug auch nicht den üblichen roten Lippenstift. Aber selbst in diesem wenig schmeichelhaften Aufzug gelang es ihr, so ordentlich und gepflegt zu wirken wie immer. Trotz ihrer abweisenden Art glänzte die Rechtsmedizinerin in ihrem Job, das wusste Monica. Eine äußerst beruhigende Tatsache, da sie mit dem Fall derzeit auf der Stelle traten. Ein winziges Detail könnte sich als entscheidend herausstellen, und Monica brauchte nicht daran erinnert zu werden, wie wichtig die ersten vierundzwanzig Stunden nach einer Entführung waren, wenn man das Opfer lebend finden wollte. Man spürte förmlich, wie die Spur immer kälter wurde, mit jeder Minute und jeder Stunde, die verstrichen.

»Es gab eine Verletzte am Tatort, die Sanitäter mussten sich um sie kümmern, um ihr Leben zu retten. Das hatte nun mal oberste Priorität.«

Gunn sog scharf die Luft ein, schüttelte den Kopf und seufzte. »Nun ja. Wir sollten trotzdem immer versuchen, etwaige Beweise als höchste Priorität zu sehen.« Bevor Monica antworten konnte, deutete Gunn auf den Weg, der in den dichten Wald hineinführte. »Sieht so aus, als hätte der Täter dort drüben einen Ast abgesägt und ihn auf die Fahrbahn geschleift.« Monica folgte Gunns ausgestrecktem Finger zu einer Stelle, an der das helle Holz eines frisch abgeschnittenen Astes zu sehen war, an einer Kiefer. Gunn fuhr fort: »Während es noch dunkel war, haben wir überprüft, wie weit man die Scheinwerfer eines herannahenden Fahrzeugs erkennen kann. Von etwas weiter oben sieht man sie schon aus größerer Entfernung kommen. Der Krankenwagen war außerdem relativ groß und auffallend.«

»Er könnte also einfach hier gewartet haben, in dem Wissen, dass der Transporter auf dem Weg in diese Pflegeeinrichtung hier vorbeikommen würde?«, dachte Monica laut nach. »Es kann folglich sein, dass er gar keinen Hinweis bekommen hat, nachdem sie das Krankenhaus verlassen hatten?«

»Dazu kann ich nichts sagen«, gab Gunn zurück. »Ich weiß nur, dass es möglich gewesen wäre, den Krankenwagen aus einer angemessenen Entfernung zu erkennen.« Bevor Monica antworten konnte, sprach Gunn weiter. »Und Sie hatten übrigens recht mit diesem Van, gut gemacht.« Gunn klang wie eine Lehrerin, die ein altkluges Kind lobte. »Der Abstand zwischen den Reifenspuren passt exakt zu einem Mercedes Sprinter.«

»Wenigstens im Erkennen von Fahrzeugen bin ich also gut«, bemerkte Monica.

»Na, das ist doch was«, konterte Gunn, der die Ironie offenbar entging.

»Sonst noch etwas?«

»Das hier wird Sie interessieren.« Monica folgte der Rechtsmedizinerin zum Wagen der Spurensicherung. Gunn stieg ein und kam mit einem Stück Holz wieder heraus, in das Nägel geschlagen waren, sodass die Spitzen unten herausschauten.

»Zwei davon haben in den Vorderreifen Ihres Volvos gesteckt, das Brett war auf die Schnelle selbst zusammengezimmert, aber es hat den gewünschten Effekt erzielt«, erklärte Gunn und reichte es an Monica weiter. Sie wog das Gewicht in ihrer Hand.

»Der Fahrer war vorbereitet«, sagte Monica und gab Gunn das Brett zurück. Sie blickte zum Weg, der in den Wald hineinführte. Es hatte zu tröpfeln begonnen, die Regentropfen bildeten konzentrische Kreise auf den schlammigen Pfützen. Es roch nach Schmutz und Verzweiflung. »Wäre ich vorsichtiger gefahren, hätte ich es vielleicht rechtzeitig gesehen und ausweichen können. Dann hätten wir ihn womöglich aufhalten und die Frau retten können.«

»Ja«, pflichtete Gunn ihr bei und nickte bedächtig. »Das hätten Sie.«

Monica verbrachte den restlichen Nachmittag damit, die verschiedenen Orte zu besuchen, an denen Einheiten nach dem Van suchten – ruhige Straßen, Abzweigungen in den Wald, Gewerbeflächen. Mit jeder Sackgasse, in die sie gelangten, stieg der Frust. Weitere kostbare Minuten, weitere Stunden, die verstrichen. Es sah tatsächlich so aus, als wäre der Entführer mit der Frau inmitten der Wildnis abgetaucht, der Tag drohte ergebnislos zu enden.

Um 16 Uhr 30 saß Monica in ihrem Wagen. Gerade wollte sie von den Ruinen des Inverlochy Castle außerhalb von Fort William aufbrechen, wo eine Gruppe von Beamten einer von vielen fruchtlosen Spuren nachging, als ihr Telefon klingelte. Auf dem Display erschien Crawfords Name.

»Boss, ich glaube, wir haben den Van.«

»Ist sie da? Lebt sie?«

»Ich weiß nicht … Er ist …« Sie kannte ihren ehemaligen Partner gut genug, um zu ahnen, dass er keine guten Nachrichten hatte. »Er wurde in Brand gesetzt. Leider ist er komplett ausgebrannt.«

28

DC Khan eilte aus der Einsatzzentrale die Treppe hinunter und hinaus auf den Parkplatz. In ihren Augen brannten trotz der kühlen Luft heiße Tränen, als sie sich nach ihrem Honda Civic umsah. Es dauerte eine Weile, bis ihr wieder einfiel, dass Monica sie an diesem Morgen vom Hotel aus mitgenommen hatte.

»Alles in Ordnung?« Sie blickte auf. Eine uniformierte Beamtin sah sie eindringlich an, den Kopf besorgt geneigt. »Sie sind DC Khan, stimmt's?«

Khan erkannte die Polizistin, es war PC Amy Weinmann, die die Einsatzzentrale eingerichtet hatte. »Alles gut«, murmelte sie und wischte sich mit dem Ärmel übers Gesicht.

»Sind Sie sicher? Der Fall ist eine ziemliche Belastung für alle, was?« Khan warf einen Blick über Weinmanns Schulter und stellte mit Schrecken fest, dass Crawford sie mit besorgter Miene vom Fahrersitz eines Streifenwagens aus beobachtete.

»Mir geht's gut«, versicherte Khan der anderen noch einmal. Allerdings konnte sie sich nicht erinnern, wann sie sich je so entblößt gefühlt hatte. Als könnte jeder auf den ersten Blick erkennen, wie schwach sie war, wie verletzlich. Ihr sorgfältig errichteter Schutzwall begann zu bröckeln.

»Soll ich Sie mitnehmen?«, bot Crawford ihr an. »Wir fahren gerade los, vielleicht kann ich Sie auf dem Weg irgendwo absetzen?« Genau aus diesem Grund hatte sie Crawford nie besonders gemocht, als sie noch zusammengearbeitet hatten. Fisher wäre nie so aufdringlich gewesen.

Zum dritten Mal versicherte sie: »Alles bestens, mir geht's gut.« Diesmal war sie selbst davon überzeugt und setzte ein breites Lächeln auf. Sie führte sogar ein kleines Tänzchen auf. »Hab Lust auf einen Spaziergang. Wenn das Wetter so mies ist, muss man sich mit irgendwas aufmuntern.« Sie lächelte noch einmal, winkte kurz und lief dann los in Richtung Hotel. In ihrem warmen, lächerlichen Mantel stand ihr im Nu der Schweiß auf dem Rücken.

29

Monica brauchte gerade einmal zehn Minuten, um Crawford an diesem einsamen Rastplatz hoch oben auf dem Ben Nevis zu treffen – nicht zuletzt, weil sie dabei ein paarmal gegen die Geschwindigkeitsbegrenzung verstieß. Früher hatte man hier Aluminium gefertigt, und noch heute sah man riesige Rohre, die nicht weit entfernt an der Bergflanke hangabwärts verliefen.

Neben Crawford stand PC Amy Weinmann. Die Überreste des Mercedes Sprinter befanden sich am Ende des geschotterten Parkplatzes. Schwarz und unheilkündend zeichnete sich das Fahrzeugskelett vor den mit Heidekraut bewachsenen Hängen ab. Es begann erneut zu regnen, wie ein jämmerlicher Versuch, das Feuer zu löschen, das längst heruntergebrannt war. Das verkohlte Wrack befand sich in einer Senke jenseits der dicken Rohre, vermutlich hatte man den Brand deshalb von weiter unten aus nicht sehen können. Der perfekte Ort für den Entführer, um das Fahrzeug zu wechseln und aufzuräumen.

»Habt ihr schon reingeschaut?«, rief Monica ihm zu, während sie über den steinigen Untergrund auf die beiden zueilte.

»Ich wollte auf die Spurensicherung warten«, gab Crawford zurück, die Hände in die Hüften gestemmt. Sein rotes Haar wehte in der frischen Bergbrise.

»Hast du ein Stemmeisen im Wagen?«

Crawford sah sie an, als wolle er protestieren, dann warf er einen Blick zu Weinmann. Er zuckte mit der Schulter und lief zum Streifenwagen. Wenig später kehrte er mit einer Brechstange und einem Bolzenschneider zurück. Der beißende Gestank von geschmolzenem Plastik – oder geschmolzenem Menschen? – schlug Monica und Crawford entgegen, als sie sich dem Van näherten. Monica sah, dass sich verschiedene Pfützen unter dem ausgebrannten Fahrzeug gebildet hatten, der restliche Boden war schwarz verkohlt. Der leichte Regen war rasch in Schneeregen übergegangen, Monica sah, wie er sich auf Crawfords schwarzer Weste sammelte, in seinen windzerzausten Haaren. Irgendwie kam es ihr passend vor, dass sie beide jetzt zusammen hier waren, kurz davor, einen Van zu öffnen, um darin nach einem möglichen Leichnam zu sehen.

Crawford ging auf die seitliche Schiebetür zu und zögerte, offenbar unsicher, wo er ansetzen sollte. Doch dann klemmte er die Metallstange entschlossen in den Spalt und zog daran. Die Tür glitt mühelos auf, als wollte sie die dahinter verborgenen Geheimnisse möglichst schnell mit ihnen teilen. Crawford schob sie mit der Sohle seines Schuhs weiter auf, dann trat er einen Schritt zurück und schlug die Hand vor den Mund, als ein beißender Rauchschwall aus dem Wageninneren entwich.

Monica versuchte angestrengt, etwas zu erkennen, und hoffte, die Wolke würde sich bald legen. War die entführte Frau dort drinnen? Hatte man sie den Flammen überlassen? Sie wollte sich die qualvollen Schreie gar nicht erst ausmalen.

Langsam lichtete sich der Qualm, der verkohlte Linoleumboden und die Wände wurden sichtbar. Eine sengende Hitze hing in der Luft.

»Sie haben vielleicht wertvolles Beweismaterial zerstört«, sagte Gemma Gunn mit verärgerter Miene. »Wie oft muss ich Ihnen noch sagen, wie wichtig es ist, dass man einen Tatort nicht verunreinigt, sondern ihn so lässt, wie man ihn vorfindet?«

»Es hätte sein können, dass sie noch drin ist«, gab Monica zurück. Sie war heilfroh, dass von der Frau jede Spur fehlte. Die Kritik der Rechtsmedizinerin kümmerte sie deshalb momentan einen Dreck.

»Na ja, sie hätte schon aus Asbest bestehen müssen, um ein solches Inferno zu überleben«, meldete sich Crawford zu Wort. Gunn schien ihn nicht gehört zu haben, denn sie starrte weiter ins Wageninnere. »In einem Fahrzeug, das derart ausgebrannt ist, finden wir nur selten etwas Brauchbares, aber wir werden sehen.«

»Lassen Sie es mich wissen, sobald Sie die Fahrzeug-Identifizierungsnummer haben«, sagte Monica und sah zu, wie Gunns Team sich am Lieferwagen an die Arbeit machte. Es graupelte jetzt, und über den Parkplatz fegten heftige Windböen, die ihnen die Errichtung eines Schutzzelts um das verkohlte Fahrzeug herum erschwerten. Crawford stand mit nackten Unterarmen da, an denen sich drahtige Muskelstränge abzeichneten.

»Kann ich ihnen irgendwie unter die Arme greifen?«, fragte er an Gunn gewandt und deutete auf das Team, das mit dem Zeltgestänge kämpfte.

Sie ignorierte ihn auch diesmal. »Ich gebe die Nachricht weiter«, sagte sie zu Monica und zog sich die Kapuze über den Kopf. »Aber ich erwarte in Zukunft mehr Respekt vor den rechtsmedizinischen Standards.«

Monica folgte mit dem Blick Gunns Hinterkopf, während die mit strammen Schritten davonging.

»Die gute alte Gemma Gunn, ganz wie man sie kennt«, murmelte Crawford.

»Ich dachte, ihr hättet früher einen ganz guten Draht zueinander gehabt«, bemerkte Monica. »Sie hat dich ja wirklich wie Luft behandelt.«

Crawford zuckte mit der Schulter und trat von einem Bein aufs andere, um sich warm zu halten. »Wir sind mittlerweile sogar halbwegs gut befreundet, gehen zusammen wandern, Kajak fahren.«

»Du gehst Kajak fahren mit Gemma Gunn?«

Wieder zuckte Crawford mit der Schulter. »Irgendwie schräg, oder?«

Monica nickte. Ja, das war es. Unwillkürlich zog sich ihr Magen zusammen. Sie ignorierte den Anflug von Eifersucht und sagte: »Kannst du schon mal versuchen, etwas über den Van in Erfahrung zu bringen? Wurden in letzter Zeit irgendwelche Fahrzeuge als gestohlen gemeldet? Hat jemand auffällige Beobachtungen gemacht, hier in der Nähe oder im engeren Umkreis der Entführungsstelle?« Crawford hatte das seltene Talent, Informationen aus Leuten herauszukitzeln. Eine Gabe, die Monica schmerzlich vermisste, seit er in den Streifendienst zurückgekehrt war.

»Ich sehe, was ich tun kann«, sagte er, wandte sich um und lief zu seinem Wagen, wo Weinmann bereits auf ihn wartete. Monica fiel auf, dass die Beamtin nervös zu ihr herüberspähte, als hätte sie etwas getan, womit sie sich bei ihr unbeliebt gemacht haben könnte. Crawford blieb unvermittelt stehen, drehte sich noch einmal um und sagte: »Ist mit Khan eigentlich alles in Ordnung? Ich habe sie vorhin getroffen, sie wirkte irgendwie … aufgewühlt.«

»Khan?« In dem ganzen Chaos um das Drama am

Morgen hatte sie keinen Gedanken mehr an ihre Kollegin verloren. »Wir hatten eine kleine … ich rufe sie gleich an.«

Crawford nickte, dann fügte er noch hinzu: »Boss, die Person, die das hier getan hat … Pass gut auf dich auf.«

Monica zuckte mit der Schulter, nickte dann und sah sich um, auf der Suche nach ihrem Volvo. Erst einen Moment später fiel ihr ein, dass man ihn in die Werkstatt geschleppt hatte, um die beiden kaputten Reifen auszutauschen. Sie stieg in den Opel und ließ den Motor an.

Brian Corcorans Haus war ein typisches Highland-Cottage mit einem Glasanbau zu einer Seite. Es lag in einem kleinen Tal ein paar Meilen nördlich von Fort William. Nach Crawfords warnenden Worten und Corcorans Verdacht, verfolgt zu werden, war Monica wachsam und hatte immer wieder in den Rückspiegel geblickt, während der zwanzigminütigen Fahrt jedoch kein anderes Fahrzeug bemerkt. Sie stieg aus dem Astra und sah sich um.

Der Ort war extrem abgeschieden, weit und breit keine anderen Gebäude, aber auch keine erkennbaren Anzeichen, dass jemand das Haus im Auge behielt. Monica registrierte den gepflegten Rasen, die frisch gestrichenen Fensterrahmen: Es war der Inbegriff des idyllischen Einfamilienhauses, nahezu perfekt. Nur dass Lily Corcoran dem Meer zum Opfer gefallen war, verschollen auf einem Boot, an dessen Bau ihr Ehemann beteiligt gewesen war.

Monica ging ums Haus herum in den dahinterliegenden Garten. Corcoran hatte behauptet, jemand würde ihn von dort aus beobachten. Langsam trat sie auf die Reihe von Zypressen zu und ging in die Hocke, um zwischen die Äste zu spähen. Gelegentlich ließen Kriminelle Zigarettenstummel oder Verpackungen von Snacks zurück, wenn sie ein

Grundstück ausspionierten. Und natürlich waren Fußabdrücke im aufgeweichten Untergrund ein wahrhaft nützlicher Hinweis, nicht nur in den heiß geliebten Krimis ihrer Mum. Nachdem sie zehn Minuten lang zwischen den intensiv duftenden Zweigen herumgesucht hatte, kam sie zu dem Schluss, dass, falls wirklich jemand das Haus beobachtet hatte, derjenige vorsichtig genug gewesen war, keine Spuren zu hinterlassen. Sie ging wieder zur Vorderseite des Wohnhauses und stellte fest, dass keins der Fenster und keine der Türen gewaltsam geöffnet oder anderweitig beschädigt worden waren.

Sie fischte ihr Handy aus der Tasche. Der Empfang zeigte zwei Balken an. Sie wählte Corcorans Nummer. Er ging bereits beim ersten Klingeln ran. »Waren Sie bei mir zu Hause? Haben Sie jemanden gesehen?«

»Ich bin gerade da«, antwortete Monica und ließ den Blick noch einmal durch den Garten schweifen. »Sieht nicht so aus, als wäre jemand hier gewesen.«

»Denken Sie, es ist sicher, können wir zurückkommen?«, fragte Corcoran zweifelnd.

»Wo sind Sie gerade?«

Er zögerte. »Wir sind bei Freunden.«

»Es ist vielleicht besser, wenn Sie ein paar Tage dort unterkommen. Bis wir uns das Grundstück näher angesehen haben.«

»Das ist wirklich das Letzte, was Alfie jetzt gebrauchen kann.« Corcorans Stimme klang angespannt. »Er fing gerade an, wieder zur Normalität zurückzufinden, nach den ganzen Corona-Lockdowns. Und jetzt das …«

»Hören Sie, es tut mir leid. Hätten wir das geahnt, hätten wir Sie nicht in Ihrem Büro aufgesucht, wir …«

»Das hilft mir oder meinem Sohn jetzt auch nicht weiter.«

»Wir tun unser Bestes, um diesen Fall so schnell wie möglich aufzuklären. Wenn Sie möchten, können wir Sie auch in einem Safe House unterbringen. Wobei ich nicht glaube, dass das weniger verstörend für Alfie wäre.«

»Nein, schon gut, hier sind wir bestens aufgehoben.« Corcorans Stimme klang ein wenig besänftigt. »Wenn es nur um ein paar Tage geht.«

»Können Sie mir die Adresse nennen, unter der wir Sie erreichen können?«

»Lieber nicht. Wie Sie vielleicht mitbekommen haben, verbreitet sich Tratsch bei uns ziemlich schnell.« Da konnte Monica ihm nur zustimmen. »Hören Sie, ich bleibe gerne hier, aber um eins müsste ich Sie bitten. Für Alfie.«

Monica fand den Schlüssel unter einem Stein neben der Haustür. Nicht eben das genialste Versteck, aber andererseits war dieser verlassene Flecken Erde bis dato auch kein Hotspot der Kriminalität gewesen. Der blau-braune Inhalator fand sich in einer Küchenschublade. Sie füllte am Hahn der Spüle ein Glas mit Wasser und wählte wieder Corcorans Handynummer. Diesmal ging der Anruf direkt auf die Mailbox, auf der sie eine Nachricht hinterließ. Sie trank das Glas leer, während sie durch das Fenster zur Zypressenhecke spähte. War Corcoran wirklich jemand gefolgt?

Ob Bull-Peterson seinen Mitarbeiter im Verdacht hatte, Informationen über diesen geheimen Bericht an Monica weitergegeben zu haben? Hatte er jemanden damit beauftragt, ihn im Auge zu behalten? Monica wünschte, sie wäre vorsichtiger gewesen und hätte Corcoran zu Hause statt in seinem Büro in der Firma aufgesucht. Dann aber drängte sich dieser SUV wieder in ihre Gedanken. Genau wie Quint Handler einen fuhr, der auch noch zufällig am Tatort aufgetaucht war, nur wenige Augenblicke, nachdem der Van verschwunden war. Jetzt kam ihr der Gedanke, dass der ursprüngliche Plan vielleicht gewesen war, den Van an dieser zweiten Abzweigung stehen zu lassen, wo sie mit ihrem Volvo den Platten gefahren hatte. Ob Handler vor Ort gewesen war, um den Fahrer des Vans und die Frau einzusammeln?

30

Khan verbrachte eine geschlagene Stunde damit, in ihrem Hotelzimmer an die Wand am Fußende des Bettes zu starren. Es hatte etwas Beruhigendes, jetzt verstand sie, warum die Frau im Krankenhaus es getan hatte. Monica hatte vorgehabt, an der Stelle ein Poster aufzuhängen, aber Khan spürte instinktiv, dass die Frau weniger begeistert gewesen wäre. Dass sie vielleicht liebend gerne bis in alle Ewigkeit schweigend an diese kahle Wand gestarrt hätte. Was hatte sie an diesen Punkt gebracht? Wen oder was hatte sie verloren?

Ohne sich darüber bewusst zu sein, was sie tat, stand Khan auf, griff nach ihrem Handy und tippte die Festnetznummer ihres Dads ein. Sie starrte aufs Display, wollte nichts lieber tun, als die grüne Taste zu drücken, um den Anruf zu tätigen und wenigstens die Stimme ihres Vaters zu hören. Doch sie schaffte es nicht, durfte das Risiko nicht eingehen. Nicht, nachdem *er* ihr mit allem Möglichen gedroht hatte.

Sie konnte nach wie vor nicht fassen, dass ausgerechnet ihr so etwas passiert war. Er war noch nicht mal ihr fester Freund gewesen, sie hatte ihn weniger als eine Woche gekannt. In einer Bar in Glasgow hatte sie ihn kennengelernt, wo sie ihren Lieblingsdrink geschlürft hatte, einen

Tequila Sunrise. Daran mochte sie in erster Linie den Namen, und auch optisch war der Drink sehr ansprechend. Es war an einem Freitag nach der Arbeit gewesen, sie hatte auf Freunde gewartet, als ein Mann sie ansprach. Sie unterhielten sich gerade mal fünf Minuten. Fünf Minuten, und ihr Leben war nicht mehr das, was es gewesen war, ruiniert für immer. Am darauffolgenden Montag trat derselbe Mann vor dem Subway-Bahnhof West Street Station unweit ihres Arbeitsplatzes auf sie zu.

Er war ziemlich gut aussehend, mit einem schüchternen Lächeln, gekleidet in einen grauen Anzug, dazu Hipster-Turnschuhe. Er strahlte etwas Vertrauenswürdiges aus, irgendwie so, als kenne man ihn schon länger. Er meinte, er stehe auch auf Tequila Sunrise, aber auf die alkoholfreie Variante. Sein Enthusiasmus gefiel ihr, die ungeteilte Aufmerksamkeit, die er ihr schenkte, während sie seine scheinbar unverfänglichen Fragen beantwortete.

»Wo arbeitest du? Seit wann? Wo wohnst du? Stehst du deiner Familie sehr nah?«

Sie trafen sich auf einen Kaffee. Gingen auf dem Glasgow Green spazieren. Aßen im Restaurant zusammen zu Abend. Und das war's auch schon – was sie betraf. Er war nie bei ihr in der Wohnung und sie nie in seiner. Sie hatten sich kaum berührt.

Dass etwas nicht stimmte, merkte sie das erste Mal in der darauffolgenden Woche bei der Arbeit. Damals war sie noch bei Three Blind Cats, einer Werbeagentur mit Büros in einem ehemaligen Lagerhaus. Khan liebte das Gebäude, es war ganz anders als alles, was sie aus ihrer Kindheit in Stirling gewohnt war. Der Duft nach frischem Kaffee, die Sitzsäcke, die Kolleginnen und Kollegen, die Brillen mit dicken Gestellen trugen genau wie sie, die leicht und beschwingt durchs Leben zu tänzeln schienen, auf Klapprollern zur Arbeit kamen und Nike Air Max trugen. Alles war so unbeschwert, und sie war ein Teil davon, gehörte dazu.

Bis zu jenem Morgen, als sie von ihrem iMac aufblickte und ihn im Foyer stehen sah, in Skinny Jeans und Parka. Sein Gesicht wirkte irgendwie verändert.

»Warum antwortest du nicht auf meine Nachrichten, verdammt? Hältst du mich für einen Idioten?«

Fassungslos starrte sie ihn an. *Ich habe deine Nachrichten ja nicht absichtlich nicht beantwortet, ich hatte nur noch keine Zeit dafür*, ging es ihr durch den Sinn. Tatsächlich hatte sie in den wenigen Tagen seit ihrem gemeinsamen Abendessen kaum einen Gedanken an ihn verloren. Und seine Nachrichten stumm geschaltet. Gehörte das zur Leichtigkeit nicht auch dazu? Wie in diesem Modest-Mouse-Song, den sie im Büro so gerne hörten?

Nicht in seiner Welt, wie sich herausstellte. »Du bist eine Schlampe, stimmt's? Eine verfickte Hure.«

Später wandte sie sich an die Polizei. Dort teilte man ihr mit, dass er das schon öfter getan habe, *ihr Freund*. Sie benutzten dieses Wort beharrlich, alle taten das. Nachdem sie die Leute mehrfach korrigiert hatte, gab sie es schließlich auf. Und akzeptierte, dass er für Außenstehende eben *ihr Freund* war. Sie hatten eine Art von Beziehung, und es machte ganz den Anschein, als könnte niemand etwas gegen sein Verhalten tun.

»Er ist schon mehrfach straffällig geworden«, erklärte ihr der betagte, rotgesichtige Beamte. »Hat seine Ex geschlagen. Das Haus ihrer Eltern in Brand gesteckt. Ihren Hund getötet. Hat im Knast seine Zeit dafür abgesessen, dann kam er raus und fing von vorn an. Bis sie ihren Job hinschmiss, ihre Familie verließ und ins Ausland zog.«

Khan saß mit offenem Mund da. »Und was soll ich Ihrer Meinung nach jetzt tun?«

»Er ist hartnäckig«, antwortete der Polizist mit einem bedauernden Kopfschütteln. »Wir können nicht allzu viel tun. Dieser Typ schert sich nicht um die Konsequenzen, das macht es uns schwer.«

Sie versuchte, auf der Straße mit ihm zu reden. Ihm mit Vernunft beizukommen. Sie schrie ihn an, drohte ihm. Aber nichts von alledem konnte irgendetwas verändern. Sobald sie morgens ihre Wohnung verließ, wartete er schon auf der anderen Straßenseite in seinem Mercedes. Und wenn sie abends vom Büro nach Hause ging, saß er auf einem Fensterplatz im Café gegenüber. Manchmal kam er heraus und folgte ihr, rief ihr aus der Entfernung etwas hinterher. Andere Male beobachtete er sie nur stillschweigend. Khan erinnerte sich an einen Abend einige Wochen nach ihrer ersten Begegnung. Sie hatte ihn am Vortag nicht gesehen und auch nicht an diesem Vormittag. Deshalb war in ihr die leise Hoffnung aufgekeimt, dass er das Interesse verloren haben könnte.

Doch dann klopfte es an der Tür. Durch den Briefschlitz hörte sie seine Stimme. »Ich weiß, dass du da bist. Glaub bloß nicht, dass du mich zum Narren halten kannst. Wenn du mit jemandem aus deiner Familie sprichst, töte ich denjenigen. Wenn du mit jemandem aus deinem Freundeskreis sprichst, töte ich denjenigen.« Sie kauerte am anderen Ende des Flurs auf dem Boden und starrte ungläubig auf die Wohnungstür – seltsamerweise mehr verwundert als verängstigt. Und dann sah sie zu, wie ein Blatt Papier unter der Tür durchgeschoben wurde. Später, als es so aussah, als wäre er weg, ging sie schließlich hin und hob den Zettel auf. Darauf stand die Adresse ihres Dads in Stirling.

Sie raffte zusammen, was sie tragen konnte, bestellte ein Taxi und verließ um drei Uhr nachts fluchtartig ihre Wohnung. Dann stieg sie in den Bus nach Inverness.

Sie kam in der Hauptstadt der Highlands bei einer alten Freundin unter, und dann sah sie im Internet Werbung für einen Rekrutierungstag in Aberdeen: *Polizei Schottland – Finde deinen Weg.* Die Vorstellung, bei der Polizei anzufangen, schien ihr nicht die schlechteste Idee. So hätte sie wenigstens die Möglichkeit, sich selbst zu schützen …

Wieder warf Khan einen Blick auf ihr Handy. Es wäre so einfach, ihren Dad anzurufen, nur um seine Stimme zu hören, vielleicht einfach nur mitzubekommen, wie er seinen Namen sagte, wenn er den Anruf entgegennahm. Einmal im Jahr ging Khan das Risiko ein und schickte ihm einen Brief, um ihn wissen zu lassen, dass sie in Sicherheit war. Allerdings achtete sie darauf, die Briefe jedes Mal aus einer anderen Postfiliale abzuschicken, damit man über den Stempel keinerlei Rückschlüsse auf ihre Wohnregion ziehen konnte. Sie hatte ihren Namen geändert, bevor sie sich um den Ausbildungsplatz bei der Polizei beworben hatte, und sie passte auf, dass keine Fotos von ihr im Netz auftauchten. Ein Gutes hatte die Arbeit bei der Polizei: So konnte sie ihren »Freund« regelmäßig überprüfen und wusste, dass er nach wie vor auf freiem Fuß war.

Blinzelnd sah Khan sich in dem dunklen Hotelzimmer um. Erst jetzt wurde ihr bewusst, dass sie es wieder getan hatte: Sie hatte eine ganze Weile nur an die kahle Wand gestarrt. Unwillkürlich fragte sie sich, wie es kam, dass sie ausgerechnet in diesem Hotel an diese Wand starrte, dieses Leben führte. Ob es der Frau im Krankenhaus ähnlich ergangen war? Dieser Emily Hurst? Verschollen auf hoher

See, untergetaucht in der großen weiten Welt? Einsam und allein unter Menschen?

Sie hing diesem Gedanken einen Moment nach. Khan war selbst von der Bildfläche verschwunden, war an den am weitesten entfernten Ort gegangen, den sie sich hatte vorstellen können. Für sie waren es die Highlands gewesen. Aber was, wenn Emily ebenfalls untergetaucht war, nur von woanders? Von irgendwo weiter weg, in einem anderen Land?

31

Zum zweiten Mal innerhalb weniger Tage nahm Monica die Fähre von Corran über den Loch Linnhe. Der Schneeregen hielt an, der Winter meldete sich zurück. Monicas Sicht war eingeschränkt, sie konnte nur wenige Schritte weit sehen, während das Fährschiff den dunklen See überquerte. Die malerische Postkartenlandschaft lag, wie sie wusste, am anderen Ende des Sees, umhüllt von undurchdringlichem Weiß.

Als sie vor Caroline Handlers Haus vorfuhr, schaute diese gerade aus dem Küchenfenster.

»Wie geht es Ihrem Sohn?«, erkundigte sich Monica, als Caroline die Haustür öffnete.

Sie schüttelte den Kopf. »Hockt nur in seinem Zimmer. Er will nicht mit mir reden. Keine Ahnung, was ich noch tun soll.«

Monica nickte. Sie wünschte, sie könnte so etwas wie Mitleid aufbringen, irgendeinen hilfreichen Rat geben. Stattdessen sagte sie: »Eigentlich bin ich hier, um mit Quint zu sprechen. Ist er zufällig da?«

Caroline deutete Richtung Wasser, zu dem Bootshaus unten am Ufer. Sein SUV parkte davor. Als Monica darauf zuging, betrachtete sie die Schmutzspritzer am Kotflügel und um die Reifen herum, die verschiedenen Dellen und Kratzer. Leise Musik drang aus dem Gebäude, ein Rocksong, den sie nicht kannte. Monica klopfte an und schob die Tür auf. Im Inneren war es überraschend warm, dank eines Heizgebläses in einer Ecke. Werkbänke standen entlang zweier Seiten des riesigen Raumes, darauf eine Vielzahl von Werkzeugen. An den Wänden darüber hingen noch mehr. Die Mitte des Raumes wurde vom Skelett eines Holzbootes eingenommen. Quint Handler stand daneben und beugte sich darüber, in den Händen Holzhammer und Meißel. Er musste Monicas Blick auf sich gespürt haben, denn jetzt sah er auf. Sein unordentliches Haar steckte unter einer Baseballkappe.

»Ach, Sie sind's«, sagte er und richtete sich auf. Monica fiel auf, dass er vor Anstrengung schwitzte, und die Adern an seinen Armen traten deutlich hervor. Sie bemerkte auch die Narben, feine weiße Linien an seinen Unterarmen, die sie an die Verletzungen erinnerten, die sie manchmal bei Opfern von Messerangriffen sah.

»Sie bauen selbst ein Boot?«

»Ich versuche es«, meinte er schulterzuckend. »Das war mehr das Ding von meinem Bruder. Aber die Werkstatt ist nun mal da …«

Monica sah sich im Raum um, während er sich den Werkzeugen auf dem Arbeitstisch zuwandte. Konnte er etwas mit der Entführung der Frau zu tun haben? Ob er sie hier versteckt hielt? Monica bemerkte, dass eine Ecke des Schuppens durch einen Vorhang abgetrennt war. Sie wollte darauf zugehen, aber Quint bewegte sich blitzschnell und verstellte ihr den Weg. Sie sahen einander an. Monica roch dezenten Schweißgeruch, vermischt mit dem von frisch geschnittenem Holz. »Wie kann ich Ihnen weiterhelfen?«

»Gestern Nacht. Warum waren Sie da oben auf dieser Landstraße unterwegs?«

Handler starrte sie an. »Hab nur eine kleine Spritztour gemacht«, murmelte er schließlich.

»Und wohin wollten Sie?« Sie standen nur wenige Fingerbreit voneinander entfernt, und Monica registrierte, wie ihr Körper reagierte, die feinen Härchen, die sich kaum merklich aufgerichtet hatten, ihre Kehle, die enger wurde.

»Bin nur so herumgefahren.« Er wandte den Blick ab und sah zu Boden. »Ich wollte was einkaufen.«

»Was wollten Sie besorgen?«

»Lebensmittel«, gab er schließlich zurück.

»Wohin sind Sie gefahren?« Ehe Quint antworten konnte, hörte Monica ein Rascheln hinter dem Vorhang. Als würde jemand einen Nagel über eine Holzdiele ziehen. Sie drehten sich beide nach dem Geräusch um, und noch bevor Handler sich in Bewegung setzen konnte, hatte Monica sich an ihm vorbeigeschoben und den Vorhang zurückgerissen.

Dahinter befand sich eine Matratze, und ein schwarzbrauner Hirtenhund lag zusammengekauert am Fußende und zog seine Krallen über die hölzernen Bodenbretter. Monica registrierte das Kissen und den Schlafsack, während der Hund träge den Kopf hob und sie ansah.

»Sie schlafen hier?«

Quint sah sie fest an, und fast glaubte sie, er würde sie jeden Moment zum Gehen auffordern. Doch stattdessen schüttelte er langsam den Kopf, führte die Hand an die Hosentasche, holte seinen Tabak heraus und drehte sich eine Zigarette. Er steckte sie an und sah ihr unumwunden ins Gesicht. »Denken Sie, ich wäre so dumm, jemanden zu entführen und diese Person dann in meinem eigenen Zuhause zu verstecken?«

»Haben Sie sie entführt?«

Quint blies den Rauch Richtung Decke, und Monica hörte, wie der Schneeregen schwer aufs Dach fiel und auf dem Blech ein helles, klimperndes Geräusch erzeugte.

»Was hätte ich wohl für einen Grund, sie zu entführen?«

Monicas Handy meldete sich in ihrer Tasche. Corcoran? Sie ließ es klingeln, bis es wieder verstummte. »Ich weiß, dass Sie wegen Drogenhandels im Gefängnis saßen. Und ich habe die Gerüchte über die *Explorer* gehört.«

»Deshalb schlafe ich ja hier draußen«, sagte er schließlich. »Caroline will mich nicht im Haus haben. Sie hasst mich für alles, was Peter für mich tun musste, um mich aus dem Gefängnis rauszukriegen. Das viele Geld, die Zeit, die Urlaube, die er mit ihr und Colm hätte verbringen sollen. Und dann der ultimative Schlag ins Gesicht, als alle Welt Peter für schuldig hielt, weil man glaubte, das Verschwinden der *Explorer* habe etwas mit Drogengeschäften zu tun, wegen seines Versagers von einem Bruder.«

»Das Verschwinden der *Explorer* hatte also nichts mit Drogen zu tun?«

»Warum sollte ein Drogenhändler das Risiko eingehen und eine verdammte Vergnügungsjacht voller Menschen dazu benutzen, um Drogen ins Land zu schaffen? Niemand ist so dämlich. Es ist schwer genug, eine Handvoll Fischer davon abzuhalten, das Maul aufzureißen«, sagte er, gefolgt von einem hohlen Lachen. »Glauben Sie mir, ich spreche aus Erfahrung.«

»Warum sind Sie geblieben?«, fragte sie. »Wenn Caroline Sie hier nicht haben will?«

Er zuckte die Achseln. »Hat wohl was mit Reue und Wiedergutmachung zu tun. Sie und Colm brauchen mich, auch wenn Caroline das nicht zugeben will.«

»Und was, wenn man herausfinden würde, was aus Ihrem

Bruder geworden ist?«, konterte Monica. »Wäre es das wert, einen Menschen zu entführen? Um Ihrer Familie zu beweisen, dass Sie eben nicht der Versager sind, für den alle Sie halten?«

Quint starrte sie einen Moment lang an, dann wandte er sich wieder dem Boot zu. »Wenn Sie mich festnehmen wollen, nur zu. Ansonsten wissen Sie ja, wo die Tür ist.«

Monica zögerte einen Augenblick. Sie war überzeugt, dass Quint mehr wusste, als er zugab. Allerdings hatte sie keinen Schimmer, mit welcher Frage sie ihn zum Reden bewegen könnte. Stattdessen stand sie da und sah ihm zu, während er unbeirrt weiterarbeitete, bis ihr Handy abermals zu klingeln begann. Das Display zeigte Brian Corcorans Nummer an.

32

Es war schon fast dunkel, als Monica mit der Fähre zurückkehrte und nach Fort William weiterfuhr. Sie bog an einem Feuerwehrhaus in eine etwas ruhigere Seitenstraße ab und fuhr dann noch einmal links. Jetzt hatte sie den Pier vor sich, der sich weit auf den Loch Linnhe hinaus erstreckte. Die Fahrzeugzufahrt war durch eine heruntergelassene Schranke blockiert, weshalb Monica den Wagen parkte und ausstieg. Der Wind hatte aufgefrischt und wehte jetzt schneidend kalt vom Atlantik her. Während sie das Auto abschloss und den spärlich beleuchteten Betonstreifen entlangging, versuchte sie sich vorzustellen, wie es an jenem Tag vor fünf Jahren gewesen war. Überall Aufregung und Vorfreude, die gebannte Erwartung, in ein unbekanntes Abenteuer aufzubrechen. Nur Emily Hurst hatte das Ereignis nicht so empfunden, sie hatte der Abfahrt mit Grauen entgegengesehen. Als hätte sie genau gewusst, was für ein Schicksal sie alle erwartete.

Unter ihren Füßen spürte Monica die eisigen Wellen des Sees gegen die Stelzen des Piers schwappen. Der beißende, jodartige Geruch in der Luft, zu ihrer Linken die Lichter der Stadt, die sich im Wasser spiegelten. Der Ort wirkte trostlos und verlassen, keine Spur von Brian Corcoran. Hatte sie den Treffpunkt missverstanden, seine Worte falsch interpretiert? Monica spähte zu den schattenhaften Konturen am Ende des Piers, sie sahen aus wie Schiffscontainer und modulare Fertighäuser. Dann landete ihr Blick auf einem verblichenen Schild, das im schwachen Lichtschein nur mühsam auszumachen war: DIE *EXPLORER* – LUXUSREISEN DER EXTRAKLASSE.

Sie ging darauf zu und überlegte, warum niemand daran gedacht hatte, es zu entfernen. Dann entdeckte sie die Blumen, manche aus Plastik, andere echt, die an dem Geländer neben dem Schild befestigt waren. Sie bemerkte auch noch andere Dinge, ein Trikot der Glasgow Rangers zum Beispiel, ein paar Vorhängeschlösser. Neugierig hob sie eines an und leuchtete mit ihrem Handy. Darauf waren folgende Worte eingraviert: ICH WARTE AUF DICH, LIEBLING XX.

Auf einem anderen stand: BECKY MACANDREW: EHEFRAU, TOCHTER, MUTTER, FREUNDIN.

Und auf einem dritten: WIR SEHEN UNS WIEDER, LILY. BRIAN XX.

Von Brian Corcoran für seine Ehefrau also. Es schien ihr nicht recht zu dem ruhigen und rationalen Ingenieur zu passen. Und vielleicht war genau das der Punkt, dachte Monica. Mehr als das offizielle Denkmal im Zentrum der Stadt war dieser Ort zu einer Art Schrein für die irrationale Hoffnung geworden, die sie dort vor dem Krankenhaus gespürt hatte. Die Hoffnung der Trauernden.

»Haben Sie ihn mitgebracht?« Monica ließ beim Klang der Stimme das Vorhängeschloss los und den Kopf herumschnellen. Die Gestalt stand im Schatten eines der Schiffscontainer. Sie atmete tief durch und trat näher heran, sodass sie Corcorans Gesicht gerade so erkennen konnte.

»Was glauben Sie, wer Ihnen gefolgt ist, Brian?«

»Bitte, geben Sie mir einfach Alfies Inhalator.«

»Wenn er krank ist, sollten Sie ihn ärztlich untersuchen lassen.«

»Sie haben doch gesehen, was mit der Frau passiert ist«, entgegnete Corcoran. »Außerdem ist er nicht krank. Den Inhalator braucht er präventiv. Wenn er einen Anfall hat, kann es nämlich ernst werden.«

»Sagen Sie schon, vor wem haben Sie Angst?«

Corcoran sah sich um und sagte dann: »Bull-Peterson, wer sonst?«

»Sie glauben, er hat die Frau entführt?«

»Ich bin mir sicher, dass er es war.«

»Warum sollte er das tun?«

»Weil er ein Soziopath ist, durch und durch.«

»Das glauben Sie ernsthaft?«

Corcoran zögerte. »Bitte, vielleicht ist man Ihnen hierher gefolgt. Geben Sie mir einfach diesen Inhalator.«

»Hat Hans Bull-Peterson Sie kurz vor seinem Tod aufgesucht und mit Ihnen über die *Explorer* gesprochen?«

»Ich muss los, Alfie wartet auf mich.« Die Angst in seiner Stimme war nicht zu überhören.

»Sagen Sie es mir einfach.«

»Ja. Er hat mich zu Hause besucht. Wollte wissen, warum sein Sohn so sehr darauf pochte, dass wir die Jacht möglichst schnell fertigkriegten.«

»Warum wollte er das wissen?«

»Wegen Paula«, sagte Corcoran mit bebender Stimme.

»Frederick Bull-Petersons Schwester?«

»Ja. Sie wollte zurück in die Schweiz ziehen, hatte vor, ihre Anteile am Unternehmen zu verkaufen.«

»Hans hatte also den Verdacht, dass Frederick sie des Geldes wegen umgebracht hatte?«

»Ich sollte nicht darüber reden.«

»Aber jetzt haben Sie schon angefangen.« Monica machte einen weiteren Schritt auf ihn zu. »Was hat Hans Ihnen erzählt?«

Corcoran zögerte, dann sagte er: »Er wollte wissen, was aus seiner Tochter geworden war, so wie alle wissen wollten, was aus ihren Angehörigen geworden war.«

»Er hatte einen schriftlichen Bericht dazu verfasst?«

»Davon weiß ich nichts. Mir sind nur Gerüchte zu Ohren gekommen ... Ich weiß, dass er in einer internen Untersuchung seine Ingenieure alles noch einmal durchgehen ließ, dass sie versuchten, die Jacht zu orten ...« Corcoran sah sich um und machte einen zögernden Schritt auf sie zu. »Hören Sie, einer der Gründe, warum ich im Unternehmen geblieben bin, war der, dass ich diesen Bericht finden wollte.«

»Sie glauben also, dass er existiert? Denken Sie, dass er Hinweise auf den Verbleib der *Explorer* enthält?«

»Hans starb nicht lange nach seinem Besuch bei mir. Es ging das Gerücht, er hätte herausgefunden, dass Frederick alle diese Menschen auf dem Gewissen hatte, dass seine eigene Schwester seinetwegen umgekommen war. Mehr weiß ich auch nicht.« Er kam einen weiteren Schritt näher, sodass Monica sein von Angst gezeichnetes Gesicht erkennen konnte. »Und jetzt geben Sie ihn mir bitte.«

Monica holte den Inhalator aus der Tasche und überreichte ihn ihm. Als er sich schon zum Gehen wandte, sagte sie noch: »Was ist mit Emily Hurst, wie passt sie ins Bild? Hat Hans sie erwähnt?«

Doch Corcoran war bereits am Geländer am Ende des Piers angekommen. Jetzt trat er vor, und für eine Sekunde glaubte sie, er würde springen. Doch als sie näher heranging, sah sie, dass er eine Leiter hinunterstieg zu einem kleinen Schnellboot, das darunter vertäut lag.

Er sah zu ihr auf. »Ich weiß nichts über sie. Tut mir leid.« Wenig später hörte sie den Motor aufröhren, und das Boot entfernte sich in rasanter Geschwindigkeit über das schwarze Wasser des Sees.

33

Innerhalb kürzester Zeit wurde Corcorans Boot von der Dunkelheit verschluckt, zurück blieb lediglich eine weiße Gischtspur auf dem sanft wogenden Wasser. Nach diesem Gespräch war Monicas Verwirrung nur noch größer. Lag in dem, was er sagte, tatsächlich ein Fünkchen Wahrheit? Noch vor einer Woche hätte sie es als reinen Stoff für Verschwörungstheoretiker abgetan, aber jetzt war sie sich da nicht mehr so sicher. Den Blick immer noch aufs Wasser gerichtet, holte sie ihr Handy aus der Tasche. Mit von der eiskalten Seeluft klammen Fingern suchte sie den Kontakt heraus.

Chief Superintendent Fred Hately ging nach wenigen Malen Klingeln ran. »Wollen Sie mir etwa sagen, Sie haben die Frau gefunden? Ich hatte gerade eben den Boss meines Bosses am Apparat ...«

»Ich brauche so schnell wie möglich einen Durchsuchungsbeschluss für Frederick Bull-Petersons Haus, und ich will Zugriff auf die interne Kommunikation seines Unternehmens.«

»Was reden Sie da?«

Monica wiederholte, was sie gesagt hatte.

»Nein, kommt gar nicht infrage ... Wozu? Was glauben Sie dort zu finden?«

Monica gab sich alle Mühe, das, was man ihr erzählt hatte, möglichst nachvollziehbar klingen zu lassen. Hately hörte schweigend zu. Sie wusste, dass er einen ewigen inneren Kampf mit sich selbst austrug, zwischen dem, was beim »Boss seines Bosses« Eindruck machen und sich somit positiv auf seine Karriereaussichten auswirken würde, und dem, was richtig war. Normalerweise entschied er sich nach langem Hin und Her letztlich immer für das Richtige. Normalerweise.

»Die Frau wurde also in der Nähe seines Hauses gefunden, und Ihnen sind ein paar Gerüchte zu Ohren gekommen. Und?«, gab er schließlich zurück. »Was ist mit Beweisen, mit offiziellen Zeugenaussagen?«

»Die Leute haben Angst«, antwortete Monica. »Wir sprechen hier von einem extrem reichen Mann …«

»Ganz genau«, fiel Hately ihr ins Wort. »Und Sie glauben, er wird das einfach so mit sich machen lassen? Der hat doch garantiert eine ganze Armee von Anwälten hinter sich, hat politischen Einfluss. Konzentrieren Sie sich darauf, die Frau ausfindig zu machen, und finden Sie heraus, wer sie entführt hat.«

Damit legte Hately auf, bevor Monica brüllen konnte: *Genau das versuche ich doch!* Am liebsten hätte sie das Telefon auf den See hinausgeschleudert, doch stattdessen atmete sie tief durch und starrte wieder aufs Wasser. Sie spürte die Anspannung in ihren Schultern und im Nacken. Angestrengt versuchte sie, die Muskulatur zu lockern, sah wieder auf ihr Handy und überlegte, was sie als Nächstes tun sollte.

Manches erschien ihr nach genauerer Überlegung keine gute Idee. Insbesondere, wenn es illegal war und gegen den Willen vom Boss ging. Dann war es besser, Stillschweigen darüber zu bewahren und einfach zur Tat zu schreiten.

Und sie schritt zur Tat.

Als Monica wieder im Astra saß, hatte sie plötzlich Magenschmerzen, und es dauerte einen Moment, ehe sie begriff, dass es ganz einfach Hunger war. Wie lange hatte sie schon nichts mehr gegessen? Das war eine ganze Weile her. Sie fuhr die kurze Strecke zurück ins Stadtzentrum, am *Explorer*-Denkmal vorbei, und erinnerte sich, dass sie mit ihren Eltern hier einmal ein Fish&Chips-Lokal besucht hatte, während eines verregneten Urlaubs irgendwann in den Achtzigerjahren. Nachdem sie fünf Minuten lang ziellos durch die Straßen gekurvt war, entdeckte sie einen Laden, der ihr bekannt vorkam. Sie parkte am Straßenrand, ging hinein und bestellte einen Veggie-Burger mit Pommes und eine Cola light, dann setzte sie sich ins Auto und aß.

Auf der anderen Straßenseite saß ein junges Paar nebeneinander auf einer Bank und teilte sich eine Portion Pommes. Er hatte einen Arm locker um ihre Schultern gelegt. Man kam sich besonders einsam vor, wenn man abends allein in einem Auto aß, etwas, das Monica leider bestens kannte. Sie holte ihr Handy heraus, platzierte es in der dafür vorgesehenen Halterung und tippte mit dem kleinen Finger aufs Display, bis sie den Kontakteintrag mit der Nummer ihrer Mum gefunden hatte.

Angela Kennedys Gesicht erschien auf dem Display, und Monica wappnete sich für eine Flut von Fragen zum Fall, denn mittlerweile war er das Gesprächsthema Nummer eins im Netz. Doch ihre Mutter schien immer noch kein großes Interesse zu zeigen. »Du hast sicher viel zu tun, Monica! Ich will dich nicht lange aufhalten. Hier ist Lucy.«

Die Haare ihrer Tochter waren nach ihrem Schwimmunterricht nach hinten gebunden. Sie wirkte müde, aber selbst in müdem Zustand war Lucy ein Energiebündel und erzählte voller Begeisterung von einem neuen Spiel, das die Kinder in der Schule spielten: Schweinchenfangen. Ein Kind war das Schweinchen und jagte die anderen Kinder, und sobald es eins von den anderen erwischte, übernahm dieses andere Kind die Rolle des Schweinchens. Nicht besonders originell, wie Monica fand, aber trotzdem war sie überrascht. Sie neigte dazu, sich Lucy und ihre Freunde dabei vorzustellen, wie sie auf iPads oder Smartphones starrten, wenn sie Zeit zum Spielen hatten, statt wild herumzurennen. Es war schön, zur Abwechslung mit ein wenig Normalität in Berührung zu kommen.

Als Lucy mit ihrem Bericht fertig war, fragte Monica: »Und, wart ihr auf dem Nachhauseweg noch im Süßigkeitenladen?«

»Nein, heute nicht.«

»Ach nein? Warum nicht? Ich dachte, du gehst gerne in den Laden.«

»Ich schon. Aber Gran wollte nicht.«

»Hat sie gesagt, warum?«

»Ich habe sie gefragt, ob wir reingehen und eine von den Penny-Mischungen kaufen können so wie sonst.« Lucy senkte verschwörerisch ihre Stimme. »Aber sie meinte, sie habe heute keine Lust, also sind wir stattdessen nach dem Schwimmen auf einen McFlurry zu McDonald's gegangen.«

34

Beim Klang von Monicas Stimme begab sich Fisher unwillkürlich in Habachtstellung, obwohl sie nur am Telefon miteinander sprachen. Als Henrys Name fiel, gerann Fisher das Blut in den Adern. Seine Hand wanderte an seine Hosentasche und tastete nach der AA-Medaille. Der Hacker hatte Fisher bei einer Ermittlung geholfen. In einem Fall der Sorte Mord und Totschlag.

Fisher bekam seine eigene Antwort nicht mit, wusste aber sofort, dass er hinfahren würde. So machte man das, wenn vorgesetzte Beamte einen darum baten, etwas für sie zu erledigen. Man sagte einfach »Ja«.

Er setzte sich hinters Steuer seines VW Polo und fuhr nach Westen. Zufällig hatte er von dem Boss eines börsennotierten Unternehmens gelesen, der ebenfalls einen Polo fuhr. Und Chief Superintendent Hately hatte auch nur einen VW Passat. Bei der Polizei gab man sich also offenbar bescheiden. Es sei denn, man hieß Connor Crawford, ging es Fisher durch den Kopf. Und dessen Karriere hatte sich nicht gerade positiv entwickelt.

Wobei, vielleicht steht er besser da als du?, meldete sich eine leise zweifelnde Stimme in Fishers Kopf. *Vielleicht wirst du nie ein normales Leben führen?* Er blickte zum Straßenrand, wo sich Baum an Baum reihte. Im Schatten zwischen den

Stämmen war eine Gestalt zu erkennen. *Ein Junge im Teenageralter, das Gesicht blutleer, ein flehentlicher Ausdruck in den Augen. Er bettelte um Hilfe.*

Fisher blinzelte. Als er sich bewusst wurde, dass er heruntergebremst hatte und nur noch im Schneckentempo vorwärtskroch, blinzelte er erneut. Da war kein Junge. Natürlich nicht. Damals, vor vier Jahren, war es ihm vorgekommen wie die Chance seines Lebens. Nachdem DI Kennedy und DC Crawford als Folge dieses turbulenten Falls außer Dienst gewesen waren, war Fisher nachgerückt. Für ihn die Gelegenheit, seinen Ruf etwas aufzupolieren. Ein *echter* Detective zu werden.

Auf gewisse Weise war ihm das auch gelungen, denn letztlich war er zum Detective Sergeant befördert worden. Alles schien wieder seinen normalen Gang zu gehen, ihm war es zusehends besser gegangen. Und trotzdem hatten unterschwellig diese Erinnerungen gelauert, immer knapp davor, zurück an die Oberfläche zu drängen. Ihm kam der Gedanke, dass die Frau im Krankenhaus ihn vielleicht deswegen angelächelt hatte, als er die DNA-Probe genommen hatte. Irgendwie schien sie gespürt zu haben, wie zerrüttet er innerlich war, dass sie ihn deswegen auslachen wollte.

Fisher drückte die Medaille in seiner Tasche. Die Vorstellung war absurd, denn woher hätte sie irgendetwas von alledem wissen sollen? In sechs Monaten würde er Leah heiraten. Sein Leben würde zur Normalität zurückkehren. Die Erinnerungen an diese Videos wären bis dahin hoffentlich verblasst. Er umklammerte das Lenkrad ein wenig fester. Der Gedanke stimmte ihn zuversichtlich. Und erinnerte ihn daran, worin seine eigentliche Aufgabe bestand, nämlich sich auf das zu konzentrieren, was er kontrollieren konnte, auf seine Arbeit und darauf, einen guten Job zu machen. Er legte den Gang ein und beschleunigte auf der Gebirgsstraße. Die Erinnerungen würden irgendwann verblassen. Das mussten sie.

Wie sollte er sonst weiterleben?

35

Monica fuhr aus dem Schlaf hoch. Und wurde sich bewusst, dass jemand sie beobachtete. Blinzelnd richtete sie sich auf. Ihr Rücken war steif, weil sie wieder einmal in diesem Sessel eingeschlafen war.

»Dr. Mitchell, sind Sie wach?« Monica massierte sich den verspannten Nacken und wunderte sich, wie es ihr hatte passieren können, dass sie schon zum zweiten Mal innerhalb weniger Tage im Krankenhaus einschlief. Nach dem schnellen Snack im Auto war sie ziellos durch die Gegend gefahren und hatte nur kurz bei der Ärztin vorbeischauen wollen.

Dr. Mitchell rang sich ein gequältes Lächeln ab. »Ich fühle mich, als hätte mich ein Lastwagen überrollt.«

»Oder zumindest ein Van«, gab Monica zurück und lächelte ebenfalls.

»Danke«, sagte Dr. Mitchell. »Dass Sie mir geholfen haben.«

Monica wandte den Blick ab. »Dass ich *versucht* habe, Ihnen zu helfen, meinen Sie wohl. Ich war schon immer besser darin, Verbrecher zu fassen, als anderen das Leben zu retten.«

»Das glaube ich nicht«, entgegnete Dr. Mitchell. »Ich habe Sie mit den anderen Polizisten erlebt, man sieht, dass Sie sich um sie sorgen.«

»Erzählen Sie das mal meiner Kollegin.« Monica hatte mehrfach eine Nachricht an Khan begonnen, es aber letztlich aufgegeben. Sie würde morgen beim Frühstück im Hotel persönlich mit ihr reden und alles ins Reine bringen, sobald sie beide endlich ausgeschlafen hätten.

»Warum? Was ist geschehen?«

»Ich habe sie wohl ein wenig vor den Kopf gestoßen«, antwortete Monica. »Manchmal habe ich das Gefühl, zwischen mir und den anderen tut sich eine riesige Kluft auf. Kennen Sie das?«

»Ich schätze, so ging es mir mit meinem Sohn«, gab Dr. Mitchell zu. »Im Nachhinein ist man immer klüger ... Was sie einem nämlich nicht erzählen, wenn man sie zur Welt bringt, ist, dass man ihnen damit gleichzeitig auch den Tod beschert. Mir war nie klar, dass ich so empfinde, nicht, bis Angus fort war. Wenn ich mich damit vielleicht hätte auseinandersetzen können, als er noch jünger war, dass da immer auch Schmerz und Leid sein würden ... Vielleicht hätte ich dann gar nicht erst zugelassen, dass wir eine so enge Beziehung aufbauten. Vielleicht wäre er dann früher von hier fortgegangen, und dann wäre er womöglich nie auf der *Explorer* geendet.«

Eine ganze Weile sprach keine von ihnen ein Wort, bis Monica fragte: »Diese Frau ... Sie meinten, sie habe mit Ihnen gesprochen, kurz bevor Sie in den Krankenwagen gestiegen sind?«

»Ganz genau«, bestätigte Mitchell. »Sie hat mir erzählt, sie erinnere sich, dass sie irgendwo festgehalten worden sei.«

»Festgehalten? Hat sie sonst noch etwas gesagt?«

»Nur, dass es dort dunkel war, sehr dunkel.«

Am Mittwochmorgen war die Frau seit bald sechsunddreißig Stunden verschwunden. Die Chancen, dass sie sie lebend finden würden, schwanden zusehends. Beim Frühstück im Hotelrestaurant fehlte von Khan jede Spur. Monica hatte es eilig, zum Polizeirevier zu kommen, um sich kurz bei dem angesetzten Briefing blicken zu lassen, bevor das Team noch einmal nach Knoydart fahren sollte, um die Wildnis rund um Bull-Petersons Haus zu durchkämmen. Obwohl das Land Eigentum des Milliardärs war, garantierte das Betretungsrecht in Schottland, dass man es ohne richterlichen Beschluss auf Spuren der entführten Frau durchsuchen durfte. Monica schrieb eine kurze Nachricht an Khan, in der sie sie bat, sich weiter mit den Vermisstenakten und den Videoüberwachungsbändern zu befassen. Nach einem längeren Telefonat mit Hately, der urplötzlich ein reges Interesse an dem Fall zeigte, seit die Geschichte zu den Medien durchdrang, war klar, dass sie das Briefing versäumen und direkt nach Knoydart fahren musste.

Die Fahrt dauerte knapp über eine Stunde. An der A87 unweit des Loch Garry bog sie ab und folgte dann über etwa zwanzig Meilen einer schmalen, einspurigen Straße. Die Strecke vermittelte ihr zumindest ein gewisses Gespür dafür, wie entlegen diese Gegend tatsächlich war. Reihenweise nebelverhangene Bergkämme bis hin zum Horizont, wo sie im schwachen Frühlingslicht zur Unkenntlichkeit verschwammen.

Am Wanderparkplatz, auf dem die Bergrettung ihr Zelt aufgeschlagen hatte, meldete Monica sich beim diensthabenden Beamten. Sie trat ein und erkannte den Anführer des Suchtrupps, Inspector Culross MacDonald. Im Lauf der Jahre war sie ihm im Rahmen einiger Ermittlungen begegnet, in denen sie ihm beratend zur Seite gestanden hatte. Wie immer fügte er sich mit seiner wettergegerbten Haut, den dichten grauen Haaren und dem ebenso üppigen Bart optisch wunderbar in die Landschaft ein. Über der schwarzen Polizei-Goretex-Jacke trug er eine alte Daunenjacke von Mountain Equipment, die aus mehr Flicken als Originalmaterial bestand.

»Schön, dass Sie sich auch zu uns gesellen, Kennedy«, sagte er schroff.

»Der Boss ist mir auf die Pelle gerückt. Auf einmal will er jedes Detail wissen …«

»Nun ja, Sie verstehen sich jedenfalls darauf, meine Leute auf Trab zu halten. Glauben Sie mir, die finden es nicht so prickelnd, ihren Mittwochvormittag damit zu verbringen, dem größten örtlichen Wohltäter öffentlich ans Bein zu pinkeln.«

»Ich muss jedem Hinweis nachgehen«, gab Monica schulterzuckend zurück.

Das breite und zweifelnde Gesicht des Inspectors verzog sich zu einem warmherzigen Lächeln. »Und genau deshalb lieben wir Sie!«

»Oder man hasst mich«, murmelte Monica. Während sie an Culross vorbei zu dem Fußweg spähte, der den Berg hinaufführte, musste sie an Khan denken, die sich auf ihre Nachricht hin immer noch nicht zurückgemeldet hatte. »Wie kommen wir voran?«

»Das Team arbeitet sich vom Lochan aus in alle Richtungen vor«, antwortete er. »Das Gelände ist felsig und uneben, da geht es nicht gerade schnell. Einer der Hundeführer ist abgerutscht und hat sich den Knöchel verstaucht, wir müssen ihn auf einer Trage zurückholen.«

Monica fluchte verhalten. »Kommen Ihre Leute klar?«

»Ich hoffe schon, dass alles gut geht«, antwortete Culross. »Hätten etwas vorsichtiger sein sollen, aber es ist nicht so, als hätte ich sie nicht ausreichend gebrieft.« Dann zuckte er mit der Schulter, und seine Stimme wurde weicher. »Wenigstens hat er sich keine Kopfverletzung zugezogen. Hätte schlimmer ausgehen können.« Er strich sich mit der Hand nachdenklich über den dichten Bart. »Übrigens, *er* war vorhin hier. Hat sich mit ein paar Leuten vom Team unterhalten, bevor sie sich auf die Suche gemacht haben. Hat Kaffee mitgebracht.« Der Inspector deutete mit dem Kinn auf eine riesige Thermosflasche, die auf einem Tisch in der Zeltmitte stand.

»Sie sprechen von Bull-Peterson? Er war hier?«, fragte Monica. »Ich versuche schon seit Tagen, ihn zu erreichen.«

»Ist gerade erst vor einer halben Stunde weg, wollte runter zum Wolf House.« Er deutete in eine Richtung, und Monica sah einen weiteren Weg, der hangabwärts führte. »Ich war mal da unten, Jahre, bevor er das jetzige Haus gebaut hat. Damals war das nur eine Ansammlung von Zelten und Wohnwagen, er hat eine Party mit dem Motto Wikinger geschmissen. Musik, kostenlose Drinks, Pfeil-und-Bogen-Schießen, alle aus dem Ort waren eingeladen.« Er zuckte mit den Achseln. »Es ging das Gerücht, dass das jedes Jahr stattfinden würde, aber dann starb seine Frau, und danach war er nicht mehr der Alte.«

»Denken Sie, er hat sie getötet?«

Falls der Inspector von der Frage überrascht war, ließ er es sich nicht anmerken. »Angeblich war es ein Jagdunfall. Die schwedische Polizei hat ermittelt, uns bleibt nichts anderes übrig, als uns auf deren Aussage zu verlassen.«

»Aber Sie haben ihn getroffen. Was glauben Sie?«

»Ich halte ihn für verwöhnt, launisch. Männer wie er können sich die größten Dummheiten erlauben, sie kommen mit allem davon.« Culross sprach mit dem typischen Zynismus des alten Bullen, der in seinen fünfundzwanzig

Jahren im Dienst alles gesehen hatte. Er zuckte mit der Schulter, ging zum Tisch mit der großen Thermosflasche und schenkte sich Kaffee nach. »Es ist bestimmt nicht leicht, alles haben zu können, was man sich wünscht, wann immer man es möchte.«

Ist bestimmt auch nicht leicht, mit so einem Menschen verheiratet zu sein, dachte Monica im Stillen.

Die Zufahrt zum Haus wand sich durch eine zerklüftete Felslandschaft mit gelegentlichen Ausblicken aufs offene Meer und einer atemberaubenden Sicht auf die Berge. Als hätte man die Streckenführung des Weges bewusst so gewählt, damit sich dem Besucher eine Aussicht auf die urtypischen dramatischen Landschaften der Highlands bot. Was vermutlich wirklich der Fall war, wie Monica jetzt dämmerte, wenn sie an Bull-Petersons Reichtum dachte. Der Verdacht bestätigte sich, als sie eine letzte Kurve umrundete und den spektakulären Blick hinunter auf eine sandige Bucht und das weite Meer dahinter erhielt. Eine Reihe von Gebäuden stand ein Stück oberhalb des Wassers. Sie waren aus Holz gefertigt, wie etwas größere Blockhütten, während sie von der Form her an überdimensionale Wikingerboote erinnerten, die vom Strand heraufgeschleift und dann umgedreht aufgestellt worden waren.

Als Monica dem Weg hangabwärts folgte, erwartete sie eigentlich, früher oder später an eine Art abgesperrtes Tor oder Gatter zu gelangen. Doch nach etwa einer Meile stand sie plötzlich vor dem größten der Gebäude. Aus der Nähe betrachtet, waren die Konstruktionen noch beeindruckender. Monica wusste zwar nichts über Zimmerei, aber selbst für ihr ungeschultes Auge zeugten die hölzernen Verbindungen und die schiere Anzahl der verwendeten Balken von einem hohen Maß an handwerklichem Know-how. Und erheblichen finanziellen Ausgaben.

Sie parkte ihren Wagen und stieg aus. Die Gebäude wirkten seltsam verlassen, sie hatte Sicherheitskräfte erwartet, stattdessen schlenderte sie ungehindert auf die Türen des größten der Langhäuser zu. Der Rahmen rund um die riesige hölzerne Tür war verziert mit geschnitzten Wikingersymbolen wie Wölfen, Thors Hammer und anderen Zeichen, die sie nicht erkannte. Von Gesprächen mit ihrer Mum wusste Monica, dass der MacDonald-Clan, der auf den Äußeren Hebriden und in den westlichen Highlands angesiedelt war und von dem ihre eigene Familie abstammte, vor etwa tausend Jahren aus einer Mischung aus Galliern und Wikingern hervorgegangen war. Bull-Petersons Ziel schien es zu sein, etwas von dieser Geschichte wieder lebendig werden zu lassen. An der Tür hing ein aus Holz geschnitzter Türklopfer. Monica hob ihn mit beiden Händen an, doch bevor sie ihn gegen die Tür schlagen konnte, ließ eine laute Stimme sie innehalten.

»Die sind alle ausgeflogen.« Monica sah sich um. Auf der gegenüberliegenden Seite des Hofes stand ein Schuppen, an dessen Türrahmen ein Mann lehnte, die Hände und Arme bis zu den Ellbogen gebräunt. Im nächsten Moment wurde ihr bewusst, dass er ein Messer in der Hand hielt.

Monicas erster Instinkt war Flucht. Doch dann sah sie hinter ihm ein Reh auf einem Tisch liegen. Mit zittrigen Knien zwang sie sich, auf ihn zuzugehen. Bull-Peterson schüttelte den Kopf. »Ich habe mein Team losgeschickt, damit sie den Suchtrupps Essen vorbeibringen. Kein besonders guter Tag, um da oben in den Bergen herumzustreifen, aber mir ist zu Ohren gekommen, dass ein neuer Sheriff in der Stadt ist. Einer, der recht risikobereit ist.«

Aus der Nähe betrachtet, sah Monica, dass Bull-Peterson eher blass war, mit schmalen Lippen, kurzen blonden Stoppeln im Gesicht, attraktiv und mit noblen Zügen, als wäre er aus gutem Hause. Als er lächelte, bemerkte Monica einen Blutstropfen auf seiner Oberlippe.

»Würden Sie mir bitte Ihren Namen verraten, Sir? Nur fürs Protokoll?«, fragte Monica. Ein alter Trick, um in einer unübersichtlichen Situation die Kontrolle zurückzuerlangen.

Für einen flüchtigen Moment erstarb sein schiefes Lächeln. »Ich bin Frederick Bull-Peterson.« Er ließ die Arme seitlich an den Hüften hängen. Zur hellbraunen Tarnjacke trug er die passende Hose, auf seinem Bauch prangte ein Blutfleck. Monica witterte einen Hauch von Eisen.

»Sie sind wirklich schwer zu erreichen«, sagte sie. »Ich versuche schon die ganze Woche, Sie ans Telefon zu kriegen.«

»Nun, ich habe viel zu tun. Wie kann ich Ihnen helfen?«, fragte er, der Inbegriff der Höflichkeit.

»Sie wissen, dass man nicht weit von Ihrem Haus eine Frau gefunden hat?«

»Selbstverständlich.«

»Und, was denken Sie darüber?«

»Was soll ich denken?«

»Die Frau ist gewaltsam entführt worden«, sagte Monica und beobachtete eingehend sein Gesicht. »Am Montag. Dürfte ich fragen, wo Sie an dem Abend waren?«

»Ich war beschäftigt«, gab Bull-Peterson zurück.

»Beschäftigt?«

»Ganz genau.«

»Und Sie haben keine Idee, wo sie sein könnte?«

»Nein.«

»Haben Sie etwas dagegen, wenn wir uns ein wenig bei Ihnen umsehen, in den Außengebäuden?«

Bull-Peterson lachte. »Mit solchen Anfragen dürfen Sie sich gern direkt an meine Anwälte wenden.«

»Die Frau behauptet, Emily Hurst zu sein, eine der Verschollenen auf der *Explorer*. Denken Sie, sie könnte es sein?«

»Nein«, antwortete Bull-Peterson in eiskaltem Ton. »Das kann unmöglich jemand überlebt haben. Die Geschichte ist fünf Jahre her.«

»Sie klingen recht überzeugt. Was glauben Sie, was der *Explorer* zugestoßen ist?« Monica spähte zu dem halb gehäuteten Reh auf dem großen Tisch in der Hütte.

»Sie ist gesunken. Ich habe ein halbes Vermögen für die Suche nach der Jacht ausgegeben. Falls Sie es nicht wissen sollten, meine Schwester war mit an Bord.«

»Das ist mir bekannt«, gab Monica zurück. »Ich weiß auch, wie schwer Ihren Vater dieser Verlust getroffen hat.«

Bull-Peterson hielt ihrem Blick stand und lächelte schließlich. »Und jetzt sind Sie hier, um mich zu diesem mysteriösen Bericht zu befragen, den er finanziert hat.«

»Es stimmt also?«, fragte Monica. »Es gab einen solchen Bericht?«

Bull-Peterson machte einen Schritt auf sie zu, und sein Lächeln wurde breiter. Monica glaubte, unterschwellig etwas wahrzunehmen – Wahnsinn vielleicht?

»Darüber ist mir nichts bekannt.«

»Ach nein?« Monica widersetzte sich dem Drang, einen Schritt vor ihm zurückzuweichen. Instinktiv wandte sie den Blick ab und bemerkte dabei einen dunklen SUV, der im Hof vorgefahren war. Zwei Männer, beide komplett in Schwarz gekleidet, beobachteten sie durch die Windschutzscheibe.

Bull-Peterson schüttelte den Kopf. »Es gab lediglich Gerede.« Er grinste. »Darüber müssten Sie also mit ihm sprechen.«

Monica sah ihm forschend ins Gesicht. Wie konnte er sich nur derart über seinen toten Vater lustig machen? »Ich frage mich, ob Sie wohl mit mir aufs Revier kommen könnten, damit wir eine ordnungsgemäße Zeugenaussage aufnehmen.«

Er starrte sie einige Sekunden lang an und machte den Eindruck, als wolle er etwas entgegnen. Doch dann kam plötzlich einer der schwarz gekleideten Kerle auf sie zu und streckte ihm ein Handy hin. »Tut mir leid, ich erwarte ein wichtiges geschäftliches Telefonat.« Damit wischte er sich die blutigen Hände an seiner Jacke sauber und setzte sich in Bewegung, um dem Mann entgegenzugehen. »Oh, und falls Sie noch irgendwelche weiteren Fragen haben, dürfen Sie sich gerne an meine Anwälte wenden.«

36

Am Abend zuvor

Bis Fisher vor dem ehemaligen Pfarrhaus vorfuhr, war es bereits stockdunkel. Er hatte auf seinem Handy nach der Zeit gesehen, es war Dienstagabend, 20 Uhr 05. Beinahe vierundzwanzig Stunden waren seit der Entführung der Frau vergangen. Was nicht gut war. Kurz überlegte er, ob es vielleicht besser gewesen wäre, in Fort William zu bleiben und bei der Suche mitzuhelfen. Aber das war nicht seine Entscheidung gewesen. Seine Vorgesetzte hatte ihm gesagt, was zu tun war.

Wieder blickte er an dem Pfarrhaus empor. Ein undefinierbarer schwarzer Klotz in der Nacht. Fisher aber kannte das Haus sehr gut, wusste, dass sich das Plateau der Cairngorm-Berge dahinter erhob, dass man bei Tageslicht in der entgegengesetzten Richtung den Moray Firth sehen konnte. Er starrte zu dem schwachen Lichtschein hinauf, der aus einem der oberen Fenster drang. Henry musste also zu Hause sein. Wobei Fisher ohnehin wusste, dass der Hacker das Haus schon seit Jahren nicht mehr verlassen hatte.

Er entschied sich, auszusteigen, merkte aber, dass sein Körper nicht reagierte. Er sah hinunter auf seine Hände und stellte fest, dass sie zitterten. Tatsächlich schlotterte er am ganzen Leib. Einmal, in einer anderen Welt, war er in dieses Haus gegangen und als ein anderer wieder herausgekommen. Es war absurd. Alles, was er getan hatte, war, sich ein paar Videoaufnahmen anzusehen, die ein Serienkiller gedreht hatte. Was war daran anders als an den billigen Horrorfilmen, die Khan so gern guckte? Leah meinte, sie habe in der Notaufnahme schon alle möglichen schrecklichen Dinge zu sehen bekommen, aber das schien ihr nichts auszumachen. Warum war es bei ihm nicht ebenso?

Fisher starrte auf sein eigenes Spiegelbild. Waren die Schatten unter seinen Augen nicht noch tiefer geworden? Wirkte sein Blick nicht schwermütiger? Er blinzelte und raffte sich schließlich auf. Er war in seiner Funktion als Detective hier, dieser frühere Fall hatte nichts damit zu tun. Er hatte einen Job zu erledigen.

Im Dunkeln tastete er im Umkreis der Haustür umher, bis er den Zweitschlüssel unter einem Stein fand und sich Zutritt zum Haus verschaffen konnte. Henry saß an seinem üblichen Platz oben vor den drei riesigen Computermonitoren. Die Fensterläden waren halb geschlossen, kühle Bergluft drang ins Zimmer, der Raum lag im Dunkeln, abgesehen vom Leuchten der Bildschirme. Es roch nach Schweiß und stark gewürztem Essen, der Geruch kam, wie Fisher feststellte, von einer Reihe von Take-away-Behältern vom Chinesen, die auf dem Fensterbrett standen. Abgesehen von einer beweglichen Arbeitsleuchte, einem Etagenbett, einem Kühlschrank und den Schreibtischen mit den Computern war der Raum mehr oder weniger unmöbliert. Hölzerne Bodendielen, kahle, weiß gestrichene Wände. Fisher richtete seine Krawatte und räusperte sich.

Henry drehte sich mit seinem Stuhl herum und starrte ihn an. »Michael?«

»Nein, Ben, Ben Fisher, von der Polizei. Sie erinnern sich?«

Henry runzelte die Stirn, bis es bei ihm Klick machte. Fisher wusste, dass Henry einen IQ von über 160 hatte, allerdings nicht gut darin war, Gesichter zu erkennen und viele einfache, alltägliche Verrichtungen durchzuführen. Sein Vater war vor einigen Jahren gestorben und hatte ihm das Pfarrhaus hinterlassen. Nicht lange danach hatte das FBI seine Auslieferung in die USA gefordert, weil er die Datenbank der NASA gehackt hatte.

»Das Bett ist neu, wie ich sehe«, sagte Fisher und deutete auf das Stockbett.

»Ich habe eine Freundin«, gab Henry stolz zurück. »Ein Camgirl aus Boston, Massachusetts. Große Titten.«

»Verstehe.« Fisher hatte keinen Schimmer, was ein Camgirl war, aber er bekam eine grobe Vorstellung. »Freut mich, zu hören, dass Sie jemanden haben.« Henry grinste, dann ließ er sich mit weit ausgebreiteten Armen im Stuhl zurücksinken. Er wirkte deutlich selbstbewusster als bei ihrer letzten Begegnung. Fisher wusste aus Gesprächen mit Henrys Sozialarbeiter Michael Bach, dass der Hacker mittlerweile so etwas wie eine Internet-Berühmtheit war, wegen der tragenden Rolle, die er bei diesem früheren Fall gespielt hatte. »Ich brauche Ihre Hilfe.«

»Wie so viele«, antwortete Henry. »Stellen Sie sich also bitte hinten an.«

»Es geht um eine verschollene Jacht, die *Explorer*. Schon mal davon gehört? Wir haben den Verdacht, dass das Schiffsbauunternehmen einen geheimen Bericht zurückhält, deshalb …«

»Ich bin zu beschäftigt«, unterbrach Henry ihn knapp. »Außerdem bin ich inzwischen einer von den guten Hackern, ein White Hat.«

»Bitte, Henry, hören Sie mir erst mal zu. Eine Frau wurde entführt, und eine weitere Person wäre um ein Haar ums Leben gekommen …«

»Es sterben ständig Leute«, tat Henry Fishers Einwand ab. »Ich habe zu viel um die Ohren.« Er wollte sich gerade wieder seinen Computern zuwenden, als ein Geräusch von seinem Schoß her zu hören war. Ein leises Knurren. Fisher trat einen Schritt auf ihn zu, bis er sah, dass da ein kleiner Hund auf Henrys Knien kauerte. Ein orangefarbener Zwergspitz. Der Hund stieß erneut ein Knurren aus und wollte nach Henry schnappen.

»Was ist denn mit dem los?«

»Es ist Goobers Pfote«, antwortete Henry und zog die Hand zurück, als hätte er Angst. »Ich fürchte, man muss ihm die Krallen schneiden.«

»Das kann doch ich übernehmen«, beeilte Fisher sich zu sagen. Er hatte noch nie einem Hund die Krallen gestutzt, war sich aber verdammt sicher, dass er das hinbekommen würde. »Wenn Sie dafür mir helfen.«

37

Es regnete in Strömen, als Monica oben am Ende des Weges ankam. Inspector Culross MacDonald musste ihr etwas von der Miene abgelesen haben, denn als sie ausstieg, sagte er: »Sie haben ihn also gesprochen?«

»Woher wissen Sie das?«

»Er ist ein seltsamer Kerl, war angeblich immer schon so«, meinte Culross mit einem Schulterzucken. Er hielt eine Tasse Kaffee in der Hand. »Ich würde allerdings nicht alles, was er sagt, für bare Münze nehmen.«

Ich bin weit davon entfernt, alles zu glauben, was er sagt, ging es Monica durch den Kopf. *Eigentlich will ich nur wissen, ob er diese Frau entführt hat, falls sie überhaupt noch am Leben ist.* Aus einem Impuls heraus überprüfte sie ihr Handy. Keine Neuigkeiten von Fisher, und auch von Khan hatte sie nichts gehört. War sie zu beschäftigt, oder war sie eingeschnappt? »Wie geht es mit der Suche voran?«, erkundigte sich Monica und ließ ihr Handy in der Tasche verschwinden.

»Leider immer noch nichts«, gab Culross zurück.

»Wo sind Ihre Leute aktuell?«

»Sie arbeiten sich von oben talwärts.« Er deutete mit dem Kinn auf die dichten Wolken über dem Hang. Ihrem Blick ausweichend, sagte er: »Hören Sie, da oben wird es immer gefährlicher, starke Windböen und schlechte Sicht behindern unsere Arbeit. Wir haben bereits einen Verletzten. Ich mache mir Sorgen um die Sicherheit des Teams.«

»Könnten Sie mir nur noch ein klein wenig Zeit geben, noch eine Stunde? Ich gehe auch mit Ihnen da rauf und unterstütze Sie bei der Suche.« Ohne seine Antwort abzuwarten, eilte sie auf einen Land Rover der Polizei zu, der nicht weit entfernt geparkt stand. Als sie sich umdrehte, schüttelte Culross den Kopf und hatte ein schiefes Grinsen aufgesetzt. Er musterte ihre Kleidung. Den langen Tweedmantel, die dünne Bluse und die Turnschuhe. »Haben Sie etwa vor, in dem Aufzug auf den Berg raufzumarschieren?«

Eine Viertelstunde später, nachdem man sie mit einer XXL-Männer-Goretex-Jacke, Wanderstiefeln und einer winddichten Hose ausgestattet hatte, die an ihr hing wie ein Müllsack, rumpelten sie im Land Rover über das Gelände, bei zusehends schlechter werdendem Wetter. Die tief hängenden Wolken machten es ihnen schwer, weiter als wenige Hundert Schritte zu sehen. Schließlich kamen sie zum Stehen, als der Weg in einen schlammigen Fußpfad überging, und stiegen auf ein Quad um.

Wären die Witterungsbedingungen andere gewesen, hätte Monica die Fahrt über den holprigen Weg vielleicht sogar genossen. Aber der Dreck spritzte an den Reifen hoch, sprenkelte ihr Gesicht und troff an ihrer Jacke herab, während sie sich an Culross' Hüften festklammerte. Nach etwa zwanzig Minuten wurde er langsamer.

Über das laute Röhren des Motors hinweg rief er etwas, und Monica hob den Kopf und entdeckte die Leute vom Suchtrupp, die sich übers Moor verteilt hatten. Sie waren kaum mehr als schemenhafte Schatten in der grauen Nebelsuppe, während sie durch die Heidelandschaft stapften.

Culross stellte den Motor ab und stieg ab, und Monica folgte seinem Beispiel. Sie hörte, wie sein Funkgerät knisterte: »… wird schlimmer. Die Hunde haben nichts gefunden. Die Sicht ist denkbar mies, das Risiko steigt, dass sich einer von uns im Nebel verirrt, ich will keine weiteren Verletzten heute Morgen.«

Culross warf Monica einen Blick zu, ehe er antwortete: »Hören Sie, sorgen Sie dafür, dass jeder in Sichtweite seines Partners bleibt. Geben wir uns noch eine halbe Stunde und warten wir ab, wie das Wetter sich entwickelt. Over and out.«

Kaum war Monica vom Quad gestiegen, wurde ihr vor Augen geführt, wie unrealistisch ihre Vorstellung davon, wie man Leute motivierte, tatsächlich war. Die Beamten um sie herum starrten allesamt zu Boden, mit hochgezogenen Kapuzen und gedanklich ganz woanders. Entweder wussten sie nicht, wen sie da vor sich hatten, oder es war ihnen egal. Sie waren voll und ganz darauf konzentriert, nicht aus dem Tritt zu geraten, während sie nach möglichen Beweisen Ausschau hielten. Die Landschaft war karg und leer. Wie hoch standen also die Chancen, dass man hier über irgendetwas stolperte? Wären der Suchtrupp und die Hunde nicht sinnvoller eingesetzt gewesen, wenn man sie rund um Fort William nach der Frau hätte suchen lassen? Falls Bull-Peterson für ihre Entführung verantwortlich war, dann wäre er doch sicherlich nicht so dumm, sie auf seinem Grund und Boden festzuhalten?

Eisige Nässe drang in ihre Stiefel ein, noch so eine Unannehmlichkeit neben dem Schweißfilm, der sich in ihrem unteren Rücken gebildet hatte, dem Geruch nach alter Jacke und Morast, während der eisige Wind ihr den Regen ins Gesicht peitschte. Insgeheim hoffte sie, Culross möge auftauchen und ihr mitteilen, dass es keinen Sinn mehr habe, die Suche sei abgeblasen. Nur die Erinnerung an Dr. Mitchells Gesicht, als sie von dem Van gerammt wurde, und diese Worte, die die mysteriöse Frau im Krankenhaus gemurmelt hatte, ließen sie weitermachen, weiter hoffen. Doch während die Minuten verstrichen, verdichtete sich ihre Unsicherheit wie die dunklen Wolken am Himmel. Der nahe Horizont wirkte desorientierend, die Reihe von Suchenden mit den hochgezogenen Kapuzen wie Gespenster vor dem Grau in Grau.

Monica selbst konzentrierte sich so sehr auf ihre unmittelbare Umgebung, dass sie gar nicht merkte, wie ein Quad sich ihr näherte, bis es praktisch neben ihr anhielt.

»Kennedy?« Culross' Gesicht war mit Torfwasser bespritzt.

»Sie blasen die Suche also ab?« Monica musste sich eingestehen, dass sie insgeheim erleichtert war. Doch als sie die Augen gegen den heranpeitschenden Regen zusammenkniff, registrierte sie den Gesichtsausdruck des Inspectors. In seinen blauen Augen lag ein helles Funkeln, das zuvor nicht da gewesen war. Einen Moment später vernahm sie das entfernte Hundegebell. »Gerade hat sich einer von meinen Leuten per Funk gemeldet. Sie glauben, was gefunden zu haben.«

38

Am Abend zuvor

Khan schaute durchs Fenster des Hotelzimmers auf den dunklen Parkplatz. Immer noch keine Spur von dem Opel, mit dem ihre Chefin weggefahren war. Sie verspürte einen schuldbewussten Stich. Es war Dienstag, 20 Uhr 05, dem blinkenden Licht am Wecker zufolge. Bald war ein ganzer Tag vergangen, seit die Frau entführt wurde, sämtliche Einsatzkräfte waren draußen unterwegs und suchten nach ihr. *Das solltest du auch tun*, meldete sich ihr Gewissen, *statt allein im Hotel herumzuhocken und dir wilde Theorien über Emily Hurst zusammenzuspinnen.*

Khan versuchte gar nicht erst, dieser inneren Stimme zu widersprechen. Sie hatte gehofft, ihre Vorgesetzte zu erwischen, sobald sie ins Hotel zurückkam. Aber Monica war vermutlich damit beschäftigt, irgendwelchen Spuren nachzugehen oder die Durchsuchung des Landes unweit von Bull-Petersons Haus zu beaufsichtigen. Khan wollte dringend ihre Theorie mit ihr durchsprechen. Stattdessen ging sie sie gedanklich selbst noch einmal durch. War es möglich, dass Emily Hurst von sehr weit her stammte? Sodass ihre Familie und ihr Freundeskreis gar nicht wussten, dass sie verschwunden war? Oder gar nicht erst auf die Idee gekommen waren, in Schottland nach ihr zu suchen?

Je länger Khan darüber nachsann, desto plausibler erschien es ihr. Niemand auf dem Boot schien sie gekannt zu haben, niemand von den Ortsansässigen, die mit ihr in Kontakt gekommen waren, konnte sie identifizieren. Was, wenn Emily Hurst nur zu Besuch in der Gegend gewesen war und dabei die Werbung für die *Explorer* gesehen hatte, worauf sie sich aus einem spontanen Impuls heraus ein Ticket gekauft hatte? So wie Khan völlig impulsiv zur Polizei gegangen war? Und beim Betreten der Jacht war ihr dann vielleicht bewusst geworden, dass alle anderen sich kannten, weshalb sie sich plötzlich unwohl gefühlt hatte und ihr bewusst geworden war, hier eine Außenseiterin zu sein. Auch dieses Gefühl kannte Khan nur zu gut. Ein neuer Job, bei dem man niemanden kannte, sich nicht dazugehörig fühlte. Auf die *Explorer* zu gehen, musste für sie ungefähr so gewesen sein, wie wenn man uneingeladen bei der Geburtstagsparty von jemand Wildfremdem aufkreuzte. Aufgeregt räumte Khan ein wenig Platz auf dem kleinen Schreibtisch des Hotelzimmers frei. Sie hatte ihren Arbeitslaptop in der Einsatzzentrale liegen gelassen, deshalb holte sie jetzt ihren privaten aus der Tasche. Sie öffnete Spotify und ließ »Coming Undone« von Korn in Endlosschleife laufen. Dann machte sie sich an die Arbeit.

Zwanzig Minuten später gab sie enttäuscht auf. Dieser Spur war man vor Jahren schon nachgegangen. Es gab einen eigenen Thread dazu auf Reddit, der eingerichtet worden war, um die Möglichkeit auszuloten, ob man Emily Hurst mit Vermisstenfällen aus aller Welt in Verbindung bringen konnte. Allerdings ohne Ergebnis. Was natürlich noch kein Grund zum Aufgeben war, aber ihrer Erfahrung nach kam die Wahrheit über das gebündelte Schwarmwissen des Internets in den meisten Fällen ans Licht.

Entnervt klappte Khan ihren Laptop zu. Wie hatte sie nur auf die verrückte Idee kommen können, sie sei clever genug, sich eine völlig neue Theorie zusammenzureimen? Auf etwas zu kommen, woran bislang niemand gedacht hatte? Sie erhob sich von ihrem Stuhl und sah sich im Zimmer um, dann schaute sie aus dem Fenster. Immer noch keine Spur vom Opel ihrer Chefin. Eigentlich war sie ganz froh, dass sie noch keine Chance gehabt hatte, ihr ihre bescheuerte Theorie zu unterbreiten. Ob sie Monica anrufen sollte, um sich zu entschuldigen und zu fragen, ob sie sich an der Suche in Knoydart beteiligen könnte? Vielleicht sollte sie ihr erklären, warum sie so aus dem Häuschen gewesen war. Aber würde das nicht weitere Fragen aufwerfen, warum dieser Fall sie derart mitnahm? Da war es einfacher, weiter die Beleidigte zu spielen. Sie holte ihr Handy aus der Schublade der Kommode auf der gegenüberliegenden Seite des Zimmers, in der sie es versteckt hatte, und suchte einen chinesischen Imbiss heraus.

Erst als sie auf einer Bank saß und auf ihre Bestellung wartete, Riesengarnelen süßsauer mit Reis, fing sie wieder an, über Emily Hurst nachzudenken. Eine Sache, die ihre Chefin immer betonte, war, dass manchmal ein simples Detail die Wendung in einem Fall bringen konnte. Sie hatte es selbst erlebt, Monica schien dann immer in ihrer eigenen Welt zu sein, hörte nicht zu und versteifte sich auf eine Winzigkeit, die sich letztlich als entscheidend herausstellte. Sie erkannte Potenzial in etwas, woran alle anderen blind vorbeigelaufen waren.

Seltsamerweise erinnerte Khan das an ihren Dad. Und an die Trödelmärkte, zu denen sie unten in Stirling immer gegangen waren. Er hatte das einzigartige Talent besessen, den Wert der unscheinbarsten Dinge zu erkennen, zum Beispiel von einem alten Tisch. Er pickte sich immer genau die Stücke heraus, die echtes Potenzial besaßen. Ein Spielzeug, perfekt für eins der Kinder, ein Kleidungsstück für Verwandte oder Freunde. Er hatte die seltene Gabe, zuverlässig nach dem Goldklumpen im Misthaufen zu greifen.

Khan spähte quer durch den Raum zu drei Jungen im Teenie-Alter, die auf einer anderen Bank saßen und einander anrempelten, während sie auf ihre Fritten mit Currysoße warteten. Wenig später merkten sie, dass Khan sie anstarrte, und fingen an zu lachen. Jetzt stießen sie sich die Ellbogen noch heftiger in die Seiten. Sie wandte den Blick ab, und ihre Augen landeten auf einem chinesischen Kalender an der Wand. Demnach feierte man das Jahr 2022 als das Jahr des Tigers. Khan registrierte den freundlichen Gesichtsausdruck der orangefarbenen Cartoonfigur, und mit einem Mal zog sich ihre Brust irritiert zusammen. Worüber freute sich dieser Tiger so?

Plötzlich kam ihr die Erleuchtung. Sie zog ihr Handy aus der Tasche und loggte sich in diesem Forum auf Reddit ein. Der Thread war schon viele Jahre alt, der Großteil der Posts stammte aus den sechs Monaten nach dem Verschwinden der *Explorer*. Der neueste Eintrag war zwei Jahre alt. War es möglich, dass Emily Hurst erst vor nicht so langer Zeit in einem anderen Land als vermisst gemeldet worden war?

Völlig außer Atem, weil sie die Hoteltreppe hinaufgerannt war, ließ Khan die Tüte mit dem Essen auf den Schreibtisch fallen und öffnete ihren Laptop. Sie erinnerte sich, irgendwo gelesen zu haben, dass Australien das englischsprachige Land mit dem größten Touristenanteil im Vereinigten Königreich war. Es schien ihr also eine gute Idee, ihre Suche dort zu beginnen. Sie öffnete die Website mit dem Vermisstenregister für Australien und klickte auf die erste Kachel: VERMISSTE WEIBLICHE PERSONEN IN NEW SOUTH WALES. Das Ergebnis waren Fotos von einem Dutzend vermissten Frauen aus den Jahren 2014 bis 2022, die Khan vom Bildschirm entgegenlächelten, jedes Gesicht ein Mysterium, das ihre Aufmerksamkeit verdiente.

Sie rang ihre natürliche Neugier, ihre Geschichten und Hintergründe zu erfahren, nieder. Als Erstes galt es, nach Frauen zu suchen, die Emily Hurst zumindest ähnelten. Und wenn sie sich diese vielen Gesichter ansah, die nur einen Bruchteil sämtlicher australischen Fälle darstellten, dann kam ihr sofort die Redensart von der »Nadel im Heuhaufen« in den Sinn. Khan stellte den Wasserkocher an und bereitete sich einen Kaffee zu. Ihr stand eine lange Nacht bevor.

39

Als Monica und Culross MacDonald mit dem Quad vorfuhren, riss die dichte Wolkendecke einen Moment lang auf. Der Fundort lag fast eine halbe Meile Richtung Süden, unweit des Weges, den ein anderer Teil des Teams abgesucht hatte. In der Ferne konnte Monica gerade noch die unverwechselbaren Umrisse vom Wolf House sowie das dahinterliegende Meer ausmachen. Was sie allerdings weit mehr interessierte, war die Stelle, an der die Einsatzkräfte sich versammelt hatten. Fünf Leute standen neben einem Haufen Felsbrocken, fast so groß wie ein kleineres Gebäude.

Monica stieg vom Quad herunter und näherte sich der Gruppe. Eine Hundeführerin, zu deren Füßen ein Schäferhund saß, sagte: »Honey hat die Duftspur aufgenommen und uns direkt hierhergeführt.« Sie trat beiseite und gab den Blick frei auf eine kleine hölzerne Tür inmitten des Steinhaufens. Monica beugte sich vor und schob die Tür auf, während Culross neben ihr in die Hocke ging. »Das muss eines von Bull-Petersons Howffs sein.«

»Ein was?« Von außen erinnerte es Monica an Bilbo Beutlins Häuschen in *Hobbit*, einem Buch, das sie erst kürzlich mit Lucy gelesen hatte.

»Ein Howff ist ein improvisierter Unterschlupf, eine Art Schutzhütte, die die Menschen in den Bergen nutzen«, erklärte Culross. »Hier schlafen sie, wenn sie wandern oder zur Jagd gehen. Bull-Peterson soll auf seinem Grundstück ein paar davon errichten haben, aber er hat nie ihre genaue Position verraten. Das da muss eine von ihnen sein.« Während er sprach, vernahm Monica ein Geräusch aus dem Inneren des dunklen Unterschlupfs. Als Nächstes hörte sie eine weibliche Stimme sagen: »Ist ziemlich geräumig hier.«

»Wer ist da drin?«, fragte Monica.

Die Hundeführerin lieferte die Antwort. »PC Amy Weinmann hat sich freiwillig gemeldet und ist rein.«

Monica ließ sich auf die Knie sinken und kroch durch den schmalen Durchlass über einen kurzen Tunnel in einen größeren Raum. Das Innere wurde durch eine Fackel erhellt.

»Die Hundeführerin war sich nicht sicher, ob Honey auf etwas hier drinnen oder draußen angesprungen ist, deshalb habe ich mich freiwillig gemeldet, um nachzusehen«, erklärte Weinmann stolz. Ihre Stimme hallte von den Wänden des beengten Raumes wider. Monica sah sich um. Sie hatte das Gefühl, in einer Art Iglu zu sein. Ungefähr so groß wie ein größeres Zelt, wobei der größte Felsklotz das Dach bildete und der Rest die Wände. Die Lücken waren mit kleineren Steinen gefüllt worden, abgesehen von mehreren Löchern, so groß wie Briefkästen, die ein wenig Licht einließen.

»Was haben Sie gefunden?«, fragte Monica.

»Sehen Sie«, sagte Weinmann und leuchtete mit ihrer Taschenlampe auf den Boden. Da lag etwas, das nach einem Schlafsack und einer Isomatte aussah. »Ich denke, Emily Hurst, oder besser gesagt, die unbekannte Frau, wurde hier festgehalten. Und jetzt schauen Sie sich das hier an.« Monica brauchte einen Moment, um im schwachen Schein der

Lampe zu erkennen, dass Weinmann einen kleinen Wanderrucksack hochhielt. »Darin sind Handschellen, vermutlich war sie an etwas gefesselt. Da ist ein Messer, auch Essen …«

Mit ungläubiger Miene sah Monica zu, wie Weinmann einen Gegenstand nach dem anderen aus dem Rucksack zog und auf dem Boden ablegte. »Haben Sie die Tasche tatsächlich geöffnet und darin herumgewühlt? Was haben Sie sich nur dabei gedacht?« Die junge Polizeibeamtin war wie versteinert, selbst im spärlichen Licht sah Monica, dass sich ihre Augen vor Schreck weiteten. »Legen Sie den Rucksack ab, und dann raus mit Ihnen.«

Monica folgte PC Weinmann ins Freie, wo ihr die betretenen Blicke der Teammitglieder verrieten, dass die anderen alles mitbekommen hatten.

»Können Sie die Spurensicherung da reinschicken?«, fragte Monica an Culross gewandt, ehe sie sich zu Weinmann umdrehte. Wie hatte die Polizistin nur so naiv sein können, so gedankenlos?

»Gehen Sie mit Inspector MacDonald und geben Sie zu Protokoll, was genau Sie angefasst haben. Dann fahren Sie zurück aufs Revier und geben Ihre Fingerabdrücke und eine DNA-Probe ab.« Sie sah zu, wie der jungen Frau eine einzelne Träne aus dem Augenwinkel kullerte. An jedem anderen Tag hätte Monica jetzt vielleicht Mitleid empfunden. Sie wartete die Antwort gar nicht erst ab, sondern fischte ihr feucht gewordenes Telefon aus der Tasche. Ein Balken Empfang. Sie wählte Hatelys Nummer. »Wir haben Hinweise gefunden, die darauf hindeuten, dass die Frau auf Bull-Petersons Grund und Boden festgehalten wurde. Ich brauche schnellstmöglich einen Durchsuchungsbeschluss für das Wolf House.«

40

Einige Stunden zuvor

In der Nacht zu Mittwoch gegen zwei Uhr hatte Khan sich durch die Vermisstendatenbanken von Australien, Neuseeland und Südafrika geackert. Nur einige wenige Frauen hatten überhaupt Ähnlichkeit mit Emily Hurst gehabt, doch nach eingehenderer Untersuchung hatte sie sie alle nacheinander mehr oder weniger wieder ausgeschlossen. Nachdem sie sich eine Pause gegönnt und eine ganze Stunde lang auf ihrem Bett gelegen hatte, ohne ein Auge zuzutun, hatte sie sich schließlich Kanada vorgeknöpft. Um sechs Uhr morgens dann, nachdem sie sich aus einem Lagerraum am Ende des Korridors einen Nachschub an Tütchen mit Instant-Kaffee und abgepackten Schokokeksen organisiert hatte, machte sie sich daran, die Fälle der gesamten USA zu überprüfen, eine wahre Mammutaufgabe.

Sie begann mit der Website des FBI, rief die Vermisstenfälle auf und stellte mit aufkeimender Zuversicht fest, dass darin nur ganze hundertelf Fälle gelistet waren. Ausgehend vom Jahr 2018, arbeitete sie sich chronologisch vorwärts, gelangte aber rasch zu der Einsicht, dass es sich lediglich um Fälle mit starker Beweislage handelte – Fälle also, bei denen alles darauf hindeutete, dass die vermisste Person

Opfer einer Entführung oder eines anderen Gewaltverbrechens geworden war. Sie atmete tief durch. Allmählich beschlich sie die Erschöpfung, doch sie startete dennoch einen letzten Suchlauf im Netz. Diesmal stieß sie auf eine amerikanische Datenbank mit landesweiten Vermisstenfällen, von nicht identifizierten und solchen Personen, die von niemandem offiziell als vermisst gemeldet worden waren. Darin fanden sich mehr als zwanzigtausend Einträge.

»Zwanzigtausend«, murmelte Khan und hatte Mühe, die Dimension dieser Zahl zu begreifen. Als Teenager war sie einmal mit ihrem Dad und einem Onkel nach Glasgow runtergefahren, um sich ein Spiel der Celtics anzusehen. Fußball war zwar nicht hundertprozentig ihr Ding, aber die Fangesänge, die ausgelassene Stimmung und die Tatsache, dass ihr Vater großen Spaß gehabt hatte, hatten ihr gefallen. Hinterher, auf dem Weg raus aus dem Stadion, hatte er ihr erklärt, wie viele Menschen hineinpassten. Wie viele waren es gewesen? Fünfzigtausend? Sie erinnerte sich an die endlosen, mit Fußballfans gefüllten Sitzreihen. Stellte sich vor, einmal um das halbe Stadium herumzulaufen und in jedes einzelne dieser Gesichter zu blicken. Wie viel Zeit würde ihre Suche in Anspruch nehmen? Tage? Wochen?

Sie malte sich aus, wie sie quer durchs Stadion blickte und ein Gesicht in der Menge ausmachte, das zu ihr herüberstarrte. Emily Hurst stellte Augenkontakt her, winkte ihr zu und formte etwas mit dem Mund, wiederholte immer wieder dieselben Worte. Khan bemühte sich krampfhaft, sie zu verstehen, doch die lärmende Menge erschwerte es ihr. Die Stadionbesucher saßen dicht gedrängt, eine wogende Masse, wie Wellen auf hoher See. Schließlich begab sie sich näher heran, bewegte sich zwischen den Sitzreihen hindurch, kletterte hinunter aufs Spielfeld und ging über den Rasen auf Emily zu.

Die Frau tat es ihr gleich, sodass sie sich in der Mitte des Spielfelds auf dem Anstoßkreis trafen. Da erst wurde Khan bewusst, dass sie selbst redete, wieder und wieder kamen dieselben Worte aus ihrem Mund: *Emily Hurst, Emily Hurst, Emily Hurst.* Sie wollte aufhören, schlug sich beide Hände vor den Mund, aber die Worte sprudelten ungehindert aus ihr hervor. Ihr Blick begegnete dem von Emily, die ebenfalls etwas sagte. Khan wusste, dass die Worte eigentlich wichtig für sie wären, aber aus irgendeinem Grund konnte sie sie nicht verstehen, begriff nicht, was die andere redete.

Mit einem Ruck fuhr Khan hoch und stellte fest, dass sie vor ihrem Laptop eingeschlafen war. Sie schüttelte den Kopf, dehnte und streckte sich und überlegte, ob sie sich noch eine Tasse von diesem ekelhaft schmeckenden Instantkaffee machen sollte. Beschloss stattdessen, dass ein kleiner Tapetenwechsel vielleicht helfen würde.

Als sie im Büro eintraf, fuhr gerade eine Flotte von Polizeifahrzeugen los. Sie registrierte die Hundestaffel und fragte sich, ob sie wohl beim Durchkämmen der Knoydart-Halbinsel helfen oder anderswo nach der Frau suchen sollte. Es war ein eigenartiges Gefühl, plötzlich völlig außen vor zu sein, keine Ahnung zu haben, wie der aktuelle Stand der Ermittlungen aussah.

Die Einsatzzentrale war völlig verlassen, keine Spur von Monica oder Fisher. Was das Gefühl des Ausgeschlossenseins nur noch verstärkte. Sie stellte den Becherträger für drei Kaffees von Costa auf ihrem Schreibtisch ab, zog ihren Flat White aus der Halterung, schob den Arbeitslaptop beiseite und öffnete ihren privaten Laptop.

Dank des Ortswechsels und des Koffeinnachschubs gelang es Khan, frisch an die Durchsuchung der Datenbank heranzugehen und die Treffer ganz neu einzuordnen. Diesmal fiel ihr auch die Suchfunktion auf. Vielleicht würde sie sich gar nicht alle zwanzigtausend Gesichter einzeln ansehen müssen. Beim ersten Suchlauf setzte sie recht großzügige Parameter an: Als letzten Kontakt gab sie zwischen Januar 2017 und Januar 2022 ein, kaukasisch als ethnische Zugehörigkeit, Alter zwischen fünfundzwanzig und fünfzig. Die anderen Kategorien ließ sie frei und startete die Suche. Sie erhielt gerade mal zweihundertsiebenunddreißig Treffer.

Khans Herz flatterte vor Aufregung. Zweihundertsiebenunddreißig, das war so gut wie nichts im Vergleich. Nur einige wenige Fanreihen im Celtic Park Stadion. Diese paar Hundert Gesichter konnte sie sich in annehmbarer Zeit ansehen. Und sie würde sie sich ansehen, jedes einzelne.

Trotz ihrer Entschlossenheit entpuppte es sich als mühsam, die Liste durchzuarbeiten. Zu jedem Eintrag gab es ein Foto von der Größe einer Briefmarke, das die vermisste Person zeigte. Um sich diese Abbildung genauer anzusehen, musste man erst auf den Eintrag klicken, und dann dauerte es eine halbe Ewigkeit, bis alles geladen war und sich öffnete. Anschließend musste man die Liste wieder laden und eine neue Suche starten. Am Ende gelangte Khan zu der Feststellung, dass es einfacher war, die komplette Liste von Treffern auszudrucken und jeden Datenbankeintrag manuell aufzurufen. Das ging quälend langsam voran, aber zumindest hatte sie so die Möglichkeit, methodisch vorzugehen.

Sie war bereits beim zweiten Kaffee angelangt – Fishers Latte diesmal – und sah sich schätzungsweise den hundertsten Eintrag an. Jemma Louise Gage, dreißig Jahre alt, im Oktober 2020 als vermisst gemeldet. Sie war nicht an ihrer Arbeitsstelle in einem Supermarkt in Galveston, Texas erschienen. Khan klickte auf das Foto, um es zu öffnen, und wartete ungeduldig ab, bis es endlich geladen war. Das Gesicht der Frau war rund, die Haare dunkel, die Augen viel größer als die von Emily Hurst, das Kinn etwas kantiger.

Khan seufzte resigniert. Sie strich Jemma Louise Gage von ihrer Liste und lenkte den Blick auf den nächsten Namen: Billy-Warden DuPont. Sie gab ihn in der Datenbank ein und wartete ab, bis das fürchterlich lahme System den Eintrag geöffnet hatte.

Das Telefon auf ihrem Schreibtisch begann zu klingeln. Khan warf einen kurzen Blick zur Uhr an der Wand und stellte fest, dass es bereits 13 Uhr war. Wie war das möglich? Es war erst der dritte Anruf, der an diesem Tag in die Einsatzzentrale durchgestellt worden war. Das Interesse der Allgemeinheit an der Entführung dieser Frau schien bereits nachzulassen. Der Wunsch, alles, was mit der *Explorer* zusammenhing, schleunigst wieder zu vergessen, drängte sich in den Vordergrund, so zuverlässig wie die Flut den Pegelstand im Loch Linnhe steigen ließ.

Khan nahm den Anruf entgegen. Eine Frau war dran: »Vermutlich hat es nichts zu bedeuten, aber meine Freundin meinte, ich solle es trotzdem melden.«

»Auch vermeintliche Kleinigkeiten können sich als wichtige Hinweise herausstellen«, antwortete Khan pflichtbewusst. Den Hörer zwischen Kinn und Schulter geklemmt, öffnete sie nebenher den Eintrag zu Billy-Warden DuPont.

»Da war ein Auto«, sagte die Frau. »Auf einer eher ruhigen Landstraße, nicht weit von da, wo ich wohne. Nicht gestern Nacht, sondern in der Nacht davor, am Montag, kurz nach der Geschichte mit Dr. Mitchell.«

»Wissen Sie, um welches Fahrzeugmodell es sich gehandelt hat?«

»Ich konnte es leider nicht genau erkennen, nur die roten Rücklichter. Aber ich habe gesehen, wie jemand etwas getragen hat. Ich dachte, es ist vielleicht ein Waldarbeiter oder jemand, der Holz sammeln wollte, aber …«

Khan wurde hellhörig. »Die Person hat etwas getragen? Um welche Uhrzeit in etwa?«

»Es war spät am Montagabend, nach dreiundzwanzig Uhr. Ich war länger in der Arbeit und gerade auf dem Heimweg. Normalerweise begegnet man auf diesem Streckenabschnitt niemandem. Wirklich nie.«

Die Angabe würde vom zeitlichen Rahmen her jedenfalls passen. Khan wusste, dass es eine Million mögliche Erklärungen dafür gab, warum sich jemand zu dieser Uhrzeit draußen im Wald herumtreiben könnte. Illegales Müllabladen, Wilderei, irgendwelche seltsamen Anwandlungen von männlicher Sinnsuche … Nichtsdestotrotz handelte es sich hierbei um eine legitime Spur. Zumindest würde es ihr eine Abwechslung verschaffen vom ewigen Starren auf den Laptopbildschirm. »Könnten Sie mir näher beschreiben, wie ich dorthinkomme?«, erkundigte sich Khan. Sie griff nach ihrer Liste, um sich die Wegbeschreibung darauf zu notieren.

Die Frau erklärte ihr die genaue Position der Straße, sie lag in einem aufgeforsteten Gebiet hinter Fort William. Khan bedankte sich, legte auf, schlüpfte in ihren Mantel und suchte nach ihrem Autoschlüssel. Gerade wollte sie ihren Laptop zuklappen, als ihr Blick zufällig am Bildschirm hängen blieb.

Der Eintrag zu Billy-Warden DuPont war endlich komplett geladen und ihr Foto in Briefmarkengröße zu sehen. Das Gesicht kam ihr vage bekannt vor, weshalb sie sich näher an den Monitor heranschob und die Augen zusammenkniff. Sie konnte selbst kaum glauben, was sie da sah, als sie auf das kleine Foto klickte und abermals wartete, dass es sich komplett öffnete. Diesmal schien es ihr noch langsamer zu gehen.

Schließlich hatte sie das schmale Gesicht in voller Größe vor sich, mit dünnen Lippen und einer feinen Nase. Es war Emily Hurst, die ihr da vom Bildschirm entgegenblickte, kein Zweifel.

Khans Puls rauschte lautstark in ihren Ohren. Mit vor Aufregung zitternden Fingern öffnete sie die dazugehörige Datei: Billy-Warden DuPont war im Jahr 2020 in New Orleans, Louisiana, als vermisst gemeldet worden. Sie hatte fast ihr gesamtes Erwachsenenleben lang nur sporadischen Kontakt zu ihrer Familie gehabt. Khan sah sich das Foto genauer an. Sie war jünger darauf und lächelte, sodass sie ganz anders wirkte als auf diesem Foto, dem »Schrei der Passagierin«, auf dem sie besorgt dreinschaute. Ihr Haar war ein wenig heller gefärbt und kurz geschnitten. Aber ansonsten konnte sie es zweifellos sein.

Mit bebender Hand tastete Khan nach ihrem Telefon und wählte Monicas Nummer. Ein Piepen teilte ihr mit, dass keine Verbindung zustande kam. Also tippte sie eine rasche Textnachricht an ihre Chefin, als sie plötzlich glaubte, einen Blick auf sich zu spüren. Blitzschnell sah sie auf und registrierte, dass jemand sie durch die halb geöffnete Tür beobachtete. Es war PC Amy Weinmann.

»Haben Sie was Interessantes entdeckt?«, erkundigte sich Weinmann und trat ins Zimmer. Ihre schwarze Goretex-Jacke und ihre Hose waren nass vom Regen, und ihre Haare waren windzerzaust. Instinktiv schirmte Khan ihren Laptop vor dem Blick der Beamtin ab. »Nein, nichts, ich gehe nur einer Spur nach«, gab sie zur Antwort.

Weinmann nickte. »Der Sergeant in der Zentrale meinte,

vorhin sei ein Anruf eingegangen. Er hat mir aufgetragen, bei Ihnen vorbeizuschauen und zu fragen, ob Sie meine Unterstützung benötigen. Soll ich Sie vielleicht irgendwohin begleiten?«

»Ich komme alleine klar, danke«, beeilte Khan sich zu antworten, ehe sie noch hinzufügte: »Ich dachte, jeder außer mir beteiligt sich an der Suche.« Mit einem Mal wurde sie stutzig. Was hatte Weinmann auf dem Revier zu suchen, wo doch praktisch alle ausgeflogen waren?

»Ich habe bis vorhin auch geholfen«, antwortete Weinmann und senkte den Blick betreten zu Boden. »Aber heute war wohl ich an der Reihe.«

»An der Reihe? Womit?«

»Na, von DI Kennedy eins auf den Deckel zu kriegen, so wie Sie gestern. Da gibt man sein Bestes und tut alles, um es ihr recht zu machen, aber nichts ist ihr gut genug …« Khan nickte nachdenklich. Sie fühlte sich nicht wohl damit, hinter dem Rücken ihrer Vorgesetzten so abfällig über sie zu sprechen. Für sie stand aktuell im Vordergrund, dass sie endlich loskam, um den Hinweis zu überprüfen. Dieses Fahrzeug war eine vielversprechende Spur. Es musste oberste Priorität haben, dem nachzugehen, wenn es noch eine Chance gab, die Frau lebendig zu finden.

»Hören Sie, ich muss los.«

»Sind Sie sicher, dass ich nicht mitkommen soll? Ich habe sonst nichts zu tun.« Weinmann deutete mit dem Kinn auf Khans Laptop. »Ich könnte fahren, dann könnten Sie nebenher weiterarbeiten. Klingt, als hätten Sie alle Hände voll zu tun?«

Khan wollte schon leugnen, doch der Vorschlag war tatsächlich gar nicht schlecht. Sie wollte noch eine E-Mail an die Polizei in New Orleans schicken und Monica mitteilen, was sie entdeckt zu haben glaubte. Und sie sah die Pistole in Weinmanns Holster. Nach allem, was Dr. Mitchell zugestoßen war, schien ihr bewaffneter Personenschutz nicht das Schlechteste.

41

Während Monica der Flotte von Einsatzfahrzeugen talabwärts auf dem Weg zum Wolf House folgte, umklammerte sie das Lenkrad ein wenig fester. Sie hoffte inständig, die Frau sei noch am Leben, und sie kämen nicht zu spät.

Als sie den Hof des Anwesens erreichte, hielt Monica hinter den anderen Fahrzeugen an. Eine Handvoll Personen, von denen sie wegen ihres uniformen Looks aus braunen Hosen und Jacken annahm, dass sie Angestellte wären, liefen zwischen den Außengebäuden umher. Wenn sie vom Auftauchen des Polizeikonvois überrascht waren, ließen sie es sich nicht anmerken. Die meisten von ihnen blickten nur flüchtig auf. Drei Männer waren gerade dabei, in einem geöffneten Nebenschuppen Holz zu schichten, während die anderen etwas hinters Haus trugen, es sah nach Küchenvorräten aus. Entweder waren diese Leute bestens geschult in Diskretion, oder, und diese Option hielt Monica für sehr viel wahrscheinlicher, jemand hatte ihnen einen Tipp gegeben, dass sie hier aufkreuzen würden.

Die Entscheidung, Bull-Petersons private Wohnräume zu durchsuchen, kam bei den örtlichen Cops sicherlich nicht sonderlich gut an. Monica hatte mitbekommen, wie mit Augen gerollt und Köpfe geschüttelt wurden, als Inspector Culross MacDonald seinem Team die Nachricht überbracht hatte. Vielleicht wurde einer von ihnen von Bull-Peterson bezahlt, was dem Schweden durchaus zuzutrauen war.

Monica stieg aus dem Opel und sah zu, wie Inspector MacDonald auf die imposante Eingangstür des Hauses zuging, Crawford an seiner Seite. Dort wurden sie von einer Frau überraschend warmherzig empfangen. »Kommt rein, Jungs, und tut, was ihr zu tun habt«, sagte sie und trat beiseite. Sie hielt ihnen die Tür auf, während sie einen Blick zu Monica warf. »Mr. Bull-Peterson hat nichts zu verbergen.«

Die Teammitglieder strömten einer nach dem anderen ins Haus, wobei manche der Beamten entschuldigend die Köpfe neigten, als sie an der Haushälterin vorbeikamen, die mit verschränkten Armen dastand und alles überwachte.

»Sie vergeuden hier Ihre wertvolle Zeit«, sagte sie zu Monica, sodass alle es hören konnten. »Mr. Bull-Peterson würde keiner Fliege etwas zuleide tun.«

Als sie einen Schritt auf die Frau zutrat, verwandelte sich das rote Haar in Silber. Sie hatte die für die Menschen der Highlands typischen hohen Wangenknochen und die ebenso typische scharf geschnittene Nase. Als wäre sie für diese Rolle geboren. »Wo finden wir ihn?«

»Er müsste hier irgendwo sein«, antwortete die Haushälterin. »Machen Sie sich darüber keine Gedanken.« Sie nickte höflich und verschwand in einem der hinteren Räume des Hauses. Die Angestellten, die vorhin noch Holz gestapelt hatten, waren in einem Land Rover weggefahren, und die anderen waren noch nicht von der Rückseite des Gebäudes zurückgekehrt, sodass Monica plötzlich ganz allein auf dem Hof stand. Von den Securitytypen, die Wache gestanden hatten, als sie vor einigen Stunden hier gewesen war, um mit Bull-Peterson zu sprechen, fehlte jede Spur.

Während sie auf den zweiten Suchtrupp wartete, der als Verstärkung aus Inverness kommen sollte, spazierte Monica hinüber zur Scheune, wo Bull-Peterson bei ihrer letzten Begegnung das Reh ausgenommen hatte. Jetzt lag nichts auf dem Tisch, er war absolut sauber. Keine Spur von Blut, kein Geruch nach Eisen. In der Luft hing eine angenehme Mischung aus Holz und Heu. Lief das bei Bull-Peterson immer so? Dass seine Lakaien hinter ihm aufräumten?

Am gegenüberliegenden Ende des Hofes sah sie eine kleine Blockhütte. Eine Sauna, wie Monica feststellte, als sie sich dem Gebäude näherte, das am Rand eines Birkenwäldchens stand. Sie testete, ob die Tür offen war. Drinnen war es kalt, der Raum leer. Die Aussicht auf das nahe gelegene Meer war allerdings atemberaubend. Sie überlegte, ob es einfacher war, im eiskalten Wasser zu schwimmen, wenn man sich vorher in der Sauna aufgewärmt hatte, oder ob der Temperaturwechsel eine größere Belastung für den Körper darstellen würde.

Gerade als sie die Tür zur Sauna wieder schließen wollte, vernahm Monica ein Geräusch. Ein leises Klopfen nicht weit entfernt zwischen den Bäumen. Ob da jemand Holz hackte? Hinter der Sauna befand sich ein schmaler Fußpfad, der in den lichten Birkenwald führte. Er wand sich zwischen Felsbrocken und Grasbüscheln hindurch. Und wie so vieles an dem Stück Land um das Anwesen herum weckte er in Monica den Eindruck, von vorne bis hinten durchgeplant zu sein, fast ein wenig *zu perfekt.*

Monica lauschte, aber das Geräusch war nicht noch einmal zu hören. Eine Weile starrte sie angestrengt in den Wald hinein. Die silbrigen Baumstämme, der Geruch des moosbewachsenen Untergrunds – das alles erinnerte sie daran, wie sie einmal gelesen hatte, dass Birkenwälder Pioniere waren, die ersten Pflanzen, die in den Highlands gewachsen waren, nachdem die Landschaft während der letzten Eiszeit von den Gletschern bis auf die Felsen blank geschliffen worden war. Waren ihre entfernten Verwandten durch Gegenden wie diese gestreift? Und dabei Bären, Wildschweinen, Wölfen und anderen Menschen begegnet?

Sie drehte sich um und warf einen Blick zurück zum Hof. Gerade traf die Verstärkung ein, um die anderen bei der Durchsuchung zu unterstützen. Eigentlich sollte sie zurückgehen und die Leute begrüßen, ihnen den Weg zu den Außengebäuden weisen, aber etwas ließ sie zögern. Statt kehrtzumachen, wagte sie sich einige Schritte weiter in den Wald hinein. Ihr Blick landete auf etwas, das sich ein Stück vor ihr zwischen den Bäumen befand. Etwas Dunkles, das aussah wie eine Wolke.

Blinzelnd überlegte sie, was das sein könnte. Bewegte sich unsicher noch ein paar Schritte darauf zu. Im Geäst war ein Rascheln zu hören, und sie blieb wie angewurzelt stehen. Ihr Adrenalinspiegel schoss schlagartig in die Höhe. Was zur Hölle tat sie hier? Unverantwortlich von ihr, dass sie allein im Wald herumschlich, wo doch ein möglicher Mörder frei herumlief. Sie sah sich lauernd um, konnte aber nichts erkennen, was als Quelle für das Geräusch infrage gekommen wäre. Der Wald lag verlassen da, völlig menschenleer. Blinzelnd musterte sie die dunkle Wolke und stellte fest, dass es sich um ein Netz handelte, das in den Bäumen hing.

Viel zu spät bemerkte sie die Bewegung rechts von ihr. Dunkel, als wäre der Wald selbst lebendig geworden. Als wollten die Bäume nach ihr greifen.

42

»Wir hätten vorhin links abbiegen sollen«, presste Khan zähneknirschend hervor. Weinmann, die am Steuer des zivilen Einsatzfahrzeugs saß, einem Isuzu Trooper, hatte es mittlerweile schon zum zweiten Mal verpasst, ihren Anweisungen zu folgen. Dabei hatte Khan sich die Wegbeschreibung zu dieser entlegenen Straße detailliert notiert.

»Ach, echt, sind Sie sicher?«, hakte Weinmann nach und hantierte wieder mit ihrem Telefon herum. »Laut Navi soll es hier langgehen.«

»Ich habe es Ihnen doch gesagt.« Khan bemühte sich gar nicht erst, den Ärger in ihrer Stimme zu überspielen. »Die Zeugin hat mir extra erklärt, dass Navigationsgeräte in dieser Gegend unzuverlässig sind.« Sie hielt das Blatt Papier hoch, auf das sie die Anweisungen geschrieben hatte.

Weinmann warf einen kurzen Blick darauf. »Ach ja, stimmt, tut mir leid. Ich bin wohl immer noch ziemlich durch den Wind nach der Sache mit DI Kennedy. Denken Sie, sie wird offiziell Beschwerde gegen mich einreichen?«

»Nicht, wenn wir die Frau finden«, murmelte Khan, während sie versuchte, sich über die Datenverbindung ihres Mobiltelefons auf ihrem Laptop in ihren E-Mail-Account einzuloggen.

»Im Ernst? Würde das etwas ändern?«

»War nur ein Witz«, sagte Khan und wandte sich Weinmann zu, die sie mit besorgter Miene ansah. »Entschuldigen Sie. Keine Angst, Sie werden Ihren Job nicht verlieren. Nicht wegen so was. Sehen Sie es als Lehre an.« Weinmann nickte bedächtig, dann legte sie eine rasante Wendung in drei Zügen auf der verlassenen Landstraße hin. »Es ist gleich da vorne«, sagte Khan, als sie zurück zu der Abzweigung kamen. Weinmann lenkte den Wagen auf eine einspurige Nebenstraße, die von Fort William wegführte. Eine Reihe von engen Serpentinen führte bergaufwärts zu einer schmalen Straße, die zu beiden Seiten von hohen Kiefern gesäumt war. Hier oben hatte Khans Mobiltelefon keinen Empfang mehr. Sie gab es schließlich auf, klappte ihren Laptop zu und verstaute ihn in der dazugehörigen Tasche. Sie legte sie auf den Rücksitz. Über Billy-Warden DuPont würde sie später mit Monica sprechen müssen, sobald sie zurück auf dem Revier wären.

Sie blickte auf. Die Scheibenwischer kämpften gegen einen plötzlichen Regenguss an. Die Atmosphäre auf dieser abgelegenen Höhenstraße war vollkommen anders als auf den Landstraßen der näheren Umgebung um Fort William, die an den unbewachsenen Bergflanken entlangführten. Inmitten der undurchdringlichen Bewaldung fühlte man sich wie eingeschlossen, die Bäume so dicht an dicht, dass es beinahe klaustrophobisch wirkte.

»Sind Sie sicher, dass wir hier richtig sind?«, äußerte Weinmann ihre Zweifel. »Sieht nicht so aus, als würden wir hier irgendwas finden, oder?«

Khan sah noch einmal auf ihre schlampig hingekritzelten Notizen, dann blickte sie zum Fenster hinaus und spähte den steilen Abhang hinauf.

»Sie meinte, hier im Wald befänden sich die Überreste eines verlassenen Dorfes«, sagte Khan und betrachtete die

Hänge, die sich zu ihrer Linken erhoben und rechts von ihr abfielen. »Angeblich ist hier irgendwo ein altes Straßenschild, ist Ihnen da was aufgefallen?«

»Ich glaube nicht. Kann mich nicht erinnern, je hier oben gewesen zu sein«, antwortete Weinmann, die stur geradeaus starrte, wie in Trance. Die Straße wand sich kontinuierlich bergan, kein Anzeichen davon, dass sie so bald wieder abflachen würde. Sie wurde eher noch steiler. Schwer vorstellbar, dass davon noch einmal ein Weg weiter den Abhang hinauf abzweigen sollte. Nach zwei weiteren Meilen, die sie quasi im Schneckentempo vorwärtskrochen, begann Khan sich zu fragen, ob sie das Schild vielleicht übersehen hatten. Dann aber beschrieb die Straße eine leichte Linkskurve, und mit einem Mal ließ die Steigung doch nach. Wenig später erspähte sie den Wegweiser, der fast vollständig von Stechginster und Kiefernzweigen verdeckt war. Ein ganz gewöhnliches Straßenschild, das in diesem Wald allerdings irgendwie fehl am Platz zu sein schien.

Weinmann hielt bei der nächstbesten Gelegenheit am Straßenrand an, und Khan stieg aus und ging zurück, um sich das Schild aus der Nähe anzusehen. Es war unleserlich, völlig von Flechten überwuchert. Doch als Khan näher herantrat, erkannte sie, dass der Boden, der unter einer dicken Moosschicht verborgen war, sich irgendwie fest anfühlte. Sie stieß mit der Schuhspitze dagegen, und unter dem grünen Bewuchs kam schwarzer Teer zum Vorschein. Die Überreste einer alten Straße. Sie spähte in den Wald hinein. Er wirkte zwar dicht und undurchdringlich, aber jetzt sah sie, dass die Bäume und Stechginstersträucher einen Weg säumten. Gut möglich, dass da ein Fahrzeug durchgefahren war. Tatsächlich schien es das perfekte Versteck zu sein.

Khan drehte sich zu Weinmann um, die aus dem Wagen gestiegen war und ängstlich zu ihr sah. »Können Sie Verstärkung rufen? Ich sehe mir das rasch an.«

»Ist das eine gute Idee?«, raunte Weinmann. »Sollten wir nicht besser warten?«

»Nur eine Minute, bin gleich wieder da.« Damit schob Khan sich durch das Ginsterdickicht, das einen glänzend nassen Film auf ihrem Mantel hinterließ. Sie registrierte den feuchten, modrigen Geruch des Waldes. Eine eigenartige Mischung aus Leben und Tod. Das Wachsen und das Vergehen, beides untrennbar miteinander verwoben. Die grüne Moosschicht über der asphaltierten Straße zog sich durch den Wald wie ein magischer Teppich.

Sie warf einen Blick zurück durchs Gestrüpp zu der Stelle, an der Weinmann jetzt auftauchte. Sie schien in ihr Funkgerät zu sprechen. In einiger Entfernung waren die Überreste von Gebäuden zu erkennen. Mit grobem Kies verputzte Häuser, typisch für die Siebzigerjahre. Khan hatte einen Großteil ihrer Kindheit in einem ähnlichen Haus gewohnt, weshalb der Anblick tröstlich und vertraut wirkte inmitten des finsteren, fremden Waldes. Doch im Näherkommen bemerkte sie, dass bei den meisten dieser Häuser die Dächer fehlten. Bäume wuchsen durch scheibenlose Fenster, dunkle Schatten in den Türen, wie in einem apokalyptischen Albtraum. Khan musste unwillkürlich an Fisher denken. Ihm würde es hier gefallen. Er hatte ein Faible für Katastrophen. Einmal hatte er ihr ganz aufgeregt erzählt, dass jederzeit unerwartet ein Meteorit in den Planeten einschlagen könnte.

Sie lächelte bei dieser Erinnerung an die seltsamen Interessen ihres Kollegen, als plötzlich ein Laut durch den Wald echote. Khans Muskeln spannten sich an. Einen Augenblick später registrierte sie das Geräusch noch einmal, eine Art Klopfen, von etwas Weichem, das auf Metall traf. Sie sah sich fieberhaft um, spähte zwischen die Bäume, konnte aber keine offensichtliche Quelle des Hämmerns erkennen. Langsam näherte sie sich den Ruinen. Abgesehen von den verfallenen Wohnhäusern gab es auch eine Reihe von abschließbaren Garagen. Jedes einzelne Metalltor war mit einer verblassten Zahl zwischen eins und zehn versehen. Die Garagen waren in einem weitaus besseren Zustand als die verfallenen Wohngebäude und wirkten, als wären sie noch weitestgehend intakt.

Wieder setzten die Schläge ein, und diesmal stellte Khan sofort die Verbindung her. Die Laute kamen von einem der Metalltore. Jemand war dort eingeschlossen. Ohne lange zu überlegen, eilte sie den Weg entlang zu einer Stelle, wo nur noch ein von Pflanzen bewachsener Wall sie von den Garagen trennte. Sie sah sich nach einem Durchlass um. Das Tor schien aus den Angeln gefallen und von Brombeersträuchern und Brennnesseln überwuchert zu sein, die ihr den Weg blockierten.

Das Hämmern hörte abrupt auf. In der Stille konnte Khan den Rhythmus der Hoffnungslosigkeit fühlen. Jemand war hier eingesperrt, verzweifelt und mutterseelenallein. Am liebsten wollte Khan schreien: *Ich bin hier, ich komme und helfe Ihnen!* Doch dann fielen ihr die Entführer der Frau wieder ein. Was, wenn sie hier irgendwo lauerten?

Sie zögerte, drehte sich zur unteren Straße um, wo ihr Wagen stand. Er wurde von den Bäumen verdeckt und war nicht mehr zu sehen. Wo steckte Weinmann? War sie okay? Khan spürte jemandes Blick auf sich. Plötzlich fühlte sie sich wie auf dem Präsentierteller, während sie die Gerüche des Waldes wahrnahm, eigenartig und bedrohlich.

Sie grub in den Taschen ihres Mantels nach ihrem Telefon, als sie aus dem Augenwinkel eine Bewegung registrierte. Pfeilschnell wirbelte sie herum – und sah Weinmann zwischen den Büschen hervortreten. Völlig unbedarft hielt die ihr das Funkgerät hin. »Es funktioniert nicht mehr. Das Signal ist tot.«

Khan stieß einen leisen Fluch aus und sah auf ihr Handy. Zum Glück war da ein Balken. Sie wählte Fishers Nummer, doch er ging nicht ran. Dann versuchte sie es bei ihrer Chefin, aber der Anruf wurde direkt auf die Mailbox umgeleitet. In ihrer Verzweiflung probierte sie es schließlich bei Crawford. Sie wusste, dass er sich dem Suchtrupp angeschlossen hatte und ihrer Chefin eine Nachricht überbringen konnte.

Das Klopfen setzte wieder ein, und Khan drehte sich zur Garage um.

»Was ist das?« Weinmann klang alarmiert.

Khan hielt die Hand hoch, um sie zum Schweigen zu bringen. Der Anruf wurde zu Crawford durchgestellt, aber er drückte sie weg. Wieder fluchte sie und wählte gleich noch einmal. Der Regen wurde wieder stärker. Diesmal ging Crawford ran.

»Ich bin beschäftigt«, sagte er knapp. »Melde mich gleich.«

»Nein, nicht. Brechen Sie die Suche ab. Ich glaube, wir haben die Frau gefunden.«

»Was sagen Sie da? Wo stecken Sie?« Hinter sich vernahm Khan ein Geräusch, als räuspere sich jemand. Sie drehte sich gerade im rechten Moment um, um die Bewegung noch wahrzunehmen. Und die Waffe. Sie registrierte Crawfords Stimme an ihrem Ohr. »Khan? Sind Sie noch dran?«

Da war kein grelles Aufblitzen zu sehen. Kein Laut zu hören. Nur ein plötzlicher Druck an ihrer Stirn. Dann wurde alles um sie herum schwarz.

43

Monica stand wie versteinert da, während der Wald um sie herum zum Leben zu erwachen schien. Etwas flog an ihr vorbei, und sie folgte dem Objekt mit dem Blick nach links, sah es mit einem dumpfen Laut landen, aber nicht auf dem Boden. Nach einem kurzen Moment der Verwirrung identifizierte sie es als Pfeil und stellte fest, dass dieser jetzt neben einigen weiteren in einem Holzklotz steckte. Als sie nach rechts schaute, tauchte dort ein Mann auf.

Bull-Peterson trug einen langen Poncho im Camouflage-Look, die Kapuze heruntergezogen, einen Bogen in der Hand. »Sie sollten besser aufpassen, wenn Sie allein durch den Wald schleichen«, sagte er, seine Stimme so ausdruckslos wie seine Miene. »Um ein Haar hätte ich Sie übersehen.«

»So, wie Sie auch Ihre Frau übersehen haben?«, gab Monica zurück und bemühte sich um einen möglichst ruhigen Ton, obwohl das Adrenalin durch ihren Körper rauschte. »Und nur fürs Protokoll, da hinten laufen etwa fünfzig Polizeibeamtinnen und -beamte herum.«

Er lächelte erst leicht, dann lachte er. »Ich denke, im Notfall würde ich Sie schneller treffen, als Sie Alarm schlagen können.« Er marschierte an ihr vorbei und fing an, die Pfeile aus dem Holz zu ziehen. »Aber keine Sorge. Ich stelle keine Gefahr für Sie dar.«

»Haben Sie sie entführt?«

»Sie sind also hier, um mir wieder mit Ihrer Fragerei zu kommen? Ich habe Ihnen doch heute Morgen schon alles erzählt, was ich weiß.«

»Wir sind beim Durchkämmen Ihres Landes auf Gegenstände gestoßen, Dinge, die mit der Entführten in Verbindung gebracht werden können.«

Er drehte sich zu ihr um. »Sie halten mich ernsthaft für dumm genug, dass ich Beweise herumliegen lassen würde, falls ich wirklich Dreck am Stecken hätte? Dass ich die Sachen hierherbringen würde, so nah an meinem Zuhause?«

»Ich weiß es nicht«, sagte Monica. »Ich frage mich allerdings, ob Sie gerne mit dem Feuer spielen, vielleicht heimlich Ihren Spaß daran haben, vor aller Augen ein Verbrechen zu begehen und ungeschoren damit davonzukommen.«

Bull-Peterson wischte die Spitze eines Pfeils sauber und schob ihn in den Köcher. »Das ist eine schwerwiegende Anschuldigung. Vielleicht sollte ich mich mit meinen Anwälten beraten, bevor ich darauf eingehe. Und Sie sollten mit Ihrem Vorgesetzten sprechen, oder mit dem Vorgesetzten Ihres Vorgesetzten, wie wäre es damit?«

»Ja, vielleicht sollten wir das«, antwortete Monica.

Der Mann grinste breit. »Sie wissen, dass ich keinerlei Scheu habe, Leute vor Gericht zu zerren, mich an Freunde zu wenden, die zufällig für die Presse arbeiten. Zufällig weiß ich, dass jede Polizeidienststelle interessante Geschichten bereithält, dass es in der Vergangenheit der meisten Detectives Geheimnisse gibt …«

»Sie haben mir nie verraten, wo Sie am Montag waren«, gab Monica unbeirrt zurück und bemühte sich, nicht auf seine Drohungen einzugehen.

»Ich habe Ihnen doch gesagt, ich war beschäftigt.«

»Womit?«

Sein Lächeln wurde breiter. Schließlich sagte er: »Ich habe Gäste, die derzeit bei mir wohnen. Sie sind heute Morgen nach Oban gefahren, aber sie können jeden Moment zurückkehren. Ich bin mir sicher, sie werden Ihnen bestätigen, dass ich seit vergangenem Freitag durchgehend mit ihnen zusammen war. Ich kann also unmöglich an irgendetwas beteiligt gewesen sein, was dieser Frau zugestoßen ist.«

Monica folgte Bull-Peterson über den Fußpfad zurück zum Anwesen. Sie traten ins Freie, gerade als zwei Range Rover auf den Hof gefahren kamen. Eine Gruppe Männer und Frauen in Tweedkleidung und Wachsjacken stieg aus, sichtlich irritiert über die vielen Polizeifahrzeuge und die uniformierten Beamtinnen und Beamten.

Einer der Männer kam auf Bull-Peterson zu, der allerdings demonstrativ an ihm vorbeiging, ohne ihn anzusehen. Der Mann setzte sich, wie von Crawford angewiesen, auf die Rückbank eines Einsatzfahrzeugs, während Inspector MacDonald auf die Gruppe zutrat, um sie zu befragen.

Eine halbe Stunde später weihte er Monica in die Ergebnisse ein. »Sie alle bestätigen Bull-Petersons Darstellung der Ereignisse«, erklärte Culross. »Sie sind seit Freitag hier zu Besuch und waren fast ununterbrochen mit ihm zusammen, mit Ausnahme von heute Vormittag.«

»Wie läuft es mit der Durchsuchung des Grundstücks?«, erkundigte sich Monica, die die Antwort bereits erahnte. Falls man irgendwelche vielversprechenden Entdeckungen gemacht hätte, wüsste sie es längst. Culross schüttelte bedauernd den Kopf. »Keine Spur von der Frau. Nichts, was ihn unmittelbar mit der Entführung in Verbindung bringen würde. Entweder hat er wirklich eine saubere Weste, oder …«

»Er ist schlau genug, sie an einem anderen Ort festzuhalten?«, führte Monica seinen Satz zu Ende. Sie überlegte, ob Fisher irgendwelche Fortschritte mit der Suche nach dem Bericht gemacht hatte. Angesichts der aktuellen Lage schien dieses Papier das Einzige zu sein, das Licht auf das werfen konnte, was Bull-Peterson verbarg.

Sie sah auf ihr Handy. Sie hatte kein Empfangssignal, und es warteten auch keine neuen Nachrichten von Fisher. Es hatte wieder zu regnen begonnen, winzige Tropfen landeten auf dem Display, während sie das Telefon herumbewegte, in der Hoffnung, so wenigstens einen Balken zu bekommen. Am Rande ihres Blickfelds nahm sie einen uniformierten Beamten wahr. Im nächsten Moment wurde ihr bewusst, dass es sich um Crawford handelte.

Er stand da, das Telefon ans Ohr gepresst. Der entsetzte Ausdruck auf seinem hübschen Gesicht verriet Monica, dass etwas nicht stimmte. Als er schließlich zu ihr blickte, bekam er nur die folgenden drei Worte heraus: »Es ist Khan …«

44

»Was genau hast du gehört?«, fragte Monica. Sie hielt Crawford an den Schultern gepackt und sah ihm fest in die Augen.

»Ich glaube, dass es ein Schuss war, dann war die Leitung tot.«

»Es war definitiv eine Pistole?«

»Ganz sicher bin ich mir nicht.« Er klang panisch und fingerte nervös an seinem Handy herum. »Sie sagte, sie hätten die Frau gefunden.«

»Ist Fisher bei ihr?«, wollte Monica wissen. Für einen flüchtigen Moment war ihr entfallen, dass sie ihn quer durchs Land geschickt hatte, um Henry einen Besuch abzustatten. Sie hatte nichts mehr von Khan gehört, seit sie ihr tags zuvor gesagt hatte, sie solle sich eine Auszeit nehmen. Ohne einen genauen Standort hatte es keinen Sinn, eine bewaffnete Einheit loszuschicken. Sie schnappte sich Crawfords Handy und wählte die Nummer des Reviers in Fort William. Nachdem sie eine halbe Ewigkeit in der Warteschleife zugebracht hatte, wurde sie zu MacKenzie durchgestellt, dem schlecht gelaunten Beamten in der Zentrale.

»Sie ist vor über einer Stunde mit PC Weinmann weggefahren.«

»Wissen Sie, wohin?« Monica war viel zu nervös, um sich überrascht zu zeigen, dass Weinmann involviert war. Im nächsten Moment sagte sie: »Fordern Sie einen Krankenwagen und eine bewaffnete Einheit an!« Monica war bereits losgespurtet und dabei, in ihren Astra zu steigen. Sie bedeutete Crawford, auf der Beifahrerseite reinzuspringen.

Die Fahrt kam ihr quälend lang vor auf den engen, einspurigen Straßen. Immer wieder versuchte es Crawford auf Khans Handy, leider ohne Erfolg. Monicas Telefon klingelte, es war Hately. Sie reichte ihn an Crawford weiter, hörte zu, während er die Lage erläuterte, die Stimme angespannt, aber kontrolliert, während sie den Wagen in rasanter Geschwindigkeit durch die Kurven lenkte. Wie in Endlosschleife wiederholte eine innere Stimme: *Es war kein Schuss. Crawford muss sich getäuscht haben.*

Irgendwann hatte Crawford das Telefonat mit Hately offenbar beendet, denn jetzt klingelte ihr Handy erneut. Ihr Kollege, der es immer noch in der Hand hielt, meldete sich, lauschte eine Weile, ohne ein weiteres Wort zu sagen, und legte dann auf.

»Das war noch einmal Hately. Khan hat einen Kopfschuss abbekommen. Sie ist auf dem Weg in die Klinik, aber es sieht wohl nicht gut aus.«

Monica starrte fassungslos auf die Straße vor ihr, während sich ihr Magen zusammenkrampfte. Sie wurde von dem animalischen Bedürfnis erfasst, alles aus sich herauszuschreien und mit dem Kopf aufs Lenkrad zu schlagen. Stattdessen war sie wie gelähmt und sah einfach nur geradeaus. Sie bemerkte erst, dass sie den Fuß vom Gaspedal genommen hatte, als sie plötzlich mitten auf der Straße standen und ein aus der Gegenrichtung kommendes Fahrzeug die Lichthupe betätigte. Nachdem Monica aufs Gas getreten war, ohne dass etwas geschah, wurde ihr bewusst, dass der Motor abgestorben war. Sie ließ den Wagen neu an und zwang sich, sich aufs Fahren zu konzentrieren. Crawford sagte etwas, das nur am Rande zu ihr durchdrang. Sie bat ihn, es zu wiederholen.

»Ich sagte, Amy wurde ebenfalls angeschossen.« Für einen Moment hatte Monica ganz vergessen, dass Weinmann ja bei Khan gewesen war. »Ist sie am Leben?«

»Hately denkt nicht, dass es lebensbedrohlich ist. Sie ist angeblich völlig hysterisch. Klingt so, als habe man den beiden aufgelauert.«

Monica hatte die monotonen Baumplantagen, die das ländliche Schottland zu weiten Teilen überzogen, immer schon gehasst. Die eng gepflanzten Reihen, oft zu dicht, um hindurchzugehen, hatten etwas von einem Labyrinth. Eine Art der Gleichförmigkeit, die das eigentlich Natürliche zu etwas beinahe Verstörendem verkehrte. Sie hatte die Erfahrung gemacht, dass Mörder solche Aufforstungen bevorzugten, wenn sie eine Leiche loswerden wollten. Ihr logischer Verstand sagte ihr, dass diese dicht bepflanzten Baumkulturen nun mal eine exzellente Deckung boten. Doch intuitiv war sie der Überzeugung, dass dieser Widerspruch innerhalb der Natur etwas im Bewusstsein eines Mörders widerspiegelte, sodass er sich unwillkürlich davon angezogen fühlte.

Nachdem sie eine Weile der Straße mitten durch den dichten Wald gefolgt waren und endlich das Blaulicht der Einsatzfahrzeuge in Sicht kam, lenkte sie den Volvo an den Straßenrand. Sie stiegen aus und gingen auf die Polizeiabsperrung und das weiße Zelt zu, vor dem Beamte den Zugang zum Tatort bewachten. Der Regen legte gerade eine Pause ein, vom Waldboden stieg ein intensiver Geruch auf.

Monica war klar, dass sie eigentlich ihre Dienstmarke vorzeigen und sich schriftlich in die Liste der anwesenden Beamten eintragen sollte, aber der vertraute Anblick des Tatorts, genau wie die vielen anderen, die sie im Laufe ihrer Karriere besucht hatte – bestimmt an die Hundert –, löste diesmal etwas in ihr aus. Ein Gefühl tiefer Erschütterung, wie sie es bislang nicht gekannt hatte. Während sie den moosbewachsenen Weg entlang in den Wald hineinspähte, wurde sie das Gefühl nicht los, gleich eine völlig neue, andersartige Realität betreten zu müssen. Beim Anblick des leuchtend grünen Moosbetts wurde ihr bewusst, dass dieses Waldstück sich vom umgebenden Gehölz unterschied. Die Bäume wirkten weniger gleichförmig, und dazwischen wuchsen mehr Sträucher und Gestrüpp.

Crawford, der neben ihr stand, musste ihr Zögern bemerkt haben, denn jetzt sagte er: »Möchtest du, dass ich mitkomme, Boss?«

Monica überraschte sich selbst und nickte. Wie in Trance trug sie sich in die Anwesenheitsliste ein, schlüpfte in den Schutzanzug, zog Schuhschoner und ein Haarnetz über. Sie sah Crawford dabei zu, wie er es ihr gleichtat, dann wandte sie sich um und marschierte über die forensischen Matten, mit denen der Weg befestigt war.

Zu ihrer Linken machte sie eine Reihe verlassener Gebäude aus, wie die Überreste einer typischen Wohnsiedlung im Inverness der Siebzigerjahre. Ein verstörender Anblick, überwuchert von Gestrüpp und Dornen, von Farn und Moos. Das erklärte auch, warum der Wald hier anders aussah als der dichte Forst, durch den sie vorhin gefahren waren. Ein weißes Zelt kam vor ihnen in Sicht, eigenartig erhellt durch das Licht im Inneren. Es schützte die Stelle, an der man Khan in den Kopf geschossen hatte. Existierte ihre Kollegin überhaupt noch, abgesehen von einem Körper? War sie tot oder lebendig? Was war mit ihrem Gehirn? Ihrer Persönlichkeit? Monica wurde sich bewusst, dass sie stehen geblieben war und mit versteinerter Miene auf das Zelt starrte. Sie erinnerte sich an Khans Gesicht, als sie das letzte Mal mit ihr gesprochen hatte, gestern im Büro. Sie waren nicht gerade im Guten auseinandergegangen. Eigentlich hätte sie sie anrufen, sich überzeugen sollen, dass mit ihrer jüngeren Kollegin alles in Ordnung war. Wie hatte es nur so weit kommen können?

»Boss?« Crawford hatte sich nach ihr umgedreht und sah zu ihr auf. Schließlich gab sie sich einen Ruck, nickte und folgte ihm weiter den Weg entlang, vorbei am Zelt über den Pfad aus Matten. Der leitende Beamte am Tatort hatte seinen Job äußerst gründlich gemacht. Der Behelfsweg führte um einen hohen, von Brombeergestrüpp bedeckten Wall herum hin zu etwas, das nach einer Reihe von Garagen aussah. Es waren insgesamt zehn Stück mit abschließbaren Toren zu beiden Seiten eines dornenüberwucherten Hofes. Sie atmete tief durch und sah sich um. Hier war es dunkler, fernab von den Scheinwerfern der Fahrzeuge unten an der Straße und von dem Zelt der Gerichtsmediziner. Abgesehen von einem weißen Quadrat inmitten von grenzenlosem Schwarz. Eine der Garagen war hell erleuchtet, und Monica erkannte die Umrisse von zwei Tatortermittlern in weißen Schutzanzügen, die darin ihrer Arbeit nachgingen.

Erst jetzt wurde ihr bewusst, dass sie sich bislang nicht nach dieser Frau erkundigt hatte, Emily Hurst. Sie war hier festgehalten worden. War sie noch am Leben? Sicher hätte

Hately es erwähnt, oder? Doch Monicas Gedanken hatten ausschließlich Khan gegolten und demjenigen, der sie angeschossen hatte. Da war die Entführte völlig in Vergessenheit geraten.

Monica folgte dem Mattenpfad weiter bis zur Garage. Aus der Nähe identifizierte sie eine der Gestalten als Gemma Gunn. Kurz überlegte sie, wie sie so schnell mit diesem gemauerten Unterschlupf auf Bull-Petersons Land hatte fertig werden können, kam dann aber zu dem Schluss, dass Gunn jemand anderen aus ihrem Team dorthin geschickt haben musste. In der Regel begab sie sich nur bei schweren Gewaltverbrechen persönlich an den Tatort.

»Na, das war ja mal wieder eine ziemliche Schlamperei, wie?«, sagte Gunn, als sie zu ihr aufblickte. Monica sah zu, wie sie einen Metallstuhl untersuchte. Keine Spur von der Frau, weder tot noch lebendig. Die Garage war größtenteils leer, abgesehen von dem Stuhl, einigen Wasserflaschen und ein wenig Müll, der über den Boden verteilt lag.

»Schlamperei?« Mühsam rang Monica sich diese Reaktion ab.

»Na, dieser Rucksack. Ihre Mitarbeiterin hat ihn völlig gedankenlos ausgeräumt und die darin enthaltenen Gegenstände angefasst. Wie oft muss ich Ihnen noch erklären, wie man sich an einem Tatort verhält?«

Monica dämmerte, dass die Rechtsmedizinerin von den verunreinigten Beweismitteln bei diesem Unterschlupf sprach. Eigentlich war sie froh über den spontanen Themenwechsel. Endlich zurück zur Normalität. »Gibt es irgendwelche Hinweise darauf, dass die Frau hier war?«

Gunn stand da, die Hände in die Hüften gestemmt, und taxierte Monica, wie eine aufgebrachte Grundschullehrerin eine vorlaute Schülerin. Schließlich ließ sie die Luft entweichen und schüttelte den Kopf. »Noch nicht. Aber ich habe das starke Gefühl, dass wir bald fündig werden.«

»Irgendwelche Anzeichen, dass hier jemand verletzt wurde?«

»Kein Blut, aber sie war sehr wahrscheinlich mit Klebeband an diesen Stuhl gefesselt. Wir haben im ganzen Raum Haare und andere DNA-Spuren gefunden. Es sieht nicht so aus, als wäre derjenige, der sie hergebracht hat, allzu achtsam vorgegangen. Erweckt ganz den Eindruck, als hätte er es eilig gehabt.«

Wie lange würde es dauern, bis die DNA ausgewertet wäre?, wollte Monica am liebsten fragen, konnte sich Gunns schnippische Antwort aber bereits bestens vorstellen: *So lange, wie es eben dauert.* Stattdessen sagte sie: »Man hat sie also von hier fortgeschafft. Sie brauchen sie lebend.«

»Oder sie wollen nicht, dass wir den Leichnam finden«, meldete sich Crawford aus einer dunkleren Ecke seitlich von ihr zu Wort. »Weil wir nicht herausfinden sollen, wer sie wirklich ist.«

45

Völlig überraschend wartete Chief Superintendent Hately vor dem Krankenhaus in Fort William auf sie, als Monica und Crawford dort eintrafen.

»Wie geht es ihr?«

Hately schüttelte achselzuckend den Kopf. »Sie ist stabil. Keine Neuigkeiten.«

»Haben Sie mit ihrer Familie gesprochen?« Monica fürchtete diesen Teil und hoffte, Hately habe sich darum gekümmert, auch wenn sie sich tierisch über ihre eigene Feigheit ärgerte.

Hately sah sich um, als wäre ihm die Sache unangenehm. Schließlich sagte er: »Sie scheint keine Verwandten zu haben.«

»Was?«

»Ihr Notfallkontakt ist eine alte Nummer in Inverness, die nicht mehr vergeben ist.« Monica überkam ein geradezu überwältigendes Mitleid für ihre jüngere Kollegin. Auf diese Weise Einblick in den privaten Bereich ihres Lebens zu erhalten, tat weh.

»Tut mir leid«, sagte Hately, als wäre es seine Schuld.

»Ich weiß, dass sie Familie hat«, murmelte Crawford. »Ich habe mitbekommen, wie sie einmal über ihren Dad gesprochen hat.«

Hately sah auf ihn herab, als registriere er ihn erst jetzt. »Was hat er denn hier zu suchen?«

Crawford stand mit in die Hüften gestemmten Händen da. »Na, was glauben Sie wohl?«

Einen grässlichen Augenblick lang glaubte Monica, die angestauten Emotionen wegen der Sache mit Khan würden sich zu einer handfesten Auseinandersetzung zwischen den beiden Männern auswachsen. »Ich will Crawford wieder in meinem Team haben«, hörte Monica sich da sagen. »In Zivil statt in Uniform.«

»Wollen Sie mich etwa auf den Arm nehmen?«

»Vielleicht ist Ihnen entgangen, dass mir derzeit ein Detective fehlt, und wir waren schon davor nicht gerade überbesetzt.« Am liebsten hätte Monica ihn angeschrien, aber ihre Stimme war kalt wie Stahl.

»Haben Sie vergessen ... Sind Sie ...« Wieder schüttelte Hately den Kopf.

»Haben Sie vielleicht eine andere Idee, wo wir auf die Schnelle einen erfahrenen Detective herbekommen, der noch dazu mit der Gegend vertraut ist und die Menschen hier kennt? Ich bin ganz Ohr, sagen Sie es mir.«

»PC Weinmann hat eine Gehirnerschütterung. Gewalteinwirkung mit einem stumpfen Gegenstand. Außerdem hat sie eine Schusswunde im Bein.« Dr. Lambert stand auf dem Korridor vor Weinmanns Krankenzimmer. »Sie hatte Glück im Unglück, die Kugel hat den Knochen knapp verfehlt. Und hätte das Geschoss eine Arterie durchtrennt, wäre sie noch an Ort und Stelle verblutet.«

»Ich muss mit ihr reden«, sagte Monica und gab sich alle Mühe, mitfühlend zu klingen. Den Verletzungen der bedauernswerten Beamtin zum Trotz musste sie wissen, was schiefgelaufen war, dass ihr jemand die Waffe hatte entwenden und eine andere Polizistin damit erschießen können.

Lambert nickte. »Ich habe mit ihr gesprochen. Sie sagt, sie sei bereit zu reden.« Damit stieß er die Tür auf und bugsierte Monica und Crawford ins Zimmer.

Bei Weinmanns Anblick sog Monica scharf die Luft ein. Die rechte Schädelhälfte war unter dicken Bandagen verborgen, die Lippen aufgerissen und geschwollen, und sie hatte eine tiefe Schramme am Kinn. Mit ihrem einen sehenden Auge blickte sie zu Monica auf.

»Sie wollen mir nichts sagen. Ist Khan …«

Monica rang sich ein zuversichtliches Lächeln ab. »Sie ist in den besten Händen. Wir dürfen die Hoffnung nicht aufgeben.«

Weinmann senkte betreten den Blick. »Es ist alles meine Schuld. Ich hätte ihn bemerken müssen.«

Crawford meldete sich zu Wort. »Sie haben niemanden erschossen, Amy. Es liegt also nicht in Ihrer Verantwortung.«

»Ich war gerade dabei, Funkkontakt herzustellen. Ich war so darin vertieft, dass ich ihn erst gehört habe, als es schon zu spät war. Da war ein Geräusch, wie Schritte, dann ein Räuspern und ein trockenes Husten, und im nächsten Moment lag ich schon am Boden. Es hat sich angefühlt wie ein schweres Gewicht auf meinem Rücken. Jemand drückte sein Knie in mein Kreuz. Ich hörte einen Knall, und ich dachte noch, er hat auf mich geschossen. Aber dann sah ich auf einmal Khan auf dem Boden liegen.« Weinmann stieß ein seltsam nervöses Lachen aus, das in ein verzweifeltes Schluchzen überging. Sie ließ den Kopf hängen.

»Was ist dann passiert?«, fragte Monica leise.

»Ich dachte, verdammte Scheiße, er hat meine Waffe. Ich schaute auf und konnte gerade noch sehen, wie … Ich habe seine Hand gepackt und wollte ihm die Waffe entwenden. Wir sind dann irgendwie herumgerollt. Als Nächstes hörte ich einen zweiten Knall, dann spürte ich diese Hitze, und zuletzt sah ich das Blut. Ich habe einfach nur wie versteinert zu ihm aufgeschaut.«

»Kannten Sie ihn?«

Weinmann schüttelte langsam den Kopf. »Er hatte eine Sturmhaube auf. Ich meine mich zu erinnern, dass er komplett schwarz gekleidet war. Er war stark.«

»Was geschah als Nächstes?«, erkundigte sich Crawford. Monika hörte deutlich die Betroffenheit in seiner Stimme, den Zorn über das, was einer seiner Kolleginnen zugestoßen war.

Weinmann flossen jetzt heiße Tränen über die Wangen. »Er hat mich mit der Pistole geschlagen. Ich lag einfach nur da. Ich weiß, ich hätte mich wehren sollen, aber ich hatte viel zu große Angst.«

»Und was hat er anschließend getan?«, erkundigte Monica sich sanft.

»Ich weiß nicht, ich habe einfach nur dagelegen …« Sie sah sich mit ihrem einen Auge um, dann sagte sie: »Ich glaube, da waren Stimmen. Ich war in einer Art Dämmerzustand, hab nicht mal daran gedacht, das Funkgerät zu benutzen. Ich hätte etwas unternehmen müssen. Wenn Khan stirbt, geht das auf mein Konto.«

»Es ist nicht Ihre Schuld«, versicherte ihr Monica nun ihrerseits. Obwohl ihre strengere innere Kritikerin sich jetzt zu Wort meldete: *Wie konnten Sie nur zulassen, dass man Ihnen die Waffe abnimmt?* »Sie haben niemanden erschossen.« Weinmann starrte Monica aus ihrem einen Auge an. »Was geschah als Nächstes?«

»Ich … ich erinnere mich noch, wie ich irgendwann zu

mir kam und zu DC Khan kroch. Ich glaube, ich habe sie einfach nur festgehalten.«

Den Rest der Geschichte kannte Monica mehr oder weniger. Weinmann hatte Khans Kopf auf ihren Schoß gebettet, als die ersten Beamten und Sanitätskräfte am Tatort eintrafen.

»Sie sollten sich ein wenig ausruhen«, sagte Monica und stand auf.

Draußen auf dem Flur fasste sie Crawford an der Schulter. »Bitte die Spurensicherung, ihre Hände auf Rückstände von Schießpulver zu untersuchen.«

»Was? Glaubst du etwa, *sie* hat auf Khan geschossen?«, fragte Crawford mit ungläubiger Miene. »Hast du nicht gesehen, wie übel sie zugerichtet ist? Außerdem hat sie doch gesagt, sie wollte nach der Waffe greifen. Natürlich hat sie da Pulverreste an den Händen. Und es ist ja nicht so, als hätte man die Pistole am Tatort gefunden. Wie hätte sie sie denn auf die Schnelle loswerden sollen?«

»Aber sie lügt wegen irgendetwas, da bin ich mir sicher«, sagte Monica.

Crawford sah sie zweifelnd an. Offenbar hielt er sie für verrückt. Sie atmete tief durch und versuchte, die Sorge um Khan aus ihrem Bewusstsein zu verdrängen. Schließlich ergriff Crawford wieder das Wort: »Du weißt, dass dieser Ort früher im Besitz der Thule Corporation war? Es ist eins der Dörfer, die sie in den Siebzigern aus dem Boden gestampft haben, als sie dachten, sie würden hier Arbeiter unterbringen, die Öl fördern sollten. Auch diesmal deutet also alles auf Bull-Peterson hin, findest du nicht?«

Monica schüttelte den Kopf. Frust wallte in ihr auf. »Klar, es bietet sich an, da eine Verbindung herzustellen, aber beweisen tut es gar nichts. Und es verrät uns auch nichts über den derzeitigen Aufenthaltsort der Frau. Sofern sie überhaupt noch am Leben ist. Außerdem, falls sie hier festgehalten wurde, warum hat man dann Handschellen und ein Messer in diesem Unterschlupf sichergestellt?«

»Vielleicht hat man sie von dort hierhergeschafft, vielleicht …« Im selben Moment begann Monicas Handy zu klingeln. Es war DS Fisher. Den hatte sie in der ganzen Aufregung komplett vergessen.

»Fisher, haben Sie das mit Khan schon gehört?«

»Ich bin gerade auf dem Rückweg von Henry. Treffen wir uns in einer Stunde auf dem Revier.«

46

STUNDEN ZUVOR

Fisher war nicht mit Tieren groß geworden, er empfand sie in der Regel eher als bedrohlich. Während er sich Goober mit der Nagelzange näherte, die er in einer Schublade im Badezimmer gefunden hatte, schnappte der kleine Hund nach ihm und knurrte feindselig. Henry hackte währenddessen wie besessen auf seine Tastatur ein, starrte wie in Trance auf seine Monitore und schien nichts von dem Drama, das sich hinter seinem Rücken abspielte, mitzubekommen.

Schließlich entdeckte Fisher einige Beutel voller Gourmet-Hundefutter und ließ Goober sich daran satt fressen, bis er den Eindruck machte, als wäre er kurz vor dem Einschlafen. Diesmal ließ der Hund sich protestlos in ein Handtuch wickeln und hochheben. Fisher setzte sich mit Goober auf dem Schoß auf einen Stuhl, griff sich eine Pfote nach der anderen und stutzte im Eiltempo die Krallen. Anschließend legte er ihn in sein Bettchen, wusch sich die Hände und klopfte sich die Hundehaare von der Kleidung ab. Dann lehnte er sich gegen den Türrahmen zu Henrys Zimmer und lauschte dem Klappern der Tastatur. Er flehte inständig, der Hacker möge schnell fündig werden. Er hatte ein Gefühl, als schiebe sich die Dunkelheit im Raum auf ihn zu, während die Erinnerungen nach und nach aus den Schatten zurück ans Licht drängten.

Er musste sich unwissentlich in Bewegung gesetzt haben, denn als Nächstes wurde Fisher sich bewusst, dass er draußen vor dem Haus stand und zum Fenster von Henrys Schlafzimmer hinaufstarrte. Wie im Traum sah er sich um und nahm neben sich eine Bewegung wahr. Wenig später erkannte er, dass es Goober war, der jetzt misstrauisch an seinem Bein schnupperte. Er schüttelte den Kopf.

Das Schlafwandeln hatte vor einigen Monaten begonnen. War das hier vergleichbar? Oder etwas völlig anderes? Goober war an der Leine, und er hielt das andere Ende fest in der Hand. War es wirklich möglich, dass er all das, den Hund anleinen und mit ihm nach draußen gehen, völlig unbewusst getan hatte? Für einen Moment überkam Fisher Panik. Vielleicht war er ja schwer krank? Vielleicht stimmte mit seinem Gehirn etwas nicht, oder es war etwas Organisches. Ob er von innen heraus zerfressen wurde? Gab es so etwas überhaupt? Ein Schmerz strahlte von seinem Brustbein aus, der ihm inzwischen so vertraut war, dass er beinahe überzeugt war, er wäre immer schon da gewesen.

Goober zerrte an der Leine und wollte Richtung Haus zurücklaufen, zurück zu seinem Bettchen. Fisher aber schleifte ihn in die entgegengesetzte Richtung, und der Hund folgte ihm widerwillig durch den Garten auf das Waldstück dahinter zu. Es zeichnete sich lediglich als etwas dunklerer Bereich vor dem Nachthimmel ab. Am Waldrand klaubte er einen Stock auf, warf ihn über die Wiese, doch Goober zeigte keinerlei Interesse. Schließlich sah Fisher sich gezwungen, das Tier hochzuheben und es zum Haus zurückzutragen. Gemeinsam saßen sie jetzt in

Fishers VW Polo, wobei der Hund auf dem Beifahrersitz döste. Nach einigen Stunden erhob Goober sich vom Polster und trat unruhig hin und her. Jetzt knurrte er wieder. Fisher überlegte, ob das Tier vielleicht krank war. Schließlich öffnete er die Fahrzeugtür. Der Hund rannte rüber zum Haus und schleifte die Leine hinter sich her. Vor der Eingangstür hob er die Pfote und scharrte daran, als bettele er um Einlass.

Widerstrebend stieg Fisher aus und folgte dem Hund. Sie gingen nach oben, wo Henry endlich fertig zu sein schien. Jedenfalls hatte er sich im Stuhl nach hinten gelehnt. Goober sprang auf seinen Schoß und machte es sich dort bequem.

»Haben Sie etwas gefunden?«

Henry seufzte, als hätte er es mit einem quengelnden Kind zu tun. Er murmelte etwas, von wegen, er habe ein Rootkit installiert.

»Also haben Sie etwas gefunden oder nicht?«

»Nein«, gab Henry abweisend zurück und wandte sich wieder seinen Monitoren zu. »Solche Dinge brauchen ihre Zeit.«

Fisher wurde von Goobers Gebell aus dem Schlaf gerissen. Es war stockdunkel, und er brauchte einen Moment, bis ihm einfiel, dass er nach unten gegangen war und sich aufs Sofa gelegt hatte. Oben warf Henry einen Ball gegen die Wand, damit der Hund ihn fangen konnte.

»Ach, Sie sind ja immer noch hier.«

Fisher nickte. »Und, sind Sie vorangekommen?«

»Ja, bin drin.«

»Sie haben also Zugriff auf die internen Akten und auf E-Mails des Unternehmens?«

»Logo. Wonach sollte ich wohl sonst suchen?«

»Und, wo sind sie?«

Henry stand auf und sah Fisher an, als wäre diese Frage wirklich selten dämlich. »Na, auf meinem Rechner natürlich.«

47

Fisher strich sich mit der Hand übers Gesicht. Seine Augen und Haare verliehen ihm ein wildes Aussehen, aber seine Körpersprache wirkte im Kontrast dazu seltsam beherrscht, die Anzugjacke zugeknöpft, der Knoten der Krawatte festgezogen.

»Ich weiß, dass Sie und Khan sich nahestehen«, sagte Monica. »Wenn Sie Zeit brauchen, um sie persönlich zu besuchen oder …«

»So nahe stehen wir uns nicht«, fiel Fisher ihr unwirsch ins Wort. »Was sagen die Ärzte? Kommt sie durch?« Für einen kurzen Moment veränderte sich seine Miene, und blankes Entsetzen zeichnete sich darauf ab. Wieder wanderten seine Hände an die Stirn, sodass Monica glaubte, er wolle sich die Haare raufen. Stattdessen schüttelte er den Kopf und ließ den Blick zwischen Monica und Crawford hin- und herwandern. »Ich war bei Henry. Er hat sich Zugriff auf die internen Datenbanken und E-Mails des Unternehmens verschafft.«

Monica glaubte förmlich zu spüren, wie Crawford neben ihr die Augenbrauen hochzog. Diesen Teil der Ermittlungen hatte sie ihm bislang vorenthalten.

»Was haben Sie herausgefunden?«, fragte sie. Da eine Kollegin aus ihrem Team sich derzeit auf der Intensivstation befand, kümmerte es sie vorerst nicht, dass sie sich mit ihren Ermittlungen außerhalb der Grenzen der Legalität bewegten. Sie wollte denjenigen, der für all das verantwortlich war, nur schnellstmöglich fassen.

»Es gab keinen Geheimreport. Und es wurde nichts vertuscht.« Fishers Stimme klang monoton. »Es sieht ganz so aus, als würde Bull-Peterson die Wahrheit sagen.«

»Wie können Sie sich da so sicher sein?«, hakte Monica nach.

»Ich habe etliche Stunden damit verbracht, Ordner und E-Mails durchzusehen. Falls Hans Bull-Peterson wirklich einen solchen Geheimbericht in Auftrag gegeben haben sollte, dann war in seinen privaten E-Mails nie die Rede davon, und es gab auch zu keinem Zeitpunkt irgendeine unternehmensinterne Korrespondenz dazu. Bei Vorstandssitzungen wurde jedoch ausführlich über die *Explorer* gesprochen, und man hat Unmengen Geld in die Suche nach dem Schiff gesteckt und die Familien finanziell unterstützt. Es sieht also alles danach aus, als hätte Frederick Bull-Peterson die Anstrengungen seines Vaters, die Jacht zu finden, tatsächlich in jeder Hinsicht befürwortet.«

»Und woher kamen dann die Gerüchte über diesen Bericht?«, fragte Monica.

Fisher legte sich die linke Hand an die Brust, dann führte er die rechte zu seiner Jackentasche und kramte umständlich darin herum. »Das erste Mal erwähnt wurde er in einem Online-Forum. Ich kann nachsehen, wo das war.«

»Kann Hans Bull-Peterson den Bericht nicht privat beauftragt haben? Unabhängig von der Firma?«

»Nicht nach dem, was Henry an Daten abgegriffen hat. Klar ist es möglich, dass er nichts auf seinem Handy gespeichert und keine Mails dazu geschrieben hatte«, sagte Fisher.

»Aber es ist schwer nachvollziehbar, wie ihm das gelungen sein soll, wenn man bedenkt, dass er Zugriff auf unternehmensinterne Akten gebraucht hätte, um Details über den Bau der Jacht in Erfahrung zu bringen. Und wenn die Sache so geheim war, wie hätte dann überhaupt jemand davon erfahren sollen?«

Monica seufzte. War also letztlich alles nur erstunken und erlogen? Der blühenden Fantasie von Leuten entsprungen, die derart vom mysteriösen Verschwinden der *Explorer* gefesselt waren, dass sie sich irgendwelche wilden Geschichten ausdachten und sie im Internet verbreiteten?

»Aber jemand hat auf Khan geschossen. Und jemand hat diese Frau entführt. Es muss einen Grund dafür geben«, dachte Monica laut nach.

»Ja, nur wer war es dann?«, fragte Crawford. »Jemand, den Bull-Peterson bezahlt hat vielleicht, jemand, dem er vertraut?«

Monica dachte einen Moment lang über diesen Vorschlag nach. Bull-Peterson hatte ihr erst an diesem Morgen deutlich zu verstehen gegeben, welch große Macht er besaß. Wenn er gewollt hätte, dass diese Frau entführt wurde, hätte dafür wohl ein Augenzwinkern gereicht. Doch trotz allem hatten sie nichts in der Hand, das eindeutig belegte, dass die in diesem Unterschlupf gefundenen Gegenstände irgendetwas mit alldem zu tun hatten. Was, wenn er wirklich eine reine Weste hatte? Was, wenn die Gerüchte und Geschichten tatsächlich nur Klatsch und Tratsch waren, bösartiges Gehetze gegen einen unschuldigen – wenn auch höchst unsympathischen – Milliardär?

Sie zermarterte sich das Hirn, forderte sogar ihre Intuition auf, ihr irgendetwas zu liefern. Stattdessen sah sie Khan im Geiste in ihrem Krankenhausbett liegen.

Sie warf einen Blick auf die Uhr. Es war bald Mitternacht. Wo war nur die Zeit geblieben? »Wir brauchen alle dringend eine Mütze Schlaf. Treffen wir uns morgen früh wieder.«

Crawford nickte erst, dann schüttelte er den Kopf, die Hände in die Hüften gestemmt. »Ich kann es immer noch nicht recht glauben.« Fisher sah ihn mit ausdrucksloser Miene an. Er schien erst jetzt zu begreifen, dass das sein Ex-Kollege war, der da mit ihnen im Raum war. »Eben rede ich noch mit ihr, und plötzlich …« Alle drei standen sie da, ohne ein Wort zu sagen. Monicas Blick wanderte zu Khans Arbeitsplatz. Der Laptop, ein Stapel Unterlagen, ein Lippenpflegestift, ein paar Haargummis, Kaugummi, eine Coladose. Ein dumpfer Schmerz schwoll in ihrer Brust an, als hätte man sie geboxt. Ihre Kehle war wie zugeschnürt. Sie schnappte hastig nach Luft.

Crawford schüttelte wieder den Kopf. »Denkt ihr, sie … kriegt mit, was um sie herum geschieht?«

Monica fand, dass Khan zumindest einen friedlichen Eindruck machte. Auch wenn es eine Art von Frieden war, der von einem Beatmungsgerät abhing, das piepsend und ächzend Leben in sie hineinpumpte. Khans Kopf war komplett einbandagiert. Ihr Gesicht wirkte seltsam starr, fast wächsern.

Ursprünglich hatte Monica zurück ins Hotel fahren wollen, aber dann war sie ganz spontan auf den Krankenhausparkplatz abgebogen. Hately regte sich auf seinem Stuhl auf der anderen Seite des Bettes. Er döste, seit Monica das abgedunkelte Krankenzimmer betreten hatte. Schlafend sah er um Längen besser aus, sein olivfarbener italienischer Teint und der dunkle Bartschatten verliehen ihm eine Aura des

Mysteriösen, wie ein typisches Model aus einer Parfümwerbung. Ganz anders als seine stets argwöhnische Persönlichkeit im Wachzustand. Selbst in der eigentümlich intimen Atmosphäre des Krankenzimmers kam es ihr nicht richtig vor, den eigenen Boss schlafend zu sehen. Verlegen räusperte sie sich.

»Kennedy, hab Sie gar nicht kommen gehört.« Hastig richtete Hately sich auf. Sein Anzug war zerknittert, die Krawatte gelockert.

»Gibt es irgendwelche Neuigkeiten?«

Er erhob sich und dehnte den Rücken. »Nun, wie sich gezeigt hat, ist die Kopfverletzung gar nicht das Schlimmste. Die zweite Kugel ist durch ihren Bauch gegangen, sie hat massive innere Blutungen. Auf dem Weg hierher hatte sie einen Herzstillstand.«

»Lieber Gott«, entfuhr es Monica. Sie beobachtete Khans Brust, die sich mithilfe der Geräte regelmäßig hob und senkte. Sie beugte sich vor, um ihre Hand zu berühren, hatte aber Angst, an den Venenkatheter zu kommen. Stattdessen drückte sie ihre Schulter. Sie war dünn. Ihr war bislang gar nicht aufgefallen, wie zart und zerbrechlich Khan war, weil sie mit einem Selbstbewusstsein durch die Welt ging, das gelegentlich an Hochmut grenzte. Sie versuchte, nicht über ihre kleine Meinungsverschiedenheit vom Vortag nachzudenken. Hätte sie Khan nämlich nicht weggeschickt, um sich auszuruhen, wäre sie vielleicht woanders gewesen, als diese Zeugin die Sichtung des Wagens meldete. Und dann wäre sie … Monica dachte den Gedanken nicht zu Ende. Stattdessen versuchte sie sich zu erinnern, ob sie im Arbeitsalltag je zusammen gelacht hatten. Aber ihr wollte keine solche Situation einfallen.

»Wie groß ist der Schaden …?«

»Das können die Ärzte erst sagen, wenn die Schwellung abgeklungen ist«, sagte Hately. Er war um das Bett herum zu Monica getreten und sprach jetzt leiser. »Die Kugel hat die Stirn gestreift.« Er deutete auf die Stelle neben seiner eigenen dunklen Augenbraue. »Hat den Schädel zertrümmert wie einen Teller, ist aber nicht ins Gehirn eingedrungen. Der Chirurg hat es mit einem Schlag mit dem Hammer verglichen.«

»Gibt es irgendeine Art zeitlichen Rahmen?«

Hately schüttelte den Kopf. »Irgendwelche Hinweise auf den Schützen?«

Monica sog tief Luft in die Lunge, froh, Henry und die ergebnislose Suche nach dem Bericht nicht erwähnen zu müssen. Sie teilte Hately mit, was sie selbst gerade erst von Inspector MacDonald erfahren hatte. Die Hunde hatten keine Spur gewittert, was darauf schließen ließ, dass der Täter in einem Fahrzeug abgehauen war. Die Waffe hatten sie nicht weit vom Tatort in einem Graben gefunden, achtlos weggeworfen. Am frühen Morgen würde Gemma Gunn sich melden und sie über sämtliche brauchbaren Spuren und Hinweise am Tatort unterrichten.

Schließlich flüsterte sie: »Was ist mit Khans Familie?«

Hately warf einen Blick auf die verwundete Kollegin, bevor er antwortete: »Diese Freundin in Inverness können wir leider nicht erreichen. Ich befürchte, die Nummer war von vornherein falsch, ein Täuschungsmanöver. Ich habe mit einem Kontaktmann unten in Stirling gesprochen. Es ist schwer, jemanden ausfindig zu machen, wenn Khan selbst das nicht wollte. Wir müssen ihren Wunsch respektieren. Aber ihr Name wird früher oder später in den sozialen Medien auftauchen, vielleicht sogar ein Foto von ihr. Vielleicht meldet sich dann jemand.«

Monica nickte. Sie steckten hier in einem moralischen Dilemma. »Ich frage mich, ob Fisher vielleicht weiß, warum sie keinen Kontakt zu ihrer Familie hat. Die beiden scheinen sich nahezustehen.«

Hately fuhr sich mit beiden Händen übers Gesicht. »Manchmal habe ich das Gefühl, diesen Job schon viel zu lange zu machen.«

»Sie überlegen, alles hinzuschmeißen?«

»Maggie hätte gerne, dass ich das tue«, gab Hately zu. »Sie meint, ich wäre schon mehr als mein halbes Leben im Dienst, es wäre Zeit für was Neues.« Monica musterte Hatelys Miene. Trotz der vielen Auseinandersetzungen im Lauf der Jahre respektierte sie ihren Vorgesetzten für seine Integrität. Eigentlich sollte dieser ganze Schlamassel ihre Emotionen in Aufruhr bringen, aber letzten Endes empfand sie nichts als ein Gefühl der Gelähmtheit. »Möchten Sie einen Kaffee?« Hately deutete in Richtung Flur. Monica wusste, dass sie zurück ins Hotel fahren und sich ausschlafen sollte, und trotzdem nickte sie. Hately verließ den Raum, und sie zog sich einen Stuhl an Khans Bett heran. Diesmal schob sie ihre Finger vorsichtig unter die Hand der Kollegin, bis sie ihre klamme Handinnenfläche spüren konnte.

»Ich bin's«, flüsterte Monica. Wie Crawford vorhin fragte sie sich jetzt, ob Khan sie wohl hören konnte, spüren konnte, dass sie bei ihr war. »Kämpf weiter, Maria. Bitte kämpf.«

48

Irgendetwas drang in Khans Bewusstsein durch. War es eine Bewegung? Oder Druck? Nach und nach realisierte sie, dass sie jemanden anstarrte. Ein einzelnes Gesicht, auf der gegenüberliegenden Seite des Spielfelds im Celtic Park. Ein Gesicht unter fünfzigtausend anderen. Jetzt waren sie allein im Stadion, saßen auf entgegengesetzten Rängen. Es war grau, als hätte der Tag jegliche Farbe eingebüßt. Eigenartig. Khan dämmerte, dass sie schon eine ganze Weile hier sitzen musste. Vielleicht seit Jahrtausenden, vielleicht war sie immer schon hier gewesen.

Sie erhob sich von ihrem Sitz und bewegte sich auf die andere Person zu. Sie meinte, sie kennen zu müssen. Doch aus irgendeinem Grund fiel ihr nicht ein, wer das war, und das jagte ihr Angst ein. Sie blieb stehen, nicht weit vom zentralen Anstoßpunkt entfernt. Die andere Person beobachtete sie, und als sie zu sprechen begann, drang die Stimme von allen Seiten auf sie ein, als spreche das Stadion selbst zu ihr, ein vielstimmiger Chor. »Wo gehörst du hin? Wo gehörst du hin? Wo gehörst du hin?«

Khan drehte sich um und rannte los.

49

Sie hatte noch nicht einmal die Augen aufgeschlagen, da wusste Monica bereits, dass ihr Nacken schrecklich verspannt war und den ganzen Tag lang wehtun würde. Sie versuchte, den Rücken zu strecken, aber es fühlte sich an, als hätte jemand glühend heiße Nägel in ihre Schultern getrieben. Sie schlug die Lider auf und stellte fest, dass sie es irgendwie geschafft hatte, sich auf dem unbequemen Plastikstuhl in Khans Krankenzimmer in krummer Haltung gegen die Wand zu lehnen. Ihr Kopf war zur Seite geknickt, der Hals völlig überdehnt.

»Verdammter Mist.« Sie stemmte sich mit beiden Händen an der Sitzfläche ab und richtete sich langsam auf. Sie überlegte bereits, wie viel sie wohl für einen Chiropraktiker würde hinblättern müssen, um sie wieder einzurenken – oder wäre Akupunktur vielleicht die bessere Alternative? Eine der Mütter, mit denen sie sich vor Lucys Schule manchmal unterhielt, schwor, sie habe ihr Chronisches Fatigue-Syndrom damit in den Griff bekommen. Aber ob das auch bei Nacken- und Schulterverspannungen half?

Noch einmal dehnte sie den Hals und sah sich im Zimmer um. Khan schien sich nicht gerührt zu haben, aber Hatelys Stuhl war leer. Sie registrierte die kratzige Wolle an ihrem Kinn, jemand hatte sie mit ihrem Tweedmantel zugedeckt. Völlig unnötig, denn ein feiner Schweißfilm überzog ihren gesamten Körper, das Krankenzimmer war gut beheizt. Wobei sie zugeben musste, dass es eine überaus nette Geste war. War es ihr Boss gewesen oder einer von den bewaffneten Beamten, die vor der Tür Wache hielten?

Sie stieß einen leisen Fluch aus und stemmte sich mit beiden Händen an der Sitzfläche ab, um ihren Rücken zu schonen, während sie sich langsam erhob. Dann knetete sie die Muskeln an ihren Schultern, die hart waren wie Beton. Sie warf einen Blick auf ihr Handy. Wie es aussah, hatte sie gerade einen FaceTime-Anruf von Gemma Gunn verpasst, vermutlich war sie deswegen aufgewacht. Es war zehn vor sieben, zu früh, um es mit der knallharten Wissenschaftlerin aufzunehmen, noch dazu ohne einen Kaffee intus.

In der menschenleeren Krankenhaus-Cafeteria bestellte sie sich einen schwarzen Kaffee und ein Croissant. Sie nahm an einem Ecktisch Platz, holte ihr Handy heraus und rief Gunn zurück. Nach wenigen Malen klingeln ging die Rechtsmedizinerin ran. Obwohl sie die ganze Nacht durchgearbeitet hatte, sah sie frisch aus in ihrem Laborkittel, die blonden Haare zurückgebunden, den üblichen roten Lippenstift aufgelegt. Die Glasvitrinen und grellen Lampen hinter ihr verrieten Monica, dass sie sich in ihrem Labor an der University of the Highlands and Islands in Inverness aufhielt.

»Nun, wie es aussieht, ist unser Täter in forensischen Belangen ebenso unbewandert wie Ihre Kollegin von der Polizei«, bemerkte Gunn spitz.

Trotz ihrer Erschöpfung entbrannte in Monicas Brust ein prickelndes Gefühl der Aufregung. »Sie haben etwas gefunden?« Selbst nach all den Jahren noch wirkten das ausgeschüttete Adrenalin und Dopamin in solchen Momenten, in denen ein besonders harter Fall in Bewegung zu kommen schien, wie eine Droge auf sie. Und es machte mindestens genauso süchtig.

»Bislang keine Fingerabdrücke, aber die Haarproben scheinen zu der vermissten Frau zu passen. Und wir haben das hier«, sagte Gunn und hielt ein Stück Papier mit einer Pinzette hoch.

»Was ist das?«, erkundigte sich Monica und schob sich mit zusammengekniffenen Augen näher ans Display heran.

»Eine Quittung. Sie klebte an einer der leeren Wasserflaschen. Jemand hat sie am Sonntagmorgen um acht Uhr fünfzehn bei Morrisons in Fort William gekauft.«

Crawford traf fünf Minuten nach Monica auf dem Parkplatz des Supermarkts ein. Er stieg aus seinem roten Audi, in Jeans, einem dunkelblauen Pulli und einer schwarzen Lederjacke. Monica lehnte am Astra und stutzte bei seinem Anblick, trotz ihrer Übermüdung. Während ihrer gemeinsamen Zeit in der Mordkommission hatte er mit Stolz seine teuren Wollanzüge getragen. Er musste ihre Körpersprache richtig gedeutet haben, denn jetzt strich er am Kragen seiner Jacke entlang, als wolle er sich rechtfertigen.

»Hab meine ganzen alten Anzüge vor einigen Monaten endlich weggegeben«, meinte er schulterzuckend. »Hatte sie seit Jahren nicht getragen. Im Schaufenster des Cancer-Research-Ladens an der High Street hängt immer noch einer von mir. Ich werde mal schauen, ob ich ihn zurückbekomme.« Er schob die rechte Hand in die Innentasche seiner Jacke und zog einen Ausdruck heraus. »Die Untersuchungsergebnisse im Fall Weinmann sind heute früh gekommen. Der Bericht bestätigt, dass sie mit Schießpulver in Berührung gekommen ist.«

»Reicht es aus, um zu beweisen, dass sie die Waffe abgefeuert haben könnte?«, fragte Monica.

»Unwahrscheinlich«, gab Crawford zurück. Der Wind, der vom Loch Linnhe heranwehte, frischte auf, wenig später setzte unweigerlich Regen ein und durchnässte die Unterlagen in Sekundenschnelle. »Scheint ihre Geschichte im Großen und Ganzen zu bestätigen. Die Waffe war nicht mehr am Tatort, sie kann also unmöglich auf Khan geschossen haben.« Monica erwiderte nichts darauf. Etwas an Weinmanns Aussage störte sie trotz allem. Crawford zuckte mit den Schultern und stopfte den jetzt triefnassen Bericht zurück in seine Jackentasche. »Wie geht's Khan? Und warum sind wir hier?«

Monica brachte ihn auf den aktuellen Stand, während sie die Straße zu dem hässlichen pinkfarbenen Gebäude überquerten. Im Laden war nicht viel los, als sie durch die automatische Schiebetür traten. Nach dem gestrigen Chaos wirkte der Supermarktgeruch nach frischen Produkten irgendwie erfreulich alltäglich und beruhigend. Als befänden sie sich endlich wieder auf altvertrautem Terrain, mit den ordentlich bestückten Regalen, den Quittungen und Kameras, die ihnen vielleicht endlich ein paar Antworten liefern würden. Crawford erspähte einen Verkäufer im grünen Poloshirt und bat den jungen Mann, doch so freundlich zu sein, die Filialleitung zu holen. Der Angestellte sah ihn misstrauisch an. Dann hob er die Augen zu Monica, die keinen Zweifel daran hatte, dass sie nach einer weiteren schlaflosen Nacht geradezu furchteinflößend aussehen musste. Sein Blick wanderte wieder zu Crawford, der heute eins zu eins so aussah wie ein Bulle aus einem Siebzigerjahre-B-Movie. Crawford schenkte ihm ein aufmunterndes Lächeln. »Wir hätten nur kurz ein paar Fragen.«

»Ich gehe mal und sehe nach«, sagte der Verkäufer, bevor er durch die Reihen davoneilte. Crawford trat von einem Bein aufs andere, um ein Ventil für seine Nervosität zu finden. Monica wusste, dass er die Nacht in der Einsatzzentrale verbracht hatte und dabei vermutlich ein paar Dosen von seinem geliebten Red Bull oder Monster geleert hatte, bevor sie sich getroffen hatten. »Ich fühle mich nackt ohne meine Pistole«, sagte er und tippte gegen seine Hüfte. Monica passierte es nur selten, dass sie das Bedürfnis nach einer Waffe verspürte. Wobei, nach allem, was gestern geschehen war, fragte sie sich jetzt doch, ob es nicht besser gewesen wäre, wenn Crawford ihr in seiner Uniform zur Seite stünde, dann könnte wenigstens er eine Pistole tragen.

»Wie geht es Fisher?«, fragte Monica.

»Ich weiß nicht, Fisher ist eben Fisher, oder?«, gab Crawford zurück. Er wandte den Blick ab und nickte einer attraktiven Frau im Fitnessoutfit zu, die einen Einkaufswagen vor sich herschob.

»Ich meine nur wegen Khan«, antwortete Monica. »Ich dachte, die beiden würden sich etwas näher kennen.«

»Kann sein.« Crawford zuckte mit der Schulter. Dann hob er die Hand und grüßte einen älteren Herrn, der in der Schlange vor dem Zigarettentresen wartete. Manchmal hatte sie den Eindruck, als würde Crawford hier wirklich jeden kennen. Es war ein gutes Gefühl, ihn als Unterstützung an ihrer Seite zu wissen, mit seiner Kenntnis der örtlichen Gemeinde, obwohl sie die Freude darüber lieber ignoriert hätte. Damit wäre es nämlich schon bald wieder vorbei, denn dass Hately Crawford zurück in den Dienst beorderte, um dauerhaft als Detective zu arbeiten, war völlig ausgeschlossen. Die kurze Begegnung am Vorabend hatte ihr diese Vermutung bestätigt. »Ich weiß nicht. Ein wenig überrascht hat es mich schon, als ich ihn gesehen habe«, fuhr er fort.

»Du meinst, weil er gar nicht beunruhigt schien?«, hakte Monica nach, die sich erinnerte, wie unterkühlt Fisher reagiert hatte, als sie ihm die Neuigkeit erzählt hatte. Zu dem Zeitpunkt hatte sie es auf den Schock zurückgeführt.

»Das nicht unbedingt. Er war ja schon immer eher zurückhaltend mit Gefühlen, findest du nicht?« Monica nickte nachdenklich. »Er sah nur irgendwie anders aus. Ich habe ihn seit über einem Jahr nicht gesehen, er wirkte irgendwie …«

»Wie?«, drängte Monica, die ihre Neugier kaum zügeln konnte. Für sie war Fisher immer ein Buch mit sieben Siegeln gewesen.

»Er wirkte … irgendwie verändert?«

»In welcher Hinsicht?«

Bevor Crawford antworten konnte, näherte sich ihnen eine Frau in einem Blazer. Der junge Verkäufer lief neben ihr her.

Zehn Minuten später saßen sie in einem Büro hinter den Verkaufsräumen. Monica hatte zu mehr als einer Gelegenheit auf körnige Bilder gestarrt, auf der Suche nach einer bestimmten Person oder einem einzelnen Augenblick in einer Flut an Videomaterial. In diesem Fall war genau das Gegenteil der Fall, denn dank des Zeitstempels auf dem Kassenbeleg konnte Amanda Swain, die Marktleiterin, die genaue Stelle in den Aufzeichnungen der Überwachungskamera aufrufen, Sonntagmorgen um exakt 8 Uhr 10. Fünf Minuten, bevor jemand den Multipack Wasserflaschen, Müsliriegel und andere Snacks gekauft hatte.

»Soll ich es einfach laufen lassen?«, fragte Amanda.

»Ja, bitte.« Monica, die neben ihr saß, beugte sich vor, als sie die Aufzeichnung startete. Wie für einen Sonntagmorgen kurz nach Öffnung des Supermarkts zu erwarten, war kaum etwas los. Ein paar vereinzelte Kundinnen und Kunden gingen an einem Angestellten vorbei, der eine Kiste zur Obst- und Gemüseabteilung im vorderen Ladenbereich schob. Sie behielt die Zeit in der Bildschirmecke im Auge. Die Sekunden tickten voran. Fast zwei Minuten lang war an der Selbstbedienungskasse, an der der Einkauf getätigt worden war, niemand zu sehen. Um 8 Uhr 12 trat plötzlich eine Gestalt ins Bild, die einen Einkaufswagen vor sich herschob.

Monica sah auf den ersten Blick, dass sich die Person eine Kapuze über den Kopf gezogen hatte, die das Gesicht verbarg. Der Mann – denn sie war sich aufgrund des Körperbaus relativ sicher, dass es sich um eine männliche Person handelte – begann die Einkäufe zügig einzuscannen. Schließlich schob er Bargeld in den Kassenautomaten und beförderte die Waren zurück in den Wagen.

»Gibt es an den einzelnen Kassenautomaten auch Kameras?«, fragte Monica in hoffnungsvollem Ton. Sie hatte bereits welche an der einen oder anderen Selbstbedienungskasse registriert.

Amanda schüttelte bedauernd den Kopf. »Wir haben leider noch keine.«

Auf dem Bildschirm warf der Mann das letzte Teil in den Wagen und schob ihn dann mit gesenktem Kopf zur Ladentür hinaus.

»Wie sieht's mit draußen aus?«, schlug Crawford vor. »Gibt es da irgendwelche Kameras?«

»Selbstverständlich.« Die Marktleiterin klickte auf eine neue Datei und öffnete sie. Dann spulte sie vor zur entsprechenden Zeit und erwischte den Kerl mit der hochgezogenen Kapuze fast auf Anhieb, wie er gerade zur Tür herauskam. Diesmal bewegte er sich auf die Kamera zu. Sein Gesicht war zwar teilweise verdeckt, aber zumindest konnte man es halbwegs gut erkennen. Ein eher breites Gesicht und schwere Kieferknochen, obwohl der Mann insgesamt eher schlank und athletisch wirkte.

»Ich denke nicht, dass ich ihn kenne«, bemerkte Crawford und klang frustriert. Schweigend sahen sie zu, wie der Kerl über den Parkplatz ging und mit seinem Einkaufswagen aus dem Aufnahmebereich verschwand. »Gibt es weitere Kameras mit einer anderen Einstellung?«, fragte er. »Die vielleicht zeigen, in welches Fahrzeug er gestiegen ist?«

»Eigentlich schon«, antwortete Amanda und klang jetzt ihrerseits frustriert. »Sie ist nur leider vor ein paar Wochen ausgefallen, die Reparatur hat sich als etwas komplizierter herausgestellt.«

Crawford stieß einen leisen Fluch aus.

»Spulen Sie mal zurück«, forderte Monica sie auf. Irgendetwas an der Gestalt störte sie, es nagte am Rande ihres Bewusstseins. Als sie sich die Videoaufzeichnung noch einmal ansah, bemerkte sie das Sweatshirt: ein gelbes Boot vor schwarzem Hintergrund. »Ich glaube, ich weiß, wer das ist«, sagte sie schließlich, als es ihr dämmerte. »Wenn ich mich nicht täusche, habe ich ihn an dem Vormittag sogar selbst gesehen.«

50

Weniger als zwei Stunden später fuhren sie auf der gegenüberliegenden Uferseite des Loch Linnhe entlang zum Hof der Handlers.

Caroline Handler trat aus dem Haus, als sie draußen hielten. Monica stieg aus dem Wagen und rang sich ein aufmunterndes Lächeln ab. »Ist Colm da?«

»Warum? Worum geht's?« Die Mutter des jungen Mannes machte eine Miene, irgendwo zwischen wachsam und panisch. »Hat er etwas ausgefressen?«

»Wir würden nur gerne mit ihm reden«, gab Monica zurück. Ein bewaffneter Einsatztrupp verteilte sich in diesem Moment rund um das Gebäude, aber Monica hatte ihre Leute angewiesen, sich erst einmal bedeckt zu halten. Falls Colm glaubte, sich aus der Situation herausreden zu können, führte er sie vielleicht aus Unachtsamkeit zu der Frau.

»Er ist unten im Bootshaus bei Quint«, sagte seine Mutter und machte große Augen. »Er kann aber nichts angestellt haben, er hat den Hof seit Tagen nicht verlassen, das kann ich bezeugen.«

Monica schob die Tür zum Bootshaus auf, und als ihre Augen sich an die schlechten Lichtverhältnisse gewöhnt hatten, registrierte sie nacheinander das Bootsskelett, den Geruch nach frisch geschnittenem Holz und die Haufen von Sägespänen auf dem Boden. Aus einem alten Sony-Radiogerät drangen die Klänge von Classic FM, die sie einlullten wie eine tröstende Decke. Quint Handler stand auf der anderen Seite des Bootes und sah zu ihr auf. Überrascht riss er den Mund auf.

Colm Handler stand nicht weit von ihr entfernt, neben einer Werkbank. Aus der Nähe betrachtet, stellte Monica verwundert fest, wie extrem jung er noch wirkte. Jünger als seine zwanzig Jahre. Konnte er wirklich für die Entführung der Frau verantwortlich sein? Jedenfalls deutete alles darauf hin, dass er in irgendeiner Form darin verwickelt war.

»Colm?«

Der junge Mann blickte auf und sah erschrocken zu seinem Onkel. »Was ist hier los?«, fragte der.

»Wir würden uns gern mit Colm unterhalten.« Mit fieberhaftem Blick sah der Junge sich um. Monica bemerkte, dass er etwas in der Hand hielt, und wenig später erkannte sie, dass es sich um ein kleines Stemmeisen handelte.

»Was soll das alles?« Quint starrte seinen Neffen an, der wiederum ihn ansah. Er schien sich kaum merklich aufzurichten, als wolle er weglaufen. Monica spürte, wie Crawford neben ihr in Habachtstellung ging, bereit, jederzeit die Verfolgung aufzunehmen. Doch dann legte Colm das Werkzeug behutsam auf der Werkbank ab. Er hielt etwas hoch, das in seiner anderen Hand war.

»Ich habe meinem Onkel geholfen, Dübel herzustellen.« Es war ein Stück Holz. »Die altmodische Art, ein Boot zu bauen.«

Seine Stimme und sein Gebaren wirkten jugendlich, und wieder traf Monica die Tragweite der Tragödie rund um die *Explorer* mit voller Härte. Es schien absurd, dass dieser junge Mann in eine gewaltsame Entführung involviert sein sollte. Aber sie hatte ihn auf dem Video aus dem Supermarkt eindeutig identifiziert, und die Quittung, die er mitgenommen hatte, stellte eine direkte Verbindung zu dem Ort her, an dem die Frau eine Zeit lang festgehalten worden war. »Du arbeitest gerne mit Holz?«

»Wir wollen mit dem Boot zum Angeln raus auf den See.« Bei diesen Worten warf er einen hilfesuchenden Blick zu seinem Onkel.

Quint nickte bedächtig. »Was ist hier los, Colm?« Dann wandte er sich Monica zu und verschränkte den Blick mit ihrem. Falls der ehemalige Häftling tatsächlich etwas mit der Sache zu tun hatte, war er ein begnadeter Schauspieler, denn seine betroffene Miene wirkte absolut glaubwürdig. »Los, jetzt rücken Sie schon raus mit der Sprache. Worum geht's hier?«

»Wir würden Colm nur gern zu einigen Dingen befragen, die er im Supermarkt gekauft hat«, sagte Monica.

»Was für Dinge?«, wollte Quint wissen. »Wovon reden Sie?« Colm starrte seinen Onkel verängstigt an. Er zitterte am ganzen Leib. Monica war sich sicher, dass er Reißaus nehmen würde, deshalb trat sie einen Schritt auf ihn zu. Doch Colm legte einfach nur den Holzdübel auf der Werkbank ab. Dann griff er nach dem Stemmeisen, mit dem er vorhin gearbeitet hatte, und rammte es sich seitlich in den Hals.

51

»Denkst du, er kommt durch?«, fragte Crawford. Sie saßen in der Cafeteria des Krankenhauses von Fort William und versuchten etwas zu essen, während sie auf Neuigkeiten zum Zustand von Colm Handler warteten. Monica hatte das Gefühl, bald alle Angestellten der Klinik mit Vornamen zu kennen. Zwei Stunden lang hatte ihr Team das Haus der Handlers durchsucht, inklusive aller Fahrzeuge und Außengebäude. Aber wieder einmal hatten sie mit leeren Händen abziehen müssen.

»Die Sanitäter haben nicht allzu optimistisch gewirkt«, gab Monica zurück.

»Er sah aus wie Frankensteins Monster höchstpersönlich«, meinte Crawford und schob einen halb aufgegessenen Toast über den Tisch zu ihr. Der Griff des Stemmeisens hatte aus dem Hals des Jungen geragt, die Arme schlaff an den Seiten herabhängend, während sich der Schock über das, was er getan hatte, allmählich auf seinen Zügen abzeichnete. Der Moment der Fassungslosigkeit, während sie, Quint und Crawford wie versteinert dagestanden hatten. Dann die Panik, als sie auf ihn zustürzten. »Nicht rausziehen«, »Ruf einen Krankenwagen«, »Du kommst wieder in Ordnung«, hatten sie alle durcheinandergeschrien.

Bevor Monica sich eine angemessene Antwort überlegen konnte, bemerkte sie einen Mann im Anzug, der durch die Cafeteria auf sie zukam. Nach kurzem Stutzen erkannte sie, dass es sich um Chief Superintendent Hately handelte. Seine Bartstoppeln waren länger als üblich, und es war mehr Grau darin zu sehen. Stand ihm gut. Ohne sich um irgendwelches Höflichkeitsgeplänkel zu scheren oder sich zu setzen, kam er gleich zum Punkt: »Was zur Hölle ist hier los? Ein Zeuge, der sich selbst den Hals aufschneidet?« Sein Glasgower Akzent kam jetzt deutlich zum Tragen. »Ein verdammtes Schlachtfeld, was Sie da zurückgelassen haben.« Damit hatte er die Lage perfekt zusammengefasst, Monica hatte dem nichts hinzuzufügen.

»Die Leute sind total nervös, kein Wunder, dass der eine oder andere durchdreht«, sagte Crawford schließlich seufzend.

Hately richtete das Wort wieder an Monica, ohne Crawford eines Blickes zu würdigen. »Sind Sie im Haus der Handlers wenigstens auf etwas Brauchbares gestoßen? Wir müssen diese Frau finden, verdammt.«

Monica sah Hately fest in die Augen und dachte: *Als hätte ich es nicht längst erwähnt, wenn wir etwas gefunden hätten.* Er hatte die Hände in die Hüften gestemmt, die Schultern gestrafft, war sichtlich aufgebracht. »Wir haben den ganzen Hof durchsucht, das Bootshaus. Es gibt keinerlei Hinweise, dass die Frau dort festgehalten wurde.«

»Was weiß der Junge?«, blaffte Hately. »Oder sein Onkel, dieser Drogendealer?«

Monica ließ sich Zeit mit ihrer Antwort. »Das versuchen wir ja herauszufinden. Quint ist bei Colm, und Caroline Handler wartet in einem Zimmer oben und wird von Polizeibeamten bewacht, die vor ihrer Tür postiert sind. Es besteht keinerlei Fluchtgefahr, aber Handler weigert sich, mit uns zu reden, bevor sein Neffe nicht in einem stabilen Zustand ist. Ich hätte nicht im Traum daran gedacht, ihn zu verhaften, solange sein Neffe ein Stemmeisen im Hals stecken hat. Das hätte zu keinem positiven und kooperativen Verhältnis zu unserem Zeugen beigetragen.«

Crawford wandte den Blick ab und verkniff sich ein nervöses Grinsen über die Absurdität der Situation. Hately stieß ein tiefes Seufzen aus und sagte: »Ich wollte Sie nur auf den neuesten Stand bringen, was Khan angeht.« Jetzt dämmerte Monica, woher sein Zorn tatsächlich kam. »Ich erreiche niemanden von ihrer Familie. Es ist fast, als wäre sie ein verdammter Geist.« Er schüttelte den Kopf. »Wie kann … Sie liegt da oben in ihrem Krankenzimmer und kämpft um ihr Leben, ganz auf sich allein gestellt.«

»Sie ist nicht allein«, erwiderte Monica. »Sie sind ja hier.«

Hately sah Monica an, als wolle sie ihn auf den Arm nehmen, doch schließlich zuckte er mit der Schulter und meinte: »Ich habe versucht, mit Fisher darüber zu sprechen. Ich dachte, die beiden wären befreundet, aber …«

»Ich erinnere mich, wie sie einmal erwähnte, sie habe bei einer Freundin in Inverness gewohnt, bevor sie damals ganz hierherzog.«

Zum ersten Mal sah Hately Crawford direkt an. Mit ruhigerer Stimme fragte er: »Hat sie sonst noch etwas gesagt?«

»Ich glaube, sie hat in einem Buchladen gearbeitet, oder sie waren öfter zusammen in einem Buchladen … Ich weiß nicht genau.«

Eine halbe Stunde lang saßen sie beisammen und tranken jeder noch einen Kaffee, als Monicas Handy klingelte. Sie hoffte, es wäre Dr. Lambert mit Neuigkeiten, stattdessen war es ihre Mum auf FaceTime. Monica wurde schlagartig bewusst, dass sie sich nicht erinnern konnte, wann sie das letzte Mal mit ihrer Mutter oder ihrer Tochter gesprochen hatte. Hatte sie ihnen überhaupt eine Nachricht geschickt, um Gute Nacht zu sagen, bevor sie gestern Abend im Krankenzimmer eingeschlafen war?

Geplagt von Gewissensbissen, nahm sie den Anruf entgegen, und Lucys Gesicht füllte das Display aus. »Granny sagt, ich soll dich nicht stören, weil du viel zu tun hast«, sagte sie im Flüsterton. Lucy trug ihre Schuluniform, bestehend aus einem marineblauen Sweatshirt über einem roten Poloshirt. Sie war also schon von der Schule zu Hause. Wo war nur der Tag geblieben?

»Tut mir leid, dass ich mich gestern nicht mehr gemeldet habe, Liebes.«

»Ist nicht schlimm, ich weiß, dass auf Khan geschossen wurde. Es war in den Nachrichten.« Auf der anderen Tischseite hob Crawford die Augenbrauen. Monica sah beiseite und sprach weiter. »Na schön.« Sie überlegte krampfhaft, was sie sagen könnte, um Lucy zu beruhigen. Ob sie Angst hatte? Solche Dinge schienen ihre Tochter selten zu beunruhigen. Und da war es wieder, das alte Problem, ihre Sorge über den offensichtlichen Mangel an Empathie, den Lucy an den Tag legte. Impulsiv antwortete sie: »Crawford ist hier bei mir«, und dann hielt sie das Telefon auf Armeslänge von sich, sodass er sich über den Tisch ins Bild beugen konnte. Die Kleine war sichtlich erfreut und verzog den Mund zu einem breiten Grinsen.

»Ich bin froh, dass man nicht auf Sie geschossen hat, Crawford.«

»Danke«, erwiderte er. »Wie geht's deiner Gran?«

Lucy verzog das Gesicht in angestrengter Konzentration zur Grimasse. »Ich glaube, heute ist sie glücklich. Sie ist die ganze Zeit schon auf Facebook und liest alles über das, was mit Khan passiert ist. Ich glaube, sie findet es toll, wenn viel los ist. Sie meinte, wir könnten was zu essen bestellen, weil sie zu müde zum Kochen ist. Ich denke also schon, dass es ihr gut geht.«

Als Monica zehn Minuten später auflegte, wirkte Crawford deutlich unbeschwerter, was offenbar an seinem Gespräch mit Lucy lag. Als er noch in Inverness gelebt hatte, war es nicht ungewöhnlich gewesen, dass Monica zu ihrer Mutter nach Hause gekommen war und Crawford dort bei einer Tasse Tee und einem netten Plausch mit Angela Kennedy angetroffen hatte. Genauso gut war er auch mit Lucy zurechtgekommen. Damals hatte es sie tierisch genervt, aber mittlerweile gab es ihr ein Gefühl von Sicherheit.

»Die gute alte Lucy«, sagte er und sah sich über die Schulter zum Tresen um, als dächte er darüber nach, sich noch einen Kaffee zu holen.

»Was meinst du damit?«

»Weißt du«, sagte er und wandte sich wieder zu ihr, »mit deiner Tochter hat man immer Spaß. Sie lebt in ihrer eigenen kleinen Welt.«

»Aber … ist das nicht …« Bevor Monica den Gedanken zu Ende führen konnte, sah sie, dass ein Mann auf sie zukam.

Dr. Lambert blieb vor ihrem Tisch stehen, die Hände in die Hüften gestemmt genau wie Hately vorhin. Nur dass sich auf seiner Miene ein Funken Hoffnung abzeichnete. »Colm Handler geht es so weit gut. Entweder, er hatte riesiges Glück, oder er war sehr geschickt darin, die Halsschlagader um einen Fingerbreit zu verfehlen und die Luftröhre um noch ein kleines Stück mehr.«

»Ich bin mir ziemlich sicher, dass es Glück war«, sagte Crawford, und Monica hatte nicht vor, ihm zu widersprechen.

»Ich muss unbedingt mit ihm reden, am besten gleich«, sagte sie.

Dr. Lambert zuckte mit der Schulter. »Wenn er dazu bereit ist, gibt es von meiner Seite aus keinen Grund, warum er nicht mit Ihnen sprechen sollte.«

Als sie das Krankenzimmer im oberen Stockwerk betraten, stand Caroline Handler am Fenster und sah hinaus auf den See. Quint hockte schräg auf der anderen Bettseite, mit sorgenvoller Miene, einen Blutfleck auf dem grauen Strickpullover. Monicas Blick wanderte zu Colm, der aufrecht im Bett saß, einen Wulst Babyspeck unterm Kinn. Mit weit aufgerissenen Augen starrte er ihr aus seinem bleichen Gesicht entgegen. Er wirkte kindlich, verängstigt, völlig überfordert.

»Was machst du nur für Sachen, Colm?«, fragte Monica. »Warum hast du dir das angetan?«

Colm schluckte und verzog das Gesicht, offensichtlich vor Schmerz. »Ich weiß nicht, Kurzschlussreaktion vielleicht.« Seine Stimme war kaum mehr als ein Flüstern, und seine Worte klangen abgehackt, sodass Monica sich konzentrieren musste, um ihn zu verstehen.

»Hattest du Angst?«

Er nickte und sagte dann ganz langsam: »Ich habe Panik bekommen, wollte nur, dass das endlich aufhört.«

»Kannst du uns etwas über diese entführte Frau sagen?«, fragte sie. »Und uns erklären, warum du in diesem Supermarkt warst?«

Er warf seinem Onkel einen flüchtigen Blick zu. »Sag einfach die Wahrheit, Colm«, forderte der ihn auf. »Es hat keinen Zweck zu lügen.«

Eine einzelne Träne rann über die rechte Wange des Jungen. »Ich musste es ihnen einfach zeigen.«

»*Wem* musstest du *was* zeigen?«, hakte Monica nach.

Colm wandte die Augen von Quint ab und begegnete zum ersten Mal Monicas Blick. »Dass das, was sie in der Schule immer sagen, nicht stimmt. Es war nicht Dads Schuld, dass die Jacht verschwunden ist …«

Quint fiel ihm ins Wort. »Aber das weiß doch jeder, dass …«

»Nein, wissen sie nicht.« Colm hob erbost die Stimme, zuckte sogleich zusammen und verzog vor Schmerz das Gesicht. »Sie behaupten, er hätte mit Drogen gehandelt. Es ist alles *deine* Schuld, ich wünschte, du wärst nie zurückgekommen.«

»Dein Dad war ein guter …«, setzte Quint an, wurde aber unterbrochen.

»Halt die Klappe!« Als Colm jetzt so richtig laut wurde, zuckte er erneut schmerzhaft zusammen und legte sich eine Hand an die Wunde am Hals.

»Und du dachtest, wenn du diese Frau entführst, beweist das irgendwas?«

»Nein! Das war nicht ich. Ich hatte keinen Schimmer von der Entführung. Ich habe bloß den Van besorgt!«

»Woher hattest du den?«, erkundigte sich Monica.

»Ich habe ihn mir genommen, von Paul Davison«, gab Colm zurück, die Augen auf die Bettdecke geheftet.

»Wer ist Paul Davison?«

Diesmal antwortete Quint Handler für seinen Neffen. »Einer meiner Kunden. Wir haben ihm erst letzte Woche ein Boot zu Hause vorbeigebracht.«

»Ich habe mitbekommen, wie er was davon sagte, dass er für eine Woche nach Wales fahren wollte«, fuhr Colm fort.

»Als ich dann auf der Suche nach einem Fahrzeug war, fiel mir wieder ein, dass er einen Transporter in der Einfahrt stehen hatte. Die Schlüssel hingen an einem Haken gleich an der Tür. Ich war mir sicher, dass er ihn nicht vermissen würde.«

»Wussten Sie davon?«, fragte Monica und sah Quint fest in die Augen.

Er schüttelte den Kopf. »Ich wusste nur, dass was nicht stimmte, am Sonntag, als ich ihn am Straßenrand fand …«

Monica wandte sich wieder Colm zu und beugte sich näher zu dem Jungen, damit ihre Frage klar und deutlich ankam.

»Wer hat dir aufgetragen, den Van zu stehlen? Hat derjenige dich auch gebeten, die Sachen aus dem Supermarkt zu besorgen?« Colm starrte sie bloß an. »Ich glaube nicht, dass du irgendjemandem wehtun wolltest, aber die Lage ist ernst. Es geht um Entführung und versuchten Mord. Was du mir da erzählst, macht dich zu einem Mittäter, es ist Beihilfe zu einer Straftat. Das ist ein juristischer Fachbegriff und bedeutet, dass wir dich festnehmen und vor Gericht bringen können.«

»Wer immer das getan hat, ist gefährlich, Colm«, mischte Crawford sich jetzt ein. »Warst du auch in dem Van, als Dr. Mitchell angefahren wurde? Weißt du, wo diese Frau jetzt ist?«

»Nein! Ich würde es Ihnen sagen, ich schwöre es. Ich kann nicht …« Er verstummte.

»Du kannst *was* nicht?«, bohrte Monica nach. Colm schluchzte jetzt ungehalten. Sie sah, wie sein Blick zu seiner Mutter zuckte. Monica wandte sich ihr zu und wollte Caroline gerade mit einer Geste bedeuten, zu ihnen zu kommen und sich um ihren Sohn zu kümmern, ihn zu trösten.

Doch dann sah sie ihren Gesichtsausdruck, die Furcht, die ihr schon bei ihrer ersten Begegnung aufgefallen war. Ihre Augen waren weit aufgerissen, Tränen standen darin.

Ganz langsam sagte Caroline: »Er meinte, er könne herausfinden, was aus dem Boot geworden ist.«

Quint war aufgesprungen und starrte sie an. »Wovon redest du?«

Mit leiser Stimme, fast wie in Trance, sprach Caroline weiter. »Er sagte, er könne beweisen, dass das alles nicht Peters Schuld war. Wir dachten, wir könnten seinen Namen endlich reinwaschen.«

»Von wem ist hier die Rede?«, fragte Monica bedächtig. »Wer hat Sie da reingezogen, Caroline?«

52

Caroline Handler starrte Monica an und hatte sichtlich Schwierigkeiten, die richtigen Worte zu finden. »Der Taucher«, sagte sie schließlich. »Er sagte, er würde uns helfen.«

»Wer ist dieser Taucher?«, hakte Monica nach und gab sich alle Mühe, nicht zu aufdringlich zu klingen, obwohl ein Schwall Adrenalin durch ihren Körper rauschte.

»Ich wollte nicht, dass es so weit kommt. Wie hätte ich denn ahnen sollen, dass er jemandem wehtun würde! Er hat mir versichert, er würde die Wahrheit über das Verschwinden der *Explorer* herausfinden und beweisen, dass Bull-Peterson den Grund dafür vertuschen wollte.«

Ehe Monica etwas entgegnen konnte, ergriff Quint das Wort. »Bitte sag mir, dass du Colm nicht dazu angestiftet hast, diesen Van zu klauen. Du hast ihn da nicht bewusst mit reingezogen, oder?«

Caroline schien ihn nicht zu hören und redete einfach weiter. »Als ich von der Frau im See hörte, dachte ich, wir würden endlich Antworten erhalten.«

Monica warf Quint einen verstohlenen Blick zu und hielt eine Hand hoch, damit er sich zurückhielt und schwieg. Dann wiederholte sie etwas lauter: »Wer ist dieser Taucher?«

Diesmal schienen ihre Worte doch zu Caroline durchzudringen. Langsam schüttelte sie den Kopf und sagte: »Ich weiß es nicht. Ich bin ihm nie begegnet.«

»Wie hat er Sie kontaktiert?«, wollte Monica wissen. Gedanklich versuchte sie, die einzelnen Puzzleteile zu einem stimmigen Bild zusammenzusetzen.

»Anfangs online, auf einem Forum, das Colm mir gezeigt hatte, und später übers Telefon. Er hat mich gebeten, ein Fahrzeug und die Sachen aus dem Supermarkt zu besorgen.«

»Ich habe ihr erzählt, ein Freund würde mir seinen Van leihen«, sagte Colm. »Ich wollte nicht, dass sie das tun muss.«

»Warum hast du einen Unfall vorgetäuscht?«, fragte Monica, die sich jetzt an das Drama von Sonntagmorgen erinnerte.

»Das habe ich gar nicht, es war zum Teil schon echt«, antwortete Colm. »Ich war auf dem Heimweg und bin einer streunenden Katze ausgewichen. Und ich hatte mein Handy nicht bei mir. Ich sollte es nicht mitnehmen, damit man mich nicht darüber tracken konnte. Schätze, ich war ziemlich übermüdet. Ich hab die ganze Nacht lang wach gelegen. Dann habe ich den Van abgeliefert.«

»Wohin hast du den Wagen gebracht?«, erkundigte sich Monica.

»Zu einer abgelegenen Parkbucht«, antwortete Colm langsam.

»An der Straße, die aus Fort William rausführt?«, fragte sie und dachte an die Stelle, an der die Frau entführt worden war. »Hast du den Taucher dort getroffen?«

Colm schüttelte den Kopf. »Ich habe den Wagen einfach nur dort abgestellt und bin zurückgelaufen.«

»Warum hat keiner von euch beiden mit mir darüber gesprochen?«, fragte Quint. »Ich hätte doch …«

»Was? *Was* hättest du, Quint?«, fragte Caroline, das Gesicht zu einer harten, hasserfüllten Grimasse verzogen. »Hättest du helfen können, mir meinen Ehemann zurückzubringen? Wärst du nicht gewesen, wäre er noch hier. Hätte er nicht für deine Gerichtskosten aufkommen und die Kosten für deine Anwälte übernehmen müssen, hätte er sich schon viel früher hier eine Arbeit gesucht, statt weiter zur See zu fahren. Er hätte sich nie Gedanken darüber zu machen brauchen, wie er die Hypothek abbezahlen soll, hätte gar nicht erst auf der *Explorer* angeheuert.«

»Es tut mir leid«, sagte Quint, »ich wünschte …«

»Sag es nicht, Quint. Du hattest deinen Spaß, deine *Abenteuer*. Peter hat die Scherben hinter dir aufgeklaubt und war ein zehnmal besserer Mann, als du es je sein wirst. Komm mir bloß nicht damit, den Familienmenschen spielen zu wollen, den wohltätigen Onkel. Wenn du nicht gewesen wärst, hätte ich nicht den Kopf einziehen müssen und so tun, als würde ich es nicht mitbekommen, jedes Mal, wenn ich im Supermarkt war, jedes Mal, wenn ich Colm von der Schule abgeholt habe. Ich wollte, dass die Leute endlich Ruhe geben, wollte allen beweisen, dass Peter nichts mit dieser Sache zu tun hatte.« Tränen strömten ihr übers Gesicht, als sie kopfschüttelnd hinzufügte: »Oh Gott. Diese arme Frau. Ich bin mit schuld, dass sie umgebracht wurde.«

»Wissen Sie denn sicher, dass sie tot ist?«, erkundigte sich Monica. Caroline starrte sie einen Moment lang ausdruckslos an, dann schüttelte sie schließlich den Kopf. »Nein. Ich habe seit Tagen nichts mehr von dem Taucher gehört. Dieser Mistkerl hat sich nie wieder bei mir gemeldet. Nicht, nachdem er bekommen hatte, was er wollte. Hat sich einfach in Luft aufgelöst, dabei sollte er uns doch Antworten auf all unsere Fragen liefern …«

»Sie sagten, er habe Sie übers Telefon kontaktiert. Haben Sie Ihr Handy denn bei sich?«

»Er hat nicht auf meinem Telefon angerufen«, sagte Caroline. »Vor ein paar Wochen hat er mir eins in den Briefkasten am Ende unserer Zufahrt gesteckt, ein ganz einfaches Prepaid-Handy. Ich habe es versteckt.«

»Wo ist es?« Monica wusste, dass das Anwesen der Handlers akribisch durchsucht worden war. Von einem versteckten Handy hatte keiner der Beamten ein Wort erwähnt.

»In einem Geheimversteck«, antwortete sie schließlich. »Draußen im Bootshaus.«

Ein düsteres stahlgraues Licht tauchte den See, den Himmel und die Berge in ein gespenstisches Leuchten. Auf dem Hof der Handlers brannte kein Licht, alles war dunkel und unheilverkündend, nach allem, was zuvor passiert war. Der Wind hatte sich gelegt, das Wasser lag ruhig am Ufer, als Monica aus dem Astra stieg. Die Kälte an ihren Wangen wirkte belebend nach diesem verrückten Tag, dem überheizten Krankenhaus, der unbequemen Fahrt, weil sie die längere Strecke um den See herum zur anderen Uferseite genommen hatte, statt mit der Fähre überzusetzen, Quint neben sich auf dem Beifahrersitz. Es war hart gewesen, mitzukriegen, wie er von seiner eigenen Familie so schonungslos gesagt bekam, was sie wirklich von ihm hielt. Da fiel es schwer, anschließend wieder zum üblichen Small Talk zurückzukehren.

Seite an Seite gingen sie hinunter zum Bootshaus. Quint zog die schwere Tür auf. Drinnen war es dunkel und kalt.

»Ich stelle rasch den Strom an«, sagte er. Es waren die ersten Worte, die er sprach, seit sie in den Astra gestiegen waren. Es wurde hell im Schuppen, und der Heizlüfter sprang an, gefolgt vom Radio. Monica erkannte den »Frühling« aus Vivaldis *Vier Jahreszeiten*, wunderschön und absolut unpassend in diesem bedrückenden Moment. Quint schien der gleichen Meinung zu sein, denn er beugte sich vor und schaltete das Gerät kurzerhand aus.

Monica sah zur Werkbank, neben der Colm gestanden hatte, betrachtete die Blutflecken darauf, überraschend unscheinbar. »Wo ist es?«, fragte Monica.

»Dort drüben.« Quint wirkte froh, etwas zu tun zu haben, denn er machte sich jetzt eifrig daran, einen Stapel Holzkisten beiseitezuschieben. »Früher, als Kinder, haben wir hier immer Sachen vor unseren Eltern versteckt. Ich hatte es ganz vergessen, bis Caroline es vorhin erwähnte.«

»Was haben Sie versteckt?«, erkundigte sich Monica neugierig. Als Einzelkind war sie fasziniert von der Dynamik zwischen Geschwistern. Wie verschieden zwei Menschen, die aus ein und derselben Familie stammten, bisweilen sein konnten.

»Flaschen mit Cider oder Zigaretten in meinem Fall«, antwortete Quint lachend. »Bei Peter waren es in erster Linie Seekarten. Er wollte nicht, dass unsere Eltern mitbekamen, wie weit raus in den Minch er mit seinem winzigen Boot tatsächlich segelte. Immer ein Mann der Tat, mein Bruder, schon als Kind. Das sagt doch alles.«

»Sie haben bereits in jungen Jahren mit dem Trinken angefangen?«

Quint nickte und ging in die Hocke. »Ich schätze, weil ich so schüchtern war. Irgendwie wurde dadurch alles leichter, als könnte ich im alkoholisierten Zustand mein wahres

Ich hervorkehren. Das war eine der größten Erkenntnisse, die ich im Gefängnis hatte. Da drin hatte ich viel Zeit zum Nachdenken.«

Monica ging dicht neben Quint in die Hocke und nahm den Geruch nach Zigarettenrauch und Epoxidharz an ihm wahr. Sie beobachtete seine Hände, während er am Rand des Dielenbretts entlangtastete und versuchte, es herauszuheben. Nach einer Weile vergeblichen Bemühens stieß er einen Fluch aus, stand auf und griff sich ein Messer, das auf der Werkbank lag. Er schob die Klinge in den Spalt und schaffte es, das Brett damit so weit anzuhebeln, dass er es mit der anderen Hand herausziehen konnte. Monica sah eine Plastiktragetasche von Marks & Spencer darunter liegen. Quint holte sie heraus und reichte sie ihr, bevor er das Dielenbrett wieder in die ursprüngliche Position brachte.

Monica öffnete die Tasche. Darin steckte ein großer Ziplock-Beutel, in dem sich wiederum ein Laptop, ein Ladekabel und ein schlichtes Nokia-Telefon befanden. Sie schaltete das Handy ein. Langsam erwachte es zum Leben. Da waren keine neuen Nachrichten, und Caroline hatte ja bereits erwähnt, dass sie sämtliche erhaltenen Nachrichten gelöscht hatte. Für Fisher sollte es ein Kinderspiel sein, sie wiederherzustellen. So ließen sich die Aussagen der Handlers zumindest bestätigen, selbst wenn die Sachen ihnen keine neuen Informationen lieferten. Monica tippte auf dem Telefon herum und versuchte sich zu erinnern, wie man die Betriebssysteme von früher bedient hatte. Vor gar nicht langer Zeit war das hier der neueste Stand der Technik gewesen, zumindest kam es ihr so vor. Nach mehreren Fehlversuchen gelang es ihr, die Kontakte zu öffnen. Es gab nur einen einzigen Eintrag: *Taucher.*

Sie zögerte und überlegte, was es für Konsequenzen

haben würde, doch dann drückte sie entschlossen auf die Wähltaste. Sie wartete ab, während die Verbindung hergestellt wurde und schließlich das Freizeichen ertönte. Das ließ hoffen, denn wenn es am anderen Ende der Leitung klingelte, bedeutete das, dass das Gerät eingeschaltet war. Somit konnte es auch getrackt werden und sie zum Täter führen. Nach etwa einer halben Minute brach der Anruf ab, ohne dass jemand rangegangen war.

Monica kramte ihr eigenes Handy aus der Tasche, um Fisher anzurufen. Sie gab ihm die Nummer durch und bat ihn, die Orte herauszufinden, von denen aus die Anrufe getätigt und die Textnachrichten abgeschickt worden waren.

Schließlich steckte sie das Handy und den Laptop zurück in den Zipperbeutel und wandte sich zum Gehen. Quint stand vor der Werkbank und wischte versonnen mit einem Handtuch über die Blutreste.

»Was wird jetzt aus ihnen?«, fragte er, den Blick auf die Werkbank geheftet.

Monica hatte noch nicht darüber nachgedacht. Ihre ganze Aufmerksamkeit hatte der minimalen Chance gegolten, die Frau zu finden. Alles andere konnte in ihren Augen warten. »Wir werden sehen«, gab sie unbestimmt zurück, ehe sie sich zur Tür umdrehte.

»Das war's dann?« Quint schüttelte erzürnt den Kopf. »Warum zur Hölle haben Sie uns nicht vorgewarnt, bevor Sie hier aufgekreuzt sind? Ich hätte dafür sorgen können, dass ihm nichts passiert. Er könnte tot sein.«

Monica musterte sein Gesicht. Sie wusste genau, wie es lief, wie schnell starke Gefühle kippen konnten, ganz ohne Vorwarnung. In seinem Fall waren es Trauer und Scham, die in Zorn umschlugen. Weil ihm der Junge etwas bedeutete.

»Wir hatten Colm im Verdacht, für die Entführung verantwortlich zu sein«, erwiderte sie sanft. »Die Frau hätte hier irgendwo sein können. Es tut mir wirklich aufrichtig leid, aber wir mussten zügig handeln.« Sie sah, wie Quints Kiefer mahlte, wie der Mix an Gefühlen seinen Körper beherrschte. Sie räusperte sich. »Was Caroline zu Ihnen gesagt hat, da im Krankenhaus … Das war nicht fair.«

»Nein, sie hatte vollkommen recht«, erwiderte Quint. »Ich weiß nicht …« Er sah auf, und ihre Blicke trafen sich. Jetzt gingen Monicas eigene Gefühle mit ihr durch. Am liebsten wollte sie sagen: *Sie machen Ihre Sache gut, ich habe gesehen, wie Colm Sie angesehen hat.* Stattdessen ertappte sie sich dabei, wie sie ihre Hand auf seinen Unterarm legte. Sie machte einen Schritt auf ihn zu, spürte die Hitze, die von seinem Körper ausstrahlte, die vertrauten Gerüche von Zigarettenrauch und Harz, die sie als seltsam wohltuend empfand. Er zuckte leicht zurück, spannte sich überrascht an, wollte sich von ihr losmachen.

Der Regen setzte wieder ein und prasselte aufs Dach, der Wind, der über den See vom Nordatlantik heranwehte, rüttelte an der Tür, sodass das alte Bootshaus unter seinem eigenen Gewicht in die Knie zu gehen schien.

Quint ließ die Hände an Monicas Hüften sinken, und er zog sie an sich. Für sie bestand kein Zweifel, dass das hier eine ganz miese Idee war: ein verurteilter Drogendealer, dessen engste Familienangehörige Komplizen einer Entführung und eines versuchten Mordes waren. Aber in einer Welt, in der eine Jacht verschwinden und eine verschollen geglaubte Frau wiederauftauchen konnte, in einer Welt voll blutiger Gewalt und grausamer Dummheit, fiel es ihr schwer, sich ernsthaft darum zu scheren.

53

»Und, wie geht's ihm?«, fragte Crawford, als Monica die Einsatzzentrale betrat.

»Ganz okay«, gab Monica zurück, wich seinem Blick aber aus. Crawford nickte bedächtig und wartete darauf, dass sie weitersprach. Schließlich zuckte er mit der Schulter und deutete mit dem Kinn auf Fisher, der völlig vertieft vor seinem Laptop saß. »Fisher arbeitet mit Hochdruck an den Daten auf Caroline Handlers Telefon.«

»Der Mobilfunkanbieter hat schon Rückmeldung gegeben«, sagte Fisher, ohne aufzusehen. »Es gibt keinerlei Informationen über den Besitzer, aber man hat mir die Anruf- und Nachrichtenliste übermittelt. Die Nummer des Tauchers wurde nur wenige Dutzend Mal benutzt, fast immer im Stadtbereich von Fort William.«

»Das grenzt unsere Suche nicht unbedingt ein«, antwortete Monica. Sie hatte auf eine eindeutige Datenlage gehofft, die sie an einen ganz bestimmten Standort führte. Vielleicht irgendwo nicht weit von Bull-Petersons Grundstück entfernt. Aber in dieser Gegend war keine einzige Verbindung erfolgt.

»Sieht so aus, als hätte er peinlich genau darauf geachtet, seine Anrufe jedes Mal von einer anderen Position aus zu tätigen und in Bewegung zu bleiben, damit sich nicht alles auf einen einzelnen Funkmast konzentrierte, der vielleicht nicht allzu weit von einem bestimmten Haus entfernt steht. Offensichtlich war er sich darüber im Klaren, wie das mit dem Tracking läuft.«

Monica trat zu Fisher, um sich die Karte mit den entsprechenden Markierungen anzusehen, über der ihr Kollege brütete. Sie zeigte Fort William inmitten der weiten Wildnis. Wie er bereits erklärt hatte, fanden sich die wenigen Ortungen überwiegend im Stadtgebiet. Eine stach allerdings heraus, etwa zehn Meilen südwestlich von Fort William.

Crawford war ebenfalls zu ihnen gekommen und stand auf der anderen Seite neben Fisher. »Ist das nicht …«, setzte er an.

Monica führte seinen Satz zu Ende. »Die Stelle, wo auf Khan geschossen wurde? Wann kam dieser Kontakt zustande?«

Fisher klickte auf die Karte und öffnete die Datei. »Es war eine Textnachricht. Sie ging gestern Nachmittag ein, um fünfzehn Uhr zwanzig.«

»Zehn Minuten, bevor Khan mich angerufen hat«, sagte Crawford nachdenklich. »Jemand hat dem Taucher also gesteckt, dass wir kommen. Es war gar kein unglücklicher Zufall, man hat ihn gewarnt.«

Die Härchen in Monicas Nacken stellten sich auf. »Gibt es noch weitere Nachrichten von dieser Nummer?«

Fisher klickte sich durch die Daten. »Zwei weitere. Eine wurde etwas früher geschickt, um fünfzehn Uhr aus dem Zentrum von Fort William, und eine von etwas außerhalb fünf Minuten später.«

Crawford meldete sich wieder zu Wort. »Der Anruf dieser Zeugin ging um kurz vor fünfzehn Uhr bei Khan ein.

Es muss also jemand von der Polizei sein, der den Taucher vorgewarnt hat.«

Mit trockener Kehle sagte Monica: »Können Sie den Ort für die Nachricht, die um fünfzehn Uhr geschickt wurde, näher bestimmen?« Sie wusste, dass man aufgrund der Rückmeldedauer vom nächsten Funkmast auf eine Kontaktaufnahme hin die Entfernung der Person mit dem Handy zu diesem Mast berechnen konnte. Fisher klickte auf die Datei, und auf der Karte erschien ein Kreis. In dessen Mitte sich das Polizeirevier befand.

Ohne den Blick vom Bildschirm abzuwenden, sagte Monica: »Wo steckt PC Weinmann? Weiß irgendwer, wo sie wohnt?«

Es war schon nach Mitternacht, als Monica und Crawford vor einer Wohnanlage vorfuhren. Dunkel zeichnete sich das Gebäude vor den schwarzen Hängen des Ben Nevis und dem düsteren Nachthimmel ab.

»Hast du nicht auch mal hier gewohnt?«, fragte Monica und sah zu den wenigen Fenstern auf, hinter denen noch Licht brannte. Ob Weinmann zu Hause war? Sie erinnerte sich, wie sie vor Jahren an einem winterlichen Nachmittag mit ihm von Inverness hierhergefahren war, um einige von seinen Sachen herzubringen.

»Ja, eine Weile. Zum Glück bin ich noch vor Beginn der Pandemie umgezogen.« Er stieg aus dem Audi, sah sich misstrauisch um, als erwarte er, dass irgendwo in der Finsternis der Motor eines Transporters angelassen wurde. Zum Glück rührte sich nichts drüben bei der Reihe von geparkten Fahrzeugen, alles war still. »Hab stattdessen ein Holzchalet gemietet, draußen im Wald. Du solltest mal mit deiner Mutter und Lucy zum Grillen vorbeikommen.«

Monica nickte, erwiderte aber nichts. Das Letzte, was sie nach der Geschichte mit Quint Handler gebrauchen konnte, war eine weitere Verwicklung von Beruflichem und Privatem. Was zur Hölle hatte sie sich nur dabei gedacht?

Sie überquerten die Straße zum Eingang des Apartmentgebäudes. Crawford warf einen Blick auf sein Handy, dann drückte er auf einen der Knöpfe an der Klingelanlage. Nach einem kurzen Moment des Wartens war eine Stimme aus der knisternden Gegensprechanlage zu hören. »Amy?«, sagte Crawford. »Hier ist Connor. Wir müssen reden.«

Monica war sich nicht sicher, was sie erwartet hatte, aber als Weinmann sie in ihre Wohnung ließ, ergoss sich ein unverständlicher Schwall von Worten aus ihrem Mund. »Es ging mir nicht gut, mein Kopf ... Ich weiß nicht, ich glaube, es ...«

Monica beobachtete die Beamtin, die unbeirrt weiterplapperte, beide Hände seitlich an die Stirn geschlagen. Weinmann war eine miese Schauspielerin, ihre Darbietung wäre selbst für einen Amateurfilm beschämend gewesen.

»Weinmann«, unterbrach sie die junge Frau schließlich. »Hören Sie auf.« Sie kam ihrer Bitte prompt nach. In der darauffolgenden Stille musterte Monica sie eindringlich. Sie trug eine Wanderhose, Bergstiefel und eine Fleecejacke. »Sie sehen aus, als wollten Sie noch mal raus.«

Weinmann spähte zur Ecke des Raumes, und Monica folgte ihrem Blick. Dort lag eine fertig gepackte Reisetasche. Für einen kurzen Moment dachte sie, die Polizistin würde sich darauf stürzen, doch stattdessen begann sie zu weinen. »Ich wollte doch nicht, dass es so weit kommt. Das war alles ein großes Missverständnis.«

»Wir wissen von den Nachrichten«, sagte Monica. »Haben Sie dieses Handy noch?«

Weinmann ließ sich kraftlos auf einen Stuhl sinken und schüttelte den Kopf. »Ich habe es weggeworfen.«

Ganz leise und behutsam stellte Monica ihre nächste Frage: »Haben Sie auf Khan geschossen?«

»Nein!« Weinmann sah sie entsetzt an. »Was ich gesagt habe, ist die Wahrheit! Er hat erst auf mich geschossen und dann auf Khan. Ich hatte keine Ahnung, was er vorhatte.«

»Dieser Rucksack in dem Unterschlupf«, sagte Monica. »Haben Sie den dort platziert?«

»Er hat mir weisgemacht, es sei die einzige Möglichkeit, die Wahrheit ans Licht zu bringen«, sagte Weinmann leise. »Dass Bull-Peterson ungeschoren davonkommen würde, wenn ich ihm nicht helfe.«

»Von wem reden Sie, Amy?«, fragte Crawford.

»Dem Taucher«, kam Weinmanns Antwort. »Ich wollte nicht, dass das alles passiert.« Sie klang jetzt beinahe hysterisch. »Ich wusste nicht, was er Khan antun würde, wirklich nicht.« Monica sah sie fest an und fragte sich, ob das, was er ein paar Tage zuvor mit Dr. Mitchell gemacht hatte, nicht Hinweis genug war, dass der Kerl notfalls über Leichen ging. Aber jetzt war nicht der richtige Zeitpunkt für Schuldzuweisungen. Wenn auch nur der Hauch einer Chance bestand, dass sie die Frau lebend finden konnten, dann mussten sie ihre geballten Kräfte darauf konzentrieren.

»Was wissen Sie über den Taucher?«, fragte Monica. »Wer ist er?«

»Sie müssen mir glauben«, fuhr Weinmann fort, als hätte sie sie nicht gehört. »Er sagte, er brauche dringend meine Unterstützung …«

»Von wem reden Sie?«, fragte Monica und gab sich alle Mühe, nicht allzu aufbrausend zu klingen. Wenn Weinmann sich ihrer Lage erst einmal bewusst wurde und dichtmachte, würden sie die Frau vielleicht niemals finden. Weder tot noch lebendig.

»Wir hatten was miteinander«, sagte Weinmann leise. »Vor ungefähr sechs Monaten war das. Das Dumme ist … Mir war total klar, dass er gar nicht ernsthaft an mir interessiert war. Ich war ihm ein paarmal begegnet, hatte mich nett mit ihm unterhalten. Mir war vollkommen klar, dass es nur was Oberflächliches war. Aber dann hat er mich im Supermarkt einmal in Uniform gesehen. Es war, als hätte sich bei ihm ein Schalter umgelegt.« Sie stieß ein seltsam schrilles Lachen aus. »Ich redete mir ein, dass er auf Frauen in Autoritätspositionen steht, irgendeine Art Fetisch oder so was in der Art.« Sie fing an zu kichern, bis sich das Glucksen zu einem hysterischen Lachen auswuchs. Monica warf einen verstohlenen Blick zu Crawford und sah ihre eigene Verunsicherung in seinen grünen Augen gespiegelt.

»Amy«, sagte sie schließlich. »Es ist wichtig …«

»Anfangs war es nur verstärkte Aufmerksamkeit, kleine Gesten. Zum Beispiel ist er hier mit einem Kaffee aufgetaucht, hat mein Auto für mich gewaschen, und irgendwann hat er dann angefangen, mir Geschenke zu machen.« In Weinmanns einem Auge – das andere war immer noch unter der Bandage verborgen – standen dicke Tränen. »Ich wollte einfach nur von jemandem festgehalten werden, wertgeschätzt. Wie dumm von mir, zu glauben, irgendwer könnte so für mich empfinden. Ich war noch nicht mal groß überrascht, als er mich nach polizeiinternen Informationen zu fragen begann. Irgendwie muss ich wohl von Anfang an geahnt haben, dass es darauf hinauslaufen würde.«

»Wonach hat er sich erkundigt?«, fragte Monica, die sich eingestehen musste, Weinmann nicht von ihrem Kurs abbringen zu können, weshalb sie sie einfach weitererzählen ließ.

»Anfangs waren es nur Kleinigkeiten, Infos, auf die ich problemlos zugreifen konnte, ohne dass irgendwer was davon mitbekam. Informationen zu Bull-Peterson, zu Leuten, die mit ihm in Verbindung standen. Zum Beispiel, welche Fahrzeuge im Besitz der Firma waren.«

»Und dann forderte er nach und nach immer mehr?«, fragte Monica.

Weinmann nickte bedächtig. »Er trank viel, ich glaube, er nahm auch Drogen. Er war völlig besessen von all den Geschichten über die *Explorer*.«

»Was wollte er noch von Ihnen wissen?«

»Infos über Vermisstenfälle, Mobilfunkdaten, Dinge, an die ich schon sehr viel schwerer herankam, ohne Verdacht zu erregen. Aber er war völlig versessen darauf, erklärte mir, er könne in seinem Leben nur nach vorne schauen, wenn er herausfand, was aus der *Explorer* geworden war. Und aus den Menschen, die an Bord waren.«

Monica ging in die Hocke, sodass sie Weinmann auf Augenhöhe ins Gesicht sehen konnte. »Amy«, sagte sie in eindringlichem Tonfall. »Verraten Sie mir, von wem wir hier reden.«

Jetzt begegnete die Beamtin endlich Monicas Blick, und als sie schließlich sprach, war es kaum mehr als ein Flüstern. »Adam«, sagte sie. »Adam Colinton. Er hält die Frau in seiner Werkstatt gefangen.«

54

Als um sechs Uhr morgens die Sonne aufging, fuhren Monica und Crawford hinter einer bewaffneten Einheit her zu Adam Colintons Werkstatt im Industriegebiet. Bei ihrem vorangegangenen Besuch mit Khan hatte Monica gar nicht richtig erfasst, wie riesig das abgezäunte Gelände war. Erst als das Team sich um zwei Uhr morgens auf dem Revier zusammengefunden hatte, um den Einsatz zu planen, hatte sie auf der Karte im Internet erkannt, dass es sich von der Straße aus bis tief ins Hinterland erstreckte. Es gab dort eine Ansammlung von Schiffscontainern und Fertigbauten, in denen Colinton Weinmann zufolge wohnte.

Monica sah zu, wie die Beamten in ihren schwarzen Schutzmonturen im grauen Morgenlicht aus ihren Fahrzeugen sprangen und sich zügig zum Haupteingang begaben. Gedämpftes Klirren war zu hören, als man das Schloss mit dem Bolzenschneider knackte und das Tor aufzog.

»Nicht zu fassen«, murmelte Crawford. »Ich kenne Adam gut, habe mich manchmal auf der Straße mit ihm unterhalten, er schien mir ein netter Typ zu sein. Glaubst du wirklich, dass wir sie da drinnen finden? Denkst du, sie lebt noch? Das alles ergibt doch keinen Sinn. Er war sicher erst ein Teenager, als sein Onkel auf der *Explorer* verschwand. Auf jeden Fall zu jung, um mit dem damaligen Fall irgendwas zu tun zu haben.«

Monica war komplett entfallen, dass ihr ehemaliger Partner dazu neigte, alles zu kommentieren, wenn er nervös war. »Schätze, das werden wir bald herausfinden«, gab sie schließlich zurück. Sie spürte, wie sich ihr der Magen umdrehte beim Gedanken daran, was sie hinter diesem Zaun und in diesem Labyrinth aus alten Fahrzeugen und Schiffscontainern erwarten mochte.

»Weinmann«, fuhr Crawford fort und sog kopfschüttelnd die Luft zwischen den Zähnen ein. »Und ich dachte, ich bin verkorkst. Womit hat sie zu rechnen? Dafür muss sie doch sicher eine Weile einsitzen, oder? Es ist nicht zu fassen.« Diesmal sparte Monica sich eine Antwort. Sie wollte nicht darüber nachdenken, was die Zukunft bringen würde, sie hoffte nur, dass sie die Frau noch lebend fanden. Die Tatsache, dass Colinton sie in dem verlassenen Dorf nicht einfach erschossen hatte, musste etwas bedeuten, oder nicht? Crawford führte seinen Monolog fort. »Ob er sich wohl wehrt? Weinmann meinte, er besitzt eine Flinte und verschiedene Messer.«

Schweigend saßen sie im Auto und warteten. Monica stand unter großer Anspannung, sie fürchtete jeden Moment Schüsse in der geladenen Stille zu hören. Stattdessen knisterte das Funkgerät, und dann erreichte sie die schlichte Nachricht, dass die Zielperson gefasst sei.

Sie betraten das Gelände und gingen vorbei an einer Reihe von Schiffscontainern, die die Anlage zur Straße hin abschirmten. Das Ganze hatte beinahe etwas Militärisches, mit dem Stacheldraht obendrauf und den darübergespannten Tarnnetzen, als wolle man sie vor Drohnenkameras verbergen.

Adam Colinton saß vor einem der Wohnmodule auf einem Plastikstuhl, in Jogginghose und Hoodie. Man hatte ihm Handschellen angelegt, weshalb er eher umständlich an einer Zigarette zog, bewacht von einem bewaffneten Beamten, der neben ihm postiert war. Die Haare fielen ihm wirr in die Stirn und verdeckten seine Augen. Als Monica und Crawford sich ihm näherten, blickte er auf und grinste breit.

»Endlich ein freundliches Gesicht«, sagte er. »Ihr Wagen ist schon fertig und wartet auf Sie.« Er deutete mit dem Kinn zu einer entlegenen Ecke des Hofs, wo Monica ihren Volvo entdeckte. Sie hatte nicht gewusst, dass die Polizei Colintons Werkstatt für Reparaturarbeiten nutzte.

»Wo ist sie?«

»Ich weiß nicht, wen Sie meinen«, antwortete Colinton gedehnt. Sein freches Grinsen wurde noch breiter.

»Vielleicht kann ich Ihnen ja auf die Sprünge helfen«, sagte Monica. Sie zog ihr Handy aus der Tasche, öffnete das Foto der Frau, das sie im Krankenhaus gemacht hatte, und hielt es ihm hin. »Wo ist sie?«

»Ich weiß nicht, wo sie aktuell steckt«, erklärte Colinton. »Ich kann Ihnen nur sagen, dass sie hier war. Ich habe ihr geholfen, aber jetzt ist sie fort.«

»Fort? Wohin hat man sie gebracht?«, wollte Monica wissen. Der lockere Plauderton, mit dem er ihr das alles erzählte, war für sie schwer nachvollziehbar.

»Vielleicht ist sie wieder im Meer verschwunden, für weitere fünf Jahre, was weiß ich?«

»Haben Sie ihr etwas angetan? Haben Sie sie umgebracht?«

»DI Kennedy?« Beim Klang von Inspector Culross MacDonalds Stimme wandte Monica sich über die Schulter um und sah, dass sich ein Team von Beamten in Schutzanzügen an die Suche gemacht hatte. Sie hatten bereits einen der Schiffscontainer geöffnet.

Monica sah Culross ins Gesicht und brauchte von ihm keine weitere Bestätigung mehr, dass er schlechte Neuigkeiten hatte. »Das sollten Sie sich ansehen.«

Als sie neben ihm her zu der offenen Tür ging, hatte sie das Gefühl zu schweben. Sie folgte dem Strahl seiner Taschenlampe ins Innere des Containers, betrachtete die Gegenstände, die darin herumlagen: Kabelbinder, Handschellen, ein Mobiltelefon – und ein blutiges Messer.

55

»Wo ist sie, Adam?«, fragte Monica eindringlich und hatte Mühe, ihre Stimme im Zaum zu halten, während sie Colinton fest ins Gesicht sah. Er saß ihr gegenüber am Tisch des Verhörraums, neben ihm ein ortsansässiger Anwalt. Seine Miene hatte sich verändert. Zwar grinste er immer noch aufmüpfig, aber sie spürte eine gewisse unterschwellige Unsicherheit.

»Ich habe keinen Schimmer, wovon Sie reden«, gab er trotzig zurück. Er lehnte sich auf seinem Stuhl nach hinten und breitete die Hände aus.

»Nein? Was ist mit diesen Sachen, die man auf Ihrem Grundstück gefunden hat?« Sie rief auf ihrem Handy ein Foto der Gegenstände auf, die man in einem der Schiffscontainer gefunden hatte, und schob es ihm über den Tisch zu. »Erkennen Sie sie wieder?«

Er warf einen flüchtigen Blick darauf und schüttelte hastig den Kopf. »Noch nie gesehen.«

»Sind Sie sicher?«

Colinton rieb sich das Kinn. »Ja, absolut sicher.«

»An diesem Messer klebt Blut. Sie behaupten also, Sie hätten keine Ahnung, wie es da hineinkommt? Sie haben keine Erklärung dafür?«

Alle Farbe wich aus Colintons Gesicht, und er warf

seinem Anwalt einen schuldbewussten Blick zu. »Hören Sie … ich weiß nicht …«

»Sie wissen nicht, wie die Sachen da reinkommen?«, fragte Monica noch einmal. »Wir wissen zufällig, dass Amy Weinmann Sie kontaktiert hat, um Ihnen mitzuteilen, dass sie und DC Khan kurz davor waren, die Frau zu finden.«

»Warten Sie, was?« Colinton wirkte aufrichtig überrascht.

»Sie hat Ihnen eine Nachricht geschickt, auf dieses Telefon.« Monica deutete auf das Handyfoto vor ihm auf dem Tisch. »Sie sind hinterrücks auf Khan und Weinmann losgegangen und haben die Frau anderswo hingebracht. Wo ist sie jetzt? Ist sie noch am Leben?«

»Nein!« Colinton wollte aufspringen, doch sein Anwalt hielt ihn am Arm zurück. »Ich habe nichts getan! Ich gehe nicht ins Gefängnis, nicht dafür!«

Monica blieb sitzen und sah zu Colinton auf. Sie hatte im Lauf der Jahre schon genügend Kriminelle und Mörder verhört, um zu wissen, dass so ein eisernes Beteuern der Unschuld nicht das Geringste zu bedeuten hatte. Manch einer war wirklich felsenfest davon überzeugt, unschuldig zu sein, und leugnete selbst dann noch, wenn man demjenigen unmissverständliche Beweise vorlegte.

»Dann sagen Sie mir, was das zu bedeuten hat«, forderte Monica ihn auf. »Wenn Sie eine Erklärung für all das haben, bitte schön, nur raus damit.«

»Bull-Peterson muss mir das Zeug untergejubelt haben, ja, so muss es sein. Ich habe diese Sachen noch nie gesehen. Jeder hätte sich da reinschleichen und was deponieren können. Sie haben doch selbst mitbekommen, was bei mir in der Werkstatt manchmal los ist.«

»Haben Sie eine Überwachungsanlage mit Kameras?«

Colinton ließ sich langsam wieder auf den Stuhl zurücksinken und schüttelte den Kopf. »Nicht für diesen Bereich des Geländes, nur fürs Hauptgebäude. Sie müssen mir glauben, ich habe nie …«

»Sie haben nie *was*? Amy Weinmann als Informantin missbraucht?«

»Das ist eine ganz andere Geschichte. Ich brauchte dringend Antworten. Musste wissen, was meinem Onkel zugestoßen war. Mir war klar, dass Bull-Peterson auf die eine oder andere Weise seine Finger im Spiel haben musste. Ich dachte, sie könnte mir dabei helfen, Beweise dafür zu finden.«

»Warum haben Sie die Frau entführt? Und warum haben Sie auf Khan geschossen?«

»Das war ich nicht! Was sollte ich wohl für einen Grund haben, so etwas zu tun? Ich wollte ihr helfen!« Colinton brüllte jetzt ungehalten. »Wir wollten Bull-Peterson auffliegen lassen, diesen Bericht finden.«

»Wovon reden Sie?«, fragte Monica.

»Hören Sie, was ich mit Amy gemacht habe, war nicht in Ordnung. Ich hätte sie nicht ausnutzen dürfen. Aber es war eine Art Obsession, nachdem die *Explorer* und mein Onkel … Er war von heute auf morgen einfach fort. Und dann taten plötzlich alle so, als wäre Bull-Peterson ein Heiliger, weil er den Leuten seine Kohle in den Rachen schob. Ich musste einfach die Wahrheit wissen.«

»Und dazu war eine Entführung notwendig? Und ein versuchter Mord?«

»Nein! Ich sage doch, das war ich nicht.«

»Was haben Sie dann getan?«

»Sie hat mich übers Internet kontaktiert, in einem dieser Foren, in denen man sich über die *Explorer* austauscht.«

»Wer hat Sie kontaktiert?«

Colinton zuckte mit der Schulter. »Na, diese Emily Hurst.«

»Was sagen Sie da?«

»Anfangs habe ich ihr nicht geglaubt, aber dann hat sie mich über Videocall kontaktiert, sie war es wirklich.«

»Sie reden von der Frau aus dem See? Sie hat Sie kontaktiert?«

»Vor ein paar Monaten, ja. Sie wollte, dass ich ihr helfe.«

»Helfen? Wobei?«, hakte Monica nach.

»Sie wollte Bull-Peterson auffliegen lassen, beweisen, was er ihr angetan hatte. Und meinem Onkel.«

»Was *hatte* er ihr denn angetan?«

»Das wollte sie nicht sagen«, erklärte Colinton. »Sie war nicht sehr gesprächig. Ich habe sie in Glasgow abgeholt und bin mit ihr hierhergefahren. Hab ihr geholfen, rauf zum Lochan zu kommen. Der befindet sich auf *seinem* Land, und als ich mitbekam, dass die Wandergruppe dorthin wollte, wusste ich, dass das der perfekte Ort war.«

»Sie haben ihr geholfen, zu dem See oben auf dem Ladhar Bheinn zu gelangen?«

»Den Großteil der Strecke sind wir mit dem Quad gefahren. Dann reichte sie mir ihre Schuhe und ihre Tasche, und ich fuhr wieder zurück.«

»Warum ausgerechnet auf diese Weise? Warum ist sie mit ihren Anschuldigungen nicht zur Polizei gegangen?«

Colinton begann zu lachen. »Sie wollen mich auf den Arm nehmen, stimmt's? Gegen einen Mann wie Bull-Peterson kommt man nicht an. Emily hat doch *versucht*, die Polizei ins Boot zu holen, hat sich an die Behörden gewandt, aber niemand wollte ihr glauben. Alle erklärten sie für verrückt. Deshalb wusste sie sich keinen anderen Rat. Es war die einzige Möglichkeit für sie, Aufmerksamkeit zu bekommen. Um die Wahrheit ans Licht zu bringen.«

Monica starrte Colinton eine Weile über den Tisch hinweg an. Seine Geschichte klang wirklich interessant, aber es klafften auch riesige Lücken darin. Zum einen behauptete Weinmann steif und fest, dass sie ihm eine Nachricht geschickt hatte, kurz vor dem Hinterhalt. Wenn auch auf ein Handy, dessen Eigentümer sich nicht ermitteln ließ. War es möglich, dass Colinton die Wahrheit sagte und Weinmanns Nachricht an jemand anderen gegangen war? Jemand, der sich lediglich als Colinton ausgegeben hatte?

»Sie sagten, Emily Hurst habe Sie über ein Forum kontaktiert?«

Colinton nickte. »Im Darknet.«

»Was war ihr Nickname?«

»Ich nannte mich der Taucher«, antwortete Colinton. »Nach meinem Onkel. Er war Tiefseetaucher.«

»Und könnte Sie jemand identifiziert haben, anhand Ihres Online-Profils?«

»Nein, ich habe nie …« Colinton verstummte und verzog nachdenklich das Gesicht. »Obwohl, vielleicht schon. Wenn es jemand aus dem Ort war, dann vielleicht schon. Ich habe hier und da erwähnt, dass ich ein Familienmitglied durch die *Explorer*-Tragödie verloren habe und mein Geld mit Autos verdiene. Ich schätze, da hätte leicht jemand eins und eins zusammenzählen können.«

»Wer?«, fragte Monica. »Bull-Petersons Haus und Grundstück haben wir bereits durchsucht, es deutet nichts darauf hin, dass er in die Entführung verwickelt ist. Ob Sie es glauben oder nicht, aber er hat ein wasserdichtes Alibi.«

Colinton sah sie verunsichert an, und Monica erwartete, dass er beharrlich bei seiner Überzeugung bleiben würde, dass es Bull-Peterson war. Stattdessen schüttelte er resignierend den Kopf. »Ich weiß es nicht. Keine Ahnung, wirklich. Es könnte im Grunde jeder sein.«

56

Der Mann blickte hinunter auf seine Hand. Sie zitterte leicht. Das war neu. Vielleicht hatte er zu viel vom lokalen Leitungswasser getrunken. War es wirklich mit Hormonen und Chemikalien belastet, wie er im Internet gelesen hatte? Alles blanker Unsinn, zumindest hatte er das immer angenommen. Jetzt war er sich nicht mehr so sicher. Er hielt es für möglich. Mehr als möglich sogar, es schien ihm sogar wahrscheinlich.

Er sah sich im Supermarkt um, vergrub die Hände tief in den Taschen, aus Sorge, andere könnten das Zittern bemerken. Und dann würden sie vielleicht erraten, was in ihm vorging, dass mit ihm etwas nicht stimmte. Alles, was er getan hatte, war richtig gewesen. Aber es war schwer, Licht in die ganze Sache zu bringen.

Er schüttelte den Kopf. Merkte, dass er immer noch im Gang mit den Putzmitteln stand und auf die Regale voller Sprühflaschen starrte. Sein Einkaufswagen war voll, mit ganz alltäglichen Dingen. Grundnahrungsmitteln, Chipstüten, Fertigmahlzeiten. So machte man das, wenn man sich tarnen wollte, man versteckte die Sachen vor aller Augen. Er griff nach der großen Flasche Bleichmittel, dann nach dem Rohrfrei und schließlich nach den Mülltüten. Eine Säge und eine Schaufel hatte er bereits organisiert. Schließlich nahm er noch eine Packung Einweghandschuhe aus dem Regal und schob den Wagen Richtung Kassen. Ein starres Lächeln auf den Lippen, in einem Gesicht, das er selbst als sein Alltagsgesicht bezeichnet hätte. Vor einiger Zeit noch hatte sich dieses weitestgehend mit seiner sonstigen Persönlichkeit gedeckt. Das, was er nach außen hin darstellte, war fast identisch gewesen mit dem, was in seinem Inneren vor sich ging. In einem Maße, dass er beides eine Weile für das Gleiche gehalten hatte: Er war sowohl nach außen hin als auch innerlich ein und dieselbe Person gewesen. Das hatte sich mit dem Unglück der *Explorer* verändert. Sein früheres Alltagsgesicht war mit der Jacht verschwunden. Manchmal erhaschte er in einem Spiegel oder einem Schaufenster einen Blick auf sein neues Gesicht. Ihm war, als gehöre es zu jemand anderem, einem Fremden.

Er sah hinunter auf seinen Einkaufswagen, auf die schwarzen Müllsäcke, die Bleiche, den Rohrreiniger. Wie hatte es so weit kommen können? Für einen flüchtigen Augenblick ergriff das Grauen von ihm Besitz, schwappte über sein Bewusstsein wie eine Welle über den Strand. Sein Magen krampfte sich zusammen, und er hätte sich auf der Stelle übergeben können, hier an der Kasse. Er war überzeugt, dass die Kotze von einem satten Dunkelgrün wäre, so widerlich und verdorben wie seine dunkle Seele. Er holte tief Luft. Es führte kein Weg daran vorbei, er musste es tun. Aus demselben Grund, aus dem alles andere geschehen war seit dem Tag, als die *Explorer* in See gestochen war. Hatte er irgendeine Wahl?

»... was sie so erzählen. Das Mädchen hatte verdammtes Glück.«

Er kehrte zurück in die Gegenwart und konzentrierte sich auf das Gespräch zwischen der Kassiererin und der

Kundin vor ihm. Sie trug eine blaue Schwesternuniform mit dem aufgestickten Logo des NHS Schottland und kam offenbar gerade von ihrer Schicht im Krankenhaus. Die Kassiererin sagte: »Ach, ich hatte gehört, es ist ernst, nur eine Frage der Zeit.«

»Das wird sich zeigen, man weiß nie. Ich habe schon erlebt, dass Leute über die Türschwelle gestolpert sind, sich den Kopf angeschlagen haben und gestorben sind. Und sie kriegt eine Kugel an den Kopf und sieht aus, als könnte sie jeden Moment aufwachen. Es ist ein Wunder.«

Ihm war, als liefe ein Rinnsal Eiswasser über seinen Rücken. Er erinnerte sich, wie er ihr in die Augen gesehen hatte, bevor er den Abzug betätigt hatte. Er hatte etwas darin gesehen, ein Flackern der Erkenntnis. Irgendwie musste sie erraten haben, wer er war, trotz der Sturmhaube.

Jetzt mischte er sich in das Gespräch ein: »Wird sie sich an denjenigen erinnern, der ihr das angetan hat?« Beide Frauen wandten sich ihm zu, die Gesichter zu misstrauischen Fratzen verzogen. »Ich hoffe, sie erwischen ihn«, brachte er noch heraus. »Schließlich wollen wir uns in dieser Stadt doch wieder sicher fühlen, nicht wahr.«

Vielleicht hatten sie seinem Alltagsgesicht geantwortet. Oder sie hatten sich abgewandt und waren schreiend davongelaufen. Er würde es nie erfahren, denn das Nächste, woran er sich erinnerte, war, dass er wieder in seinem Wagen saß. Wie in geistiger Umnachtung war er zum Krankenhaus gefahren. Dort drin lag sie, und wenn sie aufwachte, würde sie ihn identifizieren können. Ihm blieb also keine Wahl. Er wusste, was er zu tun hatte.

57

Monica, Crawford und Fisher saßen in der Einsatzzentrale und diskutierten über den bisherigen Ermittlungsstand.

»Du glaubst ernsthaft, es liegt auch nur ein Körnchen Wahrheit in dem, was Colinton sagt?«, fragte Crawford ungläubig.

Monica schüttelte resigniert den Kopf. »Ich weiß nicht mehr, was ich denken soll.«

»Mal ehrlich, es klingt schon extrem unwahrscheinlich, dass er sie umbringt, den Leichnam wegschafft und dann aber das blutige Messer liegen lässt, damit wir es finden, oder?«

»Vielleicht hat er Panik bekommen«, gab Monica zurück. »Vielleicht hat er sich Mut angetrunken, damit er es überhaupt über sich bringt, und dann vergessen, das Messer mitzunehmen.« Noch während sie es sagte, merkte sie, wie abwegig es klang.

»Falls Colinton sie nicht getötet hat, wo könnte sie dann sein?«, fragte Crawford. Monica schüttelte wieder den Kopf. Sie wusste, dass sie eigentlich alle Hebel in Bewegung setzen sollte, die Frau zu finden, die Suche wiederaufnehmen, aber irgendwie sah es so aus, als wären keine Spuren mehr übrig, denen sie noch hätten folgen können.

»Na, zumindest geht es mit Khan aufwärts«, bemerkte Crawford und lehnte sich auf seinem Stuhl zurück. Der

Anruf war am frühen Morgen eingegangen. Man hatte ihnen mitgeteilt, dass sie vielleicht bald aufwachen würde. »Das ist doch zumindest ein Lichtblick.«

Fisher schaute von seinem Laptop auf. »Ach ja, Hately meinte, sie hätten Khans Vater über eine Freundin von ihr aus Inverness ausfindig gemacht. Er kommt her, wohnt immer noch in Stirling.«

Monica nickte. Dass Khan wieder zu Bewusstsein kommen würde, waren gute Neuigkeiten, auch wenn sie sich nach wie vor unsicher war, was den Besuch ihres Vaters betraf. Schließlich war die Kollegin ganz offensichtlich auf Distanz zu ihrer Familie gegangen. Sollte sie versuchen, einzuschreiten und es zu unterbinden? Hatte sie überhaupt das Recht, sich in solche familiären Dinge einzumischen?

»Ist es wirklich möglich, dass diese Frau Emily Hurst ist?«, fuhr Crawford fort. »Kann sie tatsächlich überlebt haben?«

Monica versuchte, gedanklich alles noch einmal durchzuspielen. Aber angesichts ihrer Übermüdung schien ihr Gehirn tempomäßig einen Tick hinterherzuhinken. »Was, wenn Colinton die Wahrheit sagt«, überlegte sie. »Was, wenn er wirklich reingelegt wurde. Wie sollen wir das nachweisen?«

»Der Taucher hat das Handy für Caroline im Briefkasten am Ende ihrer Zufahrt deponiert, von wo sie es holen sollte, und eins draußen vor Amys Wohnung. Beides geschah vor ein paar Wochen«, gab Crawford zurück. »Es war also zumindest zum Teil geplant, was auf Colinton als Täter hindeutet. Es sei denn …«

»… es sei denn, jemand hat im Forum mitgelesen«, fiel Monica ihm ins Wort, die jetzt begriff, worauf er hinauswollte. »Jemand, der dort die Idee aufgriff, dass am fünften

Jahrestag etwas geschehen würde, und der vorbereitet sein wollte, um es dann selbst in die Hand zu nehmen.«

»Okay«, sagte Crawford. »Dann wären wir also wieder bei Bull-Peterson?«

Monica schüttelte nachdenklich den Kopf. »Warum sollte er sich die Mühe machen und Handys deponieren? Er hätte doch einfach jemanden dafür bezahlen können, der früher als Sondereinsatzkraft gearbeitet hat. Der hätte alles für ihn erledigen können.«

Crawford zuckte mit der Schulter. »Also, wenn es wirklich jemand anderes aus diesem Forum war, wie sollen wir denjenigen identifizieren?«

»Derjenige müsste zumindest wissen, dass Colinton auf diesem Forum aktiv war«, sagte Monica.

»Und er müsste wissen, wer Amy Weinmann und Caroline Handler sind«, meldete Fisher sich hinter seinem Laptop zu Wort. »Er müsste sie anhand ihrer Online-Profile identifiziert haben können oder in Weinmanns Fall wissen, dass sie Colinton nahestand, ihre Adressen kennen und Zugriff auf ihre Mobilfunknummern haben.«

»Also auf jeden Fall jemand von hier?«, schlug Crawford vor. Und während Monica so darüber nachdachte, kam es ihr plötzlich gar nicht mal so unwahrscheinlich vor.

»Aber warum?«, fragte sie. »Was könnte das Motiv für die Entführung sein, wenn es nicht Bull-Peterson war? Warum sollte jemand so etwas tun?«

»Vielleicht ist es ja das gleiche Motiv wie das, von dem wir in Bull-Petersons Fall ausgegangen sind«, warf Crawford ein. »Vielleicht will er nicht, dass die Frau redet, weil er nicht will, dass ans Licht kommt, was mit der *Explorer* passiert ist – nur dass er es aus einem anderen Grund vertuschen will? Wegen etwas, von dem wir bislang noch nichts wissen?«

58

Khan sah sich um. Ganz langsam dämmerte ihr, dass sie sich im Celtic Park Stadion befand. Sie musste schon sehr, sehr lange hier sein, denn es hatte sich verändert. Jetzt wuchsen Bäume auf dem Spielfeld, eine Art Plantagenwald. Wie hatte sie die ganze Zeit hier sitzen können, auf demselben Platz, lange genug, dass ein Wald gewachsen war?

Sie erhob sich von ihrem Sitz, begab sich aufs Spielfeld und spazierte zwischen den Bäumen hindurch zur Mitte des Platzes. Irgendetwas sagte ihr, dass sie schon einmal hier gewesen war. Es lag ein intensiver Geruch in der Luft, nach Moos, Regen und verrottenden Pflanzenteilen. Und noch etwas anderes, ein eher beißender Geruch. Sie blickte nach unten, sah ihre nackten Füße, bemerkte die Kiefernnadeln, die Erde.

Was war das nur für ein Geruch? Durchdringend, schwefelig. Nach und nach realisierte sie, dass es sich um Schießpulver handelte. Kordit. Ein Schuss war in unmittelbarer Nähe abgefeuert worden.

Noch einmal sah sie nach unten und stellte fest, dass sie einen Korb in der Hand trug. Er war unheimlich schwer. Fast zu schwer zum Halten, sie trug ihn schon so lange Zeit bei sich, deshalb hatte sie sich auch nicht von ihrem Sitzplatz wegbewegt. Es wäre zu anstrengend gewesen, eine zu große Last. Jetzt sah sie seltsame Gegenstände darin liegen. Spielsachen aus ihrer Kindheit, eine alte Puppe, ein Teddybär, dazwischen andere Dinge, Bruchstücke von Knochen, Fell, Federn – und Blut.

Bedächtig setzte sie den Korb ab. Sah an sich herab und erkannte, dass sie ebenfalls mit Blut, Knochenstücken und Fellresten bedeckt war. Irgendwie wusste sie, dass sie sich selbst damit eingerieben hatte, um sich in eine Kreatur des Waldes zu verwandeln. Warum nur hatte sie das getan? Wozu sollte das gut sein? Es kam ihr wirklich absonderlich vor, und sie wusste auch, dass es etwas zu bedeuten hatte, aber im Moment kam es ihr zu nebensächlich vor, um sich damit zu befassen. Sie klopfte sich den Schmutz ab, fing an, die Knochenstücke, die Federn und das Fell von ihrem Körper zu zupfen, während sie tiefer in den Wald hineinging. Direkt vor ihr befand sich eine Höhle, sie wusste instinktiv, dass sie da hineingehen musste. Doch dann vernahm sie hinter sich einen Laut, Schritte im trockenen Laub. Ein Husten. Sie drehte sich um. Da war ein Mann. Er stand jetzt vor ihr, das Gesicht hinter einer Sturmhaube verborgen. Trotzdem wusste sie sofort, wer er war. Sie streckte die Hand nach ihm aus, zog die Balaklava herunter. Sein Gesicht war ganz gewöhnlich, nicht weiter bemerkenswert.

»Ich kenne Sie«, hörte sie sich selbst sagen. »Ich kenne Ihren Namen.« Jetzt bemerkte sie die Waffe in seiner Hand. Khan wandte sich ab und begann zu rennen.

59

Fisher rückte von seinem Laptop ab und lehnte sich zurück. »Gerade hat Henry sich gemeldet. Er ist drin im Forum.«

»Wie lange wird er schätzungsweise brauchen?«, wollte Monica wissen. Noch während sie sprach, war von Fishers Laptop ein Pling zu vernehmen.

Fisher klickte auf der Maus herum, offenbar öffnete er eine eingegangene Nachricht. »Schon passiert.«

»So schnell?«, fragte Crawford ungläubig.

»Henry ist einfach nicht zu toppen«, gab Fisher zurück.

»Was hat er gefunden?«, fragte Monica.

»Ich habe ihn auf lokale IP-Adressen angesetzt, die sich in diesem Forum eingeloggt haben. Er hat eine Liste geschickt.« Monica und Crawford traten hinter ihn und sahen auf den Bildschirm. Fisher öffnete ein Dokument. »Die hier gehören alle zu Colinton«, sagte Fisher. »Und hinter denen stecken Amy Weinmann und Caroline Handler.«

»Okay. Und was bleibt übrig, wenn wir sie ausklammern?«, wollte Monica wissen. »Irgendetwas Neueres?«

»Da sind nur ein paar wenige Aktivitäten aus der vergangenen Woche«, sagte Fisher. »In letzter Zeit war das Forum nicht mehr so stark frequentiert.«

»Zeigen Sie sie mir.«

Fisher machte sich daran, etwas auf der Tastatur zu

tippen, und nach etwa einer Minute öffnete sich eine Karte auf dem Bildschirm, auf der eine Handvoll Markierungen zu sehen waren, gleichmäßig verteilt. Monica ließ den Blick darübergleiten und fragte sich, ob einer von diesen Punkten einen Hinweis liefern könnte oder ob sie hier nur ihre kostbare Zeit vergeudeten.

Eine ganze Weile sagte keiner von ihnen ein Wort. Crawford entdeckte es als Erster, plötzlich schwebte sein Finger über dem Bildschirm. »Wartet mal, der hier, mitten im Nirgendwo, auf der Straße nach Kinlochleven. Ist das nicht …«

Jetzt dämmerte auch Monica, um welchen Ort es sich handelte. »Die Büroräume der Thule Corporation.«

»Und was heißt das jetzt?«, fragte Crawford. »War Bull-Peterson in diesem Forum unterwegs?«

»Können Sie genau bestimmen, wann die Seite von dieser IP-Adresse aus abgerufen wurde?«, fragte Monica.

Fisher klickte auf die Markierung. »Am vergangenen Montag. Das war der achtzehnte April, um ein Uhr nachmittags.«

»Khan und ich waren ungefähr zu der Zeit dort«, sagte Monica langsam.

»Hatte Bull-Peterson für diesen Zeitpunkt nicht ein Alibi?« Crawford klang verwirrt.

Monica brauchte nur einen kurzen Moment, um den zweiten Standort zu entdecken, ein einsam gelegenes Haus in einer ländlichen Gegend, nicht weit von Fort William entfernt. Teil für Teil setzte sie das Puzzle zusammen. »Was hat Weinmann gesagt«, sagte sie bedächtig, »über den Moment, als der Schütze plötzlich hinter ihr stand?«

Crawford machte ein verdutztes Gesicht, dann antwortete er: »Ich glaube, sie sagte, er habe sich geräuspert, eine Art trockenes Husten. Warum?«

60

Der Mann strich mit der flachen Hand an seinem Nacken empor, und für einen Moment war es, als brächte er kein Wort heraus. Seine Kehle war staubtrocken, er keuchte schwer, zwang ein wenig Spucke seinen Hals hinunter, sodass es ihm schließlich gelang, zu sagen: »Nur die Blumen, danke.«

Er wusste, dass Dr. Mitchell immer noch im Krankenhaus lag. Sollte ihn jemand dabei ertappen, wie er hier durch die Korridore schlich, würde er einfach den Strauß hochhalten, lächeln und sagen: »Ich befürchte, ich habe mich ein wenig verlaufen. Könnten Sie mir vielleicht sagen, wie ich zu Dr. Mitchell komme?« Jeder hier kannte sie und würde instinktiv davon ausgehen, dass er als ein Bekannter von ihr eine vertrauenswürdige Person war. Er hatte der Ärztin das nicht antun wollen, nichts davon war in böser Absicht geschehen. Es war ihm alles einfach so zugestoßen. Eins nach dem anderen. Wenn er an solche Dinge geglaubt hätte, hätte er behauptet, es laste ein Fluch auf ihm. Aber derartige Vorstellungen waren lächerlich, alles, was zählte, war die Gegenwart. Und in der musste er handeln. Selbst wenn es ihm schwerfiel, selbst wenn er das alles eigentlich nicht wollte.

Mit zitternder Hand klopfte er auf seine Jackentasche, um sich zu überzeugen, dass die Schere noch da war. Er hatte sie im Krankenhausladen erstanden. Klein, aber spitz. Sie würde ihren Dienst tun, erst recht bei einer Patientin, die im Koma lag. Er würde damit die Halsschlagader aufschlitzen und ihr Blut und damit sämtliche Geheimnisse aus ihr herausrinnen lassen, auf dieses weiße Krankenhauslaken. Er ging ein hohes Risiko ein, aber er brauchte nicht viel mehr als eine Minute allein mit ihr. Und was war die Alternative? Er wusste, dass sie ihn trotz der Sturmhaube erkannt hatte, er hatte es ihr von den Augen abgelesen. Deshalb hatte er ja abgedrückt. Es war nie seine Absicht gewesen, sie zu erschießen.

Das Messer und das Telefon, die er bei Adam Colinton in der Werkstatt hinterlegt hatte, würden sicher genügen, um die Polizei auf eine falsche Fährte zu locken. Sie würden davon ausgehen, dass der Polizistin keine Gefahr mehr drohte. Er brauchte nur einen Moment mit ihr allein. Das tat er alles nur zu Alfies Wohl. Das musste doch reichen, um sein Handeln zu rechtfertigen, oder nicht? Für einen Sekundenbruchteil stellte er sich vor, wie Lily vor ihm stand. In ihrem weißen Kleid, genau wie am Tag ihrer Hochzeit. Es war ein Zeichen, nicht wahr? Er tat das Richtige.

Er fasste neuen Mut und umschloss die Schere fest mit der Hand, auch wenn sie dabei zitterte. Dann machte er sich auf den Weg die Treppe hinauf zur Intensivstation.

61

Khan blickte über die Schulter zurück, entdeckte den Mann hinter sich im Wald. Ungelenk wie ein Roboter lief er hinter ihr her, ein Unschuldiger, der offensichtlich Angst vor seinem Boss hatte. Besorgt um das Wohl der Gemeinde. Der ganz normale Typ von nebenan, wie man ihnen tagtäglich begegnete, ein echter Familienmensch. Warum hatte er eine Pistole auf sie gerichtet? Und warum hatte er auf sie geschossen?

Sie blieb zögernd stehen, in der Absicht, ihn zu fragen. Doch dann fiel ihr Blick auf sein Gesicht, die Leere darin. Sie jagte ihr Angst ein, und deshalb rannte sie weiter. Sie lief im Zickzack zwischen den Bäumen hindurch und sprintete auf die rettende Höhle zu. Laub und Zweige knirschten und knackten unter ihren Sohlen, der Duft von Moos, die Gerüche des Waldes. Sie schienen sie zurückzuhalten. Ihre Füße rutschten unter ihr weg. Als wollte eine unbekannte Macht, dass sie hierblieb, im Wald, wollte, dass sie für immer blieb. Schließlich glitt sie aus und schlug hart mit dem Kopf auf dem Boden auf.

Es war wie ein Hieb mit dem Vorschlaghammer. Der Schmerz, schockierend intensiv, breitete sich pochend in ihrem Schädel aus. Sie wollte stillhalten, reglos liegen bleiben und beten, dass es aufhörte. Doch die Schritte näherten sich unaufhaltsam. Er kam näher. Mit letzter Kraft kämpfte sie sich wieder auf die Beine, sah sich um, alles um sie herum verschwommen bis zur Unkenntlichkeit, nichts ergab mehr irgendeinen Sinn. Die Bäume wirkten eigenartig verdreht, sie konnte nicht sagen, wo oben und wo unten war. Sie erkannte nur die völlige Dunkelheit in der Höhle unmittelbar vor sich. Von dort drinnen waren Geräusche zu hören. Wie Atemgeräusche, die tief aus dem Innern drangen, als würde die Höhle selbst atmen.

Sie taumelte vorwärts, stolperte ins Dunkle hinein. Anfangs war um sie herum alles pechschwarz, eine grenzenlose Finsternis. Doch dann sah sie es, einen stecknadelkopfgroßen Lichtpunkt, weit hinten in der Höhle. Mehr grau als weiß. Sie hastete darauf zu, roch die kalte Erde und die Feuchtigkeit in der Höhle, den Verfall und das neue Leben, das sich in ihren Nasenhöhlen vermengte, beängstigend real, unmissverständlich echt.

Die fremden Laute verstummten, die Atemgeräusche setzten aus. Es herrschte Stille. Vor ihr nur eine schwarze Wand mit einem winzigen Lichtpunkt darauf. Sie trat darauf zu, hielt inne. War dies ein Beginn oder ein Ende? Oder beides gleichzeitig? Aber wie sollte das möglich sein?

Khan streckte die Hand aus. Berührte den hellen Punkt. Wieder explodierte der Schmerz in ihrem Kopf, Übelkeit erregend, furchteinflößend. Sie wich zurück, und ein Teil von ihr wollte Reißaus nehmen. Die Augen schließen und in der Dunkelheit existieren, aber irgendwie blieb sie in Bewegung. Sie zwang sich, die Augen offen zu halten, und sah zu, wie der helle Punkt größer wurde. Sie nahm einen vertrauten Anblick wahr, wie durch ein Kaleidoskop. Etwas, das eigentlich Sinn ergeben sollte, es aber nicht tat.

Sie blinzelte und realisierte, dass es sich um ein Auge handelte. Wieder blinzelte sie, und das Auge erweiterte sich um ein Gesicht. Ein Gesicht, das sie kennen sollte. Wie sich herausstellte, hatte jemand in all der Zeit hier auf sie gewartet.

62

Brian Corcoran atmete tief durch und kleisterte sich ein Lächeln ins Gesicht. Den Blumenstrauß in der einen Hand, die Schere mit der anderen in der Jackentasche umklammert, schob er die Flügeltür zur Intensivstation auf. Warme Luft strömte ihm entgegen, chemische Gerüche, und er registrierte, wie sauber und ordentlich hier alles war. Der perfekte Ort zum Sterben. Er sah sich um. Alles war ruhig. Vielleicht war heute ein guter Tag, vielleicht hatte es weniger Notfälle gegeben, weniger Autounfälle oder Herzinfarkte.

Seine Füße schienen regelrecht über den quietschenden Linoleumboden zu schweben. Nahezu lautlos bewegte er sich vorwärts, stieß die Tür zum ersten Zimmer zu seiner Rechten auf. Das Bett war leer, von draußen drang Licht durchs Fenster. In der Ferne konnte er den Pier ausmachen, der weit auf den Loch Linnhe hinausragte, wo die ganze Geschichte ihren Anfang genommen hatte, vor fünf Jahren. Ein kleiner Fehler. Gefolgt von einem weiteren. Wie hatte alles so schnell aus dem Ruder laufen können? Es war nicht fair, er war ein anständiger Mensch, er hatte das nicht verdient. Aber jetzt konnte er dafür sorgen, dass alles wieder ins Lot kam. Nach dem heutigen Tag würde er diese ganze Geschichte hinter sich lassen.

Er setzte seine Schritte mit Bedacht und ließ die Tür zufallen. In welchem Zimmer sie wohl lag? Der Empfangsbereich war unbesetzt, im Schwesternzimmer war niemand zu sehen. Als hätten sie den Weg für ihn freigemacht. Diese Tatsache ließ ihn mutiger werden, und er eilte forschen Schrittes weiter. Er entdeckte ein Whiteboard mit handgeschriebenen Zimmernummern und Namen darauf. Nur zwei der Patientenzimmer waren belegt. Maria Khan lag in Zimmer Nummer sechs, er hatte es bereits am Ende des Korridors ausgemacht. Er drückte die Schere in seiner Hand und hielt zielstrebig darauf zu. Bald wäre es geschafft.

Hinter ihm war ein Geräusch zu vernehmen. Eine Tür schwang auf. Er drehte sich um, bereit, zu lächeln und notfalls den Blumenstrauß hochzuhalten.

Es war eine Frau. Die große Detective mit dem gespenstisch blassen Teint und den dunklen Haaren.

»Brian, warten Sie.« Ihre Stimme klang sanft, fast mütterlich.

Er starrte sie einen Augenblick lang an, merkte, wie ihm der Strauß entglitt. Neben ihr stand ein Mann in Polizeiuniform. Er hielt eine Waffe in der Hand. Wie konnte das sein? So hatte es nicht laufen sollen! Er schüttelte vehement den Kopf und wandte sich wieder nach vorn. Rannte auf die Tür zu Zimmer Nummer sechs zu. Sie war aufgegangen. Ein Mann im Anzug stand auf der Schwelle, mit hoch erhobenen Armen.

»Bleiben Sie stehen, verdammt!«

Diesmal tat Brian, was man ihm sagte. Die Schere lag immer noch in seiner Hand. Er hätte sie sich selbst in den Hals jagen können oder die Pulsadern aufschlitzen. Hätte zumindest versuchen können, die Geheimnisse und Lügen mit ins Grab zu nehmen. Doch er war zu erschöpft für all das. Stattdessen ließ er die Schere zu dem Blumenstrauß auf den Boden fallen. Nahm die Hände hoch und sagte: »Ich ergebe mich ja schon. Ich ergebe mich.«

63

Maria Khan versuchte, die Lider zu öffnen, doch sie waren schwer wie Blei, der Schmerz in ihrem Schädel reichte nun bis in ihre Augen, wollte sie zwingen, sie geschlossen zu halten. Aber sie musste noch einmal in dieses Gesicht sehen, musste wissen, ob es real war. Mühsam zwang sie ein Auge einen Spalt auf.

Ein Augenpaar starrte ihr entgegen. Sie registrierte die braunen Iriden, die Lippen und die Nase. Es waren nicht die Augen, die sie aus den Löchern der Balaklava angesehen hatten, wie sie es erwartet hatte, sondern die von jemand anderem.

»Dad?« Das Wort wollte ihr nicht so leicht über die Lippen kommen, erstarb als trockenes Flüstern darauf. Ihr Vater musste sie trotzdem gehört haben, denn jetzt spürte Khan eine Hand, die sich sanft auf die ihre legte. Und sie drückte. Ganz schwach vernahm sie Laute, erhobene Stimmen, alarmierte Schreie. Sie schienen aus unmittelbarer Nähe zu kommen und waren gleichzeitig weit, weit weg.

»Keine Sorge«, sagte ihr Dad jetzt. »Du bist in Sicherheit. Niemand wird dir mehr wehtun. Du bist wieder zu Hause.«

64

Nachdem sie Brian Corcoran ganz offiziell über seine Rechte aufgeklärt hatte, begann Monica mit der Befragung.

»Wofür war die Bleiche gedacht, Brian? Und die Mülltüten? Hatten Sie einen Großputz geplant?« Sie nahm ihn über den Tisch des Verhörzimmers hinweg ins Visier. Er hätte nicht weniger bedrohlich wirken können, war vollkommen passiv. Kaum zu glauben, dass derselbe Mann noch vor wenigen Stunden versucht hatte, ihre Kollegin zu töten, die wehrlos in einem Krankenhausbett lag.

»Emily«, sagte er schließlich. »Ich musste sie loswerden.«

Monica musterte sein Gesicht, die tiefen Linien auf seiner Stirn, die eingesunkenen Augen. Er sah krank aus, als könnte er jeden Moment kollabieren. Jetzt fragte sie sich, warum es ihr nicht schon viel früher aufgefallen war. Hatte er bereits so hager und schuldbewusst ausgesehen, als sie sich in den Büroräumen von Thule unterhalten hatten? Nein, gewiss nicht. Folglich war es seither rapide mit ihm bergab gegangen. »Warum haben Sie das getan? Warum haben Sie sie entführt?«

»Ich musste es wissen«, sagte Corcoran und rieb sich mit beiden Händen übers Gesicht. »Musste wissen, ob es wirklich meine Emily war. Anfangs dachte ich, es kann unmöglich sein, aber dann habe ich von anderen gehört, wie ähnlich sie ihr sieht. Da kamen mir Zweifel, ob nicht vielleicht doch was dran sein könnte. An dem ganzen Gerede über Bull-Peterson.«

Monica registrierte die Paranoia in seiner Stimme. Nach all den Jahren, die sie mit den verschiedensten Sorten von Verdächtigen in Verhörzimmern gesessen hatte, entging ihr so etwas nicht. Sie spürte es, wenn jemandem jeder Sinn für die Realität abhandengekommen war, wenn er oder sie sich weit von der Normalität entfernt hatte. Ihr war nicht neu, dass Geheimnisse und Lügen diesen Effekt auf Menschen hatten. Es zerfraß sie ganz langsam von innen heraus. Jetzt stand es Corcoran unmissverständlich ins Gesicht geschrieben, zeigte sich in seinem Gebaren. Monica glaubte sogar, es riechen zu können, wie ein galliger Gestank, der von ihm ausströmte. War das möglich?

»*Ihre* Emily?«, hakte Monica schließlich nach. »Warum nennen Sie sie so?«

»Ich sollte sie eigentlich treffen, auf der *Explorer*.«

»Sie sollten Emily Hurst treffen?«

Corcoran nickte. »Zumindest war das der Name, den sie mir genannt hatte. Ich weiß, dass es nicht ihr richtiger Name war, sonst hätte sie nach dem Bootsunglück doch jemand identifizieren können.«

»Wie sind Sie ihr begegnet?«, fragte Monica weiter. Sie hatte immer noch das Gefühl, wie blind durch einen dunklen Raum zu tappen. War sich bewusst, dass Corcoran, der sich plötzlich gesprächsbereit zeigte, jederzeit wieder dichtmachen konnte.

»In Glasgow. Ich war beruflich dort. Damals war ich noch viel unterwegs, meine Frau, Lily, war nicht glücklich darüber. Seit Alfies Geburt hatten wir es nicht leicht gehabt. Sein Asthma bereitete uns Sorgen, der ganze Alltag war plötzlich eine einzige Herausforderung. Ich schätze, ich war auch nicht einfach. Es war in einer Hotelbar, wir kamen ins Gespräch.«

»Worüber haben Sie gesprochen?«

»Irgendwann kamen wir auf das Thema Boote. Das Hotel liegt unten in der ehemaligen Schiffswerft am Clyde. Sie war sehr interessiert, meinte, ihre Vorfahren stammten aus den Highlands. Tatsächlich war sie hergekommen, um mehr über ihre Familie herauszufinden. Am Ende sind wir im Bett gelandet, ich …«

»Sie war aus Glasgow?«

»Nein, sie hat mir erzählt, sie käme aus Amerika, ihr Vater sei aber Engländer. Sie meinte, sie sei schon eine ganze Weile auf Reisen. Habe verschiedene Teile Europas besucht. Ich weiß nicht, irgendwie hat es sich für mich dadurch okay angefühlt. Weil sie ja bald wieder fort wäre.«

»Aber dann kam sie nach Fort William?«

»Es war meine Schuld. Wir hatten uns schon eine Weile regelmäßig getroffen, ich fand jedes Mal neue Ausreden, um nach Glasgow zu fahren. Sie wollte mehr über mich wissen, über mein Leben, und dann hat sie sich selbst zum Stapellauf der *Explorer* eingeladen. Irgendwie konnte ich da nicht Nein sagen.« Und da war es, das Geheimnis um den »Schrei der Passagierin«, jenes Foto, das über Jahre für Spekulationen gesorgt hatte. Jetzt schien das Rätsel endlich gelöst. Es war eine so simple Sache wie körperliches Begehren, die dahintersteckte. Eine denkbar einfache Erklärung, wie so oft.

»Aber Sie sind nicht mit an Bord gegangen?«

»Emily war wegen irgendetwas besorgt, sie hatte sich schon seit geraumer Zeit seltsam benommen. Einmal traf ich sie vor unserem Haus an, ich weiß nicht, was sie da wollte. Es war total seltsam …« Corcoran strich sich abermals mit den flachen Händen übers Gesicht. »Keine Ahnung, warum ich das zugelassen habe. Ich hätte einfach sagen sollen, dass sie nicht herkommen soll. Ich wusste, dass da Leute wären, die mich kannten, die auch Lily kannten. Selbst mein Sohn sollte dabei sein, verdammter Mist. Was habe ich mir nur dabei gedacht?«

Monica hatte schon in vielen Verhören ganz ähnliche Gefühlsbekenntnisse zu hören bekommen, von Männern, die sich impulsiv in eine leidenschaftliche Affäre gestürzt und dann Reue gezeigt hatten, Menschen, die in Betrugsskandale verwickelt gewesen waren und dann auch noch den sehr viel schlimmeren Fehler begangen hatten, es vertuschen zu wollen. Die Arbeitsjahre eines Detectives waren eng verwoben mit einer Historie menschlichen Versagens, mit Fehltritten, die außer Kontrolle geraten waren. »Aber Sie sind nicht aufgetaucht?«

»Es war wegen Lily, sie hatte Verdacht geschöpft. Weil ich so oft in Glasgow war und wegen der Textnachrichten, das hat sie misstrauisch werden lassen. Und dann tauchte Emily plötzlich bei uns auf, vor unserem Haus. Es war nur noch eine Frage der Zeit … Lily konnte spüren, dass mit mir etwas nicht stimmte, dass irgendwas anders war. Sie hat mich direkt mit ihrem Verdacht konfrontiert, aber ich habe ihr irgendwelche Lügen aufgetischt. Ich wusste, dass es das Aus für unsere Ehe bedeuten würde, sollte sie es je herausfinden, und dann würde ich mein Zuhause verlieren, meinen Sohn …«

»Aber Sie nahmen in Kauf, dass Ihre Frau und Emily auf demselben Boot waren?« Dieser Teil schien Monica doch ziemlich abwegig.

»Nein! Lily sollte eigentlich gar nicht mit auf der Jacht sein! Sie ist erst am zweiten Halt zugestiegen, unten in

Corran. Sie musste irgendwie drauf gekommen sein und geplant haben, mich auf frischer Tat zu ertappen, zusammen mit Emily.«

»Sie haben also kalte Füße bekommen und so getan, als hätte Alfie einen Asthmaanfall erlitten?«

»Das ist die Geschichte, die ich allen anderen aufgetischt habe. In Wirklichkeit habe ich Emily angerufen und ihr die Wahrheit gesagt, immerhin. Dass es vorbei sei, dass ich meine Frau liebe, dass ich sie nicht wiedersehen könne. Damit habe ich doch zumindest eine Sache richtig gemacht, finden Sie nicht? Dass ich es ihr persönlich mitgeteilt habe?«

Er sah zu Monica auf, als erwarte er eine Antwort. Langsam schüttelte sie den Kopf. »So was ist nie einfach.«

Corcoran nickte eifrig, offenbar wünschte er sich nichts sehnlicher, als verstanden zu werden. »Wie recht Sie haben! Es ist nie leicht. Und natürlich ist mir klar, dass ich einiges hätte anders machen sollen. Deshalb war sie ja auch so niedergeschlagen, genau in dem Moment, als dieses verdammte Foto gemacht wurde. Als ich es das erste Mal sah, fiel ich aus allen Wolken. Es fühlte sich an, als hätte ich sie auf dem Gewissen. Ich habe sie geliebt, anfangs jedenfalls. Ich wollte ihr niemals wehtun.«

»Solche Dinge sind nie leicht«, wiederholte Monica sanft. Sie erinnerte sich an Emilys fassungslosen Gesichtsausdruck auf diesem Foto. Jetzt war es plötzlich offensichtlich. Das fast kindliche Grauen vor dem Verlassenwerden, die Angst davor, hoffnungslos verloren zu sein, von aller Welt vergessen.

»Ich habe einen Menschen im Stich gelassen, den ich geliebt habe«, flüsterte Corcoran und sah abermals zu Monica auf. Diesmal sah sie Furcht in seinen Augen. »Und dann habe ich alles noch tausendmal schlimmer gemacht.«

»Wovon reden Sie?«

»Ich habe Alfie mit ins Büro genommen. Er liebt es, dort zu sein, mit den vielen Zeichnungen von Schiffen, den Modellen. Er spielt für sein Leben gern damit.« Monica spiegelte sein liebevolles Lächeln über die Vorlieben seines Sohnes und empfand trotz allem, was geschehen war, Mitleid für diesen Mann.

»Ich habe versucht, Lily anzurufen. Ich wusste nicht, dass sie auf der *Explorer* war. Sie ging nicht ans Telefon. Erst später fand ich heraus, dass sie es zu Hause hatte liegen lassen. Wir hatten eine von diesen Apps installiert, mit denen man Familienmitglieder orten kann, offenbar sollte ich nicht mitbekommen, dass sie in Corran an Bord gehen wollte …«

»Warum sind Sie nicht nach Hause gefahren?«, fragte Monica. »Warum sind Sie im Büro geblieben?«

»Ich schätze, ich hatte Panik. Dort habe ich mich sicher gefühlt. Konnte beobachten, wo die *Explorer* sich gerade befand, konnte mitverfolgen, wie Emily raus auf hohe See fuhr. Dort konnte sie mir keinen Ärger mehr machen. Ich habe mir natürlich Sorgen gemacht, sie könnte noch mal bei uns zu Hause aufkreuzen, um mich persönlich zur Rede zu stellen.« Monica malte sich aus, wie Corcoran im Büro vor einem der Computermonitore saß. Das Vorankommen des Bootes in Form eines Punktes auf der Seekarte mitverfolgte. Sie kam nicht umhin, sich zu fragen, was zu dem Zeitpunkt auf der *Explorer* selbst vor sich gegangen war. Hatte Lily Corcoran Emily Hurst zur Rede gestellt? Waren Brians Geheimnisse dort auf dem Teakdeck der Jacht ans Licht gekommen? Noch mehr unbeantwortete Fragen.

»Wann wussten Sie, dass auf der *Explorer* etwas schiefgelaufen sein musste?«, erkundigte sich Monica.

Corcoran blickte auf, als käme diese Frage für ihn unerwartet. »Ich war der Erste, der es merkte. Ich habe den Funkverkehr überwacht und mir dabei überlegt, was ich tun sollte, sobald Emily zurückkehrte. Dann war das Signal auf einmal weg.« Er schüttelte den Kopf. »Ich konnte nicht fassen, was da passierte. Anfangs wollte ich mir noch einreden, der Funk sei nur gestört. Aber nach einer Stunde, als der Rettungshubschrauber die Jacht nirgends finden konnte, wurde mir klar, dass die Lage tatsächlich ernst war.«

»Wie war das für Sie?«, wollte Monica wissen. Sie versuchte, sich in Corcorans Lage zu versetzen, in den Räumen der Thule Corporation, von wo aus er zusehen musste, wie die *Explorer* buchstäblich von der Bildfläche verschwand.

Er schüttelte den Kopf. »Ich kann nicht glauben, dass ich das jetzt sage, aber ich war froh.«

»Froh?«

»Immerhin war das Problem mit Emily aus der Welt. Soweit es mich betraf, hieß das, dass sie Lily gegenüber niemals würde ausplaudern können, was passiert war. Meine Familie war gerettet. Ich verlor nicht einen Gedanken an meine ganzen Kolleginnen und Kollegen oder irgendwen von meinen Freunden, die an Bord waren. Ist das nicht grauenvoll?«

»Wir suchen uns nicht aus, wie unser Bewusstsein auf Ereignisse reagiert«, gab Monica zurück.

Corcoran begann zu husten und wischte sich mit zittriger Hand über den Mund. »Dann rief Bull-Peterson bei mir an. Ich hatte ihn noch nie so wütend erlebt. Da bekam ich Panik. Ich habe die Testdateien gelöscht. Ich dachte, dann geht das alles schnell vorbei.«

»Die Testdateien?«, fragte Monica, jetzt aufrichtig verwirrt. »Wovon reden Sie?«

Corcoran sah sie nun seinerseits überrascht an, als wäre das, worüber er sprach, allgemein bekannt. »Als wir die Geräte auf der Jacht überprüften, gab es ein Problem mit der Navigation, eine geringfügige Abweichung.«

»Was hat das zu bedeuten?«

»Es gab eine leichte Kursabweichung in der Anzeige. Nur ich und Peter Handler wussten davon. Keine große Sache, wir dachten beide, wir hätten das Problem in den Griff bekommen. Bull-Peterson stand zu dem Zeitpunkt unter ziemlicher Anspannung, deshalb beschlossen wir, es für uns zu behalten.«

»Warten Sie, Sie sagen also, Sie wussten, dass es ein Problem mit den Navigationsgeräten gab?«, hakte Monica nach. »Die *Explorer* war also gar nicht an der Stelle, an der die Küstenwache sie vermutete, als sie verschwand?«

»So ist es«, bestätigte Corcoran kleinlaut. »Sie suchten am falschen Ort.«

»Warum haben Sie das niemandem gesagt?«, fragte Monica sichtlich schockiert. Sie stellte sich vor, wie die Passagiere da draußen in den eisigen Gewässern des Nordatlantiks um ihr Leben kämpften, dabei hätte Brian Corcoran die Küstenwache vielleicht noch rechtzeitig zur richtigen Position lotsen können.

»Ich weiß es nicht, wirklich, ich war wie gesagt panisch. Mir ist alles über den Kopf gewachsen, die Sache mit Emily, mit Lily, und dann auch noch Bull-Peterson, der so tat, als sei es allein meine Schuld, dass die Jacht verschwunden war. Ich dachte, ich könnte dafür sorgen, dass nichts davon an die Öffentlichkeit gelangte, meine Affäre, die Navigationsprobleme.«

»Was haben Sie getan?«

»Ich habe sämtliche Daten gelöscht, die einen Hinweis

auf die Abweichung in der Navigation hätten geben können.«

»Und mithilfe dieser Daten hätte man die *Explorer* eigentlich orten können?«

»Gut möglich. Die Abweichung schien gleichbleibend zu sein«, bestätigte Corcoran. Das Entsetzen über seine Tat war seiner Stimme deutlich anzuhören. »Hinterher, als mir bewusst wurde, was ich getan hatte, als ich herausfand, dass Lily mit an Bord gewesen war ... Da habe ich versucht, die Dateien wiederherzustellen. Ich dachte, ich könnte so tun, als hätte ich sie zufällig entdeckt. Aber sie waren endgültig aus dem System verschwunden. Vollständig gelöscht.«

Monica starrte ihn ungläubig an. Das Schreckliche an der Sache war, dass sie seine Entscheidungen im Einzelnen betrachtet sogar nachvollziehbar fand. Sie stellte sich vor, wie es für ihn gewesen sein musste, zu wissen, dass er allein für die alles überlagernde Trauer in seiner Heimatstadt verantwortlich war. Jetzt erkannte sie, wie deutlich sich dieser Schmerz in Corcorans Zügen abzeichnete. Auf seltsame Weise konnte sie sein Handeln tatsächlich nachvollziehen. Dann aber fiel ihr Dr. Mitchell wieder ein, und DC Khan. Wie passte das, was er ihnen angetan hatte, ins Bild?

»Warum haben Sie die Frau entführt?«, fragte Monica. »Was haben Sie mit ihr gemacht?«

»Ich musste wissen, ob es wirklich Emily ist. Ob Bull-Peterson die *Explorer* hatte verschwinden lassen, den Leuten an Bord etwas angetan hatte. Denn falls Emily wirklich am Leben sein sollte, dann war vielleicht auch Lily noch am Leben.« Monica wollte ihn unterbrechen, aber er redete einfach weiter. Er sprach hastig, als sei er nicht mehr ganz bei Sinnen. »Ich glaube, er wollte seine Schwester tot sehen, alle anderen nahm er als Kollateralschäden in Kauf. Es ist seine Schuld. Ich würde niemals so etwas tun. Ich bin ein ganz normaler Mensch, spiele mit meinem Sohn Shinty, gehe wandern, ich …«

Monica beobachtete das Zittern seiner Hände, das Zucken in seinem Mundwinkel. Er schien am Rande eines Nervenzusammenbruchs zu stehen. Mit möglichst sanfter Stimme sprach sie ihn an: »Brian, was haben Sie mit ihr gemacht? Wo ist sie?«

Corcoran blickte auf, die Augen weit aufgerissen. »Sie ist bei mir zu Hause, ich wusste nicht, wo ich sie sonst hinbringen soll. Alfie ist in diesem Moment bei ihr.«

»War sie es? War es Ihre Emily Hurst?«

Langsam schüttelte Corcoran den Kopf. »Ich konnte es nicht mit Gewissheit sagen. Sie hat sich geweigert, mit mir zu reden.«

»Ist sie tot? Haben Sie sie umgebracht?«

»Ich …« Er wirkte durcheinander, sein panischer Blick irrte durchs Zimmer. »Ich weiß es nicht.«

65

Monica stieß die unverschlossene Tür zum Haus der Corcorans auf. Von drinnen waren Laute zu hören, und nach einem kurzen Moment erkannte sie sie als Schüsse in einem Computerspiel. Sie trat ins Wohnzimmer und sah den Hinterkopf eines Kindes, das vor dem Fernseher saß. Sie wandte sich zu den beiden bewaffneten Beamten hinter sich um und bedeutete ihnen mit einer wedelnden Handbewegung, zurückzuweichen. Dann forderte sie Crawford mit einem Nicken auf, zu ihr zu kommen.

»Alfie?« Beim Klang ihrer Stimme drehte sich der Junge zur Tür um. »Mein Name ist Monica. Ich habe dich bei der Totenwache gesehen, vielleicht erinnerst du dich an mich?«

Alfie starrte sie misstrauisch an. Crawford machte einen Schritt auf ihn zu. »Was spielst du da, Kumpel? GTA?« Alfie nickte bedächtig. »Dein Dad hat uns gebeten, bei dir vorbeizuschauen. Er meinte, es sei noch jemand hier?«

Im ersten Moment reagierte Alfie nicht auf die Frage, dann hob er langsam den Arm und deutete auf die Hintertür. Draußen im Garten befand sich ein unscheinbarer Schuppen aus Holz.

Sie ging hinaus, gefolgt von Crawford und den bewaffneten Polizisten, die als Verstärkung mitgekommen waren. Mit schnellen Schritten durchquerte sie den Garten und rüttelte an der Tür. Sie war abgeschlossen. Wortlos gab sie einem der Beamten ein Zeichen, der sogleich zum Fahrzeug rannte und wenige Augenblicke später mit einem Rammbock zurückkehrte. Ein Stoß, und das schwache Schloss gab nach, ein zweiter Stoß, und die Tür brach auf. Im selben Moment traf sie der Geruch. Der Gestank eines Menschen, der über längere Zeit auf engstem Raum eingeschlossen gewesen war. Schweiß, abgestandene Luft. Sie sah den Körper, der reglos auf den Holzdielen lag. Hände und Füße waren grob mit Klebeband gefesselt, und auch der Mund war mit demselben Klebeband bedeckt.

»Emily?« Die Frau rührte sich nicht. Sie lag da wie so viele Leichname, die Monica im Lauf der Jahre hatte sehen müssen. Sie trat einen Schritt auf die Frau zu und ging neben ihr in die Hocke, betrachtete die starre Miene. Monica zögerte, dann streckte sie die Hand aus, um nach einem Puls zu tasten. Die Haut am Hals fühlte sich warm an, jetzt öffnete sie blinzelnd die Augen und sah Monica an.

Es dauerte ganze fünf Minuten, bis sie das Klebeband durchtrennt und Mund, Handgelenke und Fesseln davon befreit hatten. Die Frau blieb dabei reglos, schien nicht mitzubekommen, was um sie herum vorging. Schließlich setzten die Beamten sie auf einen Stuhl, und Monica sah ihr abermals in die Augen. Diesmal flackerten sie leicht, allerdings ohne einen Hauch von Erkennen.

»Rein körperlich gesehen scheint sie völlig in Ordnung zu sein«, sagte der Polizeiarzt, der sich jetzt erhob, nachdem er die Frau untersucht hatte. »Wir sollten sie trotzdem ins Krankenhaus bringen, um sie noch einmal gründlich durchchecken zu lassen.«

»Ich fahre sie hin«, sagte Monica. »Das geht schneller, als auf den Krankenwagen zu warten.«

Im Auto warf Monica einen Blick in den Rückspiegel auf die Frau, die auf der Rückbank saß. Sie registrierte ihren leeren Blick. Jetzt wirkte sie fast noch in sich gekehrter als vorhin. Was vielleicht wenig überraschend war, wenn man bedachte, was sie durchgemacht hatte. Aber Monica wollte Antworten.

»Sie hatten Kontakt mit Adam Colinton? Dem Taucher?« Die Frau starrte weiter ausdruckslos vor sich hin und schien sie nicht zu hören. »Kennen Sie Brian Corcoran?«, fragte sie. »Waren Sie wirklich auf der *Explorer*?« Das Gesicht der Frau zeigte keinerlei Regung, nicht das geringste Zeichen dafür, dass sie verstand.

Als wäre es so einfach, dachte Monica. Sie richtete den Blick wieder auf die Straße und sah, wie sich eine dunkle Wolke über den fernen Loch Linnhe schob und einen weiteren Regenguss ankündigte. Was man über Fort William sagte, schien zu stimmen: Die Wolken verfingen sich regelmäßig in dem schmalen, von steilen Hängen gesäumten Tal, der Regen wurde zu Seewasser, wurde zu Wolken, wurde wieder zu Regen.

Ihr Telefon begann zu klingeln. Es war DS Fisher. Sie ging ran, und die Stimme ihres Kollegen ertönte über Lautsprecher. »Ma'am, ich habe Informationen, die hilfreich sein könnten.«

»Worum geht's?«, fragte Monica und warf wieder einen Blick auf das ausdruckslose Gesicht der Frau im Rückspiegel.

»Ich war bei DC Khan, wollte nur …« Seine Stimme erstarb. »Nun, sie konnte ein paar Worte sprechen und hat mir einen Namen genannt. Ich habe ihn in eine amerikanische Datenbank mit Vermisstenfällen eingegeben und ihr Foto heruntergeladen. Sie hat tatsächlich große Ähnlichkeit mit der ursprünglichen Emily Hurst.«

»Wie lautet der Name?«, fragte Monica.

»Billy-Warden«, sagte Fisher. »Billy-Warden DuPont, aus New Orleans, Louisiana.«

Monica vernahm hinter sich ein Geräusch, ein seltsames Wimmern. Als sie abermals in den Rückspiegel sah, schien ihr von der Rückbank eine andere Person entgegenzustarren. Die Augen weit aufgerissen, eine Hand vor den Mund geschlagen und heftig keuchend, als hyperventiliere sie.

Monica durchfuhr ein Ruck. Sie stieg auf die Bremse, dann drehte sie sich blitzschnell um und sah der Frau fest ins Gesicht.

»Tut mir leid«, sagte die Frau und hob abwehrend die Hand. Sie schnappte keuchend nach Luft. »Es tut mir leid.« Sie sprach mit amerikanischem Akzent, genauer gesagt New England. »Ich dachte, er würde mich umbringen.«

»Alles in Ordnung bei Ihnen?«, hörte sie Fisher sagen.

»Schon gut«, presste Monica hervor, doch das Adrenalin ließ ihre Stimme zittrig klingen. »Ich melde mich gleich wieder bei Ihnen.« Sie beendete das Telefonat. Die Frau hatte ihre Atmung jetzt unter Kontrolle und fuhr sich mit der Hand durch das strähnige Haar. Sie rang sich ein schwaches Lächeln ab. »Sind Sie Emily – beziehungsweise Billy?«, fragte Monica.

Die Frau schüttelte den Kopf. »Nein, mein Name ist Jermaine DuPont.« Ihr fester, tiefer Tonfall wollte ganz und gar nicht zu dieser Situation passen. »Ich bin Billys Schwester.«

Monica hoffte, dass sich ihr Puls wieder halbwegs beruhigte, doch stattdessen schnellte er noch weiter in die Höhe. Die Veränderung, die sich in der Frau vollzogen hatte, war so plötzlich und abrupt vonstattengegangen, dass es sie sprachlos machte. »Was …« Dass Monica die Worte fehlten, kam nur äußerst selten vor. »Wie …«

Beinahe eine geschlagene Minute lang sprach keine von ihnen ein Wort, bis Jermaine schließlich sagte: »Haben Sie vielleicht etwas zu trinken für mich? Ich habe riesigen Durst.«

Völlig benommen sah Monica sich im Wagen um, bis sie eine Flasche Mineralwasser entdeckte, die sie der Frau reichte. Die trank sie beinahe in einem Zug leer. »Können Sie reden?«

Jermaine zuckte mit den Achseln. »Ich denke schon.«

»Sind Sie Zwillingsschwestern? Billy und Sie?«

»Nicht Zwillinge, auch wenn die Leute das oft dachten. Wir sind ein Jahr auseinander. Ich bin die Jüngere.«

Monica atmete tief durch, beobachtete das Gesicht der Frau. Sie wirkte munter, hatte den Anflug eines Lächelns auf den Lippen. So anders als die katatonische Frau, bei der sie stundenlang am Krankenbett gesessen hatte. »Warum … Was ist geschehen?«

»Billy ist vor mehr als fünf Jahren verschwunden. Was nichts Ungewöhnliches war, sie war schon von frühester Jugend an so. Ich könnte Ihnen eine ganze Liste an Störungen aufzählen, die man ihr attestiert hat, Borderline, histrionische Persönlichkeitsstörung, Zwangsneurose, ADHS, und das ist nur der Anfang. Aber Sie verstehen, was ich sagen will, meine große Schwester hatte ihre Probleme und war von Kind an in medizinischer Behandlung. Irgendwie hat sie nie ihren Platz im Leben gefunden.« Monica nickte. Nach ihrem kurzen Anfall schien Jermaine jetzt vollkommen ruhig und beherrscht. »Wir … meine Familie und ich haben versucht, sie zu beschützen.« Sie schüttelte den Kopf. »Nun, das ist nicht ganz zutreffend. Meine Eltern haben alles getan, um sie zu beschützen, ich war woanders und habe mein Leben gelebt, ging aufs College mit einem Stipendium vom Militär und war dann in meinen Zwanzigern überwiegend auf der anderen Seite des Großen Teichs.«

»Sie waren bei der Army?«, hakte Monica nach, immer noch zu schockiert, um sich geistig fokussieren zu können.

»Airforce«, bestätigte Jermaine. Und irgendwie ergab es sogar Sinn. Nicht viele Menschen hätten über die nötige Selbstdisziplin verfügt, um sich über einen derart langen Zeitraum wie sie so still zu verhalten. »Ich schätze, ich bin vor alledem davongelaufen und habe es meinen Eltern überlassen, damit klarzukommen.«

»Wovor genau sind Sie davongelaufen?«

»Vor Billy, nehme ich an. Immer wieder kam sie auf Ideen, als wir noch Teenager waren. Erst wollte sie Schauspielerin werden, dann Archäologin oder Yogalehrerin, und irgendwann verschwand sie einfach spurlos, ohne jeglichen Kontakt, komplett in ihrer eigenen Welt.«

»Klingt anstrengend«, gab Monica zurück.

»Das war es. Aber dann war sie länger weg als üblich. Meine Eltern hatten monatelang nichts von ihr gehört, und schließlich wurden Jahre daraus. Das letzte Mal hatten sie gegen Ende 2016 Kontakt zu ihr. Ein Jahr später, Ende 2017, waren Mom und Dad dann außer sich vor Sorge. Ich fing erst 2018 an, ernsthaft nach ihr zu suchen, ich war nicht ganz so beunruhigt wie sie und erwartete, sie in irgendeinem Yogastudio oder, keine Ahnung, bei einer New-Age-Sekte zu finden. 2020 schließlich hörte ich, dass sie in New Orleans gewesen sein sollte, wo sie ausgerechnet in einem Café gejobbt hatte. Sie war spurlos verschwunden, war einfach abgehauen, auf und davon. Das war angeblich 2017 gewesen.« Jermaine schüttelte den Kopf. »Erst da wurde mir klar, dass etwas nicht stimmte, ich war überzeugt, dass sie in irgendeine richtig üble Sache geraten war. Ermordet und in den Sumpf geworfen oder Gott weiß was.«

»Wann haben Sie die Verbindung zu Großbritannien hergestellt? Und insbesondere zu Schottland?«

»Das war purer Zufall«, sagte Jermaine. »Ich hätte es genauso gut übersehen können. Ich war eigentlich gerade dabei, wieder nach vorne zu schauen und mein Leben zu leben, was eigentlich unmöglich ist, wenn ein geliebter Mensch verschwindet, selbst dann, wenn man nicht das beste Verhältnis zueinander hat. Aber man lernt, sich mit einem solchen Verlust zu arrangieren. Ich war aus der Airforce ausgeschieden, war wieder zu Hause und arbeitete in Boston, als der Anruf kam.«

Monica begriff immer noch nicht recht. Plötzlich lauschte sie einer Stimme mit amerikanischem Akzent, hörte von fernen Orten, die sie nie und nimmer mit diesem Fall in Verbindung gebracht hätte. Das war unheimlich bizarr, und da waren eine Million Fragen, die ihr unter den Nägeln brannten. Aber alles, was sie hervorbrachte, war: »Wer war der Anrufer?«

»Es war vor etwa achtzehn Monaten. Wir hatten seit bald vier Jahren nichts von Billy gehört. Mein ganzes Leben drehte sich um diese Geschichte. Es war jemand von einer Wohltätigkeitsorganisation für vermisste Personen in New Orleans, an die ich mich vor einiger Zeit gewandt hatte. Eine Frau, die Billy kannte, hatte sich gemeldet. Sie hatte gerade erst mitbekommen, dass sie vermisst wurde. Sie meinte, nicht lange vor ihrem Verschwinden habe Billy erwähnt, dass sie nach Europa wolle.«

»Auf die Idee waren Sie selbst noch nicht gekommen?«

»Die Billy, die ich gekannt hatte, hasste es zu fliegen, sie wäre nie in ein Flugzeug gestiegen, fuhr früher überall mit dem Auto hin. Vielleicht bin ich ja deshalb zur Airforce gegangen. Soweit wir wussten, hatte sie nicht mal einen Reisepass. Wir haben entfernte Verwandte in England, aber zu denen hatten wir kaum Kontakt. Wir hatten sie einfach nicht auf dem Schirm. Als ich die Neuigkeiten hörte, kam es mir plötzlich vollkommen plausibel vor. Alles dauerte etwas länger wegen der Pandemie, aber schließlich fand ich heraus, dass Billy einen Pass beantragt hatte und nach Barcelona geflogen war.«

»Und wie haben Sie die Verbindung zur *Explorer* hergestellt?«

»Das dauerte eine Weile. Anfangs hoffte ich nur, sie würde ein aufregendes Leben führen, irgendwo in Spanien oder Italien, und hätte deswegen nicht daran gedacht, uns zu kontaktieren. Was bei Billy definitiv im Bereich des Möglichen gewesen wäre. Ich wusste noch nicht mal, wo ich mit meiner Suche starten sollte. Meine Eltern sind finanziell gut gestellt, aber sie hatten bereits ein halbes Vermögen für sie ausgegeben. Also fing ich an, mich an Wohltätigkeitsorganisationen zu wenden, auf Websites zu suchen.«

»Das muss schwer gewesen sein.«

»Ich war wütend. Der Gesundheitszustand unseres Vaters hatte sich verschlechtert, und ich gab Billy die Schuld daran. Sie war immer schon ein Klotz am Bein gewesen, eine Last für uns alle. Es klingt grausam, aber ein Teil von mir wollte sie dafür zur Rede stellen. Ich wollte sie in Barcelona oder Rom oder sonst wo aufspüren und sie einfach nur anbrüllen. Um sie hinterher in die Arme zu schließen …« Zum ersten Mal wurde sich Monica der tiefen Trauer in der Stimme der Frau bewusst, die anfangs von ihrer typisch nordamerikanischen Leichtigkeit überdeckt worden war. »Jedenfalls …« Sie zuckte mit den Achseln. »Ich saß vor meinem Computer, und ich glaube, ich habe noch nicht mal bewusst nach Geschichten über vermisste Personen gesucht, aber irgendwie bin ich über diesen Artikel zum Verschwinden der *Explorer* gestolpert, über dieses Foto, den ›Schrei der Passagierin‹. Ich war mir sicher, Billy vor Augen zu haben. Ich konnte es nicht fassen und dachte nur: *Wie kommt sie auf diese Jacht, am anderen Ende der Welt?* Doch dann schien alles irgendwie logisch, es … passte einfach zu Billy.«

»Warum haben Sie sich nicht an die Polizei gewendet?«

»Das habe ich ja versucht!« Jetzt klang Jermaine zum ersten Mal richtig aufgebracht. »Ich habe angerufen, Mails geschrieben, habe es sogar über ein paar von meinen früheren Kontakten bei der Airforce versucht. Keiner wollte mir zuhören. Sie gingen einfach alle davon aus, dass ich eine von diesen irren Verschwörungstheoretikerinnen wäre, als würde ich was von Chemtrails oder der Mondlandung faseln. Die Fotos, die ich von Billy hatte, ähnelten Emily Hurst stark, aber sie waren nicht überzeugend genug, um hundertprozentig sicher zu sein. Ich habe versucht, sie analysieren zu lassen, aber dieses Foto vom ›Schrei der Passagierin‹ war derart verpixelt, dass sich keiner von denen, die ich um Hilfe gebeten hatte, sicher war. Ich schätze, es war alles zu lange her.«

»Sie beschlossen also, sich als Emily Hurst auszugeben?« Die Vorstellung war so irrwitzig, dass es fast schon wieder offensichtlich erschien. »Hätten Sie nicht einfach ein YouTube-Video veröffentlichen können oder … keine Ahnung, eine Anzeige im *Fort William Advertiser* schalten?«

»Ich habe tatsächlich darüber nachgedacht, mich an die örtliche Presse zu wenden oder es über die sozialen Medien zu probieren, aber das versuchten die Leute schon seit Jahren. Bull-Peterson hatte sämtliche dahingehenden Versuche unterbunden, er ist ein mächtiger Mann, hat seine Frau umgebracht und seine Schwester. Er hätte mich spielend leicht zum Schweigen bringen können. Es musste also irgendwie in der Öffentlichkeit ablaufen, sodass die Menschen es nicht länger ignorieren konnten.«

»Und deshalb haben Sie sich als Ihre Schwester ausgegeben, am Jahrestag ihres Verschwindens«, sagte Monica. Völlig überraschend flammte in ihrer Brust Zorn auf. Jetzt drehte sie sich frontal zu Jermaine um und herrschte sie an. »Haben Sie irgendeine Vorstellung, welchen Schaden Sie mit diesem Bluff angerichtet haben?«

»Ich hatte das Gefühl, dass der fünfte Jahrestag meine letzte Chance sein könnte«, sagte Jermaine und hielt Monicas Blick unbeirrt stand, als wäre sie daran gewöhnt, dass man sie anbrüllte. »Ich wusste, dass die Menschen hier, zumindest ein Großteil von ihnen, die ganze Sache am liebsten vergessen wollten. Da musste ich es selbst in die Hand nehmen.«

»Wie sah Ihr Plan aus? Welches Ergebnis haben Sie sich davon versprochen?«

»Wenn man nicht mehr weiterweiß, hilft es manchmal, ein wenig Dreck aufzuwühlen und zu sehen, was zum Vorschein kommt. Immerhin hat es Sie dazu veranlasst, zu ermitteln, oder nicht?« Monica nickte, dachte aber insgeheim: *Und es hätte Sie um ein Haar das Leben gekostet, genau wie eine meiner Detectives.* »Bitte entschuldigen Sie das mit den Kissen und dem Geflüster im Krankenhaus, ich wollte das Ganze nur etwas glaubwürdiger gestalten.«

»Was hatten Sie vor, bevor Corcoran Sie entführte?«, fragte Monica. Wieder spürte sie, wie die Wut in ihr hochkochte, wenn sie an die viele Zeit dachte, die sie auf diesen Fall verschwendet hatten, das ganze Chaos, das damit verursacht worden war, die schwerwiegenden Verletzungen, die Khan und Dr. Mitchell davongetragen hatten. »Wollten Sie einfach für alle Zeit hierbleiben und so tun, als seien Sie Ihre Schwester?«

»Wissen Sie, ich hatte mir noch gar nicht so viele Gedanken gemacht, eigentlich wollte ich nur … sehen, was passiert. Ich nehme an, irgendwann hätte ich aus der Irrenanstalt fliehen müssen, sobald sich niemand mehr für mich interessiert hätte. Ein bisschen wie in *Einer flog übers Kuckucksnest*, ja genau.«

Monica musterte Jermaines Mimik, die jetzt so lebhaft war. Es war bizarr, fast schon unheimlich. Wie war es ihr gelungen, sich die ganze Zeit so zu verstellen, sich derart von der Außenwelt abzuschotten?

»Sind Sie darin ausgebildet? In Schauspielerei, meine ich? Wie haben Sie das hingekriegt?«

»Nein …« Jermaine schwieg. »Ich weiß nicht. Disziplin? Wenn ich einmal zu etwas entschlossen bin, ziehe ich es für gewöhnlich durch. Und glauben Sie mir, wenn Sie sich auf feindlichem Gebiet bewegen, müssen Sie es draufhaben, sich zu verstellen, und zwar zackig. Das ist Teil der Ausbildung.« Sie lächelte, und Monica glaubte einen Anflug von Wahnsinn in ihren Augen aufblitzen zu sehen. »Ich schätze, da war was zwischen diesem Kerl und Billy. Was ist aus der *Explorer* geworden? Können Sie es mir sagen, oder bin ich verhaftet?«

Monica dachte über diese Frage nach. Über das, was Corcoran ihr vorhin erzählt hatte. Sie überlegte angestrengt, wie viel davon sie Jermaine zu diesem Zeitpunkt erzählen konnte. Ihr Eingreifen hatte einige Antworten ans Licht gebracht, aber das schienen vergleichsweise kleine Errungenschaften zu sein im Vergleich zu dem Chaos, das sie damit verursacht hatte. Es gab keinen Zweifel, sie musste dafür büßen. Aber was würde man ihr zur Last legen? Dass sie die Polizei wertvolle Zeit gekostet hatte? Unruhestiftung? Monica bezweifelte, dass Hately oder dessen Vorgesetzte wild darauf wären, unter den gegebenen Umständen Anklage gegen Jermaine zu erheben.

»Wir werden jetzt aufs Polizeirevier fahren. Dort wird man Sie unter Aufsicht einem ordnungsgemäßen Verhör unterziehen«, antwortete sie schließlich. »Über alles Weitere können wir bei anderer Gelegenheit sprechen.«

Monica drehte sich wieder nach vorne und blickte durch die Windschutzscheibe. Eine Wolkenfront verdunkelte den Horizont, den See und die dahinterliegenden Berge. Das, was der *Explorer* und den Menschen an Bord wirklich zugestoßen war, würde wohl für immer ein Geheimnis bleiben.

66

»Es will mir immer noch nicht in den Kopf. Wie hat sie es geschafft, das so knallhart durchzuziehen?« Es war der darauffolgende Tag, sie waren zurück in Inverness. In den neuen Büroräumen am Ende der Church Street, die man dem Ermittlerteam zugeteilt hatte. Monica sah sich in den vier Wänden um. Die Aussicht war jedenfalls schon mal um einiges besser. Statt auf den viel befahrenen Kreisverkehr mit dem riesigen Gebäudekomplex des Raigmore-Krankenhauses dahinter blickten sie jetzt auf einige ältere Häuser, und wenn man sich streckte, erhaschte man sogar einen flüchtigen Blick auf den Ness. Ansonsten spiegelte alles an dem Gebäude die vorangegangenen Budgetkürzungen wider, die Kälte und die Feuchtigkeit, die begrenzten Parkmöglichkeiten und – was echt ironisch war, wenn man bedachte, dass in dieser Immobilie früher die British Telecom ihre Geschäftsräume gehabt hatte – der Internetanschluss, der mehr schlecht als recht funktionierte.

Crawford schüttelte den Kopf und sagte noch einmal: »Wie hat sie das nur hingekriegt?« Monica sah sich um, während Fisher eifrig auf die Tastatur seines Laptops einhackte. Crawford hatte die Füße auf den Schreibtisch gelegt. Er trug Jeans und ein Leinenhemd. Offenbar genoss er seine letzten Tage als Beamter in Zivil, bevor ein neuer

Detective Constable von Edinburgh hierher versetzt wurde, der Khan während ihrer längeren Abwesenheit vertreten sollte. Vorausgesetzt, sie wollte überhaupt wieder in den Dienst zurückkehren.

»Im Grunde brauchte sie nicht viel zu tun«, gab Monica schließlich zurück, als sie begriff, dass er sich mit einem Schweigen als Antwort nicht zufriedengeben würde. »Sie sieht ihrer Schwester zum Verwechseln ähnlich, und sie hat die Gabe, einfach nur dazusitzen und an die Wand zu starren. Den Rest hat die Fantasie der Leute erledigt.«

»Da ist was dran«, gab Crawford zu, wieder kopfschüttelnd, als gebe ihm der Fall nach wie vor Rätsel auf. Erstaunt über die Dinge, die Menschen bereitwillig auf sich nahmen, um ein Geheimnis zu wahren oder um ein solches wie in diesem Fall aufzudecken. »Wie geht es Khan und Dr. Mitchell?«

Monica hatte sie beide spät am Abend zuvor besucht, nachdem sie das Verhör von Jermaine DuPont endlich für beendet erklärt hatte. Khan hatte geschlafen, ihr Vater hatte bei ihr am Bett gesessen. Angeblich hatte sie nicht viel gesprochen, seit sie aufgewacht war, aber zumindest schien sie sich zu freuen, ihn bei sich zu haben.

Dr. Mitchell war dafür deutlich gesprächiger gewesen, obwohl Monica ihr nichts wirklich Neues mitzuteilen hatte und nach wie vor keine Antworten zum Verbleib der *Explorer* liefern konnte. »Ganz okay. Sie scheinen beide auf dem Weg der Besserung zu sein«, antwortete Monica nach kurzem Zögern. *Okay*, das entsprach doch in etwa den Tatsachen. »Ja, sie wirken okay, in Anbetracht der Umstände.«

Crawford nickte, die Hände hinter dem Kopf verschränkt. »Weißt du, ich dachte, ich würde dem Geheimnis um die *Explorer* jetzt endlich auf die Spur kommen, herausfinden, was tatsächlich mit der Jacht passiert ist. Stattdessen haben wir das Mysterium um Emily Hurst gelöst. Aber der Aufklärung des eigentlichen Unglücks sind wir keinen Schritt näher gekommen.« Er zuckte mit den Achseln. »Was soll's. So läuft das eben. Wenigstens kann ich meinen Enkelkindern erzählen, dass ich an der Suche nach der berühmten verschollenen Jacht beteiligt war. Vielleicht beschäftigt die Menschen dieses Rätsel auch in Zukunft noch.« Wieder ein Kopfschütteln. »Was glaubst du, so unterm Strich, hatte Bull-Peterson etwas mit der Sache zu tun? Hat er erst seine Frau umgebracht und dann seine Schwester? Würde er so etwas tun? Ein ganzes Schiff untergehen lassen, nur um eine Person zu töten? Und es dann zu vertuschen?«

Monica stand da, mit einem Mal überwältigt von einer grenzenlosen Langeweile. Sie wollte am liebsten nie wieder etwas über die Jacht, über Emily Hurst, über Bull-Peterson oder irgendjemanden von den anderen Beteiligten hören.

»Ich muss los, Lucy abholen. Man sieht sich, Crawford.«

67

Khan rührte sich in ihrem Krankenbett. Jede einzelne Faser ihres Körpers schien zu schmerzen, es war, als hätte man tagelang auf sie eingeboxt, ihr in den Magen, gegen die Brust und auf den Rücken geschlagen. Ganz zu schweigen von dem schmerzhaften Pochen in ihrem Schädel. Aus irgendeinem Grund lief dieser Song von den Nine Inch Nails, »Closer«, in Dauerschleife in ihrem Kopf ab. Der hämmernde Rhythmus passte zu den Schmerzen, und im Songtext ging es um innere Zerrissenheit, Gewalt und Selbsthass. Khan wollte nicht darüber nachdenken, was in ihrem Inneren vor sich ging, sich nicht die Haut vorstellen, die Fettschicht darunter, die Muskeln und die empfindlichen Organe. Er hatte ihr ein Stück Metall durch die Eingeweide gejagt. Brian Corcoran. Dieser scheinbar so unschuldige Mann. Genau so unschuldig, wie ihr »Freund« gewirkt hatte?

Sie erinnerte sich, wie ihre Chefin den verurteilten Drogendealer angesehen hatte, diesen Quint Handler. Es hatte ganz den Eindruck erweckt, als fände sie ihn attraktiv, sie hatte sich in gewisser Weise sogar mit ihm identifiziert. Warum war es immer wieder sie, Khan, die Männern wie ihrem »Freund«, wie Brian Corcoran in die Arme lief? Warum konnte sie nicht zur Abwechslung einmal eine echte

Bindung aufbauen, mit jemandem, der vielleicht anfangs wie ein Ganove wirkte, sich am Ende aber als netter Kerl entpuppte, statt umgekehrt?

Sie seufzte. Noch einmal versuchte sie, den Kopf weit genug anzuheben, um an sich herab zu der Schusswunde an ihrem Bauch zu sehen. Dieses Stück Scheiße hatte noch dazu *zweimal* auf sie schießen müssen, einmal hatte offenbar nicht gereicht. Aber wenigstens war die zweite Kugel nicht in den Kopf gegangen. Dafür konnte sie immerhin dankbar sein. Mit wachsendem Entsetzen dämmerte Khan, dass sie tatsächlich so etwas wie Dankbarkeit empfand. Als habe er ihr einen Gefallen getan, dass er ihr die Knarre nicht an die Schläfe gedrückt und ihr das Gehirn rausgepustet hatte. Was für ein kranker Irrsinn.

Sie musste sich durch ein Geräusch bemerkbar gemacht haben, denn jetzt erschien das Gesicht ihres Vaters über ihr. Er lächelte, aber die Sorge stand ihm ins Gesicht geschrieben. Sein ordentlich gestutzter Schnauzbart war weißer, als sie ihn in Erinnerung hatte. War auch das ihr zuzuschreiben? War sie verantwortlich für den Stress, der ihm diese tiefen Sorgenfalten in die Stirn gegraben hatte? War sie schuld an seinem matten Blick? War das alles ihretwegen?

»Wie fühlst du dich, Liebes? Kann ich dir irgendetwas Gutes tun, möchtest du etwas?« Er legte ihr eine Hand auf den Arm. Ganz sanft, ganz schwach. Khan wandte den Blick ab und registrierte ein schweres Gewicht in ihren Eingeweiden, zusätzlich zu dem Schmerz. War das Wut? War sie sauer auf ihren sanften, gütigen Vater? Der Mann, der sie bedingungslos liebte, der nicht mehr von ihrem Bett gewichen war, seit sie hier lag?

Aber er war nie für dich da, meldete sich eine innere Stimme zu Wort. *Als dein* Freund *in dein Leben gestolpert kam. Du musstest* ihn *schützen, nicht umgekehrt.* Wobei, das war nicht fair. Sie hatte ihm damals nicht mal erzählt, was geschehen war. Wie hätte er da einschreiten sollen?

Das vielleicht nicht, aber er hätte dir in der Schule helfen können. Er hätte zum Direktor gehen können, als die anderen Kinder dich schikanierten. Er hätte dich ermutigen können, dich fürs College zu bewerben. Er hätte etwas tun können, als Mum verkündete, sie würde ihn verlassen. Khan verdrängte diese Gedanken. Schaffte es, das Lächeln ihres Vaters zu erwidern. Sie sollte dankbar sein, dass er hier war, dass sie ihn nach all der Zeit endlich wieder sehen konnte. Darauf hatte sie doch so lange gehofft. Es war das, was sie sich seit Jahren gewünscht hatte.

Jetzt aber empfand sie es als zusätzlichen Druck, wie ihr schlagartig bewusst wurde. Die Sorge um ihn, die Angst vor ihrem »Freund«. Was er ihm antun könnte. Würde er sich auf die Suche nach ihr begeben? Ihrem Dad nachstellen?

»Ich habe dir ein Skizzenbuch und ein paar Stifte gekauft«, sagte ihr Dad mit einem schiefen Grinsen. Er hielt die Kladde hoch. Wann hatte sie das letzte Mal etwas gezeichnet? Es war das, was sie früher am liebsten getan hatte, mehr als irgendetwas sonst, sie hatte es geliebt. Ihr letztes Skizzenbuch hatte sie in der Wohnung in Glasgow zurückgelassen. Zusammen mit einem Großteil ihres früheren Lebens.

»Danke«, sagte sie, das Wort kaum mehr als ein Flüstern. Ihr Dad wirkte erfreut und grinste noch breiter. Er versuchte, ihr das Buch und die Stifte zu reichen, bis ihm wieder einzufallen schien, dass sie ja gehandicapt war, denn jetzt legte er die Sachen auf dem Nachtschränkchen ab.

»Was ist da passiert, Maria?«, sagte er schließlich, wich ihrem Blick allerdings aus. *Maria.* Es war lange her, dass jemand sie so genannt hatte. In der Arbeit sprach man sie immer mit dem Nachnamen an, den sie zur Tarnung angenommen hatte: Khan.

»Es gab da diesen Mann«, flüsterte sie. »Er war gefährlich …«

»Ich weiß, Süße, ich weiß, was geschehen ist.« Sie sah die Tränen in seinen Augen, wusste, dass er sie missverstanden hatte. Er dachte, sie spräche von Corcoran.

»Ich meinte … Ach, spielt keine Rolle. Wir reden darüber, wenn es mir besser geht.«

Und während Khan ihn musterte, wurde ihr bewusst, dass sie ihm nie von ihrem »Freund« würde erzählen können. Sie könnte das Grauen auf seinem Gesicht nicht ertragen. Die Sorge, die Angst. Und in dem Moment wurde ihr klar, dass sie es selbst in die Hand nehmen musste. Sie hatte genug davon, immer nur wegzulaufen, sich zu verstecken. Zu dieser Erkenntnis war sie nach ihrer Zeit im Celtic Park, in diesem Wald gelangt. Wenn er sie nicht in Ruhe ließ, musste er eben sterben. Sie würde ihn töten müssen.

Diese schlichte Einsicht donnerte wie ein weiteres schweres Gewicht in ihre Eingeweide. Und sie verspürte den Impuls, gleich hier und jetzt aus dem Bett zu springen. Sie sah Schlangen, Tausende von ihnen zischelten um sie herum, und sie sah Feuer, das hell und reinigend brannte. Sie wollte sofort losziehen und es auf der Stelle erledigen. Sie konnte sich nur leider kaum rühren und sackte deshalb aufs Kopfkissen zurück. Es würde seine Zeit brauchen, bis sie es angehen konnte, erst würde sie heilen müssen, wieder gesund werden.

»Ruh dich aus, wir müssen das nicht jetzt besprechen.« Ihr Dad lächelte ihr aufmunternd zu. »Bist du okay, Liebes?«

Und zum ersten Mal seit langer Zeit gelang auch Khan ein echtes, aufrichtiges Lächeln. »Ja«, flüsterte sie. »Ich bin okay.«

68

Ohne das Thermometer zu benutzen, wusste Monica, dass die Wassertemperatur in den Muirtown Locks heute höher lag als bei ihrem letzten Eisbad. Gerade mal eine Woche war das her, aber ihr kam es vor, als wären seither Jahre vergangen. Schon eigenartig, es gab solche Fälle, bei denen man dieses Gefühl hatte, sie rissen einen komplett aus dem Alltag heraus, man landete in einer Art Paralleluniversum, und wenig später kehrte man als völlig veränderter Mensch zurück. Als junge Detective hatte sie genau diesen Aspekt an ihrem Job so geliebt, diese kompromisslose Fokussiertheit, die einen alles andere vergessen ließ. Während sie jetzt ihre Bahnen durch das vom Torf dunkle Wasser zog und zu der Stelle am Ufer zurücksah, an der ihre Mum, Lucy und deren Freund Munyasa standen, erkannte sie, wie zutiefst befremdlich das war. So allein zu sein, all dem Schmerz und dem Verlust so gnadenlos ausgesetzt zu sein.

Wenigstens bist du jetzt nicht mehr allein, dachte sie bei sich. Sie winkte zum Ufer, und Lucy und Munyasa winkten aufgeregt zurück, wurden aber rasch abgelenkt von einer Entenmutter, die unweit des Kanalufers eine Schar von Küken durchs Wasser lotste. Einen Moment lang trat Monica Wasser und erlaubte es sich, die Leere unter sich bewusst wahrzunehmen. Das Gefühl zuzulassen, dass dort unten etwas lauerte, darauf wartete, sie in die Tiefe zu ziehen. Sie hatte im Internet gelesen, dass die Weißen Haie bereits vor über vierhundert Millionen Jahren existiert hatten, älter also als die Dinosaurier. Eine sehr lange Zeit, um im Menschen die instinktive Furcht davor zu verankern, in die Tiefe gezerrt zu werden.

Sie schwamm zum Ufer zurück und zog sich auf den hölzernen Ponton hoch. Trocknete sich ab, während ihre Mum neben ihr stand und darauf achtete, dass weder Lucy noch Munyasa sich zu dicht ans Wasser begaben.

»Hast du Crawford gefragt, ob er zum Abendessen kommen möchte?«

Obwohl das Wasser relativ warm war, schlotterten Monica die Knie, während sie ihren Stapel Klamotten durchsuchte. »Ich schreib ihm gleich eine Nachricht. Ich glaube, er ist aktuell noch in Inverness.«

Ihre Mum nickte. »Wäre schön, ihn zu sehen.« Sie räusperte sich, dann sagte sie in etwas ernsterem Ton: »Monica, es gibt da etwas, worüber ich mit dir reden muss.«

Monica schlüpfte in ihre Hose und warf einen Blick zu Lucy und Munyasa. Die Kinder standen in sicherem Abstand zum Kanal. »Klar, worum geht's?«

Ihre Mutter klemmte sich die Handtasche unter den Arm wie ein Huhn, das man nicht loslassen durfte, sonst wäre es weg. Monica wusste, dass ihre Mutter Halt in dieser Geste suchte.

»Es ist …«

Im selben Moment hörte Monica ein Fahrzeug auf den kleinen Parkplatz am Kanal fahren. Unwillkürlich wanderte ihr Blick in die Richtung. Ein Range Rover mit abgedunkelten Scheiben hatte angehalten. Die Fahrertür ging auf, und ein Mann stieg aus.

»Gib mir nur eine Minute, Mum«, sagte Monica und zog ihren dicken Wollpulli über. Dann schlüpfte sie in ihre Stiefel und ging immer noch bibbernd den Fußweg entlang auf Bull-Peterson zu, der neben seinem Auto stand.

»DI Kennedy«, begrüßte er sie. Irgendwie gelang es ihm, die Worte wie eine Anschuldigung klingen zu lassen.

»Ich bin aktuell nicht im Dienst«, sagte Monica. »Bin mit meiner Familie hier.«

»Ich weiß. Ich wollte nur ...« Er wandte den Blick ab, und Monica fragte sich, wie er sie hier aufgespürt hatte. Die Antwort war offensichtlich, es war doch immer das Gleiche: Bull-Peterson war reich und mächtig. Er bekam so gut wie alles, was er wollte. »Ich kenne die Gerüchte, die über mich kursieren. Dass ich angeblich meine Frau ermordet hätte, dass ich die *Explorer* zum Sinken gebracht hätte, um meine Schwester zu töten.«

Das alles war Monica bekannt, was sie ihm so auch sagte. Sie wollte nichts mehr von diesem vermaledeiten Schiff hören. Und auch das sagte sie ihm. Dann fügte sie noch hinzu: »Ich nehme an, Sie stören mich nicht bei meiner Schwimmrunde, um all diese Verbrechen zu gestehen?«

Zum ersten Mal, seit sie sich kannten, brachte er so etwas wie ein aufrichtiges Lächeln zustande, das allerdings rasch wieder einem ernsten Stirnrunzeln wich. »Nein. Ich wollte Ihnen etwas zeigen.« Damit drehte er sich um und öffnete die Beifahrertür. Monica sah einen Laptop auf dem Beifahrersitz liegen. Bull-Peterson klappte das Gerät auf. »Es gibt da ein Video. Ich möchte, dass Sie es sich ansehen.«

Monica warf einen Blick zum Kanal, von wo aus ihre Mum und Lucy verunsichert in ihre Richtung blickten. Sie winkte und lächelte ihnen aufmunternd zu, dann stieg sie in den Wagen und zog die Tür hinter sich zu. Bull-Peterson entfernte sich zielstrebig von dem Fahrzeug.

Monica stellte den Laptop auf ihren Knien ab und drückte auf die Play-Taste. Sie erwartete, dass das Video etwas mit der *Explorer* zu tun haben würde, irgendwelche Aufnahmen von ihrer Fahrt übers Meer vielleicht. Stattdessen sah sie sich mit Bull-Peterson selbst konfrontiert, neben ihm zwei junge Männer, die lächelten. Seine Söhne, der Ähnlichkeit in den Gesichtszügen nach zu schließen. Im Hintergrund waren Bäume zu sehen, Monica erkannte, dass sie sich in einem Wald befanden. Sie sah, dass einer der Jungen einen Bogen in der Hand hielt. Die Kamera bewegte sich ruckartig und fokussierte auf die Zielscheibe, ähnlich der, die sie im Garten vom Wolf House gesehen hatte. Keine Sekunde später steckte ein Pfeil in deren Zentrum. Monica hörte Gelächter, und die Kamera richtete sich auf den älteren der beiden Jungen. Es waren einige Worte auf Schwedisch zu hören. Dann sprach Bull-Peterson in die Kamera, ehe er sie auf seinen jüngeren Sohn hielt, der gerade einen Pfeil zum Bogen führte. Auf dem Gesicht des jungen Mannes lag ein konzentrierter Ausdruck. Die Kamera schwenkte wieder zur Zielscheibe, und für einen Moment herrschte Stille. Monica spürte die teils witzelnde, teils ernste Konkurrenz zwischen den Geschwistern, die sie als Einzelkind immer schon fasziniert hatte.

Die hölzerne Zielscheibe mit dem Pfeil, der unweit des Zentrums herausragte, füllte jetzt fast den kompletten Bildschirm. Im Hintergrund sah man dicht stehende Birken. Sie hörte Bull-Peterson etwas hinter der Kamera sagen, wieder auf Schwedisch, aber der Ton seiner Stimme war universell, es klang nach einem scherzhaften Provozieren. Die Kamera blieb auf die Zielscheibe gerichtet, im dahinterliegenden Wald rührte sich nichts.

Dann ging alles ganz schnell.

Monica registrierte undeutlich einen dunklen Umriss zwischen den Birken, eine Art Zittern, als spränge gleich ein Reh aus dem Wald. Doch als Nächstes trat schräg hinter der Zielscheibe eine menschliche Gestalt aus dem Dickicht. Sie blieb wie angewurzelt stehen, in beinahe lächerlicher Pose, als wolle sie mit dem Wald hinter sich verschmelzen. Einen kurzen Moment verharrte die Kamera in dieser Einstellung. Lange genug, um den Pfeil einzufangen, der im Hals der Person steckte. Nach einem weiteren Moment sah Monica den fassungslosen Ausdruck auf dem Gesicht der Frau. Dann setzten die Schreie ein. Die Kamera wurde schwarz. Die Aufnahme brach ab.

Monica klappte den Laptop zu und stieg aus. Bull-Peterson, der sich mit ihrer Mutter zu unterhalten schien, drehte sich zu ihr um und kam zurück.

»Ihr Sohn hat den Pfeil abgeschossen?«

»Es war schwer für ihn«, sagte Bull-Peterson. »Seiner Mutter ging es nicht gut. Sie hatte Depressionen, litt unter Ängsten, nachdem die Jungs zur Welt gekommen waren, vielleicht auch schon davor.«

»Sie denken also, sie wollte, dass das passiert? Weil sie sterben wollte?«

Bull-Peterson schüttelte den Kopf. »Manchmal lief sie durch die Wälder rings um unser Haus, barfuß, im Pyjama. So war sie auch an dem Tag unterwegs, als es passierte. Bis heute rede ich mir ein, rede meinem Sohn ein, dass sie verwirrt war, aber wer kann das schon so genau sagen.«

»Warum zeigen Sie mir das?«

»Ich habe der Polizei gegenüber ausgesagt, ich hätte den

Pfeil abgefeuert. Dieses Video habe ich bislang niemandem gezeigt. Ich liebe meine Söhne, ich würde alles tun, um sie zu beschützen. Ich möchte nicht, dass mein Kind als der Junge, der seine Mutter getötet hat, für Furore sorgt, dass er als noch so ein herzloser Bull-Peterson abgestempelt wird. Ich dachte, Sie würden eine solche Stigmatisierung vielleicht nachvollziehen können, angesichts der Sache mit Ihrer Tochter …« Er wandte den Blick ab. Ihr war natürlich bewusst, worauf er anspielte. Es ging um diesen Fall, bei dem sie und Lucy um ein Haar draufgegangen wären, nachdem Monica völlig ahnungslos ins Haus eines Serienmörders spaziert war. Ihre Tochter hatte zu dem Zeitpunkt draußen im Auto gesessen. Im Nachhinein hatte man ihr wiederholt nachlässiges Verhalten vorgeworfen, manche hatten sogar behauptet, sie habe versucht, ihre eigene Tochter umzubringen. »Ich schätze, ich hatte es einfach satt, diese Last mit mir herumzuschleppen, wollte, dass wenigstens ein Mensch weiß, dass ich kein Ungeheuer bin. Ich habe meine Frau nicht getötet, und auch meine Schwester habe ich nicht auf dem Gewissen.«

»Was glauben Sie, was passiert ist?«, fragte Monica. »Mit der *Explorer*.«

Bull-Peterson atmete lange aus, es klang erschöpft. »In Schweden sagen sie, meine Vorfahren hätten ihre Seele an den Teufel verkauft im Gegenzug für ihren Reichtum. Deshalb laste ein Fluch auf der Familie. Manchmal frage ich mich, ob vielleicht wirklich was dran ist.« Er schüttelte den Kopf. »Es ist nicht einfach, so viel Geld zu besitzen, und das von jungen Jahren an. Es vergiftet eine Familie.«

Monica suchte in seiner Miene nach einem Anflug von Ironie und dachte: *Dann versuchen Sie es doch loszuwerden.* Stattdessen sagte sie: »Aber Sie würden auch nicht auf das viele Geld verzichten wollen?«

Er stieß ein schnaubendes Lachen aus. »Nein. Das eher nicht.«

»Sie müssen aber doch eine Vorstellung haben«, bemerkte Monica, die selbst nicht wusste, warum sie jetzt wieder auf die Jacht zu sprechen kam, nachdem sie sich am selben Morgen geschworen hatte, die Sache ein für alle Mal zu vergessen. »Niemand hatte tieferen Einblick in den Bau der *Explorer* als Sie.«

»Ich bin sämtliche Details wieder und wieder durchgegangen«, sagte Bull-Peterson. »Besonders nach Corcorans Geständnis, was das Navigationssystem betraf. Wir haben bereits unser Möglichstes getan, um die Daten wiederherzustellen. Aber es ist aussichtslos nach fünf Jahren, keine Chance. Vielleicht ist das Boot auf Grund gelaufen, gegen einen Felsen geprallt, es war stürmisch in jener Nacht, vielleicht wurde es auch von einer Monsterwelle erfasst, oder es hatte irgendeine andere Schwachstelle, von der wir nichts ahnen.«

»Eine andere Schwachstelle? Was zum Beispiel?«

»Ich habe nicht die leiseste Ahnung, das ist reine Spekulation. Ich weiß, dass ich dem Team zu viel abverlangt habe, ich wollte, dass die Jacht möglichst schnell fertig wird, damit meine Schwester noch mitfahren konnte bei der Jungfernfahrt. Sie hatte sich so darauf gefreut. Meine Schwester und ich, wir waren nicht immer einer Meinung, aber ob Sie es glauben oder nicht, wir hatten einander sehr gern. Wir haben alle Hebel in Bewegung gesetzt, um die Jacht zu orten, haben wirklich nichts unversucht gelassen.« Monica wandte den Blick ab. Sie wusste, dass das der Wahrheit entsprach, aufgrund der Daten, auf die Henry sich auf nicht ganz legalem Weg Zugriff verschafft hatte. Für einen kurzen Moment verspürte sie so etwas wie Schuldgefühle deswegen, aber dann fiel ihr wieder ein, wie vehement sich Bull-Peterson gegen ihre Ermittlungen gesperrt hatte. Hätte er sich schon früher kooperativ gezeigt, hätten sie sein Grundstück nicht durchsuchen müssen, und dann wäre Khan vielleicht nie angeschossen worden. »Vielleicht habe ich sie zu sehr unter Druck gesetzt«, fuhr er fort. »Corcoran und Handler haben die Probleme mit der Navigation ja nur vertuscht, weil sie nicht wollten, dass ich ihnen die Hölle heißmache. Ich habe sogar gedroht, sie beide zu feuern, es war lächerlich. Vielleicht hat Handler oder einer der anderen Männer, die mit an Bord waren, ja noch etwas verheimlicht, wer weiß. Ich wünschte, ich hätte mich anders verhalten, ich sehe jetzt ein, dass das falsch war …«

»Warten Sie, was sagten Sie gerade?«, hakte Monica nach.

»Ich hätte mich anders verhalten sollen?«

»Nein, das mit Corcoran und Handler.«

»Nur, dass sie die Probleme mit dem Navigationsgerät vor mir verheimlicht haben, warum?«

69

Quint Handler blickte auf. Das hölzerne Gerippe, an dem er gearbeitet hatte, hatte sich seit Monicas letztem Besuch zu einem richtigen Boot gemausert. Im Radio lief Classic FM. Dank der Heizung war es im Bootshaus gemütlich warm, und es duftete nach frisch geschnittenem Holz. Quints Miene allerdings passte nicht zu der einladenden Atmosphäre.

»Was hast du hier zu suchen?«, fragte er schroff und erhob sich. Er trug Jeans und einen dicken Strickpulli.

»Ich brauche etwas von dir.«

»Du bist einfach abgehauen, zurück nach Inverness.«

»Ich hatte viel um die Ohren. Aber lass uns das später besprechen.«

»Du hast es nicht mal für nötig befunden, mir eine Textnachricht zu schicken, um es mich wissen zu lassen?«

»Tut mir leid. Ich bin …« *Ein Schisser. Ich habe schreckliche Angst vor Beziehungen.* »Sehr, sehr beschäftigt.«

Quint schüttelte verärgert den Kopf. »Ich mag dich …«

»Und ich habe gesagt, keine Chance. Ich würde meinen Job riskieren.«

»Ich weiß, aber …«

»Hör zu, ich bin eigentlich wegen was anderem hier.«

»Verdammter Mist. Worum geht's?«

»Du meintest doch, ihr hättet Dinge versteckt, unter den Dielenbrettern, du und dein Bruder?«

Jetzt machte Quint ein überraschtes Gesicht. »Du hast ja die Sachen gesehen, die Caroline dort verborgen hatte, den Laptop und das Handy.«

»Könnte da noch mehr versteckt sein?«

»Ich denke nicht … Wobei, ich weiß es nicht. Was denn zum Beispiel?«

»Könnten wir mal nachsehen?«

Quint seufzte, schüttelte den Kopf. Dann legte er das Werkzeug in seiner Hand auf der Werkbank ab und machte sich daran, den Stapel Kisten zu verschieben. Er stemmte das Dielenbrett hoch, und Monica ging neben ihm in die Hocke, um mit der Taschenlampe in den Hohlraum zu leuchten.

»Siehst du? Da ist nichts«, sagte Quint. Monica spähte in den leeren Spalt, sah die nackte Erde darunter.

»Bist du sicher?«

»Wonach suchen wir genau?«

»Schau einfach noch mal nach«, bat Monica.

Quint schob sich ein Stück zurück und beugte den Oberkörper vor, um mit dem Arm unter die Dielenbretter zu greifen. »Da ist nichts, nur …« Seine Miene veränderte sich.

»Was ist?«

»Peter war ein wenig größer als ich«, sagte Quint und rutschte auf Knien noch weiter nach hinten. »Er hat gern damit geprahlt, dass er so lange Arme hätte wie ein Affe.« Quint streckte sich, um noch tiefer in die Luke greifen zu können. Er fluchte leise vor sich hin, dann zog er seinen Arm endlich wieder aus dem Loch. Er hielt eine Plastiktüte in der Hand. Darin fand sich ein Notizbuch. Er klappte das Buch auf und blätterte durch die Seiten. »Hier sind ein paar alte Ausdrucke«, sagte Quint. »Sieht nach einer Liste mit Telefonnummern aus. Warte, sie ist auf April 2017 datiert, kurz vor dem Verschwinden der *Explorer*.« Er sah auf und begegnete Monicas Blick. »Das sind keine Telefonnummern, stimmt's?«

70

Fünf Monate später

Weit draußen auf dem Nordatlantik stand Monica an Deck eines Schiffs, das sich in der Dünung hob und senkte. Es war ein grauer Tag. Am Horizont war nichts zu sehen außer stahlgrauen Wolken und dunklem, von weißen Schaumkronen durchzogenem Gewässer. Das Meer schien endlos, unheilverkündend. Eine archetypische Quelle der Macht, die Monica in Träumen wie in Albträumen heimgesucht hatte. Die Quelle allen Lebens und Ursache für so viel Tod und Leid.

Sie ertappte sich bei dem Gedanken, welche Temperatur das Wasser hier oben wohl haben mochte, am einundsechzigsten nördlichen Breitengrad. Die Wassertemperatur in den Muirtown Locks war in den vergangenen Wochen erneut gesunken, nachdem sie im August ihren höchsten Punkt erreicht hatte. Aber sie bevorzugte es kälter.

»Wir hätten besseres Wetter abwarten sollen«, murmelte Crawford, der neben ihr stand. Sie warf ihm einen Seitenblick zu und sah, dass er sich an der Reling festklammerte, während das Schiff über das aufgewühlte Wasser ritt. Sie betrachtete die Spritzer, die auf seinem roten Haar und dem dunklen Anzug landeten, Seewasser von den schäumenden

Wellen. Sein Gesicht hatte einen leichten Grünstich. Er hatte sich von einem vorangegangenen Anfall von Seekrankheit immer noch nicht vollständig erholt.

»Behalte den Horizont im Auge«, gab Monica zurück. »Du hast mir doch selbst erzählt, dass das helfen würde.«

Crawford stieß als Antwort nur ein Grunzen aus, offenbar war er mit diesem Ratschlag nicht zufrieden. »Nächster Halt Kanada?«, fragte er und deutete hinaus auf den weiten Ozean vor ihnen.

»Oder Grönland«, entgegnete Monica. Die Luft fühlte sich tatsächlich danach an, sie wehte den Geruch der Arktis, nach Eis und Kälte heran.

»Vielleicht solltest du dich setzen?« Der Großteil der Plastiksitze an Deck, die mit Nieten am Boden verankert waren, waren bereits besetzt von den Familien und Hinterbliebenen der verschollenen Passagiere der *Explorer*. Bull-Peterson hatte das Kreuzfahrtschiff gechartert, um sie zur letzten Ruhestätte der auf mysteriöse Weise verschwundenen Jacht zu bringen. Sie lag zerstört am Grund des Meeres, Meilen über Meilen Salzwasser unter ihren Füßen, viele Faden tief. Zwischen Felsen und Sand rostete sie dort vor sich hin.

Crawford stützte sich an der Reling ab. »Mir geht's gut«, gab er brummig zurück, bevor er noch hinzufügte: »Übrigens, danke noch mal. Du weißt schon …«

Nachdem Monica Peter Handlers Notizen zur Satellitenabweichung gefunden hatte, hatte sie ihre Chance gewittert. Wenn Crawford die Lorbeeren dafür ernten konnte, dass er Informationen entdeckt hatte, die zum Aufspüren der *Explorer* führten, hätte Hately es schwer, ihn in den Streifendienst zurückzubeordern. Außerdem war sie nicht unbedingt wild darauf, ihre Beziehung zu Quint Handler öffentlich zu machen. »Ich wollte dich unbedingt wieder im Team haben«, antwortete Monica schließlich. »Du hast *mir* einen Gefallen getan.« Sie sah übers Deck zu der Stelle, an der Quint stand, den Arm um Carolines Schultern gelegt, Colm an seiner Seite.

Crawford wollte etwas erwidern, aber im selben Moment begann der Priester am Bug des Schiffes, dessen schwarzes Gewand sich vor den grauen Wellen abzeichnete, mit seiner Predigt. Seine Worte wurden allerdings vom Wind davongetragen, was Monica gerade recht kam. Sie kannte die Einzelheiten der Tragödie in- und auswendig, sie hatte sie in die Gesichter der Hinterbliebenen eingraviert gesehen. Ihre einzige Hoffnung war, dass der heutige Tag ihnen allen die lang ersehnte Erlösung bringen würde. Sie blickte sich um, entdeckte Julia Kolkah und ihren Sohn Pavel im Kreis ihrer Verwandten und weitere Gesichter aus der Gruppe von Angehörigen, mit denen sie vor Monaten draußen vor dem Krankenhaus gesprochen und die sie bei der Totenwache angetroffen hatte. Es war zu viel für sie, all den Schmerz und die Trauer an einem Ort versammelt zu sehen. Sie wandte den Blick ab, schaute wieder hinaus aufs Meer.

Nachdem sie die Daten des Satelliten-Navigationsgeräts mit den fehlerhaften Messungen gefunden hatten, war es ein Leichtes gewesen, aufgrund der Kursabweichung von der eigentlichen Route die letzte Position der *Explorer* zu errechnen. Frederick Bull-Peterson, der das Mysterium endlich hinter sich lassen wollte, hatte die wochenlange Suche mithilfe von Tauchrobotern finanziert, sodass sie die Jacht letzten Endes lokalisieren konnten. Etliche Meilen tief und ein ganzes Stück westlich von der geplanten Route, jenseits von St. Kilda. Anfangs hatte es noch Gerede gegeben, dass man die Jacht bergen wolle, aber dann hatte man es aufgrund der beträchtlichen Tiefe doch für nicht machbar erklärt. Stattdessen hatte man sie mit einer Tiefseekamera untersucht und dabei ein riesiges Loch im Rumpf entdeckt. Man nahm deshalb an, dass das Boot sehr rasch gesunken war, auch wenn die eigentliche Ursache für den angerichteten Schaden weiter Stoff für Debatten lieferte. Eine Kollision mit einem militärischen U-Boot, je nachdem, wen man fragte, britisch, amerikanisch, russisch oder chinesisch, stand ebenso zur Diskussion wie die Annahme, dass das Loch von der Wucht einer gigantischen Monsterwelle verursacht worden war. Ähnlich wie bei unzähligen, teils unbekannten und unbetrauerten Schiffen im Laufe der Jahrhunderte.

Als der Priester seine Stimme erhob, blickte Monica auf. Sein schwarzes Gewand blähte sich auf und flatterte im Wind.

»›Die mit Schiffen auf dem Meer fuhren und trieben ihren Handel in großen Wassern; die des Herrn Werke erfahren haben und seine Wunder im Meer …‹«

»Psalm 107«, murmelte Crawford. »Mein Großvater hat diesen Text geliebt.«

»›… wenn er sprach und einen Sturmwind erregte, der die Wellen erhob, und sie gen Himmel fuhren und in den Abgrund fuhren …‹«

Noch einmal sah Monica zu den Menschen an Deck, zu den Familien und Freunden der Verschollenen. Adam Colinton stand neben Jermaine DuPont, gekleidet in Uniform, zusammen mit einem älteren Paar, ihre Eltern, wie sie annahm. Wie Monica bereits prognostiziert hatte, waren ihre Vorgesetzten an einer Verurteilung der Frau nicht interessiert, weshalb die Amerikanerin mit einer formellen Verwarnung wieder auf freien Fuß gesetzt worden war. Außerdem fiel auf, dass Brian Corcoran fehlte; er saß in Untersuchungshaft und wartete auf sein Gerichtsverfahren. Monica überlegte, was wohl aus seinem Sohn Alfie werden würde, der bei seinen Großeltern untergekommen war. Corcoran hatte impulsive und von Paranoia getriebene Entscheidungen getroffen, und jede einzelne hatte ihn tiefer und tiefer in die Abwärtsspirale hineinmanövriert. Blieb nur zu hoffen, dass sein Sohn einen Weg fand, das alles zu verarbeiten.

Derweil erhob der Priester wieder das Wort. »›Ich bin ein Gast gewesen, und ihr habt mich beherbergt. Ich bin nackt gewesen, und ihr habt mich bekleidet. Ich bin krank gewesen, und ihr habt mich besucht‹«, intonierte er rhythmisch, und seine Worte wurden über Deck zu ihr getragen. Monicas Blick landete auf Dr. Mitchell, die aus irgendeinem Grund ganz alleine dastand. Sie ging immer noch an Krücken und hielt sich etwas weiter hinten. »›Ich bin gefangen gewesen, und ihr seid zu mir gekommen.‹«

»Denkst du, das hilft ihnen, einen Schlussstrich zu ziehen?«, wisperte Crawford, die Hände jetzt vor dem Körper verschränkt. Monica wusste, dass religiöse Zeremonien bei ihm für Unbehagen sorgten.

»Vielleicht. Jedenfalls ist es eine gute Möglichkeit, um Abschied zu nehmen.« Sie beobachtete die Leute, den wogenden grauen Ozean dahinter.

»Kommt deine Mum klar? Dass sie ein paar Tage lang mit Lucy allein ist?«, erkundigte sich Crawford. Monica wurde bewusst, dass die Sorge um ihre Mum, wahrscheinlich zum ersten Mal seit Monaten, in den Hintergrund getreten war. Crawfords Frage, die zweifellos wohlmeinend gewesen war, holte sie jetzt allerdings wieder auf den Boden der Tatsachen zurück.

Sie hatten zusammen eine Tasse Tee getrunken, nachdem Monica Lucy zur Schule gebracht hatte. Ihre Mutter hatte den Eindruck gemacht, als wäre sie mit den Gedanken woanders, ungewöhnlich ruhig, gefangen in ihrer eigenen Welt. Monica hatte die Hand nach ihr ausgestreckt und ihren Arm gedrückt. »Mum, was ist los? Lucy denkt, du bist aufgewühlt wegen Billy aus dem Süßigkeitenladen, aber das kaufe ich dir nicht ab. Was stimmt nicht mit dir?«

»Billy? Er ist ein Charmeur, aber ganz bestimmt nicht mein Typ …« Sie hatte angestrengt gelacht. »Tut mir leid, Monica. Ich weiß, du hast viel um die Ohren … Ich habe einen Knoten entdeckt … und eine Biopsie machen lassen. Ich wollte dich nicht beunruhigen. Du stehst ohnehin ziemlich unter Druck.« Und da war es. Das biblische Monster erhob sein Haupt aus den Tiefen des Meeres, um sie zu verschlingen, sie ins Wasser zu ziehen, unter die Wellen … »Es ist Krebs.«

Monica räusperte sich. Die Erinnerung an diesen Moment trieb ihr die Tränen in die Augen. »Sie hält sich wacker. Ist immer noch sehr müde, aber drücken wir die Daumen.«

Crawford nickte und rang sich ein Lächeln ab. »Also … wenn ich irgendetwas für euch tun kann …«

»Ach, wenn du so fragst, bleib einfach mit ihr in Kontakt. Weißt du …« Monica ließ die Worte im nächsten Atemzug verklingen, weil sie sie nicht über die Lippen brachte. Eigentlich hatte sie sagen wollen: *Wenigstens erhält die Sache eine gewisse Bedeutung, wenn sie dich dazu bringt, in diesem Leben nach etwas zu suchen.* Stattdessen wandte sie sich von ihm ab. Ihr Blick landete auf Dr. Mitchell, die immer noch alleine dastand. Sie stieß Crawford mit dem Ellbogen an, und er zuckte mit den Achseln, trat aber vor und legte der Ärztin eine Hand auf die Schulter.

Monica wandte sich ab. Sie spürte Tränen in ihren Augen brennen. Als sie wieder zurücksah, beendete der Priester gerade seine Andacht. Er warf einen Kranz über Bord. Die Familien taten es ihm gleich, traten vor und warfen nun ihrerseits Blumensträuße hinunter ins dunkle Wasser. Eine Weile trieben sie noch auf den Wellen, länger, als man es erwartet hätte, bis sie schließlich nach und nach, völlig durchnässt, auseinanderfielen und unter der Oberfläche verschwanden. Einer nach dem anderen, hinunter in die tiefe Unendlichkeit.